Sonja Delzongle

Boréal

Denoël

Née en 1967, Sonja Delzongle a exercé le métier de journaliste pendant six ans, tout en commençant à écrire, riche de sa culture franco-slave et de sa passion pour le noir. C'est avec *Dust* (Folio Policier n° 796) qu'elle fait une entrée remarquée dans le monde du thriller. Suivent *Quand la neige danse* et *Récidive*.

Sonja Delzongle vit aujourd'hui à Lyon et se consacre à ses romans.

À Sébastien, un petit prince qui aimait le rose
et les grands voyages.
Aux aventuriers d'un monde perdu.
À toutes ces espèces animales dont nous sommes.
Aux survivants.

1

Base ARCTICA, région de Thulé, Groenland, janvier 2017, jour 3

— Aujourd'hui, on a des esquimaux en dessert ! Ça vous va, les filles ? claironne Malte en servant le café.

— Très drôle, grogne Anita Whale en touillant sa tasse après y avoir balancé une sucrette.

Et quoi ? Sucer un esquimau ne peut que faire du bien !

Quand Dick Malte sourit, on ne voit plus que ses dents, aussi blanches que la banquise, et la couleur de ses mains se fond avec la teinte brune du breuvage. L'harmonie de ses traits fins est rompue par une cicatrice sur tout le côté gauche du visage, souvenir d'une expédition polaire durant laquelle une mauvaise chute face la première l'a laissé inconscient, assez longtemps pour que la glace lui brûle la joue. Lorsqu'il évoque l'incident, Malte l'appelle le « baiser de glace ».

— On dirait que t'es en manque, Black Dick…

La voix d'Akash, le cuisinier de la mission,

est en partie couverte par la tempête qui souffle depuis leur arrivée, il y a trois jours, contraignant les membres de l'expédition à rester à l'intérieur du baraquement. Ici, les vents peuvent atteindre trois cent vingt kilomètres/heure.

Bâtie en bois résistant et isolant avec une charpente en poutrelles de titane et acier inoxydable, l'unité centrale d'Arctica est constituée d'une partie cuisine, d'une chambre froide, d'une pièce principale servant de salle de repas, de deux laboratoires, d'une cellule de repos et de trois chambres doubles. Anita Whale et Atsuko Murata, les deux femmes de la mission, partagent la même et les hommes se sont répartis dans les deux autres, Roger Ferguson avec Dick Malte, et Akash Mouni avec Mathieu Desjours et son chien Lupin, un loup tchèque dont les gènes inspirent une certaine méfiance au reste du groupe. Une petite salle de musculation et un sauna sont les seuls loisirs qui leur seront proposés pendant les quelques mois de la mission, avec la lecture et les parties d'échecs sur PC. La température ambiante dans toute la base, sauf dans le sauna et la chambre froide, est de 19 °C.

— Au lieu de mettre ton grain de sel partout, si tu retournais à ton curry, Bollywood ? Ça sent le brûlé… C'est sûr qu'avec ta cuisine, tu ne risques pas de les faire grimper aux rideaux, les nanas !

— Du calme, les enfants, un peu de tenue, nous avons deux dames, ici, au cas où vous l'auriez oublié ! gronde Roger Ferguson de retour du labo 1, la barbe hirsute qui couvre un ancien bec-de-lièvre et les cheveux grisonnants en bataille. Qu'est-ce qu'on mange de bon ?

— Des esquimaux..., siffle Malte. Pour le déjeuner, tu arrives un peu tard.

— Vous auriez besoin de sortir prendre l'air, les enfants..., dit Ferguson en attrapant l'assiette de restes que lui tend Akash. Ça tombe bien, j'ai une bonne nouvelle à vous annoncer. Demain, on a une excellente fenêtre météo, on va en profiter pour récupérer des échantillons sur l'inlandsis et faire une reconnaissance. Il faut vérifier les motoneiges et mettre de l'essence. Sans oublier les *pulkas.* L'inlandsis est par endroits presque impraticable à motoneige. Donc chacun va tirer sa luge, tel un brave chien de traîneau. Akash, tu veux bien t'en occuper ?

— Je suis là aussi pour ça, Fergus.

Mais Malte n'en a pas fini avec les deux femmes de l'équipe.

— C'est pas ici que je vais pouvoir aérer mes Oakley... Qu'en pense notre grande climatologue ?

— Si tu veux vraiment le savoir, Malte, elle pense que tu vas enfin pouvoir t'aérer les neurones. Et que ça nous fera du bien à tous, assène Anita avec un clin d'œil à Atsuko qui baisse la tête dans sa tasse en se mordant la lèvre.

Pour rien au monde, Atsuko Murata, la géologue de l'équipe, ne voudrait que Malte la surprenne à sourire de ses blagues à deux yens. D'abord, il est trop grivois à son goût de Japonaise, et surtout elle ne supporte plus aucune forme de violence, ni celle des éléments ni celle des hommes. Le vent qui se déchaîne, un orage ou une dispute qui éclate, la foudre et les insultes qui tombent, la terre ou un enfant qui tremble... Tout la tétanise. Et ces trois jours de confinement forcé lui semblent une éternité.

Les scientifiques pressentis pour ce genre d'expédition suivent un entraînement intensif de plusieurs mois qu'ils doivent ensuite prolonger sur place, avec un mental à toute épreuve. Atsuko a donné le change lors de la sélection, être retenue était pour elle une question d'honneur. Mais la vérité est que, depuis la catastrophe de Fukushima qu'elle a vécue dans sa chair, elle se sent se fissurer, s'effriter de l'intérieur. Plus rien ne sera comme avant. C'est pour ça qu'elle a tant voulu cette mission. Partir le plus loin possible, là où se concentre le sort de la planète, là où il y a le moins d'habitants au mètre carré, là où seul le chant des glaces lui répondra. Pourtant, même là, au bout du monde, au plus près du pôle, l'humanité dans ce qu'elle a de plus trivial la rattrape, sous la forme d'un grand Black à l'humour lourd et aux manières grossières. Il n'y a aucun racisme dans sa répulsion envers Dick Malte. Elle ne le supporte pas, tout simplement. Or il se trouve qu'il a la peau noire. Elle doit d'autant plus faire attention à ne pas réagir de façon trop virulente à ses blagues graveleuses.

Le visage d'Atsuko, plutôt commun, s'orne d'un détail qui la rend singulière. Des yeux vairons, l'un couleur de terre et l'autre gris-bleu, qui change en fonction de ses humeurs et de ses émotions. Un œil au mystère insondable et l'autre la trahissant volontiers.

Sa cothurne, Anita Whale, climatologue et chef en second de la mission, a bien failli, quant à elle, échouer à la sélection à cause de son petit gabarit. Elle a dû se grandir de deux centimètres pour atteindre la taille réglementaire de un mètre soixante. Elle vit à Bradford, dans le Yorkshire, où elle s'est installée six ans auparavant avec Janet, une prof d'escrime de trois ans son aînée, rencontrée au cours de sa pratique sportive de haut niveau en arts martiaux. Elles ont eu ensemble un petit garçon, Willy, dont Janet est la mère biologique.

— Ça ne te gêne pas si je mets une photo de ma compagne et de notre fils dans la chambre ? a-t-elle demandé à Murata le jour de leur arrivée.

— Si ça ne te gêne pas de voir mon mari et mon fils tous les jours en te levant et en te couchant, alors ça ne me pose pas de problème, a souri la Japonaise en déballant ses affaires.

Mais il n'y avait toujours aucune photo à son chevet.

Fin septembre, une première équipe de huit scientifiques avait débarqué à la base Arctica avec trois tonnes de matériel chargées dans deux hélicoptères de l'armée. En plus des produits alimentaires de base et des conserves, elle avait approvisionné la base avec des igloos en toile, quatre motoneiges, trois quads, deux brancards, du matériel de laboratoire, des microscopes, deux carotteuses, des ordinateurs, scanners, imprimantes, téléphones satellites, GPS, générateurs, vaisselle, kits médicaux, kits de survie, sans oublier des fusils, des couteaux et des harpons, et, le plus précieux avec l'eau, la cafetière italienne à percolateur. Puis, début janvier, l'équipe de Ferguson est arrivée sur place pour la relayer.

La mission possède un caractère international, chacun apportant ses compétences dans sa profession et son domaine de connaissances. Le Danois Roger Ferguson, sismologue et chef du groupe, travaille à Copenhague au ministère de l'Environnement. Il participe à la mission en qualité de scientifique et de chercheur, mais aussi en tant que représentant politique chargé d'envoyer des rapports réguliers sur la situation. Ce n'est pas sa première mission, loin de là. Ferguson a été dépêché en Thaïlande après le tsunami meurtrier de décembre 2004 et s'est également rendu en 2011 à Fukushima, où il a rencontré Atsuko Murata avec qui le courant est passé tout de suite. Mais alors que la géologue japonaise n'a vu en lui qu'un ami et un scientifique brillant, pour lui, la rencontre a été un genre de coup de foudre. La mission Arctica étant née au Danemark, plus exactement initiée au ministère de l'Environnement par Ferguson, celui-ci faisait partie du jury de la sélection et s'était empressé d'informer Atsuko du projet pour qu'elle dépose sa candidature.

L'atterrissage à Kangerlussuaq au nord de Nuuk, la capitale du Groenland, ce désert de glace grand comme trois fois la France, a été des plus spectaculaire et mouvementé dans le blizzard et la nuit, l'aéroport bordant un bras de mer en baie de Baffin. Après avoir survolé en partie la banquise disloquée, flottant sur des eaux d'un vert sombre devenu aussi noir que du goudron dans cette obscurité, l'avion battu par le vent s'est posé d'abord sur une roue, puis sur l'autre, comme une oie maladroite. L'équipe 2 a ensuite gagné en deux jours le nord-ouest, près de la petite ville de Qaanaaq, qui abrite à peine plus de six cents habitants, en empruntant en 4×4 une piste sablonneuse en été, qui longe le littoral de Baffin, pour enfin arriver à la base où l'équipe 1 achevait son séjour de presque quatre mois. Ils auraient tout aussi bien pu atterrir directement à Pituffik, l'aéroport de la région, mais les pistes étaient en réfection et le trafic aérien détourné. Seuls les hélicoptères de ravitaillement avaient accès à Pituffik.

Malgré leur équipement contre les températures extrêmes en cette période hivernale, entre moins 29 et moins 45 °C, les superpositions de polaires, fibres synthétiques et fourrure naturelle, la plus isolante finalement et la plus protectrice pour le visage lorsqu'elle entoure la capuche de la parka, le froid a saisi les scientifiques dès qu'ils ont posé le pied sur l'inlandsis, cette immense masse glaciaire qui constitue à elle seule 80 % du territoire groenlandais. Mais ils n'auraient pas beaucoup à en souffrir. À l'inverse de ces hommes qui se lancent dans des expéditions polaires relevant de l'exploit et de la survie, eux sont là pour mener à bien une mission de veille sur les conséquences du réchauffement climatique à l'endroit le plus reculé du globe avant le pôle. Ils seront donc la plupart du temps bien à l'abri dans la base.

Par chance, le contact s'est rapidement établi entre les membres de l'équipe, chacun trouvant naturellement sa place. La seule ombre au tableau plane entre Atsuko et Malte, qui s'évitent autant que possible. Le ressentiment qu'éprouve la Japonaise à l'encontre de son coéquipier, gravé dans la glace dès les présentations, est largement partagé par Dick Malte. Aux yeux du glaciologue, Atsuko est d'une froideur de serpent et son mutisme servirait à mieux dissimuler sa sournoiserie.

Au terme d'une journée passée à jouer aux échecs, à la PlayStation et à lire pendant que Mouni préparait les motoneiges et le repas du soir, ils se sont endormis sur leur couche, plus ou moins repus, mais partant tous au pays des rêves glacés.

Chacun s'est réveillé avec l'aube, a avalé une ou deux tasses de café brûlant avant d'enfiler sa tenue polaire et d'embarquer par moins 35 °C sur les motoneiges auxquelles sont attachées les remorques chargées de matériel scientifique, dont les *pulkas*. Seuls restent pour garder le camp Mouni et Lupin. Les conditions climatiques peu propices ne leur ont permis jusque-là aucune sortie, et tous ressentent l'excitation de cette première incursion sur l'inlandsis.

Atsuko a pris place derrière Fergus, Anita derrière Malte. Mathieu Desjours, le photographe français, ne transporte personne, toute la place étant prise par son matériel. Comme l'a annoncé Fergus, ce sera un jour sans vent. Enfin. Les engins se suivent en file indienne. Les consignes sont strictes : pas d'écart, pas de course entre motoneiges. « La mort se cache sous la glace », a prévenu le Danois.

À chaque kilomètre avalé dans la nuit arctique, le petit convoi gagne un peu plus en clarté. Mais celle-ci s'assombrira vite. Au bout d'une heure de piste, ils abandonnent les motoneiges attachées entre elles et chargent les *pulkas* d'un matériel réduit au strict minimum, des appareils de mesure sismiques, climatiques, la carotteuse, des cordes, des baudriers, des fruits secs, des barres et boissons énergétiques. Chacun regarde autour de lui en faisant quelques étirements avant de se lancer à pied dans le grand blanc.

Alors qu'ils progressent dans l'immensité glaciaire, à la lueur de leurs frontales, ils devinent un paysage d'une beauté époustouflante. Tous en oublient le froid intense. Une mer de glace s'étend à perte de vue dans la nuit. En période de jour polaire, la lumière revenue, sans les verres protecteurs, les yeux ne pourraient supporter la réverbération. Partout, des reliefs sculptés, des aspérités, des trous, des pics gelés appelés fourmilières, véritables forteresses.

L'eau est également présente sous forme de lacs bleutés d'une transparence de verre, de torrents et de bédières aussi pures que du cristal, ravinant et creusant la glace. Elles alimentent le plus souvent des puits façonnés par les eaux de fonte ou par la pluie. D'une profondeur inconnue, ces « moulins » sont l'un des plus grands dangers qui guettent l'explorateur.

« Attention où vous mettez les crampons, des hommes ont déjà disparu dans le sol de l'inlandsis, aspirés par les moulins actifs qu'ils n'avaient pas vus. » La mise en garde de Fergus vaut de l'or, dans l'enfer blanc. Plus personne ne parle, même Malte s'est tu, concentré sur la progression, happé par la splendeur sauvage qu'il pressent autour d'eux et que le ciel crépusculaire ne rend que plus inquiétante.

Après une lente ascension sur la glace, chacun tractant sa *pulka*, le paysage modelé se déchire devant eux sur ce qui ressemble à une vallée vers laquelle descend une piste naturelle juste assez large pour deux personnes, que le groupe emprunte, Atsuko Murata et Fergus en tête.

Une fois tous réunis en bas, le Danois fait signe aux autres d'avancer dans la vallée glacée nimbée d'une phosphorescence mauve. Il reprend la tête du convoi avec Atsuko. En plus de sa frontale, le faisceau de la torche électrique qu'il vient de sortir éclaire le sol. Un peu partout, sous leurs pieds, apparaissent des masses sombres. Le chef d'expédition, intrigué, interrompt de nouveau la marche et braque la lampe sur l'une d'elles. Un cri d'effroi monte dans le silence. Face à ce qu'elle voit, Murata reste pétrifiée. Là, dans le sol gelé, un œil énorme, globuleux la fixe. On peut y lire une peur intense, la même que celle qui fige la Japonaise à cet instant.

Suivant son regard, Ferguson et les autres découvrent avec stupeur, presque sous leurs pieds, la tête surmontée de cornes et le corps d'un animal d'une taille impressionnante, recouvert d'une longue toison. On dirait un bison ou un buffle. Entièrement pris dans la glace.

— Un bœuf musqué ! s'exclame le Danois. Une viande très appréciée des Inuits. Mon père en a chassé au Groenland…

Sous les frontales et les grosses lampes torches, d'autres masses sombres se succèdent dans le sol. Les scientifiques font encore quelques pas en rangs serrés avant de s'écarter les uns des autres et de poursuivre leur inspection. Ils n'en croient pas leurs yeux. Aussi loin qu'ils peuvent voir dans le crépuscule polaire, ils découvrent des cadavres de bœufs musqués prisonniers du permafrost. Sans doute sont-ils plus d'un millier. Un immense cimetière de glace.

Tous se taisent, médusés. C'est Anita qui, la première, rompt le silence.

— Une hécatombe, dit-elle. Et elle ne date pas d'hier. Tes carottes nous diront de quand, Malte.

— Je me demande ce qui a pu provoquer ça, je n'ai jamais rien entendu de tel sur l'île, enchaîne Ferguson qui met un genou à terre, se penchant sur un cadavre à travers la glace.

— Des chasseurs les ont peut-être massacrés, suggère Mathieu Desjours.

Les mâchoires contractées par le froid et l'émotion, le jeune photographe français a du mal à articuler.

— Seule une autopsie nous le dira, commente Fergus. Malte, tu peux procéder au carottage, sans toucher aux cadavres. Il va falloir revenir avec du matériel pour en dégager quelques-uns. On fera l'autopsie sur place.

— Ce n'est sûrement pas l'œuvre des autochtones, intervient Anita Whale. Jamais les Inuits ne pourraient avoir commis un tel carnage. Surtout pour les laisser sur place. Ces animaux ont dû être terrassés par une épidémie, une substance toxique. Peut-être à la fonte des glaces, lorsque les bactéries sont réactivées par le réchauffement. L'été dernier, en Sibérie, plus de trois mille rennes ont été retrouvés morts, dans la toundra, là même où ils broutaient une herbe contaminée par l'anthrax libéré du sol au moment du dégel. La même chose s'est peut-être produite ici.

— Fin août, dans le sud de la Norvège, trois

cents rennes ont été touchés par la foudre au même moment, renchérit Mathieu. Ça s'est passé sur le haut plateau de Hardanger, entre Oslo et Bergen. Ils s'étaient regroupés là-haut, sur une superficie d'environ quatre-vingts mètres carrés. Ils ont tous été foudroyés. Peut-être que ces bœufs l'ont été aussi.

C'est cette menace sur la planète qui a conduit Mathieu Desjours jusqu'ici, à vingt-deux ans, après avoir choisi de traiter des effets du réchauffement climatique en milieu polaire comme sujet de doctorat en sciences de l'environnement.

Pendant que Malte s'occupe de forer le sol gelé en vue d'en retirer plusieurs carottes de glace aussitôt conditionnées dans de longs tubes métalliques réfrigérés à l'azote, Desjours, le souffle court, shoote au flash la scène sous tous les angles, zoomant sur la tête de quelques bœufs musqués. Leurs traits, déformés ou agrandis comme sous une loupe par les plis et les aspérités de la glace, leur donnent une expression terrifiante. Dans leurs yeux exorbités s'est cristallisée une peur sans nom. Sans doute provoquée par ce qui les a tués.

L'étudiant sent ses mains trembler sur l'appareil.

— Tu es tout blême, Mathieu, ça va ? lui lance Anita. Tu veux que je prenne le relais ?

— Nan, ça va, souffle-t-il. C'est juste… ce… ce qu'il y a dans leur regard. Ils ont dû avoir la trouille de leur vie avant de mourir. La seule fois où j'ai vu la même chose, c'était dans un abattoir.

— Qu'est-ce que tu es allé faire dans un abattoir ?

— Une observation sur le comportement des bêtes avant la mise à mort. Leurs réactions, leurs attitudes. Ce truc, dans leurs yeux, c'est quelque chose qu'on n'oublie pas. Comme leurs cris.

— Vous avez terminé, Mathieu et Dick ? Il fera bientôt nuit noire, elle peut nous surprendre aussi rapidement que la marée, grogne Fergus, soudain nerveux.

— La dernière carotte, annonce Malte en brandissant le tube.

La lune ressemble à un dôme pâlissant sur la ligne d'horizon que fragmente le relief tourmenté de l'inlandsis. Au sol, les ombres s'allongent comme un réseau de branches ou de veines sombres. Il est temps de se remettre en route.

Alors que le groupe est prêt à partir, Atsuko pousse un cri, un doigt pointé sur le sol. Les regards convergent sur ce qu'elle désigne. Une ombre immense, celle d'une silhouette humaine, démesurément grande, les bras tendus en croix, partant d'un torse aussi large qu'un vieux chêne. Tous jettent des coups d'œil inquiets autour d'eux. Malte saisit son fusil sanglé avec le matériel sur sa *pulka.* Seul Ferguson semble garder son calme.

— C'est un *inukshuk*, dit-il.

— Un quoi ? s'étonne Anita.

— Un monticule de pierres à forme humaine. Des constructions anthropomorphes inuites. Au départ, ce sont des épouvantails utilisés pour effrayer les caribous et les faire tomber dans des embuscades. On appelle *nalluni* un ensemble d'*inuksuits*. Mais c'est aussi une sorte de signalisation, qui sert à s'orienter, à indiquer une cache de nourriture, les limites d'un territoire de chasse, une piste, la proximité d'un village, une direction à prendre en suivant celle que montrent les bras tendus de l'*inukshuk*, notamment le plus long. Il peut aussi servir d'abri lors de tempêtes de neige. Regardez, cette ombre appartient à cet *inukshuk*, là-bas. Il y en a d'autres, plus petits, qu'on n'avait pas vus. C'est parce que la lumière décline que leurs ombres au ras du sol deviennent apparentes. Ce sont les hommes de pierre.

— Bizarre, fait Anita, il y en a tout autour de ce cimetière naturel. Comme s'ils le gardaient.

— C'est un *nalluni*, approuve Fergus en hochant la tête, et je crois bien que nous venons de violer un sanctuaire.

2

RAPPORT SUR L'HÉCATOMBE DU 1er JANVIER À BEEBE EN ARKANSAS

par Luv Svendsen

Environ 5 000 carouges à épaulettes se sont écrasés sur la ville de Beebe, dans la nuit du 31 décembre au 1er janvier.

TÉMOIN A, BRADLEY SMITH, BEEBE, ARKANSAS, 2 JANVIER 2011

Jamais je n'oublierai ce son. Plus qu'un simple bruit. C'était... c'était comme si le toit de la maison, la façade, étaient criblés de balles de tennis. C'est ça... Une pluie de projectiles.

Un instant, j'ai cru à de la grêle. Le temps était orageux, ça s'est déjà produit, par ici, des orages de grêle. Même en plein hiver. Mais cette fois, le son était différent... sourd et comme... mouillé... par endroits. Les vitres tremblaient sous les impacts, certaines se sont fissurées, sans se briser pour autant.

Je me suis dit que cela ne pouvait pas être de la grêle et encore moins des pierres. Qui aurait lâché des pierres sur le toit et contre la maison ?

Était-ce une intervention divine pour inaugurer le passage à la nouvelle année ? Beebe résonnait encore, quelques minutes avant ce déluge de martèlements, des déflagrations des feux d'artifice. C'était la fête. Mais moi, vous savez, je ne fête plus rien... Ma femme est décédée l'an dernier. J'ai un fils en Australie et une fille au Canada. Vingt-trois et trente-deux ans. C'est à eux de fêter... ils ont la vie devant eux. Enfin... après ce qui vient de se passer, je ne sais pas... rien n'est moins sûr, en fait. Et maintenant je doute.

C'est la première fois qu'il se passe une chose aussi terrible, ici, à Beebe. Des faits similaires se sont produits ailleurs, c'est vrai, mais j'ai l'impression que ces phénomènes s'intensifient et s'accélèrent.

Pauvres oiseaux... Un vrai massacre ! Qu'est-ce qui les a tués ? Qu'est-ce qui a bien pu provoquer ce qui ressemble à... à un suicide de masse ?

Une question m'est venue, comme à tout le monde, sans doute. Ces oiseaux étaient-ils déjà morts avant de venir s'écraser à terre ou bien est-ce le choc qui les a tués ? C'est l'enquête qui le dira. Ou peut-être pas. Combien de ces phénomènes sont-ils restés sans réponse, inexpliqués ?

Bien sûr, on parle d'environnement, de changement climatique, on incrimine la pollution, les radiations, les émanations toxiques et même des virus mortels pouvant être à l'origine des hécatombes animales. Certaines ont été vérifiées. Mais là... Aucune trace de polluant dans l'atmosphère, pas de produit dangereux... Des éclairs et des feux d'artifice. Comme chaque Nouvel An à Beebe. Je parle des feux et des pétards. Mais ça... jamais rien de tel ne s'est produit dans notre ville.

Et pourquoi une seule et même espèce ? Des carouges à épaulettes. Dotés d'une mauvaise vue nocturne, ils ont tendance à se poser en colonies dans les arbres à la tombée de la nuit. Cette année comme les précédentes. Alors que s'est-il réellement passé ?

Franchement, c'est un mystère de plus qu'on percera, j'espère.

TÉMOIN B, PRISCILLA ANDREWS, BEEBE, ARKANSAS, 3 JANVIER 2011

Mon Dieu, je voudrais ne jamais me rappeler ce Nouvel An maudit... Aux premiers bruits, comme des coups contre les fenêtres, Jeff, mon fils, et moi avons sursauté, croyant à une agression, une tentative d'effraction de cambrioleurs. C'est fréquent, pendant les fêtes. Jeff m'a dit ensuite que c'était sans doute des pétards que de petits malins avaient lancés dans notre jardin.

J'ai quand même pris le fusil de mon mari mort en Irak, et je suis sortie. Et là, ce que j'ai vu m'a laissée bouche bée, pétrifiée sur le seuil de la maison. Une nuée d'oiseaux tombant du ciel ! Ils se cognaient partout, se fracassaient la tête sur tout ce qui se trouvait sur leur trajectoire mortelle. Comme un suicide collectif. La voiture et la boîte aux lettres résonnaient de coups à répétition. Je ne vous dis pas dans quel état je les ai retrouvés le lendemain quand le jour s'est levé sur cette... cette... je n'ai pas de mots... Ce cauchemar ! Le 4×4 était recouvert de sang, de plumes et de cadavres bien amochés. Jeff est encore très choqué. Assister à ça à douze ans, c'est terrible, surtout pour un gosse qui a perdu son père à la guerre.

J'ai aussitôt appelé la police, déjà débordée. Des équipes ont été envoyées, mais elles pouvaient à peine circuler. Que pouvaient-elles faire de plus que constater les dégâts ? Imaginez un peu... Cinq mille oiseaux qui s'abattent sur une petite ville... pour y mourir.

Il m'a semblé que la nuit devenait plus noire à mesure qu'ils tombaient. Qu'elle s'était soudain épaissie. Pauvres petites bêtes ! Et une telle quantité... Un vrai carnage ! Mais le plus étrange était qu'il n'y avait que des carouges à épaulettes, pas d'autres espèces d'oiseaux, non, des carouges. Vous savez, ces jolis oiseaux qui font penser à de petits merles, les mâles arborant sur les ailes des taches rouges en forme d'épaulettes, qui servent à la parade et à l'intimidation d'autres prédateurs. C'est tellement beau... et leur chant est si particulier. Comme un doux sifflement.

Je serais curieuse de connaître le nombre de carouges sur terre, des milliers, c'est sûr, un million, peut-être. Ou davantage. Si cette hécatombe n'a pas été provoquée par un agent extérieur, c'est peut-être une sorte d'autorégulation naturelle de l'espèce.

En tout cas, j'espère ne jamais revivre une chose pareille et Jeff non plus. Parfois, j'ai le sentiment que la nature se venge de ce que l'homme lui fait subir. Les catastrophes sont de plus en plus fréquentes et violentes. Dans tous les cas, sûr que ce n'est pas l'homme qui gagnera.

PREMIÈRES CONCLUSIONS DE L'USGS, AGENCE DES SCIENCES DE LA TERRE, DANS LE WISCONSIN, APRÈS AUTOPSIE D'UNE CINQUANTAINE DE CAROUGES RAMASSÉS À BEEBE

Les hypothèses de virus, bactérie, empoisonnement de l'eau et de l'air ainsi que de présence de substances toxiques ayant été écartées, les autopsies pratiquées sur des carouges victimes de l'hécatombe de Beebe ont mis au jour un trauma brutal provoqué par des chocs d'une rare violence.

Aucune trace de coups de fusil ni de blessures entraînées par des projectiles n'apparaît sur les radiographies. En revanche, l'autopsie révèle des os brisés net. La question est de savoir si ces fractures multiples ont pu être provoquées avant que les oiseaux ne s'écrasent au sol et si elles ont suffi à entraîner la mort.

L'examen externe ne décèle aucun signe majeur d'infection sur les paupières, excepté des traces de sang ainsi que des blessures et des hémorragies dues à des impacts et ayant provoqué la mort.

Les raisons de l'hécatombe de Beebe demeurent à ce jour inconnues.

Les chercheurs du Centre médical pour la faune spécialisés dans les morts massives inexpliquées d'animaux signalent entre

600 et 700 cas par an. Un chiffre considérable qui reflète une tendance récente inquiétante et une augmentation certaine de ces hécatombes animales.

D'autres pays sont également touchés.

En Norvège, des milliers de poissons se sont échoués sur le littoral.

En Grande-Bretagne, 400 000 étrilles sont mortes de façon inexpliquée.

Au Brésil, cent tonnes de sardines sont remontées à la surface de la mer.

Aux Philippines, on a dénombré des tonnes de poissons-lait morts massivement.

Au Pérou, neuf cents dauphins ont mystérieusement trouvé la mort.

En Italie, des milliers de tourterelles des bois sont tombées du ciel, mortes.

Des disparitions d'autant plus inquiétantes qu'elles sont réparties sur toute la planète et touchent de nombreuses espèces. Abeilles, oiseaux, poissons, crustacés, mammifères marins, chauves-souris, meurent en masse chaque année. Et plus encore cette dernière décennie.

Les abeilles disparaissent à un rythme effrayant et effréné depuis 2006. Pourtant, aucun cadavre n'est retrouvé et leur disparition n'a pas été élucidée. Les spécialistes appellent ce phénomène « le syndrome d'effondrement des colonies ». Un tiers des abeilles disparaît chaque année. C'est une menace directe qui pèse sur l'alimentation. Avec la diminution du nombre d'abeilles, le monde n'est pas loin de connaître une crise de la pollinisation. Dans un tel contexte, les chances de survie humaine s'affaibliraient considérable…

Un cri se mêlant aux crépitements du babyphone l'empêche d'achever sa phrase. Joy. Luv attend quelques instants, l'oreille dressée. Les appels de Joy suivent une progression précise. Calculée. Une vocalise, puis un silence. Et de nouveau des pleurs, qui vont en s'intensifiant pour s'interrompre, le temps d'écouter si les pas feutrés de maman vont bien prendre la direction de la chambre.

Il ne faut pas accourir aussitôt, a conseillé le pédiatre. Sinon… Mais il est si difficile pour Luv de résister. Joy, née il y a six mois, est le fruit de ses multiples tentatives avec David Hope, un Californien de dix ans son cadet et son compagnon depuis trois ans, celui qui surgit lorsqu'on n'y croit plus vraiment, à l'aube de la quarantaine.

Des tentatives répétées jusqu'à ce que les résultats du spermogramme tombent, implacables : David est stérile. David et Luv ont dû opter pour un donneur de sperme avec insémination. Techniquement David Hope n'est pas le père de Joy, bien qu'il le soit dans tout son être.

En fait, les risques que leurs difficultés viennent de Luv étaient d'autant plus faibles qu'elle a déjà vécu une grossesse à seize ans. Une fille aussi. Qu'elle aurait volontiers prénommée Accident ou Catastrophe. Ava, élevée par les parents de Luv, a été une enfant sacrifiée comme il en existe beaucoup. Si certaines filles sont très tôt pourvues d'instinct maternel, ce n'était pas le cas de Luv, qui envisageait des études universitaires en biologie pour se lancer ensuite dans la recherche. De grands projets incompatibles avec une maternité prématurée, qui auraient dû la conduire à avorter. Mais, bien qu'elle ne fût pas chrétienne, Luv Svendsen, déjà attachée à toute forme de vie, avait refusé.

Peu après la naissance, Luv avait quitté le foyer parental à Oslo, laissant Ava et sa culpabilité derrière elle. Et voilà que, vingt-quatre ans plus tard, la vie a éclos de nouveau de son ventre. Joy Hope-Svendsen. La joie et l'espoir de ses parents. Nouveaux pleurs. Attendre… Attendre quoi ? s'irrite Luv, se levant de son bureau. Joy est l'enfant qui fait d'elle une mère. Celle qu'elle n'a pas su être pour Ava. Elle ressent jusque dans sa chair la morsure de cette injustice, mais c'est ainsi et elle n'y peut rien. Toute la culpabilité et le repentir du monde ne changeront rien. Joy est sa rédemption. En espérant qu'Ava lui pardonne un jour son abandon. Depuis quelques années, mère et fille se retrouvent, rarement, confusément. Luv sait que cela prendra du temps. Toute leur vie peut-être. Pour Ava, elle n'a été qu'étrangeté, courant d'air, absence, vide. Sa fille aînée ne l'appellera jamais maman.

À l'inverse de David envers Joy, biologiquement, Luv est la mère d'Ava, mais c'est bien tout. Quant au géniteur, à l'époque âgé d'une vingtaine d'années, il avait aussitôt disparu dans la nature. Ava s'est donc forgée à l'aune de l'amour grand-paternel et s'en sort plutôt pas mal. À vingt-quatre ans, elle a obtenu son diplôme de monitrice équestre et s'est installée en Grande-Bretagne avec Flynn, sa compagne rencontrée à Londres.

L'ombre de Luv tout entière recouvre le berceau. Joy a cessé de pleurer. Seuls quelques feulements se font entendre. Sa mère est là. Elle est venue. Le petit cœur palpite, de joie cette fois. Ce sont déjà des victoires. Éprouver l'emprise que, si jeune, on peut exercer sur autrui. Ce n'est que le début.

« Coquine », sourit Luv en s'approchant doucement. Des ronronnements l'accueillent. Oui, c'est maman. De ce mot, Luv n'est pas avare. Elle le dispense sans modération. Car désormais c'est le sien et celui de Joy. Oui, ma chérie, maman est là. Ça lui picote chaque fois le bord des yeux.

La main minuscule s'empare de son index tendu et le serre, comme des pattes d'oiseau sur une branche. Elle est sa branche, elle est son arbre, son refuge. Viens, mon bébé, viens dans les bras de maman.

Luv sait que cette vie est un miracle de plus. Comme la moindre vie sur terre. Parfois, elle se demande si mettre un enfant au monde aujourd'hui ne relève pas de l'inconscience et de l'irresponsabilité. Pour qui les parents le font-ils vraiment ? Pour eux ou pour lui ? Mon enfant, mon miroir, mon autre, ma chair. La seule idée de toutes les épreuves et les souffrances auxquelles il sera confronté devrait en faire renoncer plus d'un. Mais ce n'est pas à ça que l'on pense lorsqu'on caresse ce doux projet. Non, quand ce n'est pas un accident, une Ava, une erreur, on ne pense qu'à cet être fragile issu de soi, que l'on a conçu à deux ou bien fabriqué seul pour satisfaire son propre besoin de donner, transmettre, besoin d'immortalité, pour lutter contre le vide qui attend chacun.

La chaleur de l'enfant se diffuse dans tout son corps de mère. C'est incroyablement chaud, un bébé. Un vrai radiateur. La respiration régulière de Joy apaise Luv. Car en réalité c'est dans ce sens que ça se passe. C'est l'enfant qui calme la mère. Parce que la mère sait. La mère a conscience de tous les dangers, de toutes les menaces qui pèsent sur lui, les mêmes qui pèsent sur chaque espèce vivante. Et Luv en a conscience, plus que le commun des mortels peut-être.

Joy dans ses bras, Luv les berce toutes les deux, elle et son petit ange, en déplaçant le poids de son corps d'une jambe à l'autre. Elle ferme les yeux et respire la chaude odeur de bébé. Mélange de lait et de pain frais. Les deux fois cinq doigts miniatures appelés à se développer comme une plante pour atteindre une taille adulte jouent avec ses mèches blondes. Cette même lumière illuminera-t-elle la chevelure de Joy, plus tard ? Pour le moment, son crâne, encore nu il n'y a pas si longtemps, est comme une terre vierge peu à peu recouverte d'un duvet blond. Petit poussin niché sous l'aile protectrice.

Quelle injustice… Venir au monde pour un jour mourir… Même une scientifique telle que Luv ne peut s'y résoudre. Sa plus grande angoisse est qu'il leur arrive quelque chose, à elle et à David, avant que Joy sache se débrouiller dans la vie. Avant qu'elle soit suffisamment forte pour faire face. Luv n'a pas éprouvé une once de cette crainte avec Ava. Elle devait alors déjà penser à elle-même, à se bâtir sa propre forteresse humaine.

Luv repose son trésor rendormi dans la douceur parfumée du lit. Là où rien ne peut venir troubler le sommeil sacré de l'enfant. Rien ou presque…

S'ils savaient… ce que je sais, ils n'en dormiraient plus, se dit Luv. Elle revient à son bureau où l'attend ce qu'elle a commencé. Répertorier et classifier les hécatombes animales inexpliquées au cours de ces cinquante dernières années. Elle en est à celles de 2011. Un travail de titan, qu'elle accomplit depuis sa nomination à ce poste spécialement créé en 2001 et dédié à ces catastrophes présumées naturelles, au sein de la Wildlife Protection Society, un organisme privé d'observation et de veille sanitaire pour la sauvegarde des espèces vivantes.

Chaque jour sur la planète se produisent des hécatombes animales. Toutes n'ont pas d'explication. Mais, fait nouveau et inquiétant, leur fréquence et leur importance ont augmenté ces dix dernières années. En plus de les répertorier et les étudier afin de permettre leur classification, Luv s'intéresse aux témoignages qui, souvent, accompagnent ces morts en masse et collecte ceux qui lui paraissent dignes de foi.

Elle ne travaille désormais plus qu'à distance, depuis sa maison. Elle peut ainsi rester près de Joy et s'occuper d'elle sans avoir à la faire garder. C'est, du moins, ce dont elle tente de se persuader. Malgré l'absence de fenêtres, elle a fini par aimer l'intimité de cette pièce dont elle a fait son bureau, avec pour seul éclairage un halogène et un aquarium, tableau vivant aux couleurs chatoyantes. Mais de cet attachement, elle se persuade aussi…

Elle a quand même pu installer dans cet espace réduit ses livres, ses petites collections naturalistes, des fossiles, des fragments préhistoriques, des minéraux, quelques objets rapportés de ses voyages, quand elle pouvait encore bouger hors d'ici… Elle aurait bien aménagé son lieu de travail dans une des pièces de l'étage ou du rez-de-chaussée, pourvues de grandes baies vitrées ouvertes sur l'horizon marin. Pas question, avait tranché Dave, ce serait au sous-sol.

Alors qu'elle s'apprête, entre deux gorgées de taurine, à terminer le mot qu'elle était en train de taper avant que Joy se mette à pleurer, un signal sonore l'avertit d'un appel sur Skype. Un instant, fugace, elle espère que c'est David. A fortement envie de l'entendre, de le voir, même sur un écran d'ordinateur. Il lui manque. Même si ça doit être ainsi, maintenant. L'Amérique, c'est loin, mais la Silicon Valley lui semble un endroit perdu. Inaccessible. Possédant sa propre société d'informatique, Dave revient le plus souvent possible, mais deux mois se passent parfois sans qu'il puisse s'absenter du travail. Skype prend alors le relais. Pour parler, se regarder avidement sans rien dire et même faire l'amour en se caressant devant l'œil de la webcam dans une excitation mutuelle.

L'appel vient de Niels Olsen. L'icône de la caméra est barrée, Luv n'entend que la voix chaude de son ami.

— Luv? Connecte la cam, dit-il.

Le ton semble sombre. La biologiste s'exécute. Le journaliste apparaît à son tour dans une semi-clarté qui rend ses yeux d'un gris-vert d'eau encore plus translucides. Une pluie de mèches blondes sur le front. Un physique de Nordique, forcément. Luv s'est toujours dit que si elle n'avait pas été avec David, brun, le teint mat, des yeux d'obsidienne, tout l'opposé de Niels, le journaliste ne lui aurait pas déplu. Et inversement sans doute. Mais comme d'un accord tacite et malgré les longues absences de David, ils en restent à des rapports strictement professionnels et amicaux. Niels Olsen est reporter pour de grands magazines de vulgarisation scientifique, dont *National Geographic*, et c'est à l'occasion d'un reportage sur les activités de la WPS qu'ils se sont rencontrés.

À la crispation de ses traits, la biologiste devine que l'appel du journaliste n'a pas un caractère léger.

— Luv… Tu es peut-être déjà au courant par ton réseau, mais j'ai préféré t'appeler avant que l'article que j'ai pondu ne sorte. Les abeilles viennent d'être officiellement reconnues comme espèce en voie d'extinction par le United States Fish and Wildlife Service.

La nouvelle attriste Luv mais ne la surprend guère. Ce n'est que l'officialisation d'un phénomène datant en réalité de plus de dix ans.

Devant le visage fermé de la biologiste, le reporter hoche la tête en silence. Ses mèches couleur paille glissent légèrement sur son front plissé. Se projetant dans un avenir collectif, Luv lève sur lui un regard rempli d'appréhension. L'ange annonciateur de la fin du monde.

Tous les deux mesurent très bien le sens de cette nouvelle, sa dimension dramatique pour l'ensemble de l'humanité et des espèces. Tout le cycle de la vie sur terre repose en effet sur cet être si petit, dont le mode de reproduction pandémique rendait jusque-là totalement abstrait le risque qu'il puisse un jour disparaître.

— J'espère juste que tu n'auras pas à te faire tatouer une abeille…

La voix de Niels rappelle Luv à leur échange et à

une réalité. Celle des espèces animales déjà éteintes au cours de la période historique. Plus de quatre cents. Parmi lesquelles une dizaine qu'elle s'est fait tatouer sur le corps. Celles qui ont été déclarées éteintes depuis l'année de sa naissance, 1976. Un siècle plus tard que celle de Jack London, son auteur fétiche. Adolescente, elle a lu tous ses livres.

— Ton corps est un cimetière d'animaux, lui avait dit David en découvrant sa nudité pour la première fois.

— Ce n'est pas mon corps, c'est la planète qui est un cimetière, avait-elle rétorqué. Un cimetière de milliards d'êtres vivants disparus de mort naturelle, accidentelle ou de maladie, mais aussi de tous ceux qui sont victimes de sa destruction. Cela étant, si tu ne veux pas baiser avec ce que tu considères comme un cimetière ou un sanctuaire, c'est ton droit.

Sans répondre, Dave l'avait renversée sur le lit et ils avaient fait l'amour comme s'ils faisaient partie de toutes ces espèces en voie de disparition.

— Je te laisse, Niels, j'ai besoin d'aller prendre l'air, merci pour l'info.

— Fais attention à toi, Luv.

— Ce n'est pas la fraîcheur du soir qui me tuera.

Sur ces mots, deux doigts posés sur les lèvres de Niels par écrans interposés en guise de baiser, Luv se déconnecte de Skype et éteint son ordinateur. Elle en a assez pour aujourd'hui. Après s'être assurée que Joy dort à petits poings fermés, prenant le babyphone sur elle, la biologiste remonte à la surface de la terre, dans le salon aux vastes baies vitrées blindées qui offrent une vue des plus époustouflantes. Car David a estimé que sa petite famille serait ici à l'abri, nichée comme une portée de cormorans sur cette falaise au nord de l'île dont la hauteur peut aisément rivaliser avec un gratte-ciel, au bord d'un fjord d'un vert bleuté et face à l'océan Arctique aux teintes acier.

L'endroit est tenu secret. Accessible à condition d'atterrir à une quarantaine de kilomètres sur un tout petit aérodrome, puis d'emprunter une route unique en lacets qui contourne un fjord verdoyant, lit d'un ancien glacier. Un lieu si isolé que Luv ne serait même plus certaine de sa propre existence si ses parents ne venaient pas la voir à l'occasion des fêtes de Noël, seul moment où David accepte les visites familiales.

— Vivre comme une détenue alors qu'on n'est coupable de rien..., soupirait Luv au cours de sempiternelles discussions avec David.

Sa protection. Et celle de Joy.

— À leurs yeux, tu es une menace et tu es coupable, Luv, répondait-il sévèrement. Alors si tu te fous de ta vie, pense au moins à celle de ta fille.

Coupable, oui, sans doute. D'avoir des valeurs, des idéaux qui lui avaient fait un peu trop remuer la merde. Pointer publiquement les menaces pesant sur la planète et ceux qui en sont responsables. C'est vrai, Luv s'était fait des ennemis un peu partout, et ça, bien avant la naissance de Joy. Avait commencé à recevoir des menaces de mort sur son ordinateur, sous forme de fichiers avec des bombes ou des cercueils. Il était bien sûr impossible de tracer l'IP pour remonter à l'expéditeur.

Ils en avaient discuté avec David, qui voulait déjà la mettre en sécurité. Mais elle s'était obstinée à continuer à travailler à découvert, dans les bureaux de la WPS à Oslo, au cœur du quartier de Bjorvika, à proximité du port industriel. Jusqu'à cette journée qui avait failli leur être fatale, à elle et à Joy encore à l'état embryonnaire dans son ventre. Ce jour où elle avait su que l'insémination avait marché. La balle, surgie de nulle part, s'était logée à quelques centimètres de son utérus, alors qu'elle regagnait sa voiture sur le parking. Les chirurgiens les avaient sauvées, elle et sa future Joy, *in extremis*.

Une tentative d'assassinat non revendiquée, mais de sérieux soupçons s'étaient portés sur les acteurs d'une des «cibles» de Luv à l'époque, l'agriculture, à elle seule responsable de 80 % de la déforestation mondiale et de la plus grande consommation d'eau. L'autre cible étant les laboratoires pharmaceutiques américains. Ayant appris par une source au FBI, une vieille connaissance, que deux géants avaient été impliqués dans le déclenchement de la dernière épidémie du virus Ebola en Afrique à des fins expérimentales, Luv avait balancé l'information sur une chaîne de télé anglaise. Sa démarche avait failli lui coûter son couple. Trois mois plus tard, elle tombait enceinte du donneur anonyme.

Aujourd'hui, à part ses parents, personne ne sait où elle se trouve. Elle a eu le plus grand mal à convaincre David de la laisser les inviter. «On peut faire pression sur tes proches, des pressions dont tu n'as même pas idée», lui a-t-il dit. Quelqu'un d'autre se serait démonté, pas Luv. Une fois par an… recevoir une visite du monde extérieur. En attendant que ça se tasse. «Il n'y a quand même pas une fatwa sur ma tête! Ça ne va pas me poursuivre jusqu'à ce qu'ils aient ma peau!» protestait-elle, tout en sachant au fond d'elle-même que ça risquait de se produire un jour. Elle est donc là depuis quatorze mois, et vient de passer son deuxième Noël ici. Pour certaines peuplades, le temps se compte en lunes. Pour Luv, c'est en sapins de Noël.

Les épaules recouvertes d'un châle péruvien en alpaga, une nouvelle canette de taurine dans une main, elle fait coulisser un pan de la baie vitrée et sort sur la terrasse suspendue au-dessus du vide. Un vent frais soulève une mèche de ses cheveux qui ondulent comme des rivières de lave en fusion. La taurine, elle y a pris goût, en a besoin pour se contenter de quatre heures de sommeil par nuit et tenir ce rythme que lui imposent sa fille et ses propres peurs.

À cet endroit du globe, bien que proche du cercle polaire, les étés sont doux et les hivers tempérés. Depuis quelques semaines a commencé la nuit polaire, avec son crépuscule bleu. De début décembre jusqu'au 7 janvier, le soleil ne se lève pas. C'est alors qu'on peut voir les aurores boréales, ces ondes célestes d'un vert phosphorescent, véritables apparitions tenant presque d'une manifestation divine. C'est aussi pour elles que Luv a accepté l'exil à l'endroit le plus septentrional du globe.

Officiellement, elle a quitté la Norvège, la terre de ses ancêtres. Une terre en grande partie entourée d'eau à l'extérieur, mais aussi à l'intérieur, émaillée d'îles et d'anciennes vallées glaciaires transformées en bras de mer nommés *fjords*. Une terre pétrie de montagnes noires et de glaciers. Encore brute et sauvage, comme à l'instant de sa création, et pourtant touchée elle aussi par les hécatombes animales et les polluants chimiques.

Autour de Luv, le silence, dont fait partie le frémissement de l'océan. Elle peut presque entendre le sang couler dans ses veines. La respiration rapide et régulière de Joy fait doucement crépiter le babyphone. Accoudée à la rambarde en acier comme au bastingage d'un navire, la biologiste regarde le soleil décliner dans une brume violacée. À ses pieds, le vide et la masse sombre mouvante. Au-dessus de sa tête, l'espace du ciel qui s'ouvre sur l'univers infini…

L'homme y a malgré tout laissé son empreinte, a trouvé le moyen de le polluer. Combien d'objets, de pièces métalliques, de matières plastiques, gravitent en apesanteur dans le noir, flottent autour de la Terre… Une ceinture de déchets. On a réussi à faire de l'espace, comme de la Terre, des mers et des océans une vaste poubelle. Chaque fois pour la bonne cause. Telles sont les raisons invoquées. Un bureau de veille spatiale a été créé par la NASA dans la prévention d'une possible collision entre la Terre et un astéroïde qui déclencherait la fin du monde. En réalité, elle est presque inévitable. Et Luv espère bien que si cela doit vraiment se produire, cela se produira. L'idée d'un tel scénario, dans lequel personne n'y pourrait rien, dans lequel personne ne serait épargné, lui plaît.

Le portable qu'elle a laissé sur la table en ardoise brute du salon se met à vibrer. Mais Luv n'entend pas. Ne voulait pas l'entendre, l'a laissé à l'intérieur pour cela. Se couper un moment du monde. Avoir un temps à elle seule. Elle ne prendra pas l'appel.

Elle n'écoutera que bien plus tard le message de sa mère lui annonçant entre ses larmes qu'Ava est dans le coma, à la suite d'un accident de moto.

3

Base ARCTICA, région de Thulé, Groenland,
janvier 2017, jour 4

Le retour au camp s'est fait dans un silence proche du recueillement. Les tubes contenant les carottes ont été répartis entre les *pulkas* de Malte et de Ferguson. Alourdies par leur chargement, les luges se sont bloquées à plusieurs reprises sur les aspérités du sol, ralentissant les marcheurs. Ils ont atteint les motoneiges dans une nuit profonde et regagné le camp par la grande piste à la lumière des phares où dansaient des paillettes de glace.

Atsuko, prise d'une soudaine fatigue, est allée s'étendre dans sa chambre, tandis que les autres sont à présent réunis autour de la table dans l'espace commun, encore sous le coup de leur découverte sur le vaste glacier. Même Malte a perdu de son entrain. Mouni sera épargné ce soir. En leur absence, l'Indien a préparé du poulet tandoori et des galettes que personne ne semble apprécier à leur juste valeur. Les bœufs musqués occupent les esprits. Seul

Lupin, le chien de Desjours, fait vraiment honneur au plat en avalant les restes tout rond.

La question, non dite, contenue par pudeur sans doute, plane pourtant sur le dîner. *Qu'est-il arrivé à tous ces animaux? Quelle est la signification, la vraie raison de la présence de ces « hommes de pierre » autour du cimetière naturel?* Peut-être un ethnologue apporterait-il une réponse à cette dernière interrogation.

— Étonnant que l'équipe précédente ne soit pas tombée dessus, dit soudain Anita Whale.

Ses doigts jouent fébrilement avec sa fourchette.

— En général, on s'arrange pour ne pas marcher dans les traces les uns des autres, précise Ferguson, une canette de bière à la main. C'est le but, découvrir ce que d'autres n'ont pas découvert. Se rendre là où personne n'est jamais allé. Ce qui devient de plus en plus rare. L'analyse de la glace devrait nous en dire un peu plus, pas vrai, Malte? On ne t'entend plus, tu as laissé ta voix sur le glacier?

Le Canadien paraît anesthésié. Non, ce n'est pas sa voix qu'il a laissée là-bas, dans l'enfer blanc, c'est autre chose. Sa perception d'un monde connu et familier. Des repères et des réactions d'homme civilisé. Son refuge temporel, la glace, qu'il lit dans ses strates, telle une page d'écriture ou une portée de notes, lui a montré une nouvelle facette d'elle-même. Imprévisible, inquiétante. De socle et de couverture terrestre ou marine, elle est devenue un piège qui s'est refermé sur un millier de cadavres. Mais un précieux témoin, cette fois encore. Va-t-elle parler ou se taire? Il sait que tous seront suspendus à ses données, à ses calculs. Et ils devront être infaillibles.

— Akash Mouni ne signifierait pas « cordon-bleu » en sanscrit, par hasard ? s'enquiert Anita, dans un sourire, histoire de rendre l'atmosphère plus légère pendant que Mathieu Desjours fait défiler les photos du cimetière de glace sur son appareil numérique.

Le rire flatté du chef cuisinier évoque le chant d'un rossignol. La cuisine, lorsqu'elle est un art, possède ce singulier pouvoir de rassembler, d'abolir les différences et de délier les langues. Mouni est conscient de son pouvoir.

— C'est en fait une notion totalement opposée aux plaisirs des sens, que contient mon nom, dit-il. Akash, c'est l'éther, le cinquième élément, et Mouni, le moine, l'ascète. Malgré tout, il y a de l'idée, ce métier en cuisine, c'est comme entrer en religion. À peu près comme vous autres, les scientifiques.

Il est à peine vingt et une heures, mais Fergus est le premier à se lever de table ce soir.

— Eh bien… Sur cette belle vérité, je vous laisse, aimable compagnie, et vous rappelle que, demain, réveil aux aurores pour l'autopsie d'un bœuf, sur place. Sauf pour Malte, qui restera voir ce que ses carottes ont dans le ventre. Avec les deux A et Desjours, on viendra bien à bout d'un bœuf musqué mort ! Bonne nuit !

Même si Fergus n'en laisse rien paraître, comme ses coéquipiers, le cimetière de glace entouré de ses sentinelles de pierre lui procure un sentiment étrange.

— Le boss a raison, lance Desjours en sifflant Lupin occupé à lécher une assiette. Je vais faire pisser le chien et au plume !

— Il n’y a qu’un clébard pour te faire sortir en pleine nuit par moins 40 °C ! commente Anita Whale.

— S’il te plaît, Anita, Lupin n’est pas un « clébard » ! C’est mon *autre*, sauf qu’on ne pisse pas au même endroit. Tu viens, Lupin ?

À peine dehors, vêtu de sa combinaison polaire, Desjours sent le froid lui raidir les membres, tandis que le loup tchèque bondit vaillamment dans la neige enrobée d’une obscurité qu’une lune laiteuse peine à éclairer.

L’étudiant, qui d’habitude vapote à l’intérieur, en profite pour allumer une vraie cigarette, instants aussi rares que les sorties libres en solitaire. Aspirer la fumée en même temps que l’air glacé lui fait mal aux poumons mais, pour un fumeur, ce plaisir toxique en vaut la chandelle. Devant lui, c’est le noir béant, au bord duquel Lupin évolue, trop heureux d’éprouver lui aussi un semblant de liberté à frotter ses coussinets sur cette matière si fraîche, en quête d’odeurs sauvages, sans pourtant sortir du cercle de lumière.

Alors que, tirant une dernière bouffée, Desjours s’apprête à rappeler son chien, celui-ci se met à aboyer comme un fou, tendu vers quelque chose dans le noir, invisible pour son maître. Les aboiements du chien le guident un peu vers la gauche.

— Lupin ! Viens ici tout de suite ! lui crie Mathieu, au moment où Lupin esquisse quelques pas hors de la lumière.

Partagé entre le devoir d’obéissance auquel il a été dressé et son instinct de chasseur, le loup tchèque se retourne vers son maître dans un grognement dépité, haletant, la queue entre les pattes, les poils hérissés et le blanc des yeux injecté de sang. Jamais Desjours n'a vu son chien dans un tel état. Ses yeux écarquillés fouillent les ténèbres, mais il ne perçoit aucun mouvement anormal.

— T'as des hallus, mon gazier ! lance-t-il à l'animal maintenant collé à sa jambe. C'est sûr, l'Arctique, ça change des balades sur les berges du Rhône. Allez, on rentre.

Lupin emboîte le pas à son maître tout en lançant quelques regards inquiets derrière eux. Lui seul peut flairer ce qui échappe à l'odorat humain.

La pièce principale s'est entre-temps vidée, tous se sont retirés sauf Dick Malte, qui a, semble-t-il, décidé que l'alcool lui tiendrait compagnie pour la soirée.

— Un écossais de quinze ans d'âge, ça te tente ?

Encore troublé par le comportement nerveux de son chien autour du camp, Mathieu met un temps à répondre.

— Un de ces mecs en kilt ? rit-il, espérant donner le change.

Mais sa pâleur subite ne trompe pas le glaciologue.

— Kilt ou pas, ça te remontera. Tu as l'air à moitié congelé. Pour rien au monde je ne serais l'esclave d'un chien !

— Malte… Tu… tu penses qu'il pourrait y avoir des bêtes qui rôdent autour de la base, la nuit ? se risque enfin Desjours que le whisky commence à détendre en quelques lampées.

— Hmm, je vois. Toi aussi, ça te travaille, notre découverte de cet après-midi, hein ? Possible. Même sûr. Fin janvier, certaines espèces commencent à sortir de leur hibernation et d'autres chassent y compris en hiver pour constituer leurs réserves de graisse.

— Lesquelles ?

— Les ours blancs, parfois les loups solitaires.

— Ils s'approcheraient autant ?

Malte jette à Desjours un regard en biais derrière son verre de whisky.

— Tu sors d'où, Froggy ? Ils vont se gêner ! C'est nous qui sommes sur leur territoire… La curiosité… une des principales qualités pour survivre dans un monde rude. Les ours polaires l'ont très bien compris. Tu as une petite amie ?

— Ouais, lâche Desjours, après une hésitation, un peu pris de court par la question.

— T'as pas l'air très convaincu. J'imagine qu'elle est jolie. Comment elle s'appelle ?

— Coralie. Mais je crois qu'elle a mal pris que je parte aussi loin et aussi longtemps.

— Moi aussi, je l'aurais mal pris. Tu t'es posé la question ? Pourquoi ?

— Pourquoi quoi ?

— Pourquoi laisser ta Coralie pour venir te les geler au Groenland ? Il t'arrive jamais de te demander ce que tu fais ici ? Ce que tu es venu chercher ? Ce que tu fuis ou qui…

— T'as laissé personne quelque part ?

— C'est à TOI que je pose la question, corrige Malte d'une voix que la torpeur engourdit peu à peu.

— Je… je sais pas. J'y ai pas réfléchi.

— Eh bien, tu devrais. Et tu seras toi-même étonné de la réponse… si tu la trouves.

— Tu l'as trouvée, toi ?

— C'est dans mon job que je trouve les réponses. Les réponses sur l'évolution de notre planète, ce qu'elle a subi au travers des millénaires. C'est ma façon à moi de maîtriser le temps. La glace que j'étudie est comme une boîte à bijoux. Et les bijoux qu'elle renferme, ce sont toutes ces bulles d'air, de véritables perles rares, de l'air parfois vieux de millions d'années, emprisonné dans ces minuscules sphères gelées. Sans parler des organismes vivants, des bactéries, des parasites. Tu serais étonné de voir toute cette vie figée dans cet écrin. Pour justifier ce choix professionnel, j'ai dû trouver un argument qui tienne. Un glaciologue black ! Tu parles comme c'est crédible ! Et en plus le visage à moitié cramé…

— Ce n'est pas une question de couleur de peau, objecte Mathieu en caressant entre les oreilles son chien de nouveau aux aguets, suivant d'un doigt le sillon de poils presque blancs qui descend jusqu'au museau.

— C'est vrai, mais je vois bien la tête des gens quand je leur dis ce que je fais. Ils visualisent tout de suite, noir sur blanc. Comme si j'étais censé vivre sous le soleil d'Afrique et les cocotiers des Antilles plutôt que faire des trous dans la glace en me gelant les noix ! Et puis on dit que la source de l'humanité se trouve sur le continent africain, au Kenya ou en Tanzanie. Je n'en suis pas si sûr. La source de l'humanité, c'est la première vie sur Terre, où qu'elle soit apparue. Sous une forme cellulaire aquatique. Et qu'est-ce qui peut mieux l'avoir conservée que la glace encore préservée des pôles ? Un vrai trésor, le patrimoine de l'humanité ! La glace, qui est en somme de l'eau figée, de l'eau transformée, aussi fourbe que fascinante… Elle peut résister à ton poids ou bien céder et c'est la chute…

— Malte… c'est super intéressant, mais je… j'ai un peu trop bu. Je te laisse à ton écossais. Fais de beaux rêves de glace…

— Ah, tu n'es qu'un amateur, Froggy ! Un amateur ! Je comprends qu'elle l'ait mal pris, ta Coralie ! À la tienne !

Dans l'espace confiné de la chambre à 19 °C qui, au regard de la température extérieure, paraît surchauffée, Lupin, couché sur le lit aux pieds de son maître, a fini par se calmer pour se livrer à un sommeil de surface. Coralie la Parisienne… Les bras croisés derrière la nuque, Mathieu Desjours garde les yeux ouverts dans l'obscurité. Ils se sont séparés quelques mois avant son départ. Elle a rencontré quelqu'un à la Sorbonne. C'est pour cette raison qu'il a voulu partir le plus loin possible, changer d'air, ne plus respirer le même qu'elle. Mais il a préféré mentir à Malte. Un amateur… Le Canadien a raison, seul un amateur peut perdre une fille comme Coralie, fiable, fidèle et sincère. Avant de vivre une relation de couple, il faudrait déjà apprendre à vivre avec soi-même, pas pour soi, simplement avec soi. Avoir été un enfant précoce et avoir eu son bac à seize ans ne signifie pas être mûr pour le reste. Un amateur… amateur… sont ses derniers mots avant de sombrer dans les ténèbres d'un cauchemar glacé.

Tenant sa promesse de réveil à l'aube, Fergus, qui comme tout chef de mission se doit de montrer l'exemple, est déjà sur le pont à 3 h 30 tapantes, à charger l'une des deux motoneiges qui leur serviront pour rejoindre le cimetière des bœufs. Cette fois, il se munit de la scie à glace, de piolets et de haches pour libérer au moins un bœuf congelé de son sarcophage glacé.

Une clarté d'un bleu rosé inonde les contours enneigés. Ces reliefs fracassés en constante évolution que l'on croit, à tort, figés par le froid extrême, Roger les connaît par cœur et pourtant il leur porte chaque fois un regard d'enfant émerveillé. Par ici, la nature et les paysages vierges ne cessent de changer, de se remodeler, façonnés par les vents polaires, taillés, ciselés, bouleversés par le réchauffement et profanés par l'homme. Heureusement, le froid insoutenable protège encore cette terre du Groenland où les ours commencent à connaître une lente agonie. Substances polluantes, PCB qui ont fini par atteindre les mers arctiques, se concentrent dans la graisse des phoques dont se nourrissent les grands prédateurs, à leur tour intoxiqués. La protection de cette faune est l'un des autres grands combats de Ferguson. C'est pourquoi, bien qu'elle ne soit ni la première ni la dernière sur la planète, cette hécatombe ancienne de grands animaux à fourrure venus tout droit de la préhistoire, rescapés du temps, l'a hanté jusqu'à en écourter sa nuit de deux bonnes heures.

Desjours rejoint Ferguson à l'extérieur, suivi de Lupin pour sa première sortie de la journée. Comme s'il n'attendait que ça, le loup tchèque se met à fureter partout autour du camp, museau à terre, en bougeant la queue comme un gouvernail. De leur côté, Atsuko et Anita, équipées, avalent un café brûlant. Le visage de la Japonaise est tendu et pâle, des cernes noirs autour de ses yeux tel un rimmel qui bave, comme si son repos ne lui avait pas profité.

— Tu te sens d'attaque pour cette expédition, Atsuko ? ne peut s'empêcher de lui demander Anita.

La géologue hoche la tête d'un air absorbé, les mains jointes autour de son mug fumant. Mouni s'affaire déjà en cuisine pour préparer le déjeuner. Cette fois ce sera du poisson au gingembre et citrons confits. Avec le stock d'épices qu'il s'est constitué, il pourrait tenir un siège de plusieurs mois. C'est le cas, ici, c'est une sorte de siège contre le froid et le blizzard.

Alors qu'elles rejoignent Ferguson et Desjours dehors, les aboiements forcenés de Lupin retentissent à proximité du campement. Comprenant qu'il est inutile de rappeler son chien, l'étudiant se précipite en direction des hululements, à une vingtaine de mètres des motoneiges, un peu empêtré dans sa combinaison en gore-tex.

— Venez voir ! crie-t-il à son tour. Ici ! On dirait des… des empreintes d'ours !

Empoignant le fusil déjà prêt sur sa motoneige, en trois bonds, Ferguson franchit les quelques mètres. Un genou à terre, il passe les doigts dans une empreinte. Elle est nette, durcie par le froid.

— Un ours blanc mâle, de grande taille, dit-il en se redressant. Les traces datent de cette nuit.

— Il n'y en a pas que là… Regardez ! Ça continue là-bas, autour du baraquement ! halète Desjours.

Vacherie ! C'était lui, hier soir, que Lupin a senti quand je l'ai sorti ! Un ours blanc ! Il aurait pu nous dévorer ! Quand j'ai rappelé Lupin, on aurait dit qu'il venait de rencontrer le diable !

— Le chien a dû le tenir à distance en aboyant, dit Fergus. On peut dire que tu as eu de la chance et un bon chien de garde ! Tu peux le remercier…

— Il va finalement nous être utile ici, lance Anita avec un clin d'œil.

Desjours sourit.

— C'est bien pour ça que je l'ai amené.

— Bon, pour résumer, reprend Ferguson, un ours, un des mammifères prédateurs terrestres les plus dangereux, de surcroît un mâle solitaire, rôde autour du camp la nuit. Il faudra surveiller ça de près. Mathieu, à partir de ce jour, tu ne sors plus faire pisser Lupin sans le fusil à ours.

— Encore faudrait-il que je sache m'en servir, réplique le photographe.

— Ça, c'est un détail qu'on réglera, fiston, tu m'as l'air assez dégourdi pour apprendre en quelques séances. Maintenant, rentre ton chien, il est temps de partir. Préviens Mouni et Malte du danger potentiel. Qu'ils ne s'aventurent pas non plus dehors sans fusil. Mais, en principe, ils n'ont pas de sortie prévue aujourd'hui.

Bientôt les deux motoneiges et leurs remorques, pilotées par Ferguson et Anita, prennent le large pour disparaître, avalées par l'immensité blanche sous le regard brumeux de Malte venu les saluer malgré sa gueule de bois.

Cette fois, le tracé est déjà fait jusqu'à l'endroit

où ils laissent les engins pour continuer à pied, les deux hommes tirant les *pulkas* chargées de matériel. Anita tracte la troisième *pulka*, vide, qui servira à transporter les pièces de viande découpées, ainsi que le crâne d'un bœuf musqué. Chacun est équipé de lunettes à vision nocturne.

À l'approche du sanctuaire, plus personne ne parle. Seul le crissement des bâtons qui s'enfoncent à chaque pas dans la neige durcie rythme la progression sur l'inlandsis. On économise le souffle, que l'émotion grandissante accélère. Quelque chose dans l'air a changé. Le silence n'est plus le même. Un faible grondement fait vibrer le sol. Plus ils avancent, plus il se précise. Dernière petite ascension avant d'atteindre le plateau qui redescend vers la vallée des bœufs. Arrivé en haut, Mathieu est le premier à pousser un cri de stupeur. À leurs pieds, comme si les cadavres prisonniers s'étaient libérés du glacier, des centaines de bœufs laineux labourent le sol de la pointe de leurs sabots, tapant sur la glace pour la casser.

— On a dû se tromper de chemin, suggère Anita sans trop y croire.

— Non, c'est bien ici, dit Ferguson d'un ton grave. Les *inuksuits* sont là, les mêmes qu'hier. Mais tous ces bœufs musqués sont en train de piétiner le cimetière, comme s'ils avaient senti sous leurs sabots leurs congénères morts et qu'ils aient entrepris de les libérer.

4

Londres, University College Hospital

En d'autres circonstances, Luv aurait dû négocier durement sa liberté avec David. Mais cette fois elle était si déterminée à obtenir ce qu'elle voulait que rien n'aurait pu se mettre entre elle et sa fille. Sa fille dans le coma. Ava dans le coma. Les mots d'Olga laissés sur la messagerie. Ils ne l'ont pas épargnée. « On ne sait pas si elle va s'en sortir. » À aucun moment sa mère ne lui a demandé de venir. Ce choix lui appartient. La décision viendra d'elle seule. Choisir entre leur sécurité, la sienne et celle de Joy, et aller voir Ava, sa fille aînée, peut-être pour la dernière fois.

Le choc de la nouvelle passé, Luv a aussitôt appelé son compagnon, via le téléphone satellite, sans se préoccuper du décalage horaire. L'échange a été bref, sans concession.

— Je pars à Londres, David. Ava a eu un accident de moto, elle est dans le coma. Son pronostic vital est engagé.

— Je ne suis pas d'accord. Tu sais bien que je ne

peux pas t'aider à te suicider, Luv. Et encore moins à risquer la vie de Joy.

— Je n'emmène pas Joy. Tu dois la faire garder, venir toi-même, ou alors je me charge de faire venir quelqu'un ici. N'importe quelle nounou. Je n'ai pas le temps de m'occuper du casting. Je dois être là-bas ce soir. C'est sans discussion.

— Tu ne me laisses même pas le temps d'organiser quoi que ce soit ! Je te rappelle que je suis aux États-Unis et que tu ne sais pas piloter un avion de tourisme.

— Alors je vais me débrouiller seule. Ce ne sera pas la première fois.

— Ne fais pas avec Joy ce que tu as fait avec Ava, Luv. Ne passe pas à côté de ta fille, cette fois.

— Ne me refais pas ce chantage ignoble, Dave. Je suis mère de deux enfants. Et je te rappelle que tu n'es le père ni de l'une ni de l'autre.

Au moment où, à bout, elle a prononcé ces mots, Luv les a aussitôt regrettés, mais le mal était fait. À coups de hache. Mieux valait raccrocher. Ce qu'elle a fait. Ensuite, rappelant sa mère pour lui dire qu'elle s'arrangerait pour arriver par l'avion du début de soirée, elle a obtenu de celle-ci qu'elle contacte sa sœur Kirsten restée à Oslo pour lui demander de garder Joy, qu'elle lui déposerait après le déjeuner.

Le dernier problème à régler a été celui du transport jusqu'à la capitale norvégienne. Le seul moyen de la rejoindre est d'aller en voiture jusqu'au petit aéroport. Luv dispose d'un 4×4, qu'elle utilise pour faire les courses à une quarantaine de kilomètres de son refuge. C'est chaque fois une expédition qu'elle partage avec Joy, ne pouvant la laisser seule à la maison. À ces rares moments, elle a le sentiment fugace de retrouver une liberté dans laquelle elle ne craindrait rien ni personne. Elle et son bébé. Deux clandestines. Deux fugitives.

À peine s'est-elle connectée pour joindre Niels qui connaîtrait peut-être un pilote d'avion de tourisme, que David l'a rappelée, lui disant qu'il envoyait Mike les chercher, elle et Joy. Vieille connaissance de David et ancien militaire, Mike Osborn fait office de garde du corps depuis la tentative d'homicide sur Luv. Arrivé d'Oslo en bimoteur, il a pour consigne de passer les prendre en voiture de location pour les ramener à son avion. Il pourrait même les déposer à Londres. Ce que Luv a refusé net. Pas question d'entraîner Joy dans ce voyage, elle veut profiter de ces instants seule avec Ava, sans avoir à s'occuper du bébé.

De l'extérieur, David Hope est un compagnon et un père protecteur, idéal, dirait une belle-mère conquise, mais Luv sait que sa principale motivation reste d'exercer son contrôle sur Joy et sur elle. Qu'elles soient ensemble lui permet de mieux veiller à leur sécurité. Une emprise dont elle a conscience et qui pourtant est nécessaire à sa survie, et la rassure autant qu'elle peut parfois lui peser.

Se séparer de Joy la déchire. C'est la première fois. Elle a cru un instant que c'était la pluie sur le hublot, mais ce sont ses larmes qui lui brouillent la vue depuis le décollage de l'aéroport d'Oslo, s'ajoutant à une fine averse glacée. Elle a laissé Joy à sa tante, qu'elle n'a pas vue depuis au moins dix ans. L'a-t-elle seulement connue ? Elle ne l'a finalement peut-être vue que sur des photos de famille. Kirsten. La sœur cadette de sa mère. Elle-même grand-mère de trois petits-enfants de six, dix et onze ans.

Il n'y a encore pas si longtemps, juste avant cette courte nuit, Luv plongeait son visage dans la chaude odeur de bébé et laissait le petit duvet lui caresser les joues. C'est aussi la première fois depuis presque un an et demi qu'elle sort du pays. Une prisonnière en liberté conditionnelle. La moindre négligence peut lui coûter cher. Malgré la présence de Mike, sans doute caché quelque part dans son sillage et chargé de veiller sur elle. Il ne le lui a pas dit, mais jamais David ne la laisserait partir livrée à elle-même et à la menace qui pèse encore sur sa vie.

Au bout d'un peu plus de deux heures de vol, incapable de travailler, laissant son regard errer de l'écran de son MacBook à la mer de nuages derrière le hublot, elle sent l'appareil vibrer au contact des roues sur la piste, juste avant le puissant freinage. Elle adore voler. Plus encore qu'à bord d'un avion, elle a cette impression de survoler la Terre à la manière d'un oiseau, en ULM ou en parapente. A éprouvé cette ivresse absolue plusieurs fois, avec Otto, une de ses aventures de jeunesse, un dingue d'extrême, avant qu'il n'y laisse la vie. Par chance pour elle, ce jour-là, elle ne l'avait pas accompagné dans sa valse au-dessus des fjords. Une erreur de navigation l'a projeté dans des turbulences. Le parapente a heurté de plein fouet une paroi rocheuse contre laquelle l'homme n'a plus été qu'une marionnette incontrôlable au bout de ses ficelles.

Dans la salle des arrivées, Luv a du mal à reconnaître son père derrière ses traits creusés. Dagmar

Svendsen. De nombreuses rides lui entaillent le front et les joues, en partant des yeux. Des allures de Viking aux cheveux blancs mi-longs et une gueule de vieux marin, fripée par le soleil et ravinée par le temps. Un géant de soixante-quatre ans. Il a l'air ébranlé. En le voyant, Luv devine que sa mère ne lui a pas tout dit. Dagmar lui en dira encore moins. Il se contente d'un signe de tête lorsqu'elle se retrouve devant lui. Ne l'a pas reconnue tout de suite ou a fait semblant. C'est sûr, en un sens, Ava est leur fille unique et elle, une étrangère. D'ailleurs, ça fait longtemps qu'elle ne les appelle plus papa et maman, ayant adopté leurs prénoms pour s'adresser à eux bien avant de fuir leur foyer.

Quand ils arrivent à la voiture sous un vent pluvieux mêlant particules grises et neige fondue, sans un mot, Dagmar jette le sac de Luv dans le coffre de la Volvo de location et avant de monter lui envoie un regard qui la fige.

— Je suis désolée, Dagmar… Je… je ne pensais pas vous revoir si vite, toi et Olga, après ce Noël à la maison, parvient-elle à prononcer alors qu'ils roulent vers l'hôpital.

Seul lui répond le grincement des essuie-glaces. La route est grasse sous la pluie et le bitume semble absorber toutes les lumières des phares. Derrière, à faible distance, une voiture gris métallisé les suit.

— Comment c'est arrivé ?

— Comme ça peut se produire à moto. On ne connaît pas encore les détails.

— Olga dit que le pronostic vital est engagé.

Luv se fait l'effet d'un automate ou d'un perroquet qui répéterait des mots dont il ne comprendrait pas le sens. Les mains de son père se resserrent sur le volant en même temps que ses mâchoires derrière un mur de silence. Puis, soudain, sa voix claque, comme entre les parois d'une cave.

— Depuis combien de temps tu ne l'as pas vue, Luv ?

— Tu sais très bien pourquoi.

— Ça fait quatorze mois que tu as reçu cette balle et que tu te terres avec Joy, mais avant que tu t'arrêtes de vivre ? Combien d'années se sont passées sans que tu la voies ?

— C'est elle qui ne le souhaitait pas. Jusqu'à Noël dernier.

Prononcer le nom de sa fille aînée est au-delà de ses forces. Compter toutes ces années, encore plus.

— Comme ça, c'est plus simple, lâche froidement Dagmar.

C'est au tour de Luv de serrer les dents sans répondre en tortillant un doigt de ses gants en cuir. Rien ne réparera l'abandon dont elle s'est rendue coupable aux yeux de sa famille, et surtout de sa fille. Quoi qu'elle dise, ce sera toujours déplacé, pris comme une misérable défense ou des circonstances atténuantes.

— Tu aurais pu ne pas venir.

Le rouleur compresseur est en marche ; ne pas répondre, s'anesthésier, penser à Joy, aux abeilles si fragiles, à son prochain tatouage, à la vue sur l'océan de l'autre côté des baies vitrées, tout pour ne plus entendre le roulement de la machine à culpabiliser, cette broyeuse de conscience, cette dévoreuse d'âme. Ne plus sentir les nœuds du fouet paternel lui rentrer dans les chairs.

La masse de l'ensemble hospitalier apparaît enfin dans la nuit londonienne. L'établissement se trouve au nord de la capitale, sur Euston Road, à proximité de la gare d'Euston, dans le quartier de Fitzrovia et les parages de Camden. Dans quelques instants, elle sera au chevet de sa fille. Oui, elle aurait pu ne pas venir. Au point où en est leur lien. Dagmar a-t-il voulu dire qu'elle aurait pu ne pas risquer de s'exposer encore une fois ou, plus simplement ce qu'elle a compris, que sa présence auprès d'Ava n'est pas indispensable ?

L'arrêt de la Volvo sur le parking l'interrompt dans ses pensées. Mais elle ne se décide à bouger de la voiture que lorsque la voix grinçante de Dagmar lui rappelle pourquoi elle est là.

L'ascenseur les emporte jusqu'au quatrième étage de la partie la plus récente de l'établissement, dans un mélange de relents d'urine et de potage aux poireaux. Toute cette atmosphère viciée semble se concentrer à l'intérieur de la cabine. Tellement loin de l'air pur et cinglant de son île…

— Je vais me prendre un café et je reste dans le couloir, annonce Dagmar. On ne peut pas entrer à plus de trois.

La porte de la chambre s'ouvre sur la scène que Luv redoutait depuis son départ. Un corps sans réaction étendu sur un lit encadré de barres d'acier, dans la clarté blafarde d'un néon, et d'où partent tuyaux et cathéters reliés aux perfusions et au respirateur.

Ainsi elle en est vraiment là…, se dit Luv incrédule. Elle distingue deux présences dans la pénombre, de chaque côté du lit. Reconnaît Olga, sa mère, mais pas l'autre. Une jeune femme brune aux yeux sombres rougis, plutôt jolie, coupe garçonne, silhouette mince. Sans doute Flynn, la compagne d'Ava, qu'elle n'a jamais rencontrée.

À son entrée dans la pièce, la jeune femme lâche doucement la main d'Ava qui ne réagit pas et se lève pour gagner la porte.

— Ne bougez pas… Je… je suis…

— Je sais qui vous êtes, dit Flynn un peu sèchement. Je vous laisse la place, je vais fumer une clope.

Luv la suit des yeux jusqu'à ce qu'elle disparaisse dans le couloir. Cette fille est donc celle qui partage la vie d'Ava, le témoin privilégié de ses émotions, de ses peines, de ses joies, de ses projets. *Je sais qui vous êtes.* Ou plutôt, *ce* que vous êtes. En quels termes Ava lui a-t-elle parlé de sa mère ? Comment lui a-t-elle présenté leurs relations ?

Olga demeure silencieuse, prostrée sur sa chaise. L'arrivée de sa fille ne semble rien produire sur elle. Tout son être est tendu vers le sort d'Ava, son avenir si incertain… Sa fibre maternelle, elle l'a vouée tout entière à sa petite-fille, elle a reporté son amour de mère sur Ava. Et voilà qu'un cataclysme vient ébranler cet équilibre.

— Comment ça va ? esquisse Luv sans être certaine que ce soit la question à poser.

Elle parle pour ne pas s'écrouler. Les gargouillis du respirateur lui sont insupportables.

— J'ai donné tes coordonnées à un inspecteur de Scotland Yard et lui ai dit que tu arrivais. Il devrait t'appeler assez vite.

— Scotland Yard ? Pourquoi ?

— C'est la procédure, apparemment, pour ce genre d'accident.

— Quel *genre* d'accident ?

Pour la première fois depuis son entrée dans la chambre, Olga tourne la tête vers Luv.

— Je ne sais pas, Luv. Ils n'ont rien voulu nous expliquer. Sa moto… n'est plus qu'un tas de ferraille. Je lui avais pourtant dit que c'était dangereux… mais ne rien écouter et n'en faire qu'à sa tête, elle tient ça de toi.

La voix d'Olga se perd dans le ronronnement du respirateur artificiel. Luv regarde sa mère. Son front soucieux, une ride du lion entre les sourcils, encore plus marquée, lui semble-t-il, ses pommettes hautes, des pommettes slaves, ses yeux clairs enfoncés, ses cheveux d'un blanc éclatant ramassés en un chignon sévère. Pas plus qu'elle n'a vu sa fille grandir, Luv n'a vu ses parents vieillir. À eux deux ils forment un bloc de granit tant ils sont soudés, malgré de constantes chamailleries et des impatiences mutuelles. À croire que c'est aussi l'un des ingrédients de ce ciment. Mais Luv est persuadée qu'Ava les a encore plus rapprochés et les maintient unis. Que se passera-t-il si…

Son smartphone vibre dans sa poche. Personne, à part ses parents, David et Niels – une entorse à la règle que David ignore – n'a son numéro personnel. Et maintenant, un flic.

— Inspecteur Peter Green, de Scotland Yard, annonce une voix d'homme au milieu de bruits de circulation. Vous êtes bien Luv Svendsen ?

— Oui.

— Votre mère m'a dit que vous devez arriver aujourd'hui à Londres.

— Je suis près de ma fille, à l'hôpital. Ma mère m'a dit aussi que… que la raison de votre appel, c'est la procédure dans ce genre d'accident. Je crois que le choc la rend confuse. Ce sont mes parents qui ont élevé ma fille. J'étais trop jeune à sa naissance.

— Oui, vos parents m'en ont parlé. Cependant légalement, vous restez la mère d'Ava. Et c'est vous que je dois informer en premier lieu. Il semblerait que la chute à moto de votre fille ne soit pas accidentelle. Des éléments et notamment des témoignages nous conduisent sur une piste criminelle.

Luv sent que l'air lui manque soudain. Écouter jusqu'au bout.

— Comment ça ? articule-t-elle avec effort.

— Ava aurait été suivie par une camionnette qui l'aurait volontairement fauchée à un feu avant de prendre la fuite.

— Mais pourquoi ? Qui… qui pourrait en vouloir à sa vie ?

— Ça, madame Svendsen, c'est à vous de me le dire.

5

Nord-ouest du Groenland, région de Thulé, janvier 1968

En quittant le campement, Aningan ignorait que la mort viendrait du ciel, ce même jour. Ce ciel pailleté, aussi pur qu'un lac, aussi froid qu'un glacier, qu'il pouvait contempler des heures durant, assis près du feu. Ce ciel auquel il avait été lié à la naissance comme à un frère. La lune était alors si proche de la Terre qu'elle semblait sur le point de l'absorber tout entière. La lune avait veillé sur lui au cours de sa première nuit au monde.

Sa mère lui avait donné la vie en perdant la sienne par moins 40 °C. Elle avait accouché comme une louve, dehors, dans la peau encore fraîche d'un ours blanc que Inuk, le père d'Aningan, avait tué la veille pour l'événement. Depuis le village dans les terres, ils devaient rejoindre la côte pour la saison de la pêche et s'étaient égarés en pleine tempête. Trois cents kilomètres. Le traîneau avait été ralenti par la perte de deux des dix chiens. Mais sa mère ne pouvait plus attendre, l'heure était venue. Ils avaient dû s'arrêter à l'abri d'une congère et monter une tente de fortune.

Le lendemain, dans la profondeur crépusculaire de la nuit arctique, Inuk avait découvert le corps sans vie de sa femme, son fils respirant à ses côtés, nu dans la peau de l'ours, entouré des chiens couchés en boule. La fourrure animale lui avait servi de deuxième matrice. En lui donnant un mâle, Buniq avait malgré tout bien travaillé et honoré son nom. « Douce fille. » Elle était douce et belle. Inuk l'a pleurée longtemps.

« Tu t'appelleras Aningan », avait-il murmuré à son fils après l'avoir lavé du sang maternel. « Le Maître de la Lune. » Parce qu'il était, d'une certaine façon, le fils de cette lune qui lui avait laissé la vie sauve.

Quarante ans plus tard, Aningan était père à son tour, et plusieurs fois, avec trois femmes successives. Car dans son peuple, bien que monogames, les hommes peuvent connaître d'autres femmes dans un échange de conjoints limité dans le temps, chacun appartenant avant tout au groupe.

Le campement se réduisait à une dizaine de foyers et, en hiver, dans les terres, les hommes partaient en groupe chasser le caribou et le bœuf musqué des plaines. Mais cette fois, Aningan avait tenu à partir seul avec son fils aîné, Nukilik, « celui qui est fort », qui allait avoir quinze ans. Pour marquer cet anniversaire, ils iraient chasser le bœuf musqué. Dès l'âge tendre, Nukilik avait appris à tenir un arc et à manier la lance comme ses ancêtres, avant de savoir se servir d'un fusil. Mais il n'avait encore jamais chassé le bœuf musqué. Seulement de jeunes caribous et quelques phoques.

La veille du grand jour, le père et le fils avaient préparé les sacs remplis de viande et de poisson séchés, le matériel et le traîneau auquel ils atteleraient les onze chiens, dix disposés en paires plus le chien de tête, Sesi, « neige », une puissante femelle de trois ans, à la robe toute blanche et bien fournie, aux yeux aussi noirs que des pruneaux. Chaque chien avait un nom et était traité comme un membre du clan tout en étant élevé dans l'obéissance de ses maîtres. Ce jour-là, il y avait, par ordre d'attelage, Sesh « ours brun » et Tatkret « lune », Sirmiq « glacier » et Ulva « loup », Sos « ours » et Tartok « noir », Qimmiq « chien » et Nanuq « ours polaire », Miki « petit » et Hey « hiver » et, en tête, Sesi la matriarche qui contrôlait tout ce petit monde avec bienveillance et fermeté.

Les deux hommes étaient partis du campement à l'aube. Ils avaient un peu plus de cinquante kilomètres à parcourir avant d'arriver sur le territoire des bœufs musqués. C'était une chasse périlleuse. S'ils se sentaient menacés, les adultes formaient un cercle autour de leur progéniture qu'ils entendaient défendre au prix de leur vie. Acculés, les animaux pouvaient charger à tout moment.

Aningan avait élevé ses six enfants dans le respect absolu de la nature et de ses lois. Un Inuit ne tue ni par plaisir ni pour le trophée. Il ne chasse que par nécessité et enlève la vie en s'excusant auprès de l'animal auquel il prête une âme. Il ne souffrirait aucun manquement à ces valeurs transmises de génération en génération. « Nous ne sommes que poussière dans l'œil de la Nature, leur disait-il. Nous lui appartenons. » Alors que nombre d'Inuits sédentarisés en ville avaient attrapé « le mal », abrutis par la drogue et l'alcool, le clan d'Aningan avait su se préserver en restant libre et vivant au rythme des saisons, se déplaçant au début de l'hiver et à l'arrivée du printemps en fonction de ses besoins alimentaires.

Debout à l'arrière du traîneau, Aningan guidait l'attelage tandis que Nukilik courait à côté. Lorsque l'un était fatigué de sa course, l'autre le remplaçait. Parfois, sur de courtes distances et lorsque la piste était droite, ils montaient tous les deux sur le traîneau. Mais le plus souvent c'était Nukilik qui courait. À la veille de sa première chasse, l'adolescent tentait de contenir sa fébrilité en se défoulant aux côtés des chiens. Il se voyait déjà rapportant son premier bœuf au campement sous les œillades langoureuses des jeunes filles, acclamé par les enfants encore trop petits pour les accompagner.

Dans la nuit polaire, seule une pâle clarté nimbée de mauve rendait le relief visible. Par endroits, la neige formait des vagues bleues ou des monticules arrondis évoquant le dos d'un ours blanc. L'air, les tempêtes et les réchauffements successifs façonnaient la glace, la taillant, l'aiguisant, la faisant fondre pour de nouveau la durcir avant la prochaine fonte. De tout cela naissaient des formes diverses, morcelées ou monolithiques, pointues ou planes.

Le temps semblait figé dans le désert arctique. C'était comme si la Terre s'arrêtait de respirer. Mais, en prêtant bien attention, on s'apercevait qu'elle était vivante, vibrant de mille sons, le murmure d'un ruisseau sous la glace, le craquement de la banquise à des kilomètres, le feulement du vent, le pas lourd d'un caribou sur la neige gelée, le goutte-à-goutte des feuilles humides au soleil, le crissement d'un traîneau…

Ils firent une halte pour s'hydrater et avaler un morceau. Le froid desséchait l'organisme de façon insidieuse. Le vent glacial de l'Arctique tannait le visage, brûlait les poumons, gelait le peu de chair dénudée. Dans cet univers hostile, il fallait des forces pour faire face à un millier de bœufs musqués. Des forces et de la ruse. Mais avant tout de la patience. Cela aussi faisait partie de l'héritage qu'Aningan voulait transmettre à ses enfants, à ses filles comme aux quatre garçons.

Ils se trouvaient à moins de cent kilomètres de la côte gelée qui longeait la mer de Baffin. La splendeur sauvage de la région était troublée par la présence, sur le littoral et jusque dans les terres, de la base aérienne militaire de Thulé où atterrissaient et d'où décollaient très régulièrement d'énormes avions. Des groupements d'Inuits avaient été expulsés de cette zone d'habitat et de pêche lors de l'aménagement de la base. Que pouvait une communauté indigène éparpillée sur toute l'île du Groenland contre la machine militaire et gouvernementale ?

Même s'il le considérait comme un être autonome, lorsqu'il regardait Nukilik, Aningan voyait un reflet de lui-même. Petit et trapu comme la plupart des siens pour mieux résister aux froids extrêmes, les yeux plissés même les jours sans soleil, les cheveux noirs et épais aussi raides que du crin, un visage rond et aplati dans un cercle de fourrure claire, la peau lustrée par le froid, le corps et les pieds recouverts de peaux de phoque qui lui donnaient une démarche de bibendum.

— Mange, Nuki, lança Aningan entre deux bouchés de viande séchée qu'il déchirait avec ses canines.

L'adolescent se contenta de hocher la tête sans reprendre de viande. Il n'avait pas faim, trop excité à la perspective d'une rencontre unique que beaucoup de copains lui envieraient.

— Prends au moins du poisson. Sinon tu n'auras pas assez d'énergie. Un bon chasseur est un chasseur bien nourri. Si la faim te tenaille, tu perds de ta vigilance et de tes réflexes. Première règle, ne pas trop manger pour rester bien éveillé. Ne pas y aller le ventre vide est la deuxième.

Mais Nukilik n'écoutait plus, le regard rivé sur les chiens. Au lieu d'attendre le départ, comme à leur habitude, assis ou couchés, ils étaient tous debout, à humer l'air en poussant des grognements inquiets. Un petit vent poudrait leur pelage d'une neige fine qu'il soulevait du sol par tourbillons. Dans la nature sauvage, les chiens étaient les sentinelles des hommes et leurs gardiens. Ils couraient, mangeaient, dormaient ensemble. Souffraient aussi avec eux.

— Regarde-les, ils sont pressés d'y aller, père, souffla Nukilik en faisant les cent pas autour du traîneau.

Aningan ne répondit pas. Il s'était mis à son tour à observer les chiens. Leur réaction lui paraissait étrange. C'était comme s'ils redoutaient quelque chose. Ce n'était certainement pas l'odeur de bœuf musqué qui les mettait dans cet état.

L'homme regarda le ciel, son frère, pour y lire une réponse. Mais il ne lui offrait qu'une nuit calme, sans nuages. Des loups ? Amarok, leur maître, avait-il décidé de les lâcher sur les chasseurs ? L'idée l'effleura un instant. Scrutant l'immensité blanche aussi loin qu'il le pouvait, il n'y perçut aucun mouvement suspect. Et les chiens n'étaient pas en proie à la même agitation qu'à l'approche de prédateurs. Non, c'était autre chose. Quelque chose d'indéfinissable dont l'air était chargé. Comme une sorte d'électricité.

Il préféra ne rien dire à son fils pour ne pas altérer sa joie. Le bien-être de ses enfants comptait plus que tout au monde. Après l'avoir privé d'une mère à sa naissance, le sort lui avait arraché son père à l'âge qu'aurait Nukilik d'ici la nuit complète. Ils chassaient alors à l'arc, plus noble que le fusil, selon le père d'Aningan. Une des bêtes, blessée par une flèche, avait chargé Inuk qui n'avait pas eu le temps d'en tirer une autre. Les cornes recourbées lui avaient transpercé le ventre, le soulevant de terre pour le projeter quelques mètres plus loin, éviscéré. Dans sa fureur, le bœuf l'avait ensuite piétiné.

Aningan avait assisté au drame, impuissant. Pourtant, il n'en avait conçu aucun désir de venger son père, aucune rancœur. Inuk lui avait appris l'humilité devant les animaux qu'ils traquaient. Ils devaient leur être reconnaissants de les nourrir. « S'il arrive quelque chose un jour à la chasse, ce ne sera qu'un accident dû à une erreur de notre part et uniquement de la nôtre, lui avait dit Inuk. L'animal, lui, n'y sera pour rien. Il ne cherche qu'à se défendre contre un agresseur qui vient le chercher sur son territoire. À sa place, nous ferions exactement la même chose. »

La veille de sa mort, comme s'il avait eu un pressentiment, Inuk avait retiré de son cou le cordon en cuir où pendait une amulette héritée de son propre père, et l'avait donnée à son fils pour sa première chasse. « Elle te protégera contre les esprits mauvais », lui avait-il dit.

L'amulette était un éclat d'une énorme météorite ferreuse qui s'était écrasée sur le Groenland dix mille ans auparavant, se brisant en fragments de plusieurs tonnes chacun. Tombés sur le gisement, les Inuits s'étaient servis de son métal pour fabriquer les pointes de flèche, de lance et des *unaaq* – harpons – ainsi que des outils et des bijoux, jusqu'à ce que des explorateurs retrouvent les fragments et les rapportent dans leurs pays. Seuls les hommes de la lignée d'Aningan portaient ce genre d'amulette. Après la mort terrible de son père, Aningan avait toujours pensé que si celui-ci ne s'était pas séparé de son amulette pour la lui donner il aurait eu la vie sauve. Mais il l'avait précieusement gardée jusqu'à aujourd'hui, où il l'avait à son tour remise à son fils aîné pour sa première grande chasse.

Alors qu'il regagnait le traîneau, le cri de Nukilik lui fit faire volte-face.

— Là ! Père ! *Aqsarniit !* Des aurores boréales !

Aningan leva les yeux dans la direction que son fils pointait du doigt, droit devant eux, dans le ciel, alors que se diffusait au même moment une onde irisée lumineuse, aveuglante. Une explosion silencieuse de lumières et d'étoiles.

L'Inuit en avait contemplé, admiré, lors de la nuit

polaire, de ces phénomènes magnétiques si singuliers, y voyant une grâce divine. Mais celle-ci ne le remplissait pas du bonheur, du sentiment d'osmose qu'il éprouvait face aux chatoiements célestes. Cette onde verte et violacée dégageait quelque chose de menaçant, de sulfureux. Elle ne ressemblait pas non plus à l'écho lumineux d'une de ces roches venues de l'espace qui heurtaient parfois la Terre dans leur manteau de feu. Des picotements désagréables traversèrent Aningan de part en part.

Envoûté, Nukilik ne quittait pas des yeux l'onde qui se propageait maintenant horizontalement à la vitesse de l'encre sur un buvard. D'une intelligence précoce qui le démarquait des croyances animistes de son peuple, le jeune Inuit qui allait à l'école aux beaux jours s'était intéressé à ces mouvements célestes et en avait expliqué la nature à son père après quelques lectures de textes scientifiques illustrés. Mais pour Aningan, ces signes venaient de Kaïla, l'esprit du Ciel, qui envoyait ainsi des messages aux hommes. Et celui-ci n'annonçait rien de bon.

— *Atii*, allons-y, Nuki, nous devons atteindre les terres des bœufs musqués pour retourner au campement avant la nuit.

Scrutant tour à tour la piste et le ciel, Aningan ne prononça plus un mot de tout le reste du trajet. Nukilik ne fut pas plus disert. Chacun était habité de ses propres projections, ses interprétations, ses peurs. « Les Inuits ne croient pas, ils ont peur », disait l'un des leurs. À l'instar de son peuple, Aningan en était pétri, alors que Nukilik, issu de la nouvelle génération, s'en affranchissait au fil du temps.

Le vaste territoire des bœufs musqués s'étendait à l'intérieur d'une vallée, sur une centaine d'hectares de plaine où une herbe courte et humide trouvait le moyen de pousser quand elle n'était pas recouverte par la neige et la glace durant le long hiver polaire. Les bœufs devaient alors briser de leurs sabots ou de leurs cornes la croûte neigeuse durcie par le vent, à la recherche d'une nourriture rare. Mais leur réserve de graisse constituée l'été leur permettait de tenir jusqu'à l'arrivée du printemps, là où ils étaient le plus vulnérables à la faim et aux maladies. Le vent apportait aux chiens puis aux chasseurs leur odeur forte et le bruit sourd de leurs sabots sur le sol gelé à des kilomètres avant que ceux-ci ne les aperçoivent enfin. Chaque fois, Aningan sentait leur présence au loin, bien qu'encore invisibles. Seulement là, un silence de mort l'alerta alors qu'ils approchaient de la vallée.

Seul s'entendait le son feutré du traîneau sur la neige, mêlé au souffle des chiens courant à l'unisson, gueule ouverte et joie au ventre. Car ils savaient que la chasse au bœuf musqué signifiait un festin de rois qu'ils partageraient avec leurs maîtres.

Au bout de deux heures de piste, enfin parvenus à l'endroit qui surplombait la plaine, là où se révélait autrefois au regard des chasseurs une mer mouvante de bêtes habillées d'une longue toison qui leur tombait sur les flancs jusqu'aux sabots, aux cornes effilées se rejoignant sur le front en une proéminence grise, Aningan et son fils ne purent proférer un mot.

Toutes sans exception étaient couchées sur le flanc à même la neige, mortes, les membres raides, comme tétanisées. Plus d'un millier de bœufs musqués gisait sans vie sous leurs yeux au clair de lune.

Aningan crut mourir lui aussi. Il n'arrivait ni à hurler ni à pleurer. Pris de tremblements, il se mordit seulement la main au sang. Consterné, Nukilik demeurait immobile à côté du traîneau. Quant aux chiens, ils semblaient frappés de stupeur et se tenaient debout ou assis, sans bouger une oreille.

Peut-être Kaïla avait-il voulu les avertir en leur envoyant cette onde verte. Reprenant peu à peu ses esprits, Aningan saisit son fusil et sauta du traîneau.

— Attends ici, Nuki, reste avec les chiens, je vais voir ce qui est arrivé à ces bœufs.

— On nous les a servis sur un plateau, père ! Il n'y a plus qu'à les ramasser ! suggéra Nukilik avec l'inconscience de la jeunesse.

Son père le regarda sévèrement.

— Tu perds la tête, mon fils ! Que je ne t'entende plus dire une chose pareille ! Où est le respect que je t'ai enseigné ? Abattre un animal se mérite, avant de t'en nourrir, n'oublie jamais de le remercier. Il s'est passé quelque chose de grave. Je dois aller voir. Ne bouge pas d'ici.

La main serrée sur son fusil, Aningan descendit en courant et en dérapant la colline glacée jusqu'aux premiers cadavres. Dans des relents âcres de chair brûlée, même si les corps ne présentaient aucune trace de brûlure, leur langue pendait, violette, de leur bouche ouverte et au fond de leurs yeux fixes pouvait encore se lire l'effroi qui les avait saisis à l'instant de leur mort.

Seul face au spectacle, Aningan demeura plusieurs instants tétanisé. Puis, maîtrisant sa peur, il tendit une main vers le cadavre d'un bœuf dont il se mit à caresser la toison aussi sèche que de la paille. Quelques poils se collèrent à sa paume nue.

— Les *tuurngait* ! souffla-t-il, hors d'haleine, à son fils, une fois revenu au traîneau, ils… ils ont pris l'apparence d'animaux mais ce sont les esprits maléfiques qui ont tué tous ces bœufs ! Ils veulent nous punir, fils, je ne sais pas de quoi, mais ils veulent se venger ! J'ignore ce qui a frappé ces bêtes si ce ne sont les démons ! Ne restons pas ici, partons tout de suite, il faut rentrer au campement et prévenir tout le monde. Nous serons peut-être obligés de partir, tous…

N'importe quel enfant ou même adolescent en aurait frémi, mais pas Nukilik, qui resta impassible. Peu convaincu de la version paternelle, il obéit cependant à son père, n'ayant d'autre choix, et se tint prêt.

Le retour se fit dans un mutisme accablé. Au bout de deux heures, ils firent une courte halte pour laisser souffler les chiens là où ils s'étaient arrêtés à l'aller, puis reprirent la route. Bien que transportant cette fois le père et le fils, le traîneau volait plus qu'il ne glissait dans ses propres traces.

Plus ils se rapprochaient du campement, plus le cœur d'Aningan se serrait. Il voyait l'ombre noire planer au-dessus des siens. Une main céleste, immense, aux griffes acérées, prête à s'abattre sur le monde. Peut-être est-ce la fin, songeait l'Inuit, les yeux brouillés des larmes que lui arrachait le vent glacé. Il allait retrouver sa femme et ses autres enfants et tous allaient disparaître, anéantis, frappés par la force démoniaque venue d'en haut. *Comment peux-tu me trahir ainsi, mon frère ?* demandait Aningan au ciel.

À la vue du campement qui se dessinait au loin, l'homme comprit que le malheur était là. Aucun feu, aucun *quiliq* – lampe à graisse de phoque – n'éclairait les habitations pour signaler la présence humaine et dissuader les prédateurs de s'approcher.

Faisant claquer sa langue contre son palais, il stoppa net le traîneau à une centaine de mètres des premières maisons. Toutes étaient construites avec des planches en bois colorées à dominante rouge, verte et bleue et alignées sur plusieurs rangées. D'aucune ne s'échappait la fumée des poêles allumés, ni les cris des enfants ou les rires des femmes à la cuisine. Il semblait ne plus y avoir un souffle de vie.

Après s'être rapprochés un peu, Aningan et son fils finirent par distinguer devant certaines maisons des formes allongées sur le sol, sans mouvement. Ils comprirent avec horreur que c'étaient des corps. Sous leurs yeux se profilait une scène encore plus effroyable que celle qu'ils venaient de voir dans la vallée des bœufs. Partout gisaient des cadavres, les membres figés dans un geste, comme pétrifiés, comme si une force invisible les avait fauchés en pleine activité.

L'homme sut tout de suite que ce n'était pas un cauchemar mais bel et bien la réalité. Une réalité monstrueuse. Le même mal semblait avoir touché leur petite communauté. Presque tous ses membres appartenaient à la famille d'Aningan. Était-ce l'œuvre des *tuurngait* ? Ou bien une mystérieuse maladie venue d'ailleurs ? Mais comment avait-elle pu décimer presque en même temps plus d'un millier d'animaux aussi puissants que les bœufs musqués et une trentaine d'êtres humains, distants de trois heures de traîneau ?

Cette onde verte qui s'était élargie dans le ciel après avoir jailli à l'horizon… Le lien entre les événements lui échappait encore, mais Aningan ne pouvait s'empêcher d'y penser. Tout comme se dire que c'était peut-être vraiment la fin du monde et que Nukilik et lui seraient les seuls survivants. *Ataata, kappiasuktunga… Père, j'ai peur…*, laissa-t-il filer entre ses lèvres.

Tout à coup, le sol se mit à tourner sous ses pieds en même temps que montait de son estomac une violente nausée. Aningan s'écarta de quelques mètres pour vomir loin du regard inquiet de son fils.

— Ce n'est rien, c'est… c'est le choc, Nuki, dit-il en revenant, la main sur la bouche, ils sont tous morts…

— Maman ? Les petits frères, mes sœurs ? pleurait Nukilik.

Aningan hocha la tête d'un air sombre. Il ne se sentait pas très bien. Il posa une main sur l'épaule de son fils.

— Je vais aller voir de plus près, Nuki, dit-il gravement. Mais toi, tu n'approches pas du campement ni des corps. Ils sont peut-être morts de la même chose que les bœufs.

— Tu… tu crois que c'est elle ? L'onde ? risqua le jeune Inuit.

— C'est possible, mais je n'en suis pas sûr. En tout cas, il faut survivre, Nuki. Pour eux, pour nous… Tu es jeune et fort, n'oublie pas, c'est ton nom qui le dit. Si je ne reviens pas d'ici à ce que la lune apparaisse exactement là, dit-il en désignant le ciel juste au-dessus du campement, ne m'attends pas et pars avec le traîneau et les chiens. Tu possèdes ce qu'un Inuit peut avoir de plus précieux, son traîneau, ses chiens, son fusil avec des munitions et quelques vivres. Ça ne te suffira pas pour survivre longtemps dehors en plein hiver, tu devras chercher d'autres campements. Surtout, ne t'égare pas. Suis ton étoile, elle te mènera là où ce sera bon pour toi. Et écoute les chiens. Souvent, ils sentent et voient avant nous.

— Mais tu reviendras, père ?

— Je fais au mieux, Nuki. Attends un peu et pars, tu as compris ? Pars loin d'ici, sinon tu risques de mourir toi aussi. *Tavvauvutit, imiq!* Au revoir, fils !

Son père le serra contre lui avant de s'éloigner en titubant vers le campement, où il disparut derrière les premières maisons.

Nuki attendit avec les chiens, la gorge serrée, le retour d'Aningan près du traîneau. Mais au bout d'une demi-heure, la lune, presque pleine, fit peu à peu son apparition au-dessus du campement et Sesi, renversant la tête, se mit à hurler à la mort. Aningan ne reviendrait jamais.

Pars loin d'ici, sinon tu risques de mourir toi aussi.

Tandis que l'adolescent lançait les chiens dans la neige devenue presque phosphorescente à la lumière de l'astre froid, les derniers mots de son père lui cognaient aux tempes. Il ne croyait pas aux esprits ou ne voulait pas y croire, ce qui revenait à peu près au même. Il refusait de se laisser impressionner par les choses de l'invisible qui effrayaient tant les siens.

Pourtant, seul dans la nuit arctique, sans savoir où aller, se fiant à l'instinct des chiens, l'angoisse le rattrapait à la vitesse d'un cheval au galop. Son cœur s'affolait tel un oiseau en cage, des larmes de douleur et de rage roulaient malgré lui sur ses joues. Le froid était tel qu'elles gelaient aussitôt, laissant des traînées blanches. *Pourquoi m'as-tu abandonné, ataata ?* sanglotait l'adolescent.

Poursuivi par ses propres ombres, le traîneau tiré par les onze chiens filait sous la lune. Ils courraient jusqu'à épuisement, jusqu'à ce qu'ils s'écroulent de soif et de faim. Nukilik et son attelage deviendraient alors des proies faciles pour les loups affamés. Face à une meute de quarante fauves, en quelques coups de crocs, c'en serait fini d'eux.

Nukilik, celui-qui-est-fort, est ton nom, ne l'oublie jamais ! La voix d'Aningan à son oreille fit sursauter le jeune Inuit debout à l'arrière du traîneau.

— Père ? Tu es revenu ?

Le traîneau fit soudain un écart, manquant de se renverser. Nukilik perdit l'équilibre et roula dans la neige molle en pente douce. Les chiens ralentirent et s'arrêtèrent en gémissant. C'est alors qu'il le vit, juste au-dessus de son visage, immense et sombre, les bras écartés de chaque côté du corps, prêts à se refermer sur lui, le géant qui allait l'emporter dans les ténèbres, lui, l'*angut ujaraq*, l'Homme de pierre.

6

Londres, University College Hospital

À l'hôpital, l'urgence médicale va parfois à l'encontre de l'humain. Le rythme et les impératifs de l'un et de l'autre ne sont pas les mêmes et se heurtent. Dans le premier cas il faut faire vite, très vite, alors que, la plupart du temps, en face, on n'est pas prêt. Et, comme tout parent, Luv n'est pas prête.

— Votre fille a-t-elle émis des vœux sur un don d'organes, madame Svendsen ? En faveur ou non de cet acte… Avez-vous déjà évoqué le sujet avec elle ?

Comment aurait-elle pu parler de quoi que ce soit avec Ava ? Elles se connaissaient à peine. Luv pose sur le médecin un regard vide. De cet homme encore jeune, la quarantaine, un physique de marathonien, elle ne gardera qu'un souvenir confus, comme de la pièce où il l'a emmenée, neutre, blanche et dépouillée, conçue pour que rien ne vienne parasiter l'entretien.

— Je… je n'ai pas élevé ma fille. Mes parents ont été son père et sa mère de substitution. Je l'ai eue très jeune, à seize ans. Plus tard, elle n'a pas vraiment souhaité me voir. Jusqu'à ces… dernières années. Pourquoi me demandez-vous ça ?

— Les examens neurologiques montrent que votre fille est entrée dans un état de mort cérébrale. Un stade irréversible.

— Irréversible ?

Selon les critères de la médecine actuelle, ne peut s'empêcher de penser Luv. Ils n'ont cessé d'évoluer au rythme des techniques. Sur quelle base exacte peut-on définir la mort ? Dans cinquante ans, dans un siècle, peut-être moins, ils auront encore changé. Et on verra que la mort cérébrale n'est plus l'ultime étape. Disons qu'aujourd'hui, ces critères permettent de prendre certaines décisions.

Le médecin hoche la tête dans un discret raclement de gorge. Obtenir un consentement dans ces circonstances fait partie de sa formation, mais c'est chaque fois une gageure, une mission délicate à accomplir dans l'urgence. La vie n'attend pas.

— Madame Svendsen, reprend-il d'une voix calme, des patients dont l'avenir dépend d'une greffe survivent avec l'espoir d'avoir un cœur, un foie, un rein, une cornée… Si votre fille n'a pas laissé de document, c'est à vous de donner votre aval. Vous êtes malgré tout le parent légal.

Luv n'entend plus. *Une piste criminelle…* Les mots de l'inspecteur Green lui reviennent et s'entrechoquent dans sa tête.

— Madame Svendsen ?

Mais elle s'est déjà levée et se dirige vers la porte. Elle n'a plus que ça à l'esprit : la mort d'Ava ne serait pas un accident. Et, selon Green, c'est elle qui pourrait détenir la vérité. Peut-être même sans le savoir.

— Faites, allez-y, servez-vous, prenez-lui ce que vous voulez, si vous pensez que ça peut sauver une vie ou plusieurs. Tout, sauf ses yeux.

— Je dois vous faire lire et signer quelques papiers.

— Dites-moi juste où… où signer.

Sa voix n'est plus qu'un souffle. L'air va lui manquer si elle s'attarde ici. La pointe de son stylo griffe résolument la surface imprimée du document. En finir…

Les visages défaits d'Olga et de Dagmar l'accueillent lorsqu'elle passe en trombe par la salle d'attente leur dire au revoir. Flynn a dû retourner fumer dehors. Elle fume beaucoup, on dirait. Quel lien lui restera-t-il désormais avec Ava, hormis leurs souvenirs ? Que subsiste-t-il de quelqu'un après sa mort ? Mais aussi que reste-t-il aux vivants ? Le chagrin, les larmes, le silence. La résignation ou la colère.

— Tu as dit oui ?

La voix tremblante d'Olga. L'aile d'un papillon à l'agonie, une feuille prête à se détacher de l'arbre. Luv garde le silence et se contente d'un clignement de paupières. Tout ce qu'elle pourra dire se retournera contre elle.

— Ta mère fait ce qu'elle veut, mais moi, je ne te pardonnerai jamais, lui glisse Svendsen entre ses dents.

— Je sais, Dagmar, je sais et je n'y peux rien.

Luv embrasse sa mère, fait un signe de tête à son père qui détourne la sienne. Des adieux aussi rapides qu'une signature avant de sortir de l'hôpital. Elle n'est pas repassée par la chambre où Ava végète, reliée au monitoring. De toute façon, ce n'est plus elle. Seulement une dépouille, de la chair bientôt morte, des cellules qui s'éteignent, les unes après les autres. L'écrin d'où seront prélevés les organes. Un peu d'Ava continuera à vivre dans ce monde.

Ce sera à vous de me le dire, madame Svendsen. Pas de temps, pas de place pour le deuil. Le mieux qu'elle puisse faire maintenant pour sa fille est de découvrir cette vérité qu'elle détient, selon Green.

Il n'est pas loin de vingt-deux heures. Pluie et brouillard. Sortant le téléphone satellite de son sac, elle clique sur le numéro de David. Voudrait se faire toute petite dans ses bras. Lui demander pardon d'avoir été aussi dure.

— Dave, c'est moi.

— Comment ça va, Luv ?

— J'ai dit oui.

— Oui ? Un autre a été plus chanceux que moi ?

— J'aimerais bien plaisanter… Pour le don d'organes. Il n'y a plus rien à faire pour Ava. Et elle est… était assez jeune et en bonne santé pour ça. Et aussi… un flic, un inspecteur de Scotland Yard m'a contactée pour m'annoncer que l'accident d'Ava est suspect et que, suite à des témoignages fiables, la piste criminelle est privilégiée.

— Je suis désolé que tu doives affronter tout ça seule, Luv.

— On a tous des choses à affronter seul.

— Tu es toujours auprès d'elle ?

— Non, je viens de partir. En fait, je ne suis pas repassée dans sa chambre après avoir vu le médecin.

Si c'était possible, je prendrais l'avion maintenant pour Oslo. Mais je dois passer la nuit à l'hôtel où j'ai réservé une chambre, à proximité de l'aéroport. J'irai en voiture privée.

— J'ai… j'ai voulu t'éviter ça, après cette épreuve. Mike est à Londres, il t'a suivie depuis ton départ d'Oslo, jusqu'à l'hôpital. Je lui dis de te récupérer.

Luv reste quelques secondes sans voix. C'est pire que la CIA… David est un roc. Il encaisse les piques, les skuds et, au bout du compte, il est toujours là. Obstinément présent. En d'autres circonstances, elle se serait abandonnée à cette protection, mais là, c'est au-dessus de ses forces.

— Merci de te préoccuper de ma sécurité comme tu le fais, Dave, mais non, pas maintenant. Comme je te l'ai dit, je vais monter dans un Uber que je viens de commander. J'ai besoin d'être seule…

— Avec Mike, ce sera pareil. Il sait se faire discret et…

— Mike, je le connais. Ce que j'essaie de t'expliquer, c'est que j'ai besoin d'anonymat. Être conduite par un inconnu à qui je ne dois qu'une course, dans le regard duquel je ne lirai qu'un intérêt purement commercial. Pas de compassion ni de soutien. Tu es là, toi, pour tout ça.

— Je suis loin…

— Alors contente-toi d'être loin. C'est comme ça. Ne substitue pas un garde du corps à ta présence. De toute façon, quoi qu'il me dise et quoi qu'il fasse, ce ne sera pas toi. Je dois te laisser, la voiture arrive. Je t'envoie un message quand je récupère Joy. Et si Mike veut bien nous ramener à la maison, il pourra le faire à ce moment-là… À plus tard.

Sur l'arrivée du chauffeur privé, Luv lui a menti. Elle n'a pas commandé de course. Avant de se retrouver seule, livrée à elle-même entre quatre murs, elle veut surtout marcher. Sentir les gouttes froides s'écraser sur son visage, couler sur ses joues à la place de ces larmes qui ne veulent pas sortir.

C'est aussi à l'effet que produit sur nous la mort de quelqu'un que l'on prend la pleine mesure de la force du lien qui nous unissait à lui. Luv est bien obligée de se l'avouer, la perte de sa fille ne peut l'affecter comme elle affecterait une mère « normale ». Excepté cette pluie, le ciel ne lui est pas tombé sur la tête. Elle ne ressent pas ce vide intolérable, cette amputation dont un parent ne cicatrise jamais. Ses pensées, son espoir s'accrochent à Joy. Elle ne passera pas à côté de sa fille, cette fois. La vie lui a donné cette seconde chance. Mais si la piste criminelle se confirme pour l'accident dont Ava a été victime, elle cherchera à savoir qui en est le responsable. Se tournera vers ceux qui l'ont déjà menacée et ont essayé de la tuer. Quoi qu'il en soit, elle aidera Green du mieux qu'elle pourra, avec le peu d'éléments dont elle-même dispose.

Tandis que, toujours dans l'enceinte de l'hôpital, elle avance dans l'allée détrempée où se dilue la lumière orangée de quelques réverbères, trois notes lui annoncent l'arrivée d'un mail sur son smartphone professionnel. Une alerte provenant de la WPS. En un instant, elle est reconnectée à la réalité de ses recherches. Une nouvelle catastrophe est là, sous ses yeux, sur l'écran de son iPhone, sous la forme d'une courte vidéo. Des tonnes de sardines mortes – au moins cinq cents – disséminées à la surface de la Queule River au Chili. Une nouvelle hécatombe d'origine inconnue.

Alors qu'elle est en train d'enregistrer la vidéo dans ses dossiers, elle entend des pas se rapprocher derrière elle. S'immobilise et se retourne brusquement. Flynn lui fait face, le visage fermé, les paupières gonflées d'avoir trop pleuré. Au bord de ses lèvres se consume le reste d'un joint.

— Olga m'a dit que vous avez signé pour…, souffle-t-elle sans terminer sa phrase.

— Je ne vous ai pas vue avant d'entrer dans le bureau du médecin, sinon, je vous en aurais parlé.

— Ça aurait changé quoi ?

— Écoutez, Flynn, je me doute de ce que vous pouvez penser d'une mère qui n'a pas élevé son enfant…

— Non, vous ne savez rien, coupe la voix de Flynn, sèche et tranchante. Ava était enceinte.

Luv sent son diaphragme se contracter comme si elle venait de recevoir un coup de poing.

— Enceinte ? Le médecin ne m'en a rien dit… De… de combien ?

— Deux mois. On attendait le troisième avant de l'annoncer. Olga et Dagmar ne sont pas au courant.

Et toi tu me le dis maintenant pour me punir…, pense Luv. Une poigne féroce lui tord la gorge. Ils n'ont peut-être rien vu, lors des examens médicaux. L'hémorragie interne au niveau de l'abdomen a pu masquer son état.

— Je… je suis désolée, Flynn…

Luv pose une main sur le bras de la jeune femme qui se dégage en reculant légèrement.

— Ava a pris pour vous. Pour votre activisme.

— C'est encore une hypothèse, se défend la biologiste.

Elle veut bien tout assumer, mais lorsque les preuves seront là, indémontables.

— Vous alliez repartir ? Comme ça ? demande Flynn en roulant un nouveau joint.

— Elle en fumait aussi ? riposte Luv en ignorant la question.

— De temps en temps. Rien de bien méchant. Ça aide, parfois. Alors, vous partiez ?

Les yeux noirs cernés de Flynn pèsent sur elle. Dans la pénombre, son visage affiche une pâleur presque maladive. Marbré de teintes verdâtres à la lumière artificielle. *Pour cette fille, ce doit être terrible*, songe Luv accablée.

— Pas tout de suite, non. Je vais d'abord marcher un peu. Ensuite, aller à mon hôtel. J'ai un avion pour Oslo demain matin.

— Vous voulez venir voir où vivait Ava ? Comment elle était installée… Comment *nous* étions installées, en attendant le bébé, corrige Flynn, un sanglot dans la voix.

Luv hésite. La proposition est inattendue. En même temps, elle ne peut pas fuir encore. Pas cette fois. Si cela peut lui en faire découvrir un peu plus sur sa fille aînée…

— Ma voiture est là-bas, près de l'entrée des urgences, dit la compagne d'Ava. Elle n'a pas bougé depuis hier. J'ai dormi dedans, cette nuit.

Le timbre un peu cassé de sa voix donne des frissons à Luv. Elle a toujours été sensible aux voix. Elles en disent long sur une personnalité, un vécu, les émotions qui habitent quelqu'un.

— D'accord. Merci, Flynn.

Quelques minutes plus tard, les deux femmes, à bord de la Toyota de Flynn, roulent sous la pluie, en direction de cette campagne londonienne si chère au cœur d'Ava, où elle avait choisi de s'établir en couple, dans un petit cottage qu'elle et Flynn ont retapé, pour y mener une vie tranquille, à l'écart du tumulte de la ville et de ses dangers. Un peu plus loin derrière, un véhicule aussi sombre que la nuit les suit, en gardant ses distances.

7

Vallée des bœufs, région de Thulé, Groenland, janvier 2017

Chacun a du mal à croire ce qu'il voit, et pourtant ce n'est pas un rêve. Sous leurs yeux, l'incroyable est en train de se produire. Les sabots furieux de quelques centaines de bêtes tentent d'extraire leurs ancêtres morts de la glace. Du moins, telle est l'interprétation de ce comportement étrange qui s'impose naturellement aux membres d'Arctica, sans qu'ils y comprennent vraiment quelque chose. Une scène surprenante que Desjours capte aussitôt en mode nuit sur son appareil photo numérique.

Mais le temps presse, dans quelques minutes ils seront de nouveau plongés dans l'obscurité totale. Ferguson n'envisage qu'un seul moyen de libérer le cimetière de ses envahisseurs à cornes. Il tire le fusil de la *pulka* et l'arme d'un geste décidé.

— Tu ne vas pas faire ça, Fergus, proteste Anita, inquiète.

— Un ou deux coups en l'air. Il faut les faire partir.

— Et s'ils chargent ?

— La pente est trop verglacée. Ils ne nous atteindront pas. Je pense plutôt que les coups de feu les feront reculer et dégager le cimetière. Ils nous ont un peu mâché le travail, mais il ne faut pas qu'ils transforment le sol en un champ de labour.

Ferguson pointe le canon du fusil en l'air et appuie sur la détente. Deux coups partent à la suite. Un tressaillement parcourt le troupeau qui, sans crier gare, détale dans le sens opposé aux intrus. Le chaos est indescriptible. Des éclats bleutés jaillissent de leurs sabots, des gerbes de glace réduite en poudre volent autour des bêtes affolées. Certaines dérapent sur leur train arrière, des petits se retrouvent presque écrasés entre les flancs des adultes, mais le troupeau finit par s'éloigner dans un martèlement assourdissant. La voie est de nouveau libre pour les scientifiques.

Sur un signal de Ferguson, reprenant les cordes des *pulkas*, l'équipe se dirige en contrebas vers le cimetière piétiné. Par endroits, la surface glacée est en miettes ou craquelée, pas assez cependant pour mettre au jour les bœufs congelés. Il va falloir s'attaquer à la glace avec le matériel adéquat. Un travail de fossoyeur à la lumière des projecteurs. Sauf qu'ici, ce n'est pas de la terre que quelques coups de pelleteuse suffisent à retourner. Il s'agit de trancher dans le sarcophage de glace de façon à découvrir une partie des cadavres que l'on découpe ensuite à la scie pour en extraire des échantillons de taille variable.

Tandis que Desjours, appareil photo au poing, s'éloigne de quelques mètres en reconnaissance,

Ferguson récupère les scies à glace pliables dans la *pulka* et les deux femmes évaluent l'état du sol ainsi que la bonne conservation de quelques bœufs congelés en vue de la découpe. Pour finir et après concertation, les scientifiques jettent leur dévolu sur ce qui semble être un mâle de par son gabarit impressionnant, une femelle et un petit, non loin d'elle, peut-être le sien. C'est Fergus qui va s'y coller, puis Anita prendra le relais lorsqu'il aura dégrossi le travail.

D'une coupe d'environ 70 centimètres, la lame en aluminium dentelée d'un seul côté évoque celle, redoutable, du poisson-scie. L'extrémité, légèrement incurvée à l'endroit où elle se replie, est ajourée. Une scie adaptée à la haute montagne, conçue pour tailler dans la glace ou la neige compacte, afin d'y aménager un abri ou de fabriquer des moellons.

Le Danois donne d'abord quelques coups de marteau et de piolet autour de l'arrière-train de l'animal avant de poursuivre à la scie. C'est la première fois qu'il s'attelle à une opération aussi délicate avec des outils rudimentaires, mais à sa grande surprise la lame dentelée se révèle très efficace et la glace pas aussi dure qu'il le craignait. Une fois un bloc dégagé, Anita Whale le découpe en tronçons que la Japonaise range sur la *pulka* prévue pour le transport des échantillons. Par moins 30 °C, aucun risque que les morceaux décongèlent lors de la manipulation. Sous le piolet et les lames, la glace cède dans un tintement de verre brisé. À force de s'activer, les trois scientifiques commencent à avoir chaud dans leur tenue polaire.

Pendant qu'Anita, à la lumière de sa frontale,

finit de débiter quelques morceaux pris dans le jarret du grand mâle, Ferguson passe à la femelle sur laquelle il répète les mêmes gestes précis et mesurés. Ne pas abîmer les échantillons ni ce qu'il reste de la bête. Là encore, dégager un beau bloc puis le scier.

Personne n'a remarqué que, absorbé par ses prises de vues, Mathieu Desjours a disparu derrière un monticule de neige solidifiée. Dans ce crépuscule permanent, l'environnement est d'une beauté qui, en même temps que l'air glacé, lui coupe le souffle. Au fil de sa progression dans la vallée transformée en cimetière, le paysage se fragmente en pics, en crêtes explosées, arêtes bleutées et monolithes. Par endroits, le relief déchiqueté semble avoir été pilé. Des ombres d'un bleu d'eau s'étirent sur des vagues neigeuses façonnées par les vents. Un monde minéral, dur, où la vie n'a que peu de place.

L'œil de l'objectif caresse, avale, enregistre en continu ces splendeurs boréales. Le photographe, étourdi, avance au hasard dans ce vaste palais de glace à ciel ouvert. *Qu'es-tu venu chercher ici? Ou fuir?* Les mots de Malte lui soufflent aux oreilles en même temps que le vent glacial. Trouver sans doute ça, cet absolu où l'être humain renoue avec son instinct, ses sensations primitives, cette solitude immense qui, lorsqu'elle daigne accueillir le visiteur, n'inspire qu'humilité et vénération. Ce désert de glace où l'homme n'est qu'un détail, un accident.

Tout à son admiration et à son ébahissement, Desjours ne voit pas le monolithe bouger, sur sa droite. Il ne le voit pas soudain se disloquer, se diviser dans l'opacité bleu nuit, se rapprocher. Dans quelques secondes, il sera trop tard. Mais par instinct ou par chance, le jeune homme s'arrête net. Son cerveau a enregistré le mouvement de la masse qui arrive sur lui. Le temps qu'il réalise et le mot se forme dans son esprit. Mortel. Terrifiant. Un ours. Un ours polaire. L'un des plus féroces prédateurs terrestres, a averti Ferguson. Autant craint que vénéré par les habitants du Groenland. La rencontre tant redoutée des explorateurs de ces espaces glacés. Avec le froid, le plus grand danger pour l'homme.

Il est si proche, que Desjours peut presque sentir son souffle sur lui. *Ne surtout pas se mettre à courir, ne pas bouger ou alors très lentement, ne pas lui tourner le dos. Attendre et… prier.* Telles sont les consignes données dans le briefing de départ. Lutter contre le réflexe de peur qui est de fuir. Il ne gagnerait pas à la course. *Est-ce une femelle ou un mâle ?* C'est peut-être stupide, pourtant c'est la question qui lui vient spontanément. Comme s'il y avait une différence. Comme si la femelle était plus clémente, moins agressive. Elle est de plus petite taille et plus fine qu'un mâle, plus légère aussi et se meut avec bien plus d'agilité, surtout lorsqu'il s'agit de grimper sur les hauteurs englacées afin de protéger ses petits.

Les yeux, qui émergent comme deux billes noires de la toison d'un blanc sale tirant sur un jaune ivoire et dans lesquels se reflète la lumière de la frontale, fixent l'intrus et l'étrange appareil qu'il serre dans une main tremblante. La caméra infrarouge est enclenchée, elle filme la scène. Le jeune homme n'a pas eu le temps de la mettre sur pause. L'animal ne paraît pas s'en émouvoir. Son museau sombre et craquelé hume cette odeur étrangère, sa gueule s'ouvre et se referme comme s'il mâchait quelque chose. D'une patte avant, énorme, il laboure le sol. Peut-être veut-il montrer sa force à l'adversaire.

Paralysé, Desjours tente de tenir sur ses jambes qui veulent se dérober sous lui. Ses dents s'entrechoquent comme des osselets. L'ours sent déjà les relents âcres de la peur. Cette odeur poisseuse, perceptible des seuls prédateurs qu'elle stimule et excite. Le pelage frémissant, ses flancs se soulèvent et s'abaissent bruyamment. Tout à coup, sans crier gare, il se dresse sur ses postérieurs. Les pattes avant battent l'air, un grognement terrible jaillit de sa gorge en signe de défi. Pour un peu on le prendrait pour un homme vêtu d'une fourrure. Une sorte de chaman. Puissant, majestueux, il domine Mathieu d'une tête au moins. Le jeune homme regarde, fasciné, sa mort dans les yeux. Il n'a aucune chance. L'ours est à cinq mètres, pas plus. Son seul recours est le sang-froid. Et sa bonne étoile.

« L'OURS ! UN OURS ! » Le cri jaillit malgré lui de sa poitrine. L'animal semble surpris, interloqué, même, par ce son aigu. Mais passées les premières secondes d'étonnement, une fureur carnassière prend le dessus. En même temps que les griffes, de vraies lames aiguisées, lacèrent une manche de parka, elles arrachent l'appareil photo et l'envoient valdinguer sur la glace où il roule avant de s'arrêter. Desjours comprend qu'il est perdu. Coralie sera sa dernière pensée avant d'avoir la tête broyée par la formidable mâchoire. Tombant à genoux, tétanisé, ne sentant même pas le sang chaud couler sous ses vêtements, il ferme les yeux.

Qu'es-tu venu chercher ici? Une détonation retentit, suivie d'un sifflement strident. Ouvrant les yeux, hébété, Mathieu voit une tache rouge s'élargir sur la poitrine de l'ours dressé qui vacille dans un rugissement avant de s'écrouler sur le dos en suffoquant. Toujours à genoux, le jeune homme regarde l'animal qui, atteint en plein cœur, ne bouge plus.

— On peut dire que tu l'as échappé belle, petit. Mais qu'est-ce que tu es venu foutre par là, tout seul? J'avais pourtant dit de ne pas s'éloigner les uns des autres, surtout sans fusil à portée de main! Tu croyais sans doute que tu allais te défendre avec ton appareil?

Les mots de Ferguson parviennent comme étouffés à Desjours, sans qu'il en saisisse le sens, rendu momentanément sourd par le coup de feu. Aussi ne réagit-il pas lorsque le chef de la mission scientifique vient se planter devant lui.

— Lève-toi, tu vas geler. Fais voir ça, dit Ferguson en lui prenant le bras gauche pour l'examiner à la lueur de sa frontale. C'est moche, ajoute-t-il avec une moue, devant les profondes griffures qui s'étendent sur tout l'avant-bras du jeune homme. On va te soigner une fois rentrés. Tu es bon pour une semaine d'antibiotiques et plus encore, s'il s'avère que cet ours a la rage.

Se remettant debout, aidé de la poigne de son coéquipier, le jeune homme ne quitte pas l'animal des yeux.

— C'est… c'est ma faute, souffle-t-il. C'est à cause de moi qu'il est mort.

— Quoi, tu aurais préféré que ce soit toi? Tu es sous le choc, tu ne sais pas ce que tu dis! tonne

Ferguson en réarmant son fusil. Il n'avait pas l'air de vouloir renoncer à son festin !

Le Danois croise le regard de Desjours. Celui-ci semble complètement déboussolé.

— Écoute, Froggy, crois-moi, je suis le premier accablé d'avoir tué cet ours, je ne suis pas venu au Groenland pour ça, lâche Ferguson d'une voix radoucie. Ils sont de moins en moins nombreux, victimes du réchauffement, de la faim et des polluants qui encombrent les chairs des animaux qu'ils mangent. Ça n'aurait pas dû être. Mais c'est comme ça. Sa mort te servira de leçon, j'espère. On a tous fait nos conneries. Elles peuvent nous être utiles et nous sauver la vie, par la suite. Et surtout, si on peut en parler et parfois en rire, ça veut dire qu'on n'en est pas mort et c'est le plus important. Reste plus qu'à espérer que c'est le premier et le dernier, et surtout que c'est un mâle. Trop de femelles succombent, ces dernières années. Elles fournissent des efforts supérieurs à leurs partenaires pour protéger leurs petits et les aider à survivre. Tiens, tu surveilles les alentours et tu me couvres.

Ferguson tend le fusil au photographe qui finit par le prendre après une courte hésitation. Puis il s'approche de l'ours avec prudence et, le cou tendu, vérifie qu'il ne respire plus. Entre les pattes avant, l'auréole d'un rouge frais s'est élargie, souillant le pelage. Le trou foré par la balle est bien visible. Cet animal qui, quelques instants auparavant, représentait pour l'homme un danger mortel est désormais à terre, inerte, terrassé. Toute cette vie, cette force sauvage, cette majesté, réduites à néant à cause d'une imprudence. Il y a de quoi pleurer. Et Mathieu

Desjours ne retient pas ses larmes qui coulent sous son masque pour geler aussitôt, formant sur ses joues de minuscules rigoles blanches.

Il a du mal à déglutir en voyant Ferguson tendre un bras et le plonger entre les postérieurs de l'ours, au niveau de son appareil génital afin de procéder à une palpation.

— J'ai fait deux ans d'études vétérinaires avant de laisser tomber pour la sismologie, les sismologues sont une denrée plus rare, au Danemark, explique Ferguson. C'est un jeune mâle, aussi inconscient et imprudent que toi. Ce qui l'a mené à sa perte. Mais ça aurait pu être toi, n'oublie jamais ça.

Sans l'intervention du chef d'expédition, oui, ça se serait passé ainsi. Mathieu le sait, il sait qu'il a vu la mort de près aujourd'hui ; pourtant, il ne parvient pas à s'extraire de cet état second, de ce sentiment d'impuissance et de tristesse mêlées. Il se sent coupable de la mort de cet animal qui ne faisait que défendre son territoire, un être libre que son flair et sa curiosité ont poussé jusqu'à l'humain, une fois de plus à l'origine de sa destruction. Il ne peut même pas éprouver de soulagement d'avoir échappé au pire.

— C'était lui ou toi, Desjours, reprend Ferguson en récupérant son fusil. Allez, on va rejoindre les filles qui doivent se demander ce qui se passe. Mieux vaut ne pas s'attarder par ici. Cet ours a sans doute été attiré par la viande exhumée qu'il a dû sentir malgré la congélation. Un autre peut très bien cette fois être attiré par l'odeur du sang, celui de son congénère et… le tien. Ces animaux sont capables de flairer le gibier à trente kilomètres.

De retour aux *pulkas*, les deux hommes retrouvent Anita et Atsuko passablement inquiètes à qui Fergus raconte en quelques mots l'incident. Lorsque Anita, furieuse devant tant d'inconscience, fait mine de sermonner Mathieu, Ferguson l'arrête d'un regard.

— Je crois qu'il a compris, lui glisse-t-il. Son bras le lui rappellera pendant un moment.

Ferguson doit faire part d'une chose importante aux trois membres de l'expédition, mais redoute leur réaction. Il n'a pourtant pas le choix, les consignes gouvernementales sont très strictes là-dessus.

— Nous ne pouvons pas laisser l'ours ici, se décide-t-il enfin.

— Tu veux dire qu'on doit le ramener à la base ? s'écrie Anita.

Fergus hoche la tête. Dans les lumières réunies des frontales, sa barbe scintille de cristaux de glace. Leurs ombres s'étirent en étoile sur le sol gelé. Le spectre d'un jour oublié s'estompe déjà dans un bleu carbone.

— Je dois le signaler aux autorités et faire faire des analyses pour écarter tout risque de transmission de la rage ou autre saloperie. Dans tous les cas, Mathieu doit recevoir un vaccin antirabique sans attendre. En principe, les délais d'incubation vont d'une semaine à un an. Mais vaut mieux assurer en allant au plus court.

— Et on a ça, nous, ce vaccin, à la base ? demande Anita.

— Oui, quelques flacons.

— Et comment comptes-tu t'y prendre pour ramener cette montagne de chair en plus des échantillons ?

— Je m'en occupe. Atsuko et toi, vous prendrez les *pulkas* avec les échantillons. C'est un jeune, il ne pèse pas plus de deux cents kilos.

— Je peux très bien traîner une *pulka*, intervient Desjours. Il me reste un bras valide.

— Toi, tu te tiens tranquille pour un moment, grommelle Ferguson en chargeant tout le matériel sur une seule luge. Atsuko, viens m'aider à déplacer l'ours. Les autres, commencez déjà à y aller, plus vite tu prendras les antibiotiques, petit, mieux ce sera.

Le photographe esquisse un mouvement de recul comme un cheval qui fait un refus devant un obstacle.

— Pas question, Fergus, je viens vous aider. L'ours sera trop lourd pour seulement Atsuko et toi. Et si un autre surgit ? Je peux au moins tenir un fusil…

Passant ses gants dans sa barbe parsemée d'éclats blancs, le chef de la mission semble réfléchir, des ombres grises dans le vert d'eau de ses yeux.

— C'est juste. Bon, allons-y. Anita, tu te sens de rester ici surveiller le matériel et les échantillons ? Tu as l'autre fusil au cas où.

— Je vous attends. Tu m'appelles, si besoin.

Une demi-heure plus tard, l'équipe prend enfin le chemin du retour sans avoir été inquiétée lors du chargement laborieux du plantigrade sur la plus grande *pulka*. Assisté de la géologue peu diserte, Fergus a réussi à ficeler les pattes de l'animal à l'aide d'une corde, de façon qu'elles ne traînent pas en dehors de la luge. Au moment de se mettre en route, un petit vent s'est levé, balayant la poudreuse au ras du sol. Derrière eux, le cimetière profané et ses sentinelles de pierre d'où pendent, comme des poignards, des stalactites de glace.

Tracter l'ours, même de taille réduite, ne s'avère pas aisé. Pourtant, Fergus a de la force à revendre encore à son âge. Mais, pour remonter la petite côte, il doit finalement mettre Desjours à contribution. Trop heureux d'être utile pour se racheter de son imprudence, le jeune homme vient se placer à côté du géant danois et commence à tirer avec lui la *pulka* et son chargement. Le visage congestionné, les deux hommes et Atsuko, après avoir failli glisser à plusieurs reprises, entraînés en arrière par le poids de l'animal mort, parviennent enfin sur le plateau où les attend Anita. Le reste du chemin, effectué en grande partie sur du plat, ne pose pas de problème majeur. Les traîneaux chargés au maximum glissent sur la neige glacée dans un doux frottement.

Presque une heure après, à peine sont-ils arrivés à la base sur les motoneiges avec leur chargement réparti dans les deux remorques, que Mouni surgit hors de l'unité. La peau mate de son visage semble grise.

— Où est Malte ? demande Ferguson en soufflant.

— Il… il m'a dit qu'il sortait faire un tour. Il a pris une motoneige et un fusil.

— Faire un tour ? Il se croit dans un parc ou quoi ? Depuis quand est-il parti ?

— Je… je ne sais pas.

— Merde !

Tandis que les femmes rentrent avec Desjours pour lui donner les premiers soins et lui faire avaler des antibiotiques, secouant la tête d'un air de taureau furieux, Ferguson détache de la motoneige la remorque contenant l'ours, ramasse son fusil et s'apprête à enfourcher la machine quand il entend au loin un bruit de moteur lancé à fond sur la piste enneigée. Casque sur la tête, engoncé dans sa parka fourrée, tache sombre grossissant à vue d'œil dans la blancheur éclairée par la sphère lumineuse du phare, Malte apparaît dans un nuage de poudreuse.

— Tu étais où, bon sang ? lui crie Ferguson sans attendre qu'il ait coupé le moteur.

Jetant des regards anxieux en direction de l'unité, Malte, qui ne semble pas tout à fait lui-même, descend de la motoneige allumée et s'approche tout près du Danois. Sous la visière, ses yeux sont exorbités.

— Je dois te montrer quelque chose. Tu montes avec moi ?

— C'est loin ? Tu ne peux pas plutôt me dire ce qu'il en est ? On vient de rentrer, j'ai été obligé de tuer un ours que je dois encore dépecer et je suis vanné. Et il fait déjà noir comme dans le trou de balle d'un bœuf musqué…

— Non, ça urge, Roger, lui murmure Malte à l'oreille. Il faut que tu voies ça. On y va, tous les deux, je t'emmène, c'est à moins de un kilomètre.

Intrigué par tant de mystère et surtout par la lueur un peu folle au fond des yeux du glaciologue canadien, à contrecœur Ferguson prend place derrière lui sur la motoneige. Celle-ci démarre aussitôt en trombe en prenant la direction opposée à la vallée des bœufs. Sous l'effet de l'accélération, le scooter des neiges fait un bond en avant.

— Hé, doucement, mon vieux, on n'est pas dans un rallye, ici !

Au bout de cinq cents mètres, l'engin s'engouffre dans un passage un peu plus étroit qui sinue entre d'énormes blocs de glace presque aussi hauts qu'un petit immeuble, dont les ombres projetées bleu-gris avalent brusquement la motoneige et ses deux passagers. Au détour d'un des monolithes, Malte ralentit avant de s'arrêter.

— C'est ici, dit-il, l'index de son gant renforcé pointé vers l'avant.

Suivant du regard la direction indiquée, Ferguson voit, à quelques mètres d'eux, des silhouettes qu'il reconnaît tout de suite. Elles sont là, immobiles, presque humaines, se détachant, noires dans le ciel boréal, au nombre de sept, de la même taille qu'un homme, sauf la dernière, beaucoup plus petite. Il cesse de respirer une fraction de seconde puis se tourne vers Malte dans un éclat de rire.

— Tu m'as fichu la trouille ! Tu t'ennuies ici au point de te lancer dans la sculpture ? Tu as raté ta vocation d'artiste ou les cairns inuits t'inspirent ?

— Ni l'un ni l'autre. Ce n'est pas moi.

— Et qu'est-ce que tu faisais par ici ? Seul ? lance Ferguson d'un air de reproche. Les consignes sont pourtant claires. Personne ne s'éloigne seul de la base.

— OK, j'ai merdé. Mais j'aime ces paysages, tu comprends ? La glace, c'est mon univers, et pas que sous un aspect scientifique. C'est bien plus que ça. J'ai fait ça en sécurité, j'ai pris le fusil et je suis pas non plus parti à des kilomètres. C'était juste pour une petite reconnaissance. Rapport aux empreintes d'ours. Et je suis tombé là-dessus. Rien ne te frappe, toi ?

L'évidence est là. Que le chef de la mission veut repousser de toute la force de son esprit. Oui, bien sûr, ce qui lui saute aux yeux est le nombre des sculptures. Sept. Comme son équipe, avec Lupin. Et justement, le plus petit de ces empilements anthropomorphes pourrait très bien figurer le chien de Mathieu Desjours.

— Et comment tu expliques ça ? demande-t-il à Malte d'une voix blanche, comme pour avoir une confirmation.

— C'est censé nous représenter. Nous signaler. Comme si on nous avait repérés.

— On ne cherche pas à se cacher, rétorque le Danois. La base est tout à fait visible pour qui s'aventurerait par ici. Ça n'a rien d'une base militaire ultra-secrète et notre mission ne l'est pas non plus.

— Peut-être notre présence ici est-elle intrusive, elle est peut-être une menace pour…

— En quoi une mission scientifique est-elle une menace ? Non, ça ne tient pas, Malte.

— Tu as une autre explication alors ?

— Je trouve ça plutôt flatteur et sympathique, si tu veux le fond de ma pensée.

Fergus sait que le mensonge est énorme et que le glaciologue ne s'y trompera pas, mais il préfère s'engouffrer là-dedans, juste pour se rassurer.

— Je ne vois pas ce qu'il y a de flatteur, objecte Malte.

— Quelqu'un s'est donné la peine de réaliser des

sortes d'œuvres d'art à notre effigie. C'est peut-être un signe de bienvenue.

— Des Inuits ?

— Ce sont leurs constructions. Leur langage, leur façon de communiquer à distance. Ils ne sont pas dans l'écrit.

— Mais pourquoi nous ? proteste le Canadien avec une fébrilité croissante. Et pas l'équipe 1 ?

— Il y en a peut-être ailleurs. Je vais appeler Gustawsson pour tirer ça au clair. On rentre, maintenant. Et pas un mot aux autres. Ce n'est pas la peine de semer la panique.

Dans la clarté d'une lune presque pleine, la motoneige, feux allumés, trace sa route à travers l'immensité d'une blancheur luminescente. Les deux hommes se taisent, chacun est seul avec ses réflexions, ses doutes, tandis que la nature froide et sauvage se prépare à plonger une nouvelle fois dans la nuit totale.

8

Environs de Longfield, dans le Kent, janvier 2017

Perdue dans ses pensées, Luv n'a même pas vu le panneau luire à la lumière pluvieuse des phares, affichant Longfield, le nom du village qu'elles devaient encore traverser avant de s'arrêter devant le cottage. En revanche, l'odeur âcre des écuries la saisit à la gorge alors qu'elle s'extirpe de la voiture, accrochée à son sac de voyage. Elle n'est jamais venue ici et tout ce qu'elle sait du Kent, c'est que c'est le pays des deux Charles, Dickens et Darwin, dont les ouvrages ont fait partie de ses lectures d'enfant, puis d'adulte.

Dans la nuit sans étoiles, peu après la sortie du village, le cottage n'est qu'une masse sombre autour de laquelle on devine un vaste terrain clôturé servant de pâture aux deux chevaux des filles. Mais à ce moment ils dorment bien au chaud dans la paille de leurs boxes, sans aucune conscience du drame qui touche leurs propriétaires.

— Faites pas attention au bordel, s'excuse à demi la jeune femme, je n'avais pas prévu de faire venir ma belle-mère aujourd'hui.

— Le « bordel » ne me fait pas peur, c'est la vie, répond Luv sans relever la légère ironie de l'allusion à la belle-mère.

— C'est bien ça, le problème, c'est que cette putain de vie continue comme si de rien n'était, lâche Flynn en retirant son bonnet. Mettez-vous à l'aise, il fait un peu froid, je vais allumer un feu.

Le regard de Luv se promène dans le salon où trône une belle cheminée en pierre claire assez grande pour qu'un enfant de six ans puisse y tenir debout. Une table en bois massif qui, à ses veines et à ses nœuds, doit être en noyer, se dit Luv, des chaises dépareillées à l'assise en tissu rayé ou uni, un immense kilim tissé main, deux fauteuils devant la cheminée, dont l'un recouvert d'un plaid douillet à carreaux rouge et noir, et à l'autre bout, une cuisine à l'américaine avec un large comptoir en acier brossé, des tabourets de bar sans doute chinés, à côté desquels est déplié un séchoir à linge où pendent chaussettes, culottes, caleçons et tee-shirts encore humides. Avec un serrement au cœur, Luv se demande lesquels appartiennent à sa fille. Sur la table, les restes épars d'un petit déjeuner, sans doute leur dernier pris ensemble, pain, miel et gelée de coing, deux mugs où trempent encore les sachets de thé.

Malgré l'invitation de la compagne de sa fille, Luv est comme paralysée, à peine ose-t-elle faire quelques pas, ne se sentant pas à sa place ici. Tout est si imprégné de cette vie à deux qu'il n'y a pas d'espace pour une tierce personne. Surtout pas pour elle.

Au moment où le regard de Luv se pose sur un

grand panier où traîne un vieil os à moelle, on gratte à la porte que Flynn va ouvrir, laissant entrer une tornade de poils grisonnants et mouillés qui se précipite sur l'étrangère avec les meilleures intentions.

— Doucement, Dylan ! Tu ne sautes pas ! Allez, viens te sécher ici, assis, oui, bon chien.

— Il a l'air gentil, c'est un briard ?

— Pur jus. Il a trois ans. C'est un peu… notre bébé… Au moins, lui, c'est comme Dirty et White, il ne se rend compte de rien. Enfin… pour le moment. Je pense qu'il ne va pas tarder à ressentir l'absence de sa maîtresse.

Mais Dylan, n'écoutant que son instinct, renifle la nouvelle venue en partant des chaussures, inspection appuyée de francs coups de langue sur les mains.

— Dirty et White ?

— Les chevaux. Des selles anglais. Dirty, c'est le cheval d'Ava. En hommage à *Dirty Dancing*, un de ses films cultes. Un thé ? Tisane ? Plus fort ?

— Qu'est-ce que vous prenez ?

— Un whisky japonais, du Nikka.

— Jamais goûté. Va pour le japonais !

Visiblement, le briard n'a pas l'intention de renoncer aux caresses de Luv et s'appuie maintenant de tout son poids contre ses jambes, parvenant même à lui arracher un sourire.

— Allez, laisse la dame tranquille ! Va coucher !

— Il ne me dérange pas… c'est… c'est le chien d'Ava ?

— Je le lui ai offert pour son anniversaire. Il y a un lien très fort entre eux deux. Plus qu'avec moi. Je veux dire plus qu'entre Dylan et moi, soupire Flynn derrière le bar, en remplissant deux verres d'alcool couleur de miel.

— Tenez.

Elle lui tend un verre par-dessus le comptoir.

— Vous ne voulez pas vous asseoir ?

— Je… oui, bien sûr. Vous me ferez visiter ?

Flynn acquiesce en aspirant longuement une gorgée de whisky qu'elle garde quelques secondes en bouche. Elle laisse un instant l'alcool lui cuire la langue et l'intérieur des joues avant d'avaler.

— C'est pour ça que je vous ai proposé de venir ici. Je vous montrerai son bureau. Je suis incapable d'y entrer pour le moment. Pour quoi faire, d'ailleurs ? Ce sont ses affaires, là où elle aimait se couper un peu du monde et de moi aussi, je crois.

— On en a tous besoin.

— Plus ou moins.

— Je crois qu'en cela, elle tient de moi, même si elle ne risquait pas d'être influencée par mon mode de vie, dit Luv après une hésitation.

Elle sent Flynn fragile, sur un fil, et doit peser chacun de ses mots à l'évocation d'Ava.

— C'est drôle… on est là, on occupe l'espace, on rit, on pleure, on dort, on part travailler, on s'aime, on s'engueule et, du jour au lendemain, plus rien de tout ça. On est, et puis on n'est plus. Aussi simple que ça. J'ai connu ce sentiment de vide à la mort de mon père, mais je m'y ferai jamais, enchaîne Flynn en aspirant sur le joint qu'elle vient de rouler. Vous en voulez ?

— Non, merci. Oh, et puis, juste une taffe.

Luv prend doucement le cône que lui tend la jeune femme entre deux doigts et, les yeux fermés, tire une bouffée. Le parfum de l'herbe brûlée mélangée à quelques brins de tabac la saisit aussitôt. Fumer quoi que ce soit n'est pas son truc, encore moins du cannabis. Mais elle veut éprouver ce qu'a connu Ava, marcher un peu dans son sillage, s'arrêter dans son intimité, découvrir cette fille, cette étrangère, sa fille. Avec l'alcool, la tête lui tourne légèrement. À part les sodas à la taurine, Luv ne boit que de l'eau. Un peu de bon vin, parfois, lorsque David en rapporte. Mais là, elle n'est plus Luv Svendsen, alors elle adapte ses sensations à ce nouvel univers. Devenir Ava quelques heures, jusqu'au réveil, s'abandonner à la chaleur de la cheminée qui, peu à peu, remplit la pièce en même temps que la lumière orangée des grosses ampoules nues à filament.

— Ce projet… d'enfant, il a été commun dès le départ ? se décide Luv.

Flynn lui lance un regard amusé.

— Bizarre, votre question. Et vous ? Ava, elle était quoi ? Elle a été un projet, au moins ? Vu la suite et votre âge quand elle est née, je ne pense pas, répond-elle sans agressivité. Mais vous avez raison, au départ, c'était mon idée. Enfin, mon désir…

— Pas celui d'Ava ?

La jeune femme souffle la fumée par le nez avant de parler.

— Elle a vu que j'y tenais. Elle a voulu m'accompagner là-dedans et s'est prise au jeu. Elle a fini par accepter l'idée d'être la mère biologique.

— Vous ne vouliez pas porter l'enfant ?

— Je suis un peu dégonflée comme nana, parfois, avoue Flynn dans un rictus qui lui tire les lèvres de côté. J'ai eu la trouille. Voir mon corps changer, me transformer en citrouille, tout ça. L'accouchement, n'en parlons pas. J'avais les mains moites et mal au bide rien que d'y penser. Ava a été géniale, comme d'habitude.

— Elle aurait été une mère géniale, j'en suis sûre, dit Luv. Et vous aussi.

Flynn s'assombrit soudain, comme si elle rentrait en elle, tout au fond d'une grotte insondable.

— On ne le saura jamais, dit-elle d'une voix vacillante, reprenant le joint que lui rend Luv.

Le regard de la biologiste s'attarde sur des photos encadrées posées sur une étagère, qu'elle n'avait pas remarquées en entrant dans le salon. Deux jeunes femmes équipées des pieds à la tête d'une tenue de haute montagne, lunettes spéciales sur le nez, sous un ciel bleu vif sur lequel se détache une mer de pics enneigés où s'accrochent quelques lambeaux nuageux.

— Elles sont belles, ces photos… Où est-ce ?

— Au sommet de l'Everest.

Luv tourne la tête vers Flynn et la dévisage, sceptique.

— Vous avez fait l'Everest ?

Une certaine incrédulité point dans sa voix malgré elle.

— En fait, c'est le K2. Même si, en réalité, il est bien plus mortel. Mais ça me fait tellement de bien de dire que c'est l'Everest. C'était notre objectif. On devait se demander en mariage tout en haut. On avait commencé à mettre de côté pour ça. Le K2, c'était pour nous entraîner… après un entraînement déjà intensif dans les Alpes françaises, sur le Mont-Blanc. Et maintenant... l'Everest, on ne le fera jamais… Alors ça fait mal aussi.

La biologiste fixe les photos, admirative. Au fond, elle n'a rien connu de sa fille, même au travers des bribes que lui en rapportaient ses parents. Ils lui livraient au compte-gouttes la vie d'Ava. Peut-être à sa demande, d'ailleurs.

— Déjà le K2, dit-elle, c'est un véritable exploit ! Chapeau bas, vraiment, Flynn…

— Chacune son truc. Ava, c'était grimper sur le toit du monde, moi, c'était plus… terre à terre, un cottage, des gosses, un chien, des chevaux…

— Pourtant, vous l'avez fait à deux, tout ça.

— Je serais allée sur la Lune, avec elle. Depuis la mort de mon meilleur ami sur l'Everest, j'avais arrêté l'alpinisme. Et puis Ava a tellement insisté pour que je lui apprenne… Elle était douée…

Sa voix se brise.

— C'est dur, là… trop dur…

Assise par terre contre le canapé, Flynn baisse la tête entre ses genoux et se met à pleurer doucement, les larmes coulent comme une musique. Sa musique secrète, sa douleur, l'absence. Percevant sa détresse, Dylan se lève de son panier et, avec de timides battements de queue, s'approche d'elle en se dandinant et plonge sa grosse tête entre ses bras. À cette démonstration d'affection, les pleurs de Flynn redoublent d'intensité. Luv garde les yeux rivés aux photos, au sourire de sa fille, le sien, presque, tant elles se ressemblent finalement. Cette douleur ne lui appartient pas, celle de ses parents non plus. Elle n'en ressentira jamais la morsure. Ni le poids de cette disparition. Pas comme ça, en tout cas.

— Vous me montrez son bureau, Flynn ?

Luv s'est rapprochée de la jeune femme et, d'une main, effleure son bras. Celle-ci sursaute. Lève sur elle des yeux hagards, rougis de larmes et de fumée. Elle a déjà trop bu, inhalé trop d'herbe. Se relève sans répondre, trébuche sur une jambe, manque retomber, retenue par Luv de justesse, lui fait signe de la suivre. La maison, de plain-pied, est étendue, le vaste espace compensant l'absence d'étage. La pièce où Ava s'enfermait se trouve au fond, dans l'aile gauche, à côté d'une petite salle de bains.

— Voilà, c'est ici, cette porte. Et là, ce sont les toilettes, se contente de dire Flynn en reniflant. Il y a un lit dans le bureau, vous pouvez dormir là, sinon, il y a la chambre d'amis…

— Ne vous inquiétez pas, Flynn. Je m'y retrouverai. D'ailleurs, je ne sais pas si je vais réussir à dormir.

— Ben moi, je vais essayer. Faut que je sois fraîche pour mes gamins, demain. Il est déjà presque minuit… À la campagne, on se couche tôt.

— Vos gamins ? s'étonne Luv.

— Ouais… ceux qui ne sont pas à moi. J'enseigne en collège. Ils ont entre douze et quatorze ans. Pas toujours facile à gérer à cet âge. Je pourrais m'arrêter deux, trois jours mais je préfère continuer à travailler. Ça m'aidera.

— En effet, c'est un beau métier… Je ne vous ai même pas demandé ce que vous faites.

— Moi non plus. Mais je sais. Ava m'en parlait.

— Ah ? Elle vous parlait de moi ? souffle Luv dont le regard s'éclaire.

— De votre activité. Vous, non, elle ne vous

connaissait pas… Je crois que s'intéresser à votre métier lui donnait l'impression de vous connaître. Enfin, c'est tout ce qui lui était accessible. Bon sang, parler d'elle au passé… c'est… c'est au-dessus de mes forces, Luv… je vous laisse. Essayez quand même de dormir. Je ne sais pas à quelle heure est votre avion, mais je peux vous commander un taxi. Sauf si vous voulez rester encore un peu…

Il semble à Luv déceler une demande dans ces derniers mots.

— Merci, Flynn, mais je dois retrouver Joy. Elle est encore petite et…

— Je sais, vous essayez de vous rattraper avec elle. C'était sympa, ce soir, malgré tout, et Ava, je suis sûre qu'elle aurait fini par vous aimer. Pour le petit dej, je mettrai tout sur la table.

— Merci, Flynn, prenez soin de vous.

Sans répondre, la jeune femme se retourne et s'éloigne vers le salon. Luv n'avait pas noté à quel point elle est grande. Certainement un mètre quatre-vingts. La porte du bureau d'Ava est restée entrouverte, en guise d'invitation. D'une main hésitante, elle la pousse pour entrer et la referme derrière elle, actionnant l'interrupteur dans un même geste.

Ce qui frappe Luv aussitôt est l'ordre qui règne dans cette pièce d'environ quinze mètres carrés, contrastant fortement avec le « bordel » du salon et de la cuisine pour lequel s'est excusée Flynn. C'est donc dans cette seule pièce que se révèle le tempérament d'Ava, en déduit Luv, debout au milieu, explorant l'ensemble du regard. Tout est rangé, aucun papier ou vêtement ne traîne, chaque objet est à sa place, selon sa fonction. En face d'un lit d'appoint, sur une table d'architecte à large plateau, l'imprimante-scanner, un iMac, un appareil photo numérique, une lampe halogène de bureau, un dictionnaire, trois stylos, une photo de Flynn et Dylan, tête contre tête, dans un cadre en aluminium. Sur quatre étagères fixées à l'aide d'équerres reposent côte à côte des romans policiers, des essais de sociologie et de psychologie, ainsi que des livres sur l'équitation ; au mur des posters avec des chevaux, un autre de Bowie les cheveux rouges en brosse, une grande carte du Népal où sont tracées quelques croix, sans doute en prévision de leur ascension de l'Everest. Sous la table, une petite poubelle où traînent des canettes vides de Red Bull. À leur vue, Luv reçoit comme un coup au cœur. Ava était donc accro à la taurine, elle aussi…

Tirant à elle le siège de bureau à roulettes, elle voit, posé sur le dossier, un foulard en soie sauvage dans des tons gris-bleu. Elle le caresse, le roule dans ses mains et y enfouit son visage. Un reste de parfum boisé qu'elle ne parvient pas à identifier lui remonte aux narines. Puis, le reposant, elle s'assied là où sa fille, selon Flynn, travaillait, sans préciser de quel genre de travail il s'agissait. Peut-être elle-même n'en sait-elle rien, se dit la biologiste. À quoi Ava pouvait-elle passer son temps, lorsqu'elle se retirait dans cette pièce ? Touchant pensivement le clavier de l'ordinateur, Luv voit l'écran s'allumer et comprend que l'appareil était seulement en veille. Personne n'a dû s'en servir depuis le départ d'Ava, Flynn semblait dire que le bureau était le refuge exclusif de sa compagne. En fond d'écran, Luv voit se dessiner une chaîne de montagnes étincelantes au soleil devant laquelle sourient les deux jeunes femmes enlacées. Des images qui renvoient le reflet d'un couple heureux et stable. Rien à voir avec la sordide réalité qui se profile sur les circonstances de l'accident.

Malgré elle, Luv saisit la souris et commence à parcourir les dossiers et les fichiers. Impôts, salaires, dépenses, assurance voiture et maison, tout est enregistré dans des dossiers distincts. Tout à coup, le nom de l'un d'eux dans l'arborescence la fait tressaillir. L.S. Ses initiales. Avec le sentiment de violer l'intimité de sa fille, mais mue par son instinct de chercheuse, Luv ouvre le dossier. Un bouquet de fichiers et de photos lui explose aux yeux. Ce qu'elle y découvre la cloue sur son siège. Des articles de presse dont elle a fait l'objet au moment de la tentative d'assassinat, mais aussi des biographies plus ou moins longues jointes à ses publications sur la menace touchant les espèces et ses recherches sur les hécatombes animales accessibles sur le Net.

Au lieu d'être émue devant cet archivage méthodique d'où ressort une sorte d'obsession, Luv sent un malaise coupable l'envahir. Tout ce que sa fille avait d'elle, finalement, elle se l'était elle-même procuré, sous forme d'articles, de liens et de fichiers informatiques. Tel était le patrimoine maternel qu'avait accumulé Ava dans un ordinateur. Aucun souvenir commun, aucun moment de tendresse partagé comme sur ces photos avec Flynn, la seule personne, outre Olga et Dagmar, à lui avoir donné de l'amour.

Prise d'une envie de boire une gorgée de soda et de sentir les effets stimulants de la taurine, Luv envisage de fouiller la poubelle à la recherche d'un reste de Red Bull dans l'une des canettes, mais elle se ravise. Il y aura certainement une perquisition chez les filles dans le cadre de l'enquête. Flynn dira que la mère d'Ava est venue ici, mais mieux vaut ne pas mettre son ADN partout. En refermant un à un les documents, la gorge nouée, tandis que la pluie cingle les volets en bois, Luv se rend compte qu'elle n'a même pas pris de nouvelles de Joy ce soir. Bien qu'elle la retrouve demain, elle aurait dû passer ce coup de fil à Kirsten. Décidément, Flynn a raison… Avec Joy, elle « essaie de se rattraper ». Elle essaie, sans y parvenir, au fond. Est-elle finalement faite pour ça, pour être mère, s'occuper d'un enfant à elle, le faire grandir, le protéger de lui-même, des individus retors qu'il trouvera sur sa route ? Elle en doute, parfois.

Au moment de se lever du siège de bureau, elle avise les deux coins d'une enveloppe qui dépasse du dictionnaire. Intriguée, oscillant entre curiosité et pudeur, Luv finit par céder à la première et, après avoir enfilé ses gants pour ne pas laisser ses empreintes, tire doucement sur l'enveloppe. Adressée à Flynn, dont le nom est écrit à la main, elle n'a pas été fermée. La tentation de regarder le contenu titille la biologiste qui, d'abord, l'écarte en se disant qu'elle trahirait Flynn et sa fille en lisant un message sans doute très intime. Mais n'y tenant plus, elle s'arrête de la tourner et la retourner et en sort enfin une feuille au format A4, pliée en trois dans le sens de la largeur.

Voir pour la première fois l'écriture de sa fille la trouble. Les lettres sont reliées entre elles dans un équilibre fragile, de façon désordonnée, comme si c'était l'écriture d'un enfant encore en apprentissage. Lorsqu'elle parvient enfin à s'attacher au sens de ces mots, leur réalité la frappe de plein fouet.

Ses lèvres prononcent chaque mot en silence pour y revenir.

Mon amour,

Je ne sais pas comment te le dire, alors je te l'écris, lâchement. Je te laisse seule face à ce que tu vas apprendre, dans l'incertitude totale de te retrouver après. C'est pourquoi je te demande pardon, déjà. En espérant de tout mon cœur que tu en trouveras la force. Comme moi celle de me regarder en face après le mal que je te fais.

Je ne peux pas, je ne me sens pas le courage d'affronter cette maternité. Je t'ai promis de partager ce projet avec toi, je sais. Crois-moi, c'était sincère. Mais en le vivant, je prends conscience que je me suis trop avancée. Je me suis sans doute surestimée. C'est peut-être parce que j'ai été privée de mère que je ne me sens pas capable d'en être une. Je ne me cherche pas d'excuses, il n'y en a aucune à la douleur que je te cause.

J'ai donc décidé d'avorter, Flynn. Tu m'en aurais empêchée, je le sais. C'est sans doute pourquoi je préfère te l'écrire. Quand tu liras cette lettre, je serai à la clinique, ce sera fait. J'ai déjà pris rendez-vous. Je sais aussi à quel point j'aurai besoin de toi, après. Pourtant, comment te demander une chose pareille ?

J'y crois quand même, comme je suis sûre de ton amour, parce que je n'en ai jamais connu d'aussi fort et je ne veux pas te perdre. Pardon, Flynn, dix mille fois pardon.

Je t'aime plus que la lune

Ava

Après avoir relu la lettre au moins cinq fois, Luv la remet dans l'enveloppe et se traîne jusqu'au lit où elle se jette, terrassée. *Non, ce n'est pas possible*, répète-t-elle à demi-voix. Elle ne veut pas admettre la possibilité qu'elle entrevoit, terrible, fracassante. Serait-ce elle ? Flynn a-t-elle tué Ava ? Pour quand le rendez-vous à la clinique avait-il été pris ? Flynn était-elle tombée sur la lettre entre-temps ? Après tout, Luv ne connaissait pas vraiment sa propre fille et encore moins la compagne de celle-ci. Dans la frustration et la rage éprouvées à la lecture de la lettre, Flynn aurait-elle commis le pire ? En était-elle capable ? Aurait-elle tué Ava en provoquant cet accident et en prenant la fuite ? Mais alors pourquoi Flynn aurait-elle laissé Luv seule dans le refuge d'Ava en sachant que la lettre s'y trouvait ? À moins que, sous l'effet de l'alcool et du cannabis, elle ait complètement oublié ce détail.

S'il s'avère que c'est bien un crime, peut-être n'a-t-il rien à voir avec les menaces de mort dont Luv fait l'objet, ni avec la tentative de meurtre sur sa personne alors qu'elle était enceinte de Joy. Peut-être est-ce beaucoup plus simple et plus terrible que ça…

Sous cette avalanche d'interrogations, tout en se disant que non, Flynn aurait forcément détruit cette lettre qui l'incrimine, Luv se sent littéralement écrasée. Démunie. Aux yeux d'un enquêteur, cette lettre serait un élément crucial. Le mobile d'un meurtre.

Si Luv la détruit, elle protège peut-être l'assassin de sa fille. Si elle la remet à sa place, Flynn pourrait la faire disparaître avant la perquisition. Plus rien ne serait alors susceptible de la faire accuser. Mais si elle échappe à son attention, ce sont les policiers qui la trouveront et leurs soupçons se porteront sur Flynn.

En proie à un violent conflit entre sa conscience et sa sympathie pour la jeune femme, Luv prend enfin sa décision. Malgré l'heure tardive, elle compose le numéro de Kirsten.

— Oui, c'est Luv, dit-elle aussitôt que sa tante a décroché. Désolée d'appeler si tard. Je viens pratiquement de rentrer de l'hôpital. Flynn, la compagne d'Ava, m'a proposé de dormir chez elles. Je devais prendre l'avion pour Oslo demain matin, mais il y a un contretemps. Je dois rester encore deux, trois jours, peut-être plus, je ne sais pas. Des choses administratives à régler pour…

— Je sais, Olga m'a dit. Pas de souci, Luv, je garde Joy. Tout va bien. Elle est très sage et elle mange avec appétit.

— Fais-lui un câlin de ma part. Merci, Kirsten.

Luv raccroche, soulagée de savoir que Joy est en forme. Pour l'heure, elle va annuler son billet d'avion. Et demain, elle appellera Green dès que Flynn sera partie, pour lui faire part de sa découverte. Ensuite, la police, puis la justice feront leur travail.

Tandis qu'elle visionne la vidéo reçue un peu plus tôt sur l'hécatombe de sardines au Chili, Luv sent peu à peu ses paupières s'alourdir. Pour une fois dans sa vie personnelle, elle a le sentiment d'avoir pris la bonne décision.

9

Camp de base ARCTICA, région de Thulé, Groenland, janvier 2017, jour 5

Tous ont regagné leur chambre, seul Roger Ferguson est resté un moment à table, devant son verre de vodka presque vide. Le repas s'est déroulé dans une étrange pesanteur, l'épisode de l'ours, qui a failli être fatal, gravé dans les esprits. Le chien de Desjours ne l'a pas quitté d'une semelle, comme s'il devinait que son maître avait frôlé la mort. *Il leur faudra un peu de temps,* songe Ferguson, la bouche anesthésiée par l'alcool à 60° qu'il vient de boire sec. L'appel émis depuis le GSM à son collègue Gustawsson qui menait la première mission, au sujet de la présence des *inuksuits* non loin de la base, ne l'a pas vraiment rassuré sur leur situation. Personne de l'équipe précédente n'a rien vu de tel, en revanche, plusieurs d'entre eux ont dit sentir une « présence » autour de la base. Au vu des empreintes, sans doute un ours. Mais il n'a jamais été aperçu.

Est-ce cet ours qu'il a tué aujourd'hui pour sauver la vie d'un imprudent ? En tout cas, c'est à lui que revient le sale boulot de le dépecer, de nettoyer la peau, stocker la viande au congélateur – dehors cela risquerait d'attirer d'autres prédateurs – et de brûler les organes. Manger le foie d'un ours blanc, trop chargé en vitamine A, peut causer une grave intoxication. Souvent mortelle. En revanche, si les analyses confirment que l'animal n'est pas atteint de rage ou d'une autre maladie, la viande pourra constituer une bonne réserve en cas de problèmes de ravitaillement.

Tout cela, à condition que Ferguson n'avertisse pas les autorités de la mort de cet ours. Il sera alors en infraction, passible de sanctions sévères, voire de suspension de poste. L'ours doit obligatoirement être signalé et mis à disposition des autorités locales, représentées ici par un officier de police, le shérif Sangilak, « le plus fort ».

Ferguson le connaît très bien, et une profonde estime le lie à cet enfant de Thulé, de mère inuit et de père blanc, qui vient d'un village isolé au nord-ouest du Groenland, dans les environs de Qaanaaq. Ils sont à peu près du même âge, partagent une même vision du monde. Ainsi que le souvenir d'un voyage commun, au cours duquel ils ont réussi à rejoindre le pôle. Au-delà de l'exploit, une épopée humaine à deux, durant laquelle leur devise était : « Jamais l'un sans l'autre. » Une aventure au terme de laquelle ils étaient devenus plus que des amis, plus que des frères. Deux survivants.

Dix-sept ans auparavant, Ferguson et Sangilak étaient partis ensemble à la mi-février du cap Arctichesky, en Terre du Nord, là où le monde finit et où l'enfer commence. Là où l'hélicoptère les avait déposés en plein blizzard avant de redécoller aussitôt, avant le plus fort de la tempête.

« Tant que tu le regardes sur une carte, le pôle Nord est une notion abstraite, à croire qu'il n'existe que dans la cartographie polaire », lui avait dit un jour Ole, son grand-père, qui, à l'âge de quarante-deux ans, avait lui aussi tenté de rallier le pôle dans une expédition qui avait tourné au drame puisque ses trois coéquipiers y avaient laissé la vie.

Alors quand Ole évoquait les dangers du pôle, il savait de quoi il parlait. « Le pire est cette presque cécité dans laquelle on se trouve alors qu'il faut avancer », racontait-il à Roger, les yeux plissés sur ses souvenirs et ses larmes retenues. Comme il avait dû se sentir seul et vain, dans ces ténèbres glacées d'où la mort pouvait surgir à tout moment. Une seconde d'inattention et c'en était fini. Que cherche l'homme là où tout, jusqu'à l'air qu'il respire, lui est hostile, si ce n'est à se vaincre soi-même ? Terrasser son plus grand ennemi, celui qui le paralyse, qui le fait souvent renoncer, qui le détourne de sa propre vérité, la peur. Au-delà des limites du monde, des siennes, il va chercher l'essentiel, le silence et la solitude, parfois jusqu'à la folie.

À la mort de son grand-père, Roger avait voulu terminer ce que Ole avait commencé. Il se sentait prêt, physiquement et surtout mentalement, en mesure de l'accomplir. Pour l'accompagner dans la nuit, il ne connaissait qu'un seul homme avec qui il pourrait totalement renoncer à son intimité, avec qui il pourrait tout partager durant cette traversée de plus de mille kilomètres. C'était Sangilak, un enfant des glaces, mi-homme mi-ours polaire. Un officier de police de Qaanaaq, rencontré lors d'une première mission en territoire du Groenland. Fergus savait que le sang inuit qui coulait dans les veines de Sangilak donnerait à ce projet héroïque pour les uns, insensé pour la plupart, une autre dimension. Ce ne serait pas juste une quête de l'exploit, du record, pour marquer ou écrire l'Histoire en plantant l'étendard de leur pays à l'arrivée. Il savait aussi que ce ne serait pas une promenade, qu'ils avaient une chance sur deux de revenir vivants.

Ils avaient mis quarante-cinq jours, mais ils l'avaient fait, et étaient arrivés au pôle géographique le 3 avril 2000, sortant des ténèbres, de l'enfer blanc où chaque pas était une victoire contre la mort. Où marcher revenait parfois à ramper, où la glace s'ouvrait devant eux sur le gouffre mouvant de l'océan Arctique, où sous leurs pieds le sol menaçait à chaque instant de se dérober, où, suivis par l'ombre d'un ours, ils croyaient progresser sur une banquise que les courants repoussaient, tirant leur chargement sur ce qui ressemblait à du verre pilé, courbés dans le vent, tels deux vieillards desséchés, en proie aux gelures qui rongent la chair jusqu'à l'os. Tout ça dans une nuit épaisse qui leur semblait éternelle. Immuable.

Parvenus sans plus y croire au point ultime de la planète, de l'obscurité polaire à la lumière d'un jour inespéré, ils dormirent quelques heures sous leur tente tunnel, serrés l'un contre l'autre. Au matin, en retirant ses chaussures parce qu'il sentait qu'il y avait un problème et que la douleur avait disparu, Fergus découvrit les orteils de son pied droit aussi noirs que du charbon. Gelés, morts. Il fallait amputer rapidement. Ce fut l'Inuit qui s'y attela, à l'aide de l'*ulu* au manche en os de baleine qu'il tenait de son père. Anesthésié par le froid, Roger sentit à peine la morsure de la lame. Ce ne fut que lorsque Sangilak ramassa les cinq orteils nécrosés pour les lui donner qu'il réalisa leur perte et se mit à pleurer. Son compagnon lui fit un bandage après avoir désinfecté les plaies à la vodka et il put remettre sa chaussure.

Ferguson laissa au pôle ses os entourés de sa propre chair. Il creusa un trou dans la glace et y déposa cette part infime mais si utile de lui-même qu'il recouvrit de neige et dans laquelle il planta une petite croix. « Ici gisent les orteils de Roger Ferguson qui a atteint le pôle le 3 avril 2000. » « C'est mieux qu'un drapeau, non ? » avait-il lancé à Sangilak avant de monter dans l'hélicoptère russe venu les récupérer. De retour chez lui, Roger s'était fait confectionner une belle prothèse par l'un des meilleurs orthopédistes de Copenhague pour combler ce vide au pied droit et pouvoir continuer à s'adonner à son sport favori, shooter dans le ballon.

Avant de le quitter, l'Inuit lui avait tendu son *ulu*, « pour te couper les orteils de l'autre pied, si tu dois repartir dans les glaces », avait-il dit à Fergus en l'étreignant avec un rire et quelques larmes arrachées par le vent qui soufflait sur l'aéroport de Qaanaaq. C'était le plus beau cadeau que le Danois avait reçu. Mais il n'était jamais retourné au pôle.

C'est pourquoi pour Roger ne pas avertir Sangilak de la perte d'un ours serait une sorte de trahison. Pourtant, il y a un problème : la blessure de Desjours. Si les autorités sont alertées des détails de l'incident, le photographe risque un rapatriement sanitaire, ainsi que tous les membres de l'équipe, pour avoir été en contact avec lui. La mission ARCTICA serait alors fortement compromise. Pour assurer sa continuité, le mieux est donc de ne rien dire. De toute façon, entre autres vaccins, se rassure Ferguson, la base dispose de plusieurs boîtes de sérum antirabique qu'il faudra administrer préventivement à Mathieu au plus vite, ainsi qu'au reste de l'équipe. Ce qui réduira le risque de contamination au cas où l'ours serait enragé. Au terme de sa réflexion, le Danois prend la décision de ne pas avertir la police locale.

Tout le monde s'est retiré dans sa chambre, dans ses pensées ou dans ses rêves, et Roger est seul, comme il l'a toujours été. Fils unique, seul devant le monolithe parental qui s'érodait au fil des ans, seul face à la mort brutale de son père, seul après son divorce, seul lorsqu'il n'a rien pu faire pour sauver son fils de six mois d'un arrêt respiratoire. Seul aussi avec ce qu'il sait sur l'événement majeur qui menace le Groenland. Un cataclysme qui déterminera peut-être l'avenir de la planète. Les séismes qui secouent régulièrement l'île, entre vingt et trente par an, sont le plus souvent provoqués par la rupture des glaciers. Ferguson et ses collègues ont noté une nette accélération de ce phénomène due au réchauffement climatique. Les mesures sismiques qu'il a faites lors d'une précédente mission avec d'autres sismologues sur le Zachariae, l'un des plus grands glaciers du Groenland, au nord-est, ne laissent pas de place au doute. Si sa rupture a lieu, elle causera un séisme d'une magnitude exceptionnelle, fissurant une bonne partie de la calotte glaciaire. Et ici, seule la nature décide quand et où cela se produira. D'autre part, sous leurs pieds, dans les profondeurs de l'inlandsis, se trouve le plus grand canyon jamais répertorié, d'une longueur de sept cent cinquante kilomètres et de presque un kilomètre de hauteur. Ferguson sait que, face à ses déchaînements, il ne pourra plus tenir son rôle de protecteur et de responsable de la mission établie sur une zone à hauts risques. L'île entière est une zone à hauts risques. Dire que l'équilibre de la planète repose sur cette croûte de glace, songe-t-il.

La vodka produit sur lui le même effet que les violons sur l'âme. Sans s'en rendre compte, il a sorti le *ulu* de Sangilak et en effleure du doigt la lame affûtée en ardoise. Le Groenland est pauvre en métaux naturels, remplacés par l'ardoise dans la fabrication traditionnelle d'outils et de couteaux. Celui de l'Inuit est un des derniers de ce type. Désormais, les lames sont faites en acier importé.

Le Danois revoit les sept cairns que lui a montrés Malte. Il aimerait croire à un signe de bienvenue, pourtant, de leurs silhouettes sombres à la nuit tombante se dégageait quelque chose de menaçant. Il n'est pas superstitieux et balaie volontiers les diverses croyances en Dieu, en Satan, aux pouvoirs surnaturels et aux esprits de toutes sortes. Mais en tuant l'ours blanc, il ne peut s'empêcher de penser qu'il a touché au sacré. Au divin. Que, d'une façon ou d'une autre, ça les rattrapera, lui et tous les autres.

Sa décision prise, il se lève en chancelant et se dirige vers la pièce froide d'un des laboratoires où a été entreposé l'animal. Il est là, étendu sur le dos, tel le dormeur du val, deux trous rouges au côté droit. Une montagne de vie foudroyée. *C'était lui ou toi…* Toute la condition humaine et son histoire contenues en une seule phrase. Cette loi de la jungle qui régit les comportements jusque dans les pays les plus civilisés, jusque dans les villes.

Les mains de Roger s'enfoncent dans la fourrure immaculée, comme éteinte, presque grise sous l'éclairage artificiel. « En réalité, l'ours blanc n'est pas blanc, lui avait appris son père. Tel que tu le vois, il t'apparaît ainsi. Un peu jaune aussi. Mais son poil n'a pas de pigment, il est pour ainsi dire incolore. C'est la réverbération de la lumière sur la partie interne de son poil, que les yeux perçoivent, qui lui donne cette apparente blancheur. » Roger l'avait écouté, buvant ses paroles. Il avait toujours aimé apprendre. Percer les mystères, découvrir, explorer, engranger des connaissances. Cette passion avait fait de lui l'homme qu'il est. Un scientifique, un chercheur de vérité.

Fergus est frappé par la maigreur de l'animal. Et plus encore par ce qu'elle signifie. Un ours de cet âge devrait faire le double de poids. Par la gueule ouverte, il voit les dents, les canines. Leur taille. Des poignards. Tout comme ses griffes recourbées. Elles pourraient percer les pneus d'un 4×4. Les prunelles noires ont perdu leur éclat, voilées à jamais. S'il se réveillait à cet instant…

Incolore… tu es un de ces fantômes qui peuplent la banquise, lui murmure Roger à l'oreille, tu étais déjà mort sans le savoir. Tu n'existes plus que dans une réalité vacillante. En sursis. *Nanuq…* Si on m'avait dit qu'un jour je devrais te tuer… Tu es une victime de l'inconscience, de l'ignorance. Je ne pouvais pas faire autrement.

Tombant à genoux à côté du mort, torse nu, Fergus lève la main qui tient le *ulu* et commence à tailler dans la peau du ventre, noire sous le poil. Après avoir fait une incision en longueur sur environ un mètre, il écarte les chairs pour accéder aux viscères. Plongeant les bras jusqu'aux coudes dans l'ouverture béante, il en sort le foie énorme et l'estomac, puis s'attaque aux kilomètres d'intestins.

Sous l'effort, il ne sent plus le froid de la pièce, à peine quelques degrés au-dessus de zéro. Le sang de l'ours poisse sur sa peau et sur les poils de ses bras. Son torse en est bientôt recouvert, et sur son visage et sa barbe brillent quelques traces écarlates que ses doigts ont laissées en voulant relever les mèches argentées qui lui tombaient dans les yeux. Le couteau inuit découpe, tranche, dépèce. L'odeur métallique, entêtante. La lame viole la chair, la réduit à des tronçons de viande rouge. Pour les os et le cartilage, le couteau ne suffit pas, la scie électrique prend le relais. La dépouille est peu à peu vidée de sa substance, ce qu'il reste du grand prédateur ne sera bientôt plus qu'une enveloppe flasque autour du squelette. La faire disparaître au plus vite.

Ivre de ses gestes précis et répétés, des vapeurs de chair crue qui émanent du grand corps écartelé, Ferguson ne la voit pas arriver. Il ne s'aperçoit pas de cette présence silencieuse qui l'observe et le scrute intensément. Puis, sans savoir pourquoi, il lève la tête et la dévisage, hagard, ne comprenant pas ce qu'elle fait là.

— Atsuko ? interroge-t-il, haletant, le poing serré sur le *ulu*.

Son visage barbouillé de rouge. Masque terrifiant. Masque de guerrier.

La Japonaise s'approche comme s'il l'avait appelée. Elle est vêtue d'un legging et d'un sweat à capuche ouvert sur le haut des seins. Ce chemin étroit et mystérieux qui les sépare.

Alors qu'il s'apprête à parler, elle pose un doigt sur les lèvres du Danois et les entrouvre pour y glisser sa langue. De l'autre main, elle descend le zip de son sweat sous lequel elle est nue et plaque brusquement sa poitrine contre le torse luisant de Roger. Il n'est pas en train de rêver, celle qu'il désire depuis leur première rencontre est là et descend le long de ses jambes, commence à défaire les boutons de son jean pour le baisser et applique sa bouche ouverte sur sa queue déjà dure. Par 5 °C, on ne baise pas à poil. Après avoir fait jouir Roger une première fois, Atsuko dénude l'essentiel de son anatomie pour le sentir se consumer en elle, brûlant comme la braise.

Lorsqu'il est sur le point de rugir, là aussi elle l'en empêche, une main sur sa bouche, l'autre sur le manche du gouvernail qu'elle pilote habilement. Le sang réchauffé adhère à leurs peaux, se mêle à la sueur. Autour de ses tétons, une auréole rosâtre. Agrippés l'un à l'autre, comme à une planche en pleine tempête, les ongles incrustés dans leurs muscles et dans leurs chairs, fantômes avant même d'être morts, à coups de langue et de dents, ils glissent dans la flaque noirâtre au sol et roulent sur la dépouille. Accouplement de bêtes, fait de cris étouffés et de râles. Ses mains épaisses de Viking sur les fesses d'Atsuko qu'au bord du vertige il pénètre comme un brouillard. Sans savoir où il va. Deux plaques tectoniques qui s'attirent, s'entrechoquent, se repoussent et s'écartent pour, de nouveau, se heurter. Lui et Atsuko, seuls au monde, seuls dans la nuit. Roger pensait avoir connu l'expérience ultime en atteignant le pôle. Finalement, ce n'est rien à côté de celle-ci. L'aventure absolue est l'Autre. Ses terres secrètes, ses énigmes, ses failles, ce qui se dérobe à l'entendement.

Par quel mystère vient-elle se donner à lui ? Quel vent la pousse ? Roger ferme les yeux sur cette douleur qui, au-delà du plaisir, lui enserre le bas-ventre. Quand il les rouvre, Atsuko se tient au-dessus de lui, le regard comme halluciné, planté dans le sien.

— Qu'est-ce qu'il y a ? souffle-t-il.

— Ce n'est pas seulement la terre qui a tremblé à Fukushima, Fergus, mais tout un monde, toute une société. Ses fondements. Je ne m'y retrouve plus. Mon île est malade, elle est devenue toxique. Les gens, des zombies. Des dégénérés. Il faut toujours se battre. Même quand je baise, j'ai l'impression de me battre.

Le Danois la sent prête à se rompre.

D'un geste prompt, il la saisit par le poignet et l'attire à lui. Elle n'oppose qu'une faible résistance avant de fondre en larmes dans ses bras.

— C'est… c'est cette nuit permanente… j'ai peur… peur de ne plus jamais revoir la lumière, sanglote-t-elle.

Prenant le visage mouillé d'Atsuko dans la coupe de ses mains, Fergus plonge ses yeux dans les siens. Elle est belle, porcelaine barbouillée de sang. Il sent qu'il peut tomber fou amoureux. Il sent aussi le danger de le faire. Mais en attendant elle est là, et c'est elle qui est venue le chercher, descendue de son nuage toxique.

— La lumière, elle est en toi, lui dit-il, seulement en toi.

Au même moment, quelque part sur l'île, un peu plus au nord, un grondement sourd ébranle le silence nocturne. Un iceberg haut comme un bâtiment de cinq étages vient de se détacher d'un glacier. Sa grande masse plonge inexorablement dans les eaux noires arctiques, soulevant une lame mortelle.

10

Campagne de Longfield, Kent, janvier 2017

Réveillée en sursaut par un claquement de portière juste devant sa fenêtre, Luv met quelques secondes pour ordonner dans son esprit les événements de la veille et se rappeler où elle se trouve. Dans le bureau de sa fille qu'elle a vue pour la dernière fois hier à l'hôpital. S'approchant de la fenêtre, elle regarde partir le break de Flynn dans une gerbe d'eau boueuse. Un regard furtif sur la table de travail lui signale que l'enveloppe contenant la lettre d'Ava se trouve toujours là où elle l'a replacée, entre les pages du dictionnaire. Il n'est *que* sept heures trente ou *déjà*. Trop tôt pour appeler l'inspecteur Green et trop tard pour voir Flynn et lui faire part de son intention de rester encore un jour ou deux.

Après un passage sous un jet d'eau froide comme elle aime, le matin, pour s'extraire complètement de sa torpeur nocturne, accueillie par les halètements baveux de Dylan venu lui lécher les mains en remuant la queue et le fessier comme un gros canard, Luv trouve sur la grande table du salon tout ce qu'il faut pour un petit déjeuner consistant, mais ne peut absorber qu'une tasse de thé noir, le regard rivé à la pluie qui cingle les vitres. Flynn a-t-elle sorti les chevaux par ce temps ? A-t-elle vraiment été capable de s'en prendre à Ava par rancœur et par frustration ? Luv se demande si elle a envie de savoir…

À cet instant, elle entend frapper à la porte. Se disant qu'elle a rêvé, le mug à la main, suspendu au-dessus de la soucoupe, elle contient sa respiration et attend. De nouveau, trois coups, cette fois plus distincts. Malgré l'angoisse qui l'étreint, elle va se poster à la fenêtre pour voir qui se manifeste à cette heure et aperçoit à travers la vitre une silhouette ruisselante en imperméable sombre. Les battements de son cœur redoublent d'intensité. Et si Flynn n'avait finalement rien à voir avec la mort d'Ava… Si celle-ci était, malgré tout, liée à ses activités et à la tentative d'assassinat dont elle a été l'objet ? S'attaquer à sa fille était peut-être un stratagème pour la faire sortir de son trou…

Cette fois, on tambourine sur le bois de la porte avec une impatience perceptible.

Dans une profonde inspiration, Luv se lève et se dirige vers l'entrée, précédée des aboiements inquiets de Dylan.

— Qui est-ce ? demande-t-elle d'une voix troublée. Les propriétaires ne sont pas là, si c'est elles que vous venez voir. Je ne suis que… la femme de ménage.

— Ouvre, Luv, c'est Mike, grommelle-t-on de l'autre côté.

Retenant le chien par son collier, la biologiste

ouvre aussitôt la porte en grand, laissant apparaître le visage rond et le crâne nu et plissé du garde du corps envoyé par David. L'homme a les traits tirés comme s'il n'avait pas dormi. La voiture n'est pas un endroit très confortable pour ça.

— Mike ? s'écrie Luv, sentant une vague de colère monter en elle. Qu'est-ce que tu fais ici ? J'ai dit à Dave que…

— Il veut que je te ramène à la maison. T'éloigner si longtemps est trop dangereux.

— Ici ? En pleine campagne ? Qu'est-ce qui peut m'arriver, à part me prendre un coup de corne d'une vache folle ?

— J'ai des consignes, Luv.

— Peut-être et tu es grassement payé pour ça, sans doute. Mais moi je suis une femme libre et j'entends le rester. Tu ne vas tout de même pas m'embarquer de force ?

Le regard éloquent de Mike à cet instant la cloue sur place. Posté à côté d'elle, comme s'il devinait les intentions de l'intrus, Dylan laisse échapper un grognement sourd.

— Non, je n'y crois pas… Dave t'a dit de le faire ? C'est ça ? De gré ou de force ?

Cette fois, le garde du corps baisse les yeux, visiblement embarrassé.

— C'est bon, je l'appelle, excuse-moi, je referme la porte, lâche Luv en laissant Mike poireauter dehors pour aller prendre le portable sécurisé dans son sac.

David finit par répondre au bout d'une dizaine de sonneries. Aux bruits et aux voix qui lui parviennent en fond sonore, Luv en déduit qu'il doit se trouver dans un bar. Ce qui fait monter sa colère d'un cran.

— David, c'est quoi, cette histoire? Je suis chez ma fille à une trentaine de kilomètres de Londres, invitée par sa compagne après une journée éprouvante, ce qui n'est visiblement pas le cas pour toi, et Mike se pointe ici à huit heures du matin pour m'emmener «de gré ou de force»? C'est ta dernière trouvaille?

— Luv, écoute, j'entends un mot sur deux, là, mais tu ne peux pas rester sans protection. Mike doit te ramener à la maison. Il faut que tu récupères Joy maintenant. Elle a besoin de sa mère. Et quand tu prends des décisions de ce genre, j'aimerais être tenu au courant.

Une main serrée sur sa nuque, Luv tient le téléphone pressé contre son oreille en faisant les cent pas dans le salon, aussi tendue qu'un câble d'amarrage. Face à l'entêtement tyrannique de Dave dont elle ne saisit pas toutes les motivations, elle n'a plus qu'une carte à jouer. Celle qu'elle voulait justement préserver.

— C'est impossible, David. J'ai… j'ai découvert, hier soir, dans les affaires personnelles d'Ava, un élément peut-être essentiel, une lettre qu'elle a écrite quelques jours avant son accident et dans laquelle il pourrait y avoir un mobile de meurtre. Un meurtre que sa compagne, Flynn, pourrait avoir commis, ou dans lequel elle serait impliquée, après une révélation grave qu'Ava lui a faite.

— Quelle révélation?

— Flynn et Ava s'apprêtaient à avoir un enfant. Au départ, c'était surtout l'idée de Flynn et Ava a fini par réfléchir et se rendre compte qu'elle ne voulait pas de cette maternité, par conviction, idéologie.

Et elle voulait se faire avorter. Je ne sais pas si elle a eu le temps de le faire avant son accident.

— Et tu veux dire que Flynn…

— Je n'en sais rien, Dave. C'est possible. Je ne connais pas cette fille, ses antécédents… Elle tenait tellement à cet enfant ! Par déception, certaines personnes sont capables du pire. Alors rappelle ton chien de garde, je dois voir l'inspecteur en charge de l'enquête et lui remettre cette lettre. Peut-être est-elle une pièce à conviction.

— Passe-moi Mike.

Ouvrant de nouveau la porte derrière laquelle Mike attend, imperturbable dans son trench, Luv lui donne le téléphone. Après quelques hochements de tête et légers acquiescements, le cerbère rend l'appareil à Luv dans un sourire crispé. Hope a déjà raccroché.

— Préviens David quand tu repars de Londres. Je te récupérerai à Oslo et vous ramènerai en avion, toi et Joyce, dit Mike.

Sous sa raideur militaire, dans ses yeux se lit une bienveillance qui touche Luv malgré son irritation.

— Merci, Mike, pour tout ce que tu fais. Ça ne doit pas être facile ni de tout repos de travailler pour Dave.

— Tu veux rire, c'est la retraite à côté de ce que je faisais avant. Prends soin de toi, Luv. On se voit à Oslo.

Luv referme la porte sur la pluie et sur son ange gardien. Au même moment elle entend hennir dehors. Les chevaux sont au pré. Elle ira les voir après le coup de fil à l'inspecteur Green. Sur le point de sortir son smartphone de la poche arrière de son jean, elle le sent vibrer. Un numéro de portable s'affiche à l'écran. Green. Elle ne l'a pas encore mémorisé, mais elle reconnaît les quatre derniers chiffres de son premier appel.

— Vous m'avez devancée, dit-elle en s'asseyant devant la cheminée dans laquelle rougeoient encore quelques braises. Je prenais mon téléphone pour vous appeler.

— Vous êtes toujours à Londres ?

— À Longfield, chez ma fille. Sa compagne m'a invitée à venir voir où elles vivent.

La biologiste lui relate dans les détails la découverte de la lettre d'Ava.

— J'arrive, répond Green.

À peine Luv raccroche-t-elle que le chien la rejoint avec quelques geignements de satisfaction. « Tu ne lâches jamais, toi, hein ? » lui dit-elle en lui ébouriffant les poils sur la tête. À l'aide du tisonnier et du soufflet, elle parvient à réactiver assez de braises pour enflammer une bûche après avoir allumé du papier journal en guise de mèche. Elle frissonne, mais ce n'est pas seulement la fraîcheur humide de la pièce. Après son mouvement de colère contre David, le sentiment d'accomplir un devoir envers sa fille se mêle à la culpabilité d'avoir à trahir sa compagne. Peut-être Flynn est-elle étrangère au drame. Son amour pour Ava transpire dans chacun de ses mots. Dans chaque respiration.

Un crissement de pneus sur le gravier détrempé tire Luv de sa réflexion et Dylan de sa torpeur. S'ensuit un claquement de portière avant le martèlement à la porte. Green semble pressé. Nouveaux aboiements de Dylan.

En ouvrant, Luv se retrouve devant un homme qu'à sa voix elle imaginait différent. Au lieu d'un inspecteur rouquin et propret de Scotland Yard au teint couperosé et à l'embonpoint britannique, elle découvre un métis de haute stature, au visage impénétrable et à la peau moka, sur laquelle se détachent, couleur argent, une barbe taillée de près et des cheveux aussi ras, ainsi qu'une étonnante paire d'yeux vert pâle. On lui donnerait entre cinquante-cinq et soixante ans.

— Vous avez l'air surprise, madame Svendsen, dit-il en souriant, dans une poignée de main rassurante. Oui, je suis un rejeton de la discrimination positive des sociétés occidentales modernes. Ni tout à fait blanc ni tout à fait noir, un peu des deux, donnant du fil à retordre aux adeptes des étiquettes raciales. Il est gentil ?

— Oui, juste un peu collant… Dylan, au pied ! réplique Luv. Excusez-moi, mais mon domaine, ce sont plutôt les espèces animales menacées. Vous voulez un café ? Un thé ? Whisky ?

— Un café fera l'affaire. Sale temps…, fait Green en s'ébrouant.

C'est ça, on dirait un grand cheval, pense Luv, amusée.

— Elles sont bien installées, remarque l'inspecteur dont le regard perçant scrute la pièce en détail. Avec ma femme, nous avons longtemps hésité entre la ville et la campagne. Finalement, c'est la première qui l'a emporté. D'une certaine façon, nous sommes plus proches de tout, mais nos revenus ne nous permettent pas d'en profiter. Londres est une ville qui a les moyens de sa mégalomanie. Malgré ses prix prohibitifs, elle continue d'attirer et de fasciner. En ébullition permanente. Ce qu'il en sera après ce Brexit, nul ne le sait.

— Ce ne sera peut-être pas mieux, en tout cas pas pire, dit Luv en mettant en route la cafetière après y avoir glissé une capsule. Installez-vous, j'arrive avec le café… et la lettre.

Avec Columbo, c'est le seul flic de sa connaissance à être toujours marié à son âge et à évoquer sa femme.

— Vous savez, on ne peut encore rien conclure, lui dit Green quand elle revient, l'enveloppe à la main. Toutes les pistes sont ouvertes. Y compris celle de l'accident. Même si ma conviction penche pour un crime. J'ai fait quelques recherches sur vous, votre carrière. Vous êtes brillante, madame Svendsen. Et de fait, très dérangeante, lorsque vous mettez le nez là où il ne faut pas. Vous avez bien failli en payer le prix.

— C'est ce que n'arrête pas de me rappeler David, mon compagnon. Il m'a même attaché une sorte de garde du corps. Vous avez dû vous croiser en route. Il était ici il y a peu de temps. Je l'ai fait renvoyer.

— Pourquoi ?

— Trop de pression. Que David s'inquiète pour moi est une chose, sauf qu'il veut contrôler ma vie, mes déplacements, mes moindres faits et gestes. Il est hanté par le spectre d'une nouvelle tentative d'assassinat. Et en devient parano.

— Il a peut-être raison, glisse l'inspecteur en retirant vivement sa main de la tasse brûlante.

— Et comme il travaille en Californie, c'est pour lui une façon de compenser son absence, je suppose, ajoute Luv. Il s'en voudrait à mort s'il nous arrivait quelque chose à Joy et à moi.

— Où travaille-t-il ?

— Silicon Valley. Il y possède sa propre société d'informatique.

— Il s'y trouve actuellement ?

— Oui.

— Quand l'avez-vous vu pour la dernière fois ?

— À Noël. Nous l'avons passé ensemble, avec mes parents.

— Où ça ?

— À la maison.

— Où est-ce ?

— Je ne peux pas vous le dire. Personne ne doit connaître l'endroit. Les consignes sont strictes.

Green fait une petite moue de la bouche.

— Et ce garde du corps ? Est-ce un professionnel ?

— Un ancien militaire des forces spéciales américaines. Une vieille connaissance de David.

— Quel genre d'homme ?

— Discret, réservé, efficace. Fiable.

— J'aurai besoin de ses coordonnées ainsi que de celles de votre compagnon. Au cas où j'aurais des questions à leur poser. David connaissait-il votre fille ? L'avait-il déjà rencontrée ?

— Une fois, il y a deux ans, et là, à Noël.

— La première rencontre a donc eu lieu avant qu'on essaie de vous tuer. Et comment ça s'était passé entre eux ?

Luv le regarde avant de répondre, surprise.

— Rien de spécial. Ava ne lui a pas sauté au cou, si c'est ce que vous voulez savoir. À moi non plus d'ailleurs.

— Comment a-t-elle vécu ce qui vous est arrivé ?

— Je ne sais pas. Nous n'avions que des contacts occasionnels. Rares. Nous commencions seulement à nous retrouver. Elle ne m'a pas dit ce qu'elle a éprouvé. Dans le cas où elle aurait éprouvé quelque chose.

— Et David ?

— Il m'en a voulu, je crois, passé la grosse frayeur. Je n'ai pas vraiment tenu compte des menaces. J'étais enceinte et me focalisais sur la vie que je portais de nouveau en moi. Comme je vous l'ai dit, je n'ai pas élevé ma première fille, et je ne voulais pas rater cette deuxième maternité en me laissant parasiter par l'extérieur. Cette tentative d'assassinat a bien failli réduire à néant toutes mes bonnes résolutions.

— Qui étaient ?

— D'élever ma seconde fille, de l'armer au mieux pour une existence dans un monde qui s'affole, où tout s'accélère et s'amplifie, à commencer par les phénomènes météorologiques et les extinctions de certaines espèces. Et à terme, sans doute la nôtre.

Green fronce un sourcil. Un nuage gris au-dessus d'un noyau de ciel clair.

— Intéressant. C'est là votre métier, c'est ça ?

— Oui, je suis chargée de répertorier les hécatombes animales inexpliquées pour la Wild Protection Society, et d'enquêter sur elles. Parfois, je dois me rendre sur place. 2008 a vu disparaître en peu de temps entre cinq et sept millions de chauves-souris d'une même espèce dans l'est des États-Unis. Leur comportement avait radicalement changé. Elles volaient en plein hiver, par températures négatives et sous la neige ! On a retrouvé des milliers de cadavres de chauves-souris sur les toits et sous les fenêtres. Plus le nombre d'animaux morts est élevé, plus le diagnostic est aisé. Dans le cas des chauves-souris, je me suis rendue là-bas et j'ai examiné des centaines de cadavres. Y compris dans leur habitat naturel, des grottes. J'ai fait une découverte terrifiante. Toutes étaient atteintes du syndrome du nez bleu, dont l'un des effets est une déshydratation sévère. Ces pauvres bêtes sortaient de leur hibernation pour boire !

L'inspecteur opine de la tête d'un air pensif.

— Ce syndrome a bien une cause ?

— En effet… Il s'agit d'un champignon affectant la peau et traversant les tissus vivants. Or c'est normalement impossible. Un cas de figure totalement inédit et d'autant plus inquiétant. Au lieu de décomposer les tissus nécrosés, ce micro-organisme s'attaquait aux tissus vivants ! De bénin, il était devenu mortel.

— Une mutation ?

Portant le mug chaud à ses lèvres, Luv acquiesce.

— À l'origine d'une nouvelle maladie capable de décimer toute une espèce. Si elle ne touche pour le moment que les espèces animales, elle peut très bien un jour toucher l'espèce humaine. On a déjà vu des pandémies tuer des millions de gens. L'humanité est de plus en plus vulnérable à cause des bouleversements planétaires qu'elle-même provoque et dont les polluants chimiques, les déchets non biodégradables, les comportements irresponsables, plus que jamais guidés par le profit, sont les principaux facteurs.

— Vous n'avez pas dû vous faire que des amis, en pointant tout cela, dit Green, qui esquisse un petit sourire.

— Forcément, ça dérange, soupire Luv. Mais de là à tuer quelqu'un…

— Sauf lorsque des intérêts financiers et politiques aussi importants sont en jeu. Vous avez quand même intenté un procès à une des plus grosses firmes de pesticides…

— Que j'ai perdu ! Ils n'ont donc aucune raison de vouloir m'éliminer. Du moins, à l'époque. Plus récemment, suite à notre action à travers les médias, le gouvernement canadien est sur le point d'interdire l'imidaclopride, un des plus puissants pesticides, le plus nocif aussi. La décision sera prise après une consultation publique. Le procès est peut-être perdu d'avance, mais ça, ce sera une vraie victoire !

— Vous êtes comme une tique accrochée à la peau. Les géants de l'agrochimie n'aiment pas ça, les tiques. Moi, je vous admire. Et bien que cette conversation soit des plus excitantes, je dois y aller. Merci pour le café et… la lettre, que je soumettrai à une expertise graphologique et analyse ADN, tout en tenant compte du vôtre, puisque vous l'avez lue. En principe, celui de la compagne de votre fille ne devrait pas s'y trouver, vu qu'elle n'est pas censée connaître son contenu, puisqu'elle la croyait toujours enceinte. Je vais faire le nécessaire pour obtenir un mandat de perquisition de cette maison. Combien de temps pensez-vous rester ici ?

— Plus rien ne me retient. Je dois retrouver Joyce et retourner travailler. Mais sachez que j'ai enfilé mes gants pour toucher la lettre. Sauf l'enveloppe, que je viens de vous apporter à main nue. Si vous envisagez de contacter mes parents pour les informer de vos recherches, tenez compte du fait qu'ils sont ébranlés et… un peu perdus.

— Ne vous inquiétez pas, je n'entends pas les brusquer. C'est vous que j'appellerai en premier lieu pour vous tenir au courant. Ensuite, nous verrons. Bon retour, madame Svendsen, ravi de cette rencontre, malgré les circonstances.

Peter Green reparti, Luv se retrouve tout à coup seule face au poids de sa trahison. Comment Flynn le prendra-t-elle, une fois que l'inspecteur l'aura interrogée ? Il ne pourra pas lui taire qu'il détient cette lettre. Elle en déduira forcément que Luv a fouiné dans les affaires de sa fille.

Vidée, sans taurine pour lui redonner un semblant d'énergie, en tout cas l'illusion d'en retrouver, Luv regagne le bureau d'Ava pour annuler son vol et prendre un autre billet d'avion sur Internet. À peine est-elle installée face à l'ordinateur que son portable se met à sonner sur les mesures de *Human* suivies de la voix profonde de Rag'n Bone Man. *Take a look in the mirror And what do you see Do you see it clearer Or are you deceived In what you believe ? Jette un œil dans le miroir et que vois-tu ? Y vois-tu plus clair ou bien es-tu déçu par ce en quoi tu crois ?* Un nom qu'elle connaît bien, sorti des abysses du temps, s'affiche à l'écran. Roger Ferguson.

— Ferguson ! Un revenant ! s'exclame-t-elle.

— Oui, tu peux le dire… surtout là où je suis…, répond une voix lointaine, dans un crépitement qui fait penser à de l'huile sur le feu. Content de t'entendre, Svendsen. Tu nous as fichu une belle frousse, à Copenhague !

— Tu vois, je suis toujours là. J'ai la peau aussi dure que celle d'un rhino.

— Comment vas-tu ?

Luv hésite un instant avant de répondre. Inutile de parler de la mort d'Ava. Elle ne sait même plus si le scientifique danois est au courant qu'elle a eu une première fille.

— Il m'arrive de respirer... entre deux hécatombes.

— C'est justement à ce propos que je t'appelle. Désolé de t'interrompre dans ta respiration...

— Tu es où ? Je t'entends mal...

— Je t'appelle de la base Arctica, dans la région de Thulé, au nord-ouest du Groenland. Nous avons pris le relais de l'équipe 1 il y a une semaine. Et lors d'une sortie sur l'inlandsis nous avons fait une découverte spectaculaire. Un millier de bœufs musqués pris dans la glace. Apparemment tous morts en même temps, de la même chose. Ils se trouvent dans une sorte de vallée. D'après l'analyse des carottes glaciaires prélevées sur place, l'hécatombe serait survenue dans les années soixante à soixante-dix.

— Je n'ai pas eu d'alerte pour cette découverte...

— Rien d'étonnant, je ne l'ai pas encore signalée.

— Tu déconnes ? Pourquoi ? s'écrie Luv.

— Je ne peux pas t'en dire plus par téléphone. Je souhaiterais que tu viennes, dans la mesure du possible.

Luv tressaille. Le Groenland. L'un des plus grands glaciers du monde. Une île de glace pour laquelle elle éprouve une profonde fascination. S'il n'y avait pas Joy, elle accepterait sans hésiter.

— Impossible, Fergus, je regrette. J'ai dû donner ma fille à garder pour quelques jours et là je dois la récupérer avant de rentrer en Norvège.

— Tu es à l'étranger ? En mission ?

— J'ai dû aller voir quelqu'un à Londres…

— Tu ne ferais que l'aller-retour, le temps de nous apporter tes lumières sur ce qui a pu frapper ces pauvres bêtes et voir si cela peut éventuellement se reproduire aujourd'hui, ailleurs sur l'île.

— Tu sais très bien que ça ne serait pas juste un aller-retour, comme tu dis. Ce genre d'enquêtes, je ne les expédie pas.

— C'est vrai, mais précisément pour cette raison, je ne vois que toi, Svendsen. Tu es l'une des meilleures spécialistes mondiales de ces phénomènes et des plus sympathiques aussi.

— Toujours aussi lèche-cul quand tu veux parvenir à tes fins ! sourit la biologiste.

— C'est un oui ?

— Laisse-moi le temps de prendre mon billet d'avion…

— Je te saute au cou, Svendsen ! Tu me donneras ta note. Tu voyages aux frais du roi…

— À une condition.

— Je me méfie toujours des conditions, mais je t'écoute.

— J'emmène un ami, grand reporter pour revues scientifiques.

— Écoute, Luv, tu sais que…

— C'est à prendre ou à laisser, Ferguson.

— J'avais raison de me méfier. Tu as gagné ! Mais le grand reporter, qu'il se fasse tout petit…

Luv raccroche, un nœud dans la gorge. Le plus dur reste à faire avant d'appeler Niels. Prévenir David.

11

Camp de base ARCTICA, région de Thulé, Groenland, janvier 2017, jour 6

Alors que, dans d'autres régions du globe, sur d'autres continents, d'autres terres, le soleil fait son apparition, la base scientifique restera aujourd'hui encore plongée dans l'ombre. Ici, la lune, lorsqu'elle est visible, remplace pour plusieurs mois le rayonnement de l'astre de feu.

Dans le bloc principal, Fergus a convoqué tout le monde. Personne ne sait encore que ce sera une réunion de crise. Le sujet qu'il aborde en premier lieu est celui de l'ours. Il se doit de rassurer son équipe. Pour tous, le sommeil a été agité, haché, court. Et traversé d'interrogations. C'est Malte qui ouvre le bal.

— Je ne suis pas un spécialiste en comportement animal, en revanche, ma spécialité me permet de trouver un brin alarmante la présence de cet ours, un prédateur côtier, à cette distance de la mer. Le recul de la banquise se confirme d'année en année. Pour les ours, les plaques de glace deviennent de moins en moins praticables. Or les femelles ne gagnent la terre ferme que pour creuser une tanière où mettre bas et les mâles pour se taper une femelle après avoir éventuellement tué son petit. Alors, affamés, ils remontent dans les terres, toujours plus loin. Ce qui n'est pas vraiment rassurant pour nous.

— D'où, je le répète, la nécessité absolue de sortir armé, enchérit Roger, et jamais seul, n'est-ce pas, Malte ?

— Ça va, Ferguson. Une motoneige est plus rapide qu'un ours.

— Sauf si elle tombe en panne ou se renverse et que tu es seul, mon gars. Seul et éventuellement blessé. Là, c'est l'odeur de ton sang qui risque de causer ta perte.

— Vu la quantité d'after-shave qu'il se verse sur la tronche, ça les fera plutôt fuir, les ours, décoche Anita en riant.

— Ça craint quand même pour eux, intervient Mathieu qui vient d'arriver, les cheveux en bataille, collés entre eux, la joue encore barrée par la marque de l'oreiller.

— C'est bien ce que je dis, approuve la jeune femme.

— C'est le plus jeune qui se lève le plus tard, ricane Malte. Tu tombes bien, Froggy, tu nous fais un café ?

— Ben ouais, il fait pas encore jour ! Hé, Malte, je suis stagiaire et thésard, pas larbin ! balance le jeune du tac au tac en s'asseyant à table.

— Comment va ta blessure ? s'enquiert Ferguson.

— Encore douloureuse, mais ça va... Désolé, vraiment. J'ai merdé, lâche l'étudiant.

Mais toi, tu t'en es payé une bonne, mon salaud, cette nuit, brûle-t-il d'envie d'ajouter.

Il les a vus, *cette nuit*. Réveillé par la douleur lancinante à son bras blessé, Mathieu est sorti à l'extérieur du bloc fumer une cigarette roulée en laissant cette fois Lupin dormir, en boule dans son panier. Il n'a pas non plus pris de fusil. Juste au-dessus de lui, les aurores boréales semblaient si proches, à portée de caresse, ondulations gracieuses, aussi légères qu'une valse. Miroitements verts qui embrasaient l'espace d'une lumière irréelle. Il se disait qu'il avait eu une chance inouïe d'être sélectionné dans ce programme scientifique et de bénéficier d'une bourse importante de quinze mille euros, dont un peu plus du tiers est déjà dépensé en matériel, équipements et billets d'avion.

Alors qu'il s'apprêtait à rentrer, des cris et des gémissements lui parvinrent de l'arrière du bloc central. Ça venait de la pièce froide, dans la partie des labos 1 et 2. Retenant son souffle, il s'est approché sans bruit. De l'autre côté de la fenêtre se déroulait un étrange combat sur la carcasse ouverte et sanglante de l'ours. Sous leurs masques écarlates, il a reconnu Ferguson et Atsuko, l'un étreignant l'autre dans un corps à corps singulier. À leur expression et à leurs gestes, Mathieu n'a pas mis longtemps à comprendre ce qui se passait sous ses yeux. Il s'est senti peu à peu durcir sous son pantalon. Ne tenant plus, alors que le Danois, torse nu, se dressait derrière le cul dénudé et luisant d'Atsuko, Frog a descendu fébrilement le zip de sa braguette, saisi sa queue douloureuse et l'a sortie sans la lâcher, au risque de la voir geler sur place. Là, tout doux…, a-t-il soufflé en faisant coulisser ses doigts réunis. Cette fois, les fesses poilues de Fergus soudées à celles d'Atsuko se sont substituées à la grâce féminine dans une danse bestiale. Les coups de reins s'accéléraient en même temps que les râles. L'accouplement touchait à son terme. Contraint de se retenir pour ne pas s'affaisser, Mathieu a joui jusqu'au vertige, seul, face au chatoiement du ciel, avant de s'éloigner, les mains plaquées sur sa bouche pour les réchauffer.

« Le privilège du chef, du mâle alpha, se taper la plus belle femelle… fais chier… », pense maintenant Mathieu, en osant à peine regarder Ferguson, et encore moins Atsuko.

— En ce qui concerne notre ours…, reprend celui-ci, assombri. Avec votre bénédiction, je ne compte pas le signaler. La chasse aux trophées est autorisée au Groenland, et puis on va tous prendre le sérum antirabique.

De retour à table, Anita sursaute et manque de lâcher la tasse remplie du café qu'elle vient de tirer à la machine.

— D'une, pour le vaccin, on ne sait même pas si cet ours est porteur de la rage, et de deux, nous ne sommes pas des chasseurs, mais des scientifiques, ce n'est donc pas un trophée ! On ne peut pas passer outre à la loi.

— Mathieu a été blessé et nous sommes tous en contact avec lui, Whale. Je ne pense pas que cet ours soit malade, les cas de rage étant exceptionnels au Groenland. Mais dans le doute, en attendant le résultat des analyses qui prendront quelques jours, on doit se faire piquer aujourd'hui même et c'est sans discussion. Je ne veux faire courir de risque à personne. Ceux qui s'y refuseront peuvent déjà préparer leur valise. D'autre part, si je signale la mort de cet ours, notre mission est susceptible d'être compromise et Desjours rapatrié, peut-être même nous tous. C'est ce que vous voulez ? Parfois, une entorse au règlement peut servir la bonne cause.

— On vote, alors, suggère Malte avec un clin d'œil à Froggy.

— Oui, votons. À main levée, approuve Roger. Qui est pour le signalement aux autorités ?

Les deux A sont les seules à lever la main.

— Qui est contre ?

Tous les hommes tendent le bras en l'air, sauf le cuisinier.

— Une majorité masculine, on dirait, malgré l'abstention de Mouni, grince le Canadien.

— Tu prends tes responsabilités, Ferguson, tranche Anita.

— Je suis là pour ça, ne t'inquiète pas. J'ai vidé l'ours cette nuit et découpé des pièces de viande que j'ai mises à congeler. Si les résultats sont négatifs, elle pourra nous servir, lors de sorties. Quant aux viscères, il faut les analyser, ainsi que son bol alimentaire.

— De la bonne viande d'ours, chargée en mercure et autres polluants…, raille Anita en levant les yeux au ciel.

— Toutes les toxines se concentrent essentiellement dans le foie, précise Roger.

— En fait, ce vote, c'est juste pour la forme. Tu avais déjà pris ta décision, sinon tu ne te serais pas attaqué à la dépouille.

— Whale, le débat sur l'ours est clos, maintenant. Autre chose, avant de recevoir l'injection. Pour tenter de résoudre l'énigme des bœufs musqués, j'ai décidé de faire appel à une spécialiste des hécatombes animales, une des meilleures, Luv Svendsen. Elle travaille pour la Wilde Protection Society, un organisme indépendant et très actif.

— La biologiste qui a été victime d'une tentative d'assassinat ?

— Exact, Whale. Elle pourra nous éclairer sur les causes de cette hécatombe et sur les risques d'en voir d'autres se produire sur l'île à moyen terme, j'en suis sûr. Pas d'objection ?

— De toute façon, qu'il y en ait ou pas, c'est toi, le chef de cette mission.

— Il en faut bien un. J'essaie de faire au mieux, dans un contexte instable, Anita, crois-le. Et tu es le chef en second, ne l'oublie pas.

— Instable ?

Nous y sommes, souffle Roger en lui-même. *La partie la plus délicate de la réunion.*

— Oui… Ce matin à la première heure, j'ai reçu un appel de Sangilak, le shérif de Qaanaaq. Cette nuit, un morceau de glacier s'est rompu au nord-est de l'île, causant un séisme de magnitude 6,5. Une déferlante de quinze mètres de haut s'est abattue sur la côte sauvage.

— C'est le glacier Zachariae, dit Malte, défait. Il est dans la ligne de mire des glaciologues depuis qu'une forte augmentation de sa vitesse d'écoulement a été observée. Cette décennie a vu la création massive de nouveaux icebergs et d'importantes failles dans les glaciers, suite à une diminution remarquable de la glace dans cette région, générée par un réchauffement climatique anormal entre 2002 et 2004. Ça a eu un effet dévastateur sur la mer de glace, réduisant son rôle de rétention de l'écoulement des glaciers. Ce qui entraîne une accélération de leur course vers la mer tout en produisant des icebergs à la chaîne. Malgré la chute des températures, le phénomène continue, touchant les deux autres principaux glaciers du Groenland, le 79 North et Storstrommen.

— La lumière..., lâche soudain Atsuko jusque-là muette et blême.

Tous se tournent vers elle, le regard interrogateur.

— Sans la glace, elle pourra enfin passer dans l'océan et permettre la photosynthèse qui fera proliférer différentes variétés d'algues et de plancton, source de nourriture, non seulement pour les phoques, mais aussi pour les ours. La lumière, c'est la vie... même dans les contrées les plus hostiles.

Sa voix vibre d'une émotion contenue. Chacun retient son souffle en l'écoutant.

Seul Ferguson évite de la regarder, malgré son désir de la caresser des yeux.

— Il y a eu des victimes ? s'enquiert Malte, jugeant inutile de s'attarder sur le commentaire de la Japonaise.

— Malheureusement. Des touristes. Une dizaine.

— Terrible...

— Des touristes ? bondit Anita. En pleine nuit polaire ? Tu es sûr que tu nous dis tout, Ferguson ?

— Non, il ne vous dit pas tout, n'est-ce pas, Roger ? s'écrie Atsuko, transfigurée. Dis-leur, dis-leur ce que tu m'as appris, cette nuit, après qu'on a baisé comme des chiens !

Hors d'elle, la Japonaise se lève tel un ressort en renversant sa chaise et court s'enfermer dans sa chambre dont elle claque la porte.

— Qu'est-ce qui lui prend ? grince Malte.

— À part que vous avez baisé, que devrait-on savoir, Ferguson ? demande aussitôt Anita.

Le Danois, qui s'apprêtait à rejoindre Atsuko dans la chambre, se rassied, pâle et résigné.

— Bon, OK. Ce n'était pas des touristes, mais les membres de l'équipe de la station météorologique située aux abords de la banquise. La vague a tout emporté, il n'y a aucun survivant.

— C'est ce que Sangilak t'a appris ce matin. Et cette nuit, qu'as-tu dit à Atsuko ?

— Je lui ai parlé de la fragilisation du glacier Zachariae, due à la fonte qui s'accélère. Ça, ce n'est pas un secret pour toi, Whale. Si le glacier se rompt, le séisme peut être tel qu'il entraînera des glissements monstrueux, des failles, des ruptures en chaîne, un cataclysme tel que le Groenland n'en a jamais connu.

— Que se passerait-il ?

— Je préfère ne pas l'imaginer. Nous surveillons les mouvements. Et l'équipe de la station météo fait… faisait partie de cette veille. Ça a dû être horrible… avalés par cette lame noire et glacée…

— Je n'ose pas imaginer… Et tu en as d'autres de ce genre à nous révéler ?

— C'est déjà assez. Je vais voir Atsuko.

— Qu'est-ce qu'elle a ? demande Desjours.

— J'en sais rien. Elle s'est subitement renfermée, ces derniers jours, dit Anita.

— *Cabin fever*..., lâche Malte.

— La fièvre ?

— Une forme de profonde dépression qui touche les Inuits au cours de l'hiver polaire, explique le Canadien. Le manque de lumière, la nuit permanente.

— Mais c'est pas une Inuit !

— Ça peut aussi toucher d'autres personnes, des sujets plus sensibles.

— La lumière... elle l'a évoquée, tout à l'heure, relève Anita. Elle en parlait presque comme... comme d'une chose qu'elle ne reverrait plus.

— Elle ne pourra pas poursuivre la mission, alors ?

— Pas de précipitation, Desjours, dit Fergus avant de se diriger vers les chambres. Elle va s'habituer. On va aller de plus en plus vers les éclaircies en journée. À partir de mars...

— Bon, eh bien moi je vais prendre l'air. Avec le fusil, bien sûr, lance Malte.

Il enfile sa parka fourrée et ajuste sa frontale, puis sa capuche sur la tête.

Dehors, des flocons serrés dansent dans la nuit. Encore elle. Perpétuelle. À rendre aveugle. À rendre fou. Pourtant, il est déjà huit heures.

C'est vrai qu'à ce rythme, sans lumière du jour, on peut péter les plombs, se dit Malte, le fusil à l'épaule, sortant son téléphone satellite au bout d'une vingtaine de mètres parcourus. Il compose un numéro dont l'indicatif est celui du Canada et attend.

Enfin une voix féminine jaillit dans un grésillement.

— Laura ? C'est Malte. Rousseau est là ? Je n'arrive pas à le joindre sur son portable.

— Il se l'est fait voler hier. Le temps qu'il le remplace, tu sais… Là, il est déjà parti, aujourd'hui il dépose Tiger à l'école.

Tiger… chaque fois qu'il entend le prénom de son filleul, Malte bondit. Comment peut-on affubler un gosse d'un nom de fauve ? Quand bien même est-ce celui d'un des plus beaux mammifères terrestres… Mais « Tiger » a une histoire…

— Je lui ai prêté le mien, poursuit Laura. Tu as le numéro, je crois…

Les doigts du glaciologue se crispent sur l'appareil.

— Non, je l'ai effacé…

— OK. Je lui dis de te rappeler, alors.

— Non, qu'il m'envoie par mail son nouveau numéro quand il l'aura. Sans tarder.

— Ça va, Malte ? Tout se passe bien ?

Cette voix, si douce, un peu cassée, de nouveau à son oreille… Mais cette fois des milliers de kilomètres les séparent.

— Ça va, Laura. Il fait juste un peu plus froid qu'à Postville, mais ce n'est pas franchement plus animé. Et toi ? Tiger ? En pleine forme ?

Il ne dira rien de plus. C'est à Rousseau qu'il rend des comptes sur le reste, ici.

— Ça va, merci. Prends soin de toi, Malte, entend-il avant que la communication soit coupée.

Dick raccroche à regret. Il ne s'est jamais vraiment remis de sa liaison clandestine avec Laura, et enchaîne depuis les conquêtes et les aventures sans lendemain. Quant au fils de Laura, Tiger, est-il le sien ? Il n'en est pas certain… Elle n'a jamais voulu le lui confirmer. Cette possibilité pourtant existe. « Tu es le parrain de Tiger, tu devras te contenter de ça », lui a-t-elle assené. Comme s'il était le seul responsable de leur double trahison. « Tu préfères ne pas savoir, parce que c'est plus confortable », a-t-il répondu, amer. Au fond, ça l'était tout autant pour lui. Il n'avait lui-même vu le sien que sur de vieilles photos, dont il a conservé un portrait en uniforme militaire, et avec l'existence nomade qu'il mène, quel père ferait-il ? Pour cette raison, Laura n'a aucune intention de quitter Rousseau pour lui. Parfois, il y pense quand même. Par son physique, Tiger pourrait être aussi bien son fils que celui de Rousseau, un Afro-Canadien comme lui. Et d'ailleurs, ce prénom, Tiger, sur lequel Laura a tenu bon malgré les réticences de Rousseau… Tigre, l'animal qui couvre le dos de Malte… Son animal totémique, dont il a si longuement parlé à Laura, la première fois qu'elle l'a admiré, en y déposant quelques baisers.

La neige s'est arrêtée de tomber. Pour un peu, il ferait jour, mais c'est sans illusion, pas plus aujourd'hui que demain ne se lèvera cette foutue obscurité. Fouillant du regard cette nuit qui peut rendre fous même les plus aguerris, Malte rejette sa capuche en arrière. Il fait étrangement doux. Le vent est presque tiède. Trouvera-t-il ce qu'il est venu découvrir dans ces glaces ? La vérité est là, tapie quelque part, il le sent. Bientôt, la chair congelée des bœufs parlera. Ce seront les premiers éléments. En attendant, il doit joindre Rousseau, vite, très vite.

12

Base aérienne de Pituffik, ville de Qaanaaq et ARCTICA, jour 7

— Voilà ta chambre, ce n'est pas un palace, mais le confort minimum y est, annonce Ferguson d'une voix claire à la nouvelle venue en ouvrant grand la porte d'une petite pièce qui servait d'espace de détente et dans laquelle il a installé un lit d'appoint avec double duvet et oreiller chauffant. Je te laisse poser tes affaires avant de nous rejoindre dans le bloc principal. Je t'aurais volontiers abandonné ma couche, mais il se trouve qu'elle est indissociable d'une autre, en mode lits superposés, que je partage avec Dick Malte, le glaciologue. Je pense que tu auras mieux tes aises dans une chambre single, même un peu à l'étroit.

Se retrouvant seule dans ce nouvel espace, qui sera le sien pour le temps de son enquête, assise sur le lit, son sac à ses pieds, Luv met plusieurs minutes à réaliser. Tout s'est passé si vite, depuis son départ de la maison. L'accident d'Ava, l'hôpital à Londres, un court séjour à Longfield avec la découverte de la lettre, la mise au point avec Mike, l'entrevue avec Green et enfin le départ dès le lendemain pour le Grand Nord après l'appel de Ferguson. Dépêché en urgence sur un reportage en Alaska, Niels la rejoindra dans trois jours.

Luv n'oubliera jamais son arrivée sur cette côte du Groenland. Son premier atterrissage sur les pistes verglacées de Kangerlussuaq, après une lente entrée dans la nuit polaire, puis un survol de l'inlandsis, gigantesque plateau glaciaire posé sur l'océan Arctique, d'où émanait une pâle luminescence. À travers le hublot, elle a pu contempler l'immense mosaïque aux contours bleutés flottant dans le vaste silence. Un paysage morcelé, craquelé, un vitrail géant, traversé de fissures et de failles, où se mêlent eau, neige et glace. Là où toute forme de vie est d'une précarité absolue, un véritable défi et où chacune a pourtant sa place. Ensuite sont apparues, comme des bougies dans la nuit, les premières lumières de Kangerlussuaq le long de la piste et celles de l'aéroport.

Autour de l'avion, qu'elle a réussi à attraper *in extremis*, quelques éclairs cisaillaient l'obscurité. Le spectacle était tellement beau que Luv en a oublié toute appréhension de voir l'appareil prendre la foudre ou se retrouver malmené par des vents violents comme ceux qui, souvent, balaient l'île. Les vents catabatiques, nés d'une inversion de la température en altitude et d'un faible gradient de pression parfois doublé d'une dépression.

Luv a atterri à Kangerlussuaq peu avant seize heures. Depuis la base, au terme d'interminables négociations par téléphone, Ferguson a obtenu qu'elle embarque pour Pituffik dans un hélicoptère militaire servant au ravitaillement des stations et des bases scientifiques dans la région de Thulé. Après deux heures d'attente, elle est montée à bord, accueillie par le chef d'équipage avec pour dîner un potage brûlant au poisson versé d'un thermos dans une gamelle en fer-blanc. L'hélicoptère a enfin décollé dans un affreux bruit de rotors et des craquements de tôle qui pouvaient susciter quelques doutes légitimes sur son état.

Mais vu l'heure tardive à l'arrivée, vingt heures, Ferguson avait préféré lui réserver une chambre dans un petit hôtel de Qaanaaq, ce qui lui avait permis de se reposer quelques heures. Il est venu la chercher en 4×4 ce matin, pour la ramener à leur base où le travail commencera sans tarder. Sangilak, à qui il a signalé sa venue en ville, se trouvait depuis la veille sur les lieux du drame du Zachariae.

— Bienvenue dans la nuit arctique, Svendsen ! Bien qu'en venant de Norvège tu ne risques pas un trop grand dépaysement…

La voix chaleureuse de Roger dans le hall de l'hôtel l'a tout de suite mise dans l'ambiance de son séjour.

— Combien de temps que nous ne nous sommes pas vus ?

— Je dirais cinq ans…

— Toujours aussi blonde… je veux dire, pas un cheveu gris, contrairement à ton serviteur… Et le même plaisir de te retrouver.

Un plaisir que Luv partage, pour la profonde estime qu'elle porte à l'homme et au scientifique dont les recherches en sismologie dépassent largement les frontières du royaume du Danemark.

Elle n'a pas eu le temps de se procurer un équipement complet contre le froid polaire, mais Roger lui a assuré qu'on lui prêterait le nécessaire. Quitte à acheter les bottes et les chaussures fourrées à Qaanaaq avant de prendre la route de la base. Ce qu'ils ont fait. La noirceur de la petite ville nichée dans cette enclave marine aux portes de l'inlandsis, où se concentrent gaz d'échappements et polluants, l'a frappée. Une verrue sombre et sale dans la blancheur nordique. Un condensé de lieux interlopes où se croisent aventuriers, trafiquants et quelques rares touristes.

Tous les membres de la mission sont là, assis autour de la grande table en acier inox, lorsque la biologiste les rejoint après une toilette rapide. Venir à bout de cheveux graisseux et d'un teint pâlot grâce à quelques applications de crème teintée ne fut pas trop difficile ; en revanche, impossible d'effacer complètement les cernes et ces nuages de poussière dans le vert d'eau de ses yeux apparus depuis quelques jours. Tous accueillent la nouvelle recrue d'un salut chaleureux, sauf Atsuko, qui a préféré déclarer forfait en restant enfermée dans l'espace réservé aux mesures et aux relevés géologiques.

Après un rapide tour de présentations, Roger entre tout de suite dans le vif du sujet, en s'appuyant sur des photos du cimetière de glace prises par Desjours dans la vallée et de deux vidéos tournées à l'infrarouge dans une pénombre crépusculaire avec la caméra rescapée de l'attaque de l'ours.

Sur l'une d'elles, on voit tout à coup le relief tournoyer, puis le mouvement de rotation stopper net sur une suite d'images terrifiantes qui montrent l'ours debout face au jeune homme, le dépassant d'une tête et demie, tous deux à l'envers sur l'écran. À cet instant, Mathieu venait d'être blessé au bras par le coup de patte qui lui avait arraché la caméra en même temps que la manche de sa parka sur toute la longueur. On voyait une auréole sombre s'élargir peu à peu sur le tissu. Alors que l'ours va de nouveau passer à l'attaque, la balle de Fergus le frappe en pleine poitrine, au niveau du cœur. L'animal s'écroule à la renverse sur la neige dans un bruit sourd en poussant un dernier rugissement.

— Impressionnant, dit Luv avec tristesse. Et votre blessure ne vous fait pas trop souffrir, Mathieu ?

— Je pense que j'aurai une belle triple cicatrice, mais ça va, ment-il.

— En fait, Luv, je compte sur toi pour procéder à quelques analyses sur l'ours. Notamment pour la rage, intervient le Danois. Avec les moyens du bord, bien entendu. Nous avons tous reçu un sérum antirabique.

— La rage… Il n'y a pas de médecin à la base ?

— On l'attend. Il devrait arriver dans les jours qui viennent.

— Sinon, tous vos vaccins obligatoires sont en règle ? Tétanos, notamment, demande la biologiste à l'étudiant qui acquiesce.

Lorsque Ferguson aborde ensuite la catastrophe à l'origine de la disparition de la station météo du nord-est de l'île, Luv sent ses muscles se raidir. Être mère de nouveau lui fait prendre toute la mesure de la nécessité de rester en vie. Un devoir impérieux. Une sorte de commandement. Le sismologue ne l'avait pas informée avant son départ. *Il s'en est bien gardé*, se dit-elle, les lèvres pincées, en le regardant sans répondre. De son côté, Malte conserve le silence, contrairement à ses habitudes, l'air absorbé. Pourtant, à l'affût, il observe la biologiste intensément. Une belle blonde, charmante, tout en distance et très à son goût de mâle célibataire.

— Malte ? Tu es avec nous ?

La voix de Ferguson le reconnecte subitement au présent. Il a écouté d'une oreille distraite, mais a pu enregistrer l'essentiel. De quoi lui permettre de poser les deux questions qui le démangent.

— Les autorités pensent-elles faire évacuer l'île face à cette menace ?

Ferguson émet alors un petit rire embarrassé.

— Tu imagines toute la logistique nécessaire… impossible, en période de nuit polaire. Il faudrait arriver à contacter toute la population, y compris les villages inuits.

— Et cette station météo… c'était la seule de l'île ?

Là encore pris au dépourvu, Roger se racle la gorge avant de répondre.

— Si tu veux savoir comment on pourra obtenir les prévisions, c'est eux qui envoyaient les mesures les plus précises, au quart d'heure près. Ça change vite, ici. Il y a une petite station à Qaanaaq, mais c'est plutôt un relais et c'est quand ça leur chante.

— On ne pourra donc plus avoir des prévisions exactes ?

— Je crains que non, en effet. Mais je m'adresserai au centre météorologique à Copenhague pour avoir les informations les plus conformes possible. Le climat ici varie d'un bout à l'autre de l'île. Il n'est pas le même sur la côte et sur l'inlandsis.

— Autrement dit, pour les sorties, on est dans la merde, si on ne peut pas avoir les bonnes données météo, réplique le Canadien.

— S'il le faut, on fera sans. En mode inuit.

Malte éclate d'un rire forcé en secouant la tête. Luv doit faire un effort pour ne pas s'attarder sur la cicatrice qui lui grêle la moitié du visage.

— Bien, poursuit Ferguson, imperturbable, si nous passions au vif du sujet maintenant ? Je pense que Svendsen est impatiente d'en savoir plus sur le cimetière aux bœufs.

En quelques phrases concises, Roger décrit leur découverte, sans omettre de parler du comportement étrange du troupeau venu labourer la glace dans laquelle leurs congénères ont été conservés. Luv écoute, attentive, sans l'interrompre. D'ailleurs, personne ne parle, dans cette atmosphère que le souvenir de cette expédition épaissit peu à peu. Chacun éprouve un sentiment qu'il peine à exprimer. La sensation d'avoir troublé un ordre, violé un repos peut-être séculaire, enfreint une loi immuable, avoir été là où il ne fallait pas…

— J'aimerais m'y rendre, déclare Luv sans hésiter.

Les regards de Malte et Ferguson se croisent à cet instant dans une secrète connivence. Tous deux pensent à la même chose. Les *inuksuits*, les sentinelles de pierre. Celles qui « gardent » le sanctuaire, identiques dans leur conception aux sept *inuksuits* de glace que Malte a découverts deux jours auparavant à quelques kilomètres de la base. Ils n'en ont plus reparlé depuis, comme si les évoquer allait les réveiller de leur sommeil glacé…

— Je ne vois pas comment je pourrais t'en dissuader, lâche Ferguson dans un soupir. Ça fait partie de ton travail. Mais ce n'est pas sans danger. C'est à cet endroit que rôdait l'ours qui a attaqué Mathieu. Il a dû être attiré par les morceaux de viande qu'on était en train d'extraire de la glace. D'autres ours peuvent se pointer et nous surprendre. Il s'agira de redoubler de vigilance.

— Tu sais bien que je dois voir ce qu'il en est sur place. Les photos et les analyses seules des échantillons ne seront pas suffisantes pour en tirer des conclusions, rétorque Luv.

— Je vous accompagne, dit Mathieu.

— Pas question, rétorque Ferguson avec fermeté. Tu dois te remettre complètement avant de faire une autre sortie.

— Ça ne m'empêche pas de me servir de mes jambes et…

— Tu as du travail ici aussi, Desjours, tranche le Danois. Je ne veux que des équipiers en pleine possession de leurs moyens, physiques et mentaux. Et c'est non négociable.

— Eh merde ! bougonne l'étudiant qui se lève en renversant sa chaise pour se diriger vers la partie labo.

— Moi aussi, j'ai du travail ici, dit Anita en même temps qu'elle ramasse les mugs pour les laver.

— Bien, donc nous irons nous trois, Malte,

Svendsen et moi-même. Que chacun se prépare, rendez-vous dans vingt minutes aux motoneiges.

Restée seule avec les trois membres de l'équipe et Lupin, Anita rejoint la Japonaise dans son espace de travail plongé dans une obscurité qu'éclairent deux écrans d'ordinateur et une tablette posée à côté. L'écran de celle-ci est presque entièrement occupé par le visage souriant d'un jeune homme à la peau nacrée et aux cheveux aussi noirs que ses yeux bridés. Il est d'une réalité à s'y tromper. Pourtant, Anita sent quelque chose d'artificiel dans sa façon de parler et dans ses mimiques, bien qu'elle ne comprenne pas la langue.

— Je te dérange ? dit-elle à Atsuko qui lui tourne le dos.

La Japonaise sursaute, comme tirée d'une transe hypnotique.

— Qui est-ce ? demande Anita en s'asseyant à côté d'elle.

— Mon fils, Sunao.

— Ton… Mais on dirait…

— Oui. C'est bien ce que tu vois, dit Atsuko sans regarder sa collègue. Un robot. L'avatar de Sunao.

— Tu veux dire que c'est lui, sans être vraiment lui ?

— On peut ainsi le voir grandir, lui parler, le serrer dans nos bras, le gronder aussi… Mon mari conçoit et réalise des robots humains grandeur nature. Notre douleur était si grande quand Sunao est tombé malade qu'il a eu l'idée de créer son avatar. Son visage a été fait d'après un moulage avant que la mort ne l'emporte. Un couple d'amis qui a connu la même tragédie avec leur fillette de cinq ans, renversée par une voiture, ont voulu eux aussi un avatar. Mon mari s'apprêtait à lancer une gamme de robots avatars pour succéder aux enfants décédés et voulait étendre la conception aux adultes. La mort est un marché mondial. Et très juteux. C'est contraire à mon éthique, et si je réfléchis, cette réalité pervertie a quelque chose de malsain. Mais c'est très japonais et après tout je suis japonaise…

Anita reste sans voix. Elle avait connu la fièvre tamagoshi, ces bestioles virtuelles à nourrir et abreuver quotidiennement sous peine de les voir mourir, virtuellement aussi, mais des avatars qui remplacent les disparus, elle n'en avait jamais entendu parler.

— Et là tu…

— Je communique avec lui tous les jours, oui. Dans ces moments, toutes mes peurs tombent. Je reste dans le noir avec lui, ma lumière, face à moi comme un soleil radieux.

— De… de quoi est-il mort ? ose Anita.

— De la vie. D'un trop-plein de vie, qui s'est transformé en un tueur dans ses cellules. Leucémie. Le mal des enfants modernes.

À cet instant, Atsuko se retourne vers sa comparse. Son visage inondé de larmes silencieuses.

— Mais il n'est pas mort, tu vois. Sunao est là. Sunao ?

— Oui, maman, fait l'avatar.

— Tu vois, je suis toujours mère. Sunao, je te présente Anita, une scientifique de la mission, elle est climatologue et vient d'Angleterre.

— Hello, Sunao, esquisse Anita malgré son malaise croissant.

Elle pense à Willy. Ils ont à peu près le même âge. Douze ans. Comment va-t-il ? se demande-t-elle. Le remplacer par cette… cette chose s'il venait à mourir serait inconcevable pour elle et pour Janet. Sunao lui répond d'un léger signe de tête. Est-il programmé pour éprouver des émotions ? Pour se montrer timide ou audacieux ? Réservé ou extraverti ? Triste ? Gai ? À le regarder sur cet écran, il ne renvoie pas grand-chose, se dit Anita.

— Pour ce que j'ai sorti, tout à l'heure, à table… Il n'y a rien, entre Ferguson et moi, dit la Japonaise à voix basse.

— On n'est pas obligés d'en parler, Atsuko. Je ne te demande rien.

— Nous sommes une petite communauté, ici. Amenés à travailler et à cohabiter deux ou trois mois sous un même toit. Ce n'est pas rien. Nous nous devons malgré tout des comptes. Surtout sur une promiscuité sexuelle ou sentimentale qui se créerait avec un membre de l'équipe. Avec Ferguson, c'était… un moment de faiblesse. J'avais besoin de bras autour de moi, de sentir bouger à l'intérieur de mon corps. C'est… cette nuit permanente… Un semblant d'éclaircie pendant trois heures, qui reste aussi sombre que la tombée du soir. Cette heure, entre chien et loup…

— Tu vas repartir avant la fin de la mission, Atsuko ?

Les yeux vairons de la Japonaise face aux siens, deux puits insondables.

— Ce n'est pas seulement la nuit… c'est mauvais, ce qu'il y a, ici. Je reviens de l'enfer, je sais ce que c'est, tu peux me croire.

— Que veux-tu dire ? Je ne vois que de la neige, de la glace, le vent, le froid… et nous au milieu, qui cherchons à comprendre, prévoir, anticiper pour essayer d'agir.

— Mais nous restons aveugles sur tout. Sais-tu sur quoi nous nous trouvons, ici ?

— Maman ? fait soudain le robot à l'écran.

Sa voix synthétique, désincarnée, qui se veut humaine, flanque des frissons à Anita.

— Oui, Sunao, mon petit prince, accorde-moi quelques instants, dit Atsuko avant de couper le son. Sur du vide, ma chère. Sous nos pieds, c'est du vide, comblé par la glace, mais du vide quand même. Le plus grand canyon du monde. Une faille gigantesque sur des kilomètres de glace. En y pensant, ça me donne le vertige. Et pourtant, il n'y a aucune raison. C'est ça, la peur. Cette peur qui m'habite. Une peur sans raison tangible. Un poison. Tout ce danger que je sens venir. Je me demande si je vais pouvoir continuer à faire ce métier. Un scientifique n'a pas peur de ce qu'il va découvrir. Moi, si. Et maintenant, je dois retrouver Sunao, terminer notre conversation avant de ne plus avoir de connexion.

— OK, je vous laisse. Si tu as besoin de parler, je suis à côté.

Mais Atsuko s'est déjà replongée dans son abîme avec l'avatar de son fils. Anita la regarde encore quelques secondes. Fermée, figée, sans réaction, parlant d'une voix monocorde, dans un étrange mimétisme, comme si elle était devenue à son tour ce robot auquel elle s'adresse avec l'amour d'une mère.

— Tu n'as pas pu les protéger, c'est ça ? Les

sauver du tremblement de terre et du tsunami à Fukushima, n'est-ce pas ? ne peut s'empêcher de lui dire Anita, doucement, pour ne pas risquer de la briser avec cette vérité. C'est pour ça que tu n'as pas mis de photos dans la chambre. Ton mari, ton fils, ils… ils ne sont plus là. C'est pour ça que tu as voulu cette mission. Sunao, lui, est parti av…

— Va-t'en, coupe Atsuko.

Sa voix de porcelaine fêlée.

— Excuse-moi, je ne voulais pas…

— Laisse-moi, tu entends ? Laisse-moi, laisse-moi, laissez-moi tous ! LAISSEZ-MOI ! Et toi aussi, LAISSE-MOI !

Sa main saisit la tablette, la soulève et la lance de toutes ses forces contre le mur en face, où elle se fracasse avant de terminer au sol. L'avatar de Sunao n'est plus que minuscules bris de verre épars dans la pièce que Whale vient de quitter. Un humain ne sera jamais un robot et un robot ne peut pas remplacer un humain, se dit Anita en essayant de calmer les battements affolés de son cœur.

13

Camp de base ARCTICA, région de Thulé, janvier 2017, jour 7

De toutes les hécatombes que Luv a vues sur le terrain au cours de sa carrière, c'est sans doute celle qui lui laissera le sentiment le plus indéfinissable, un souvenir aussi glaçant qu'esthétique dans sa froide tragédie. Bien que dans tous les cas la vie soit en question, même pour une scientifique comme Svendsen, une mort massive de mammifères, surtout aussi imposants que ceux-là, est toujours plus impressionnante, plus marquante. Simplement parce que l'homme est aussi un mammifère et que la projection semble plus évidente. Luv est donc revenue de l'expédition sonnée. Sur le chemin du retour, le vent s'est mis à souffler plus fort, rendant la progression difficile, avec les *pulkas*.

À force de sédentarité forcée, malgré quelques exercices matinaux, Svendsen a ressenti plus vite les limites de son corps. Une endurance réduite par sa blessure par balle et des conditions extrêmes. À quelle mystérieuse force mortelle ont pu succomber ces animaux, vivants reliquats de la préhistoire, dont l'abondante toison aux longs poils tombant jusqu'aux sabots rappelle celle des mammouths ? Qu'est-ce qui a bien pu entraîner la mort de ces centaines de bœufs musqués ? Et avant tout, la réalité que Luv soulève dans un silence tendu laisse tout le monde perplexe.

— Tous ces bœufs se sont retrouvés là où ils n'avaient rien à faire. Ce n'est ni leur zone d'habitat ni de nourriture. Ce qui donne à cette découverte une dimension d'autant plus exceptionnelle, déclare-t-elle. D'autre part, ils semblent avoir été foudroyés par la peur ou par autre chose. L'expression de leur regard me rappelle une toile de Géricault représentant un cheval, une allégorie de la peur. Il avait ce même regard.

L'instant est presque solennel. L'équipe est au complet, seuls Mouni requis par ses préparatifs culinaires pour le dîner et Atsuko ne se sont pas joints à eux. Anita a préféré taire à Ferguson son altercation avec cette dernière et avancer l'épuisement de la Japonaise comme principale raison de sa défection. À vrai dire, respectant sa volonté d'être seule, elle ne l'a plus revue depuis.

— Comment tu interprètes la présence d'autant de bœufs à cet endroit précis ? questionne le Danois.

— Ce n'est encore qu'une hypothèse à étayer, mais soit ils ont été rassemblés par l'homme, soit ça s'est produit dans un mouvement de frayeur paroxystique collective. Dans certains cas, une espèce obéit à une sorte d'instinct qui nous échappe encore et qui les conduit à se rendre en masse à un point précis, sans compas ni boussole.

— Comme dans les grandes migrations ? suggère Malte, à qui Luv paraît de plus en plus séduisante.

— Exact.

— Tu veux dire que ces bœufs étaient en pleine transhumance ?

— Possible, Roger, acquiesce Svendsen, pensive devant sa canette de taurine. Mais elle n'aurait pas dû les conduire à cet endroit où rien ne pousse, même durant l'été polaire. Ces animaux se nourrissent des herbes et des lichens de la toundra.

— Et comment expliquer la présence de ce troupeau bien vivant, que j'ai été obligé de disperser en tirant en l'air, en train de piétiner le cimetière où sont ensevelis leurs congénères ? rappelle le sismologue dont les doigts tapotent sur un clavier invisible sur la table.

— « Cette terre est pleine de mystères », répond Luv, reprenant une phrase du journal de bord de Paul-Émile Victor.

— Une belle réponse, dont un scientifique ne peut se satisfaire, sourit Malte.

Luv pose sur lui un regard qui le transperce jusqu'à la moelle. Un carottage ne lui aurait pas fait plus d'effet. Ce visage d'argile brune qui semble à moitié fini exerce une certaine fascination sur la jeune femme.

— Je le reconnais, oui. Donc nous chercherons et nous trouverons ou pas la clef du mystère. Je vais déjà effectuer quelques analyses sur les échantillons. Peut-être le contenu du bol alimentaire nous donnera-t-il un premier élément de réponse.

— Et si la peur collective avait été générée par un

cataclysme, un événement extérieur d'une ampleur inhabituelle ?

— Anita a raison ! bondit Mathieu, dont l'après-midi, si tant est que l'on puisse appeler « après-midi » un crépuscule permanent, s'est passé sur un chapitre de sa thèse, malgré une sensation de déchirure dans tout le bras. Et j'ai une théorie là-dessus. Il y a à peu près dix mille ans, une météorite est tombée sur le Groenland, au cap York. Vous imaginez ce que la collision a pu provoquer ? Un souffle trente fois plus puissant qu'Hiroshima !

— Sauf que l'hécatombe bovine ne date pas de si longtemps, réplique le glaciologue.

— Bien sûr, Malte, je suis pas idiot ! Mais ça me fait penser à un autre événement beaucoup plus récent, qu'on a qualifié d'« affaire » de Thulé, qui s'est passé dans la région, le 21 janvier 1968 précisément, le crash d'un bombardier nucléaire B-52G de l'US Air Force qui transportait quatre ou cinq bombes H lors d'un vol de surveillance des lancements potentiels de missiles soviétiques dans le cadre de la guerre froide. Il s'est écrasé dans la baie North Star, sur la banquise, suite à un incendie qui s'est déclenché à bord. Officiellement, quatre bombes ont explosé sous l'impact, libérant des poussières radioactives sur une grande surface. Plusieurs tonnes de carburant ont brûlé pendant environ six heures, faisant un trou dans la glace par lequel l'avion a sombré au fond de l'océan. En réalité, une des bombes ne s'est pas déclenchée et est restée immergée sous des tonnes d'eau et de glace, prête à exploser au moindre choc. Une vraie menace qui dort sous la banquise. En fait, ces bombes sont conçues pour contaminer une région entière et tous ses habitants par dispersion des matières radioactives dont de fortes quantités de plutonium et d'uranium. Une seule bombe H est d'une puissance mille fois supérieure à celle d'Hiroshima, Little Boy. Je vous laisse imaginer ce qu'ont pu libérer les trois bombes à hydrogène du B-52G à l'époque.

— Eh bien, quand tu l'ouvres, on peut dire que c'est pas pour ne rien dire, Froggy! Je te tire ma casquette… J'aime quand tu t'exprimes comme un scientifique.

Malte semble réellement impressionné.

— Peut-être que ces bœufs se sont trouvés là au mauvais moment, ajoute le jeune Desjours, les joues en feu, sur lesquelles s'étend l'ombre d'une barbe roussie de quelques jours. Tout comme ce village inuit.

— Que veux-tu dire? Quel village? demande Fergus sur un ton soudain durci.

— Cet aprem, j'ai un peu potassé sur le Groenland. Pas le guide du Routard, mais des essais et des articles sur le pays. L'histoire politique, économique, militaire… Alors qu'en Antarctique un traité international, le Traité antarctique, signé le 1er décembre 1959, interdit toute action militaire, dont les essais nucléaires et survols de bombardiers, dans l'Arctique, avec la proximité de la Russie, c'est pas la même chose. La menace est bien plus grande. Il s'agit de garder l'équilibre des forces. À l'époque du crash sur la banquise, tout un village inuit d'une centaine d'habitants, à proximité du lieu de l'accident, aurait disparu sans laisser de traces. Bizarre, vous avez dit bizarre… Il y a eu, suite à l'explosion des matières radioactives, un nettoyage de toute la zone touchée. Le personnel aurait entamé des actions pour avoir contracté des maladies dues à la radioactivité à peine un an après le «nettoyage». Peut-être que ce village était inscrit dans le programme…

Cette fois, Malte a sorti les antennes et semble boire les paroles de Mathieu. Ferguson, lui, s'est brusquement assombri.

— Où veux-tu en venir, à la fin, Desjours? Arrête de tourner autour du pot! gronde-t-il soudain.

— Oh oh, le chef s'énerve… Ben à rien d'autre qu'à ce qui a pu arriver aux bœufs musqués, sauf qu'eux, contrairement au village inuit, sont toujours là. Le reste, faut demander au gouvernement du Danemark, dont le Groenland dépendait encore en 1968, pas vrai, chef? Tout un village volatilisé, t'as dû en entendre parler, toi qui bosses pour le ministère danois de l'Environnement, non?

La grenade est lâchée. Le front de Malte se plisse comme un accordéon. Acculé, le Danois demeure interdit quelques secondes avant de répliquer.

— Adepte du complot, à ce que je vois, Desjours? dit-il sur un ton faussement détaché. Des Groenlandais, Inuits compris, ont été en effet contaminés et aussitôt pris en charge médicalement. Des indemnités leur ont été versées. Alors ne parle pas de ce que tu ne sais pas.

— Moi aussi, j'en ai entendu parler, de ce village, tranche Malte, vers qui tous les regards convergent, médusés.

Comme Luv, Anita, en mode observation minutieuse, suit le match, sans intervenir. Si elle est vaguement au courant de « l'affaire » de Thulé, en revanche, elle ne savait rien de l'histoire de tout un village qui aurait disparu. Et pour cette raison, refuse de se prononcer. D'autant qu'une autre partie de son cerveau est occupée par le comportement étrange d'Atsuko. Un comportement pour le moins inapproprié pour une scientifique en mission, malgré ses antécédents familiaux tragiques.

— Les Inuits en question ont littéralement disparu. On ignore s'ils sont morts. Puisqu'il n'y a même pas trace de leurs corps, confirme le glaciologue. Comment expliques-tu ça, Ferguson ?

Malte le scanne fébrilement du regard.

— On dévie carrément de notre recherche, là, commence le Danois, visiblement embarrassé. Ce qui nous intéresse, c'est ce qui est arrivé à ces bœufs musqués et non une rumeur relayée sur le Net.

— Ce n'est apparemment pas qu'une rumeur, Fergus, reconnais-le, dit Luv, sortant de sa réflexion. Je ne pense pas que Mathieu et Malte aient pioché cette info dans des tabloïds. Il faudrait vérifier que leurs sources sont crédibles et documentées. Si nous parvenions à établir un lien entre l'hécatombe qui a terrassé les bœufs et une possible disparition de tout un village suite à l'accident nucléaire de Thulé, nous pourrions faire un grand pas en avant.

— Je rejoins Luv, approuve Malte.

— Ça se tient, dit Anita.

— Pareil pour moi, lâche Mathieu d'un air de défi à Ferguson, dont il ne cerne pas les réelles motivations.

— OK, me voici face à une mutinerie, lâche-t-il. Les autorités de l'époque ont classé secret défense tout ce qui est relatif à ce village. Ce n'est qu'en 2008, lorsque le parlement danois a voté une autonomie renforcée du Groenland dans une trentaine de domaines, dont la justice et la police, que l'opinion s'est peu à peu réveillée et qu'on a exhumé cette histoire sans aucune preuve matérielle. D'où vos sources sans doute. Mais elles restent fragiles. Moi-même je n'en sais pas plus. Et tout comme vous, je déteste ne pas comprendre, ne pas expliquer, ne pas savoir. La défense du Groenland, à l'instar de la politique étrangère et monétaire, dépend toujours du Danemark, dont je ne suis ici qu'un modeste représentant en matière scientifique et environnementale. D'ailleurs, il n'est pas exclu que ce village ait été englouti dans une faille côtière lors d'un des nombreux tremblements de terre qui secouent l'île régulièrement.

— Alors dans ce cas, ce serait bien de ton ressort, rétorque Malte dans un demi-sourire qui lui froisse encore plus la joue occupée par la cicatrice.

— Et une hécatombe humaine inexpliquée nous intéresse aussi, ajoute Luv. Surtout si la cause en est la même que celle qui a foudroyé les bœufs.

Ferguson doit se rendre à l'évidence. Face à ces esprits éclairés et perspicaces, il est en nette infériorité.

— C'est pour ça que cette mission est implantée dans la région ? Que nous sommes ici ? demande Anita sans détour, les yeux fixés sur le Danois.

— C'est une question ?

— Peut-être embarrassante, mais c'en est une, oui.

— Désolé de vous décevoir, mais non, ce n'est

pas ça la raison. Nous ne sommes pas en réalité à la recherche d'un village inuit disparu dans les années soixante, pas plus que les précédentes équipes. Nous sommes là pour une veille scientifique sur le réchauffement climatique et ses conséquences dans cette partie du globe et nous avons bien assez de travail avec ça.

— Malte, avez-vous pu analyser les carottes prélevées sur ce cimetière naturel et effectuer un datage ? interroge Luv en se tournant vers le Canadien.

Un instant troublé, il baisse les yeux sur les mains fines de la biologiste où ne brille aucune alliance. Il se dit qu'il a peut-être ses chances.

— Oui, à environ un mètre de profondeur, la couche glaciaire se serait formée il y a une cinquantaine d'années. Ce qui correspondrait à la période du crash du bombardier que vient d'évoquer Froggy. Et dans trois jours, on sera le 21, date anniversaire.

— Un triste anniversaire. Pourquoi ce surnom de « grenouille » ? s'étonne Luv. Ce charmant jeune homme n'a rien d'un batracien !

— Il est français et les Français mangent des grenouilles, c'est de notoriété mondiale.

— Ah oui, c'est vrai. Revenons à nos bœufs, alors, ce qui n'est pas très éloigné de la grenouille voulant se faire aussi grosse que l'un d'eux, à en croire un autre Français, Jean de La Fontaine.

Un petit rire secoue l'équipe. Décidément, Malte aime beaucoup cette fille, qui de surcroît sait faire preuve d'humour dans des circonstances plutôt graves. Mais elle met une certaine distance entre eux par l'emploi obstiné du vouvoiement. Délibérément ou non…

— Il y a cinquante ans, vous dites… il faudrait mesurer le taux de radioactivité contenu dans cette glace vieille d'un demi-siècle, suggère Luv.

— Je vais m'y coller dès maintenant, assure Malte. Rendez-vous ce soir pour les premiers résultats.

— Les analyses sur l'ours sont les plus urgentes, Luv, rappelle Ferguson. On doit savoir si cet animal est porteur de la rage.

La réunion prend fin sur ces mots. Chacun se retire dans sa partie labo, sauf Mathieu dont le bras blessé est méchamment gonflé depuis son réveil. En réalité, il n'a pas pris ses antibiotiques et commence à le regretter. Suivi de Lupin qui donne des signes de faim, il se rend à la cuisine où Mouni s'affaire pour le dîner et sort une bière du réfrigérateur. Au menu, le chef a prévu du saumon aux épices et aux myrtilles séchées accompagné de céréales.

Avant de réunir ses coéquipiers pour leur livrer les résultats de ses investigations au microscope, Malte a besoin de les digérer. De se retrouver seul face à ce que personne n'aurait pu envisager. « C'est un truc de fou », ne cesse-t-il de se répéter tandis qu'il se déshabille dans sa chambre pour aller faire une séance de sauna en vue de libérer son organisme de toutes les toxines du stress. Une fois nu, un drap de bain enroulé en pagne autour de la taille, son tatouage de tigre déployé sur l'ensemble du dos, Malte ouvre la porte du sauna et entre dans la chaleur sèche qui saisit aussitôt sa peau et son visage.

En présence d'importants écarts de température, sa cicatrice se rétracte et le tire, lui donnant toujours l'impression de porter la moitié d'un masque. Peut-être en est-ce un, finalement.

Au moins ce ne sont pas les vapeurs suffocantes du hammam qui prennent à la gorge, se dit-il en refermant la porte. Mais alors qu'il se retourne et s'apprête à se diriger vers un des bancs scellés à la paroi en bois traité pour s'y allonger, il la voit, assise dans un coin, nue, aussi blanche qu'un poulet plumé, le regard fixe et vitreux. De sa gorge ouverte s'échappe un filet sombre, d'un rouge presque noir, qui descend entre ses seins. Sa main droite, serrée sur un objet dont la forme évoque un couteau à lame incurvée, repose sur sa cuisse.

— Nom de Dieu ! est à peu près tout ce que peut répéter le Canadien à cet instant où ses yeux transmettent à son cerveau ce qu'ils viennent de voir tandis que, plaqué au mur, il fait un violent effort pour rester debout.

14

Camp de base ARCTICA, région de Thulé, janvier 2017, jour 7

La dernière fois que Malte a vu un mort, c'était une amie proche, emportée par le sida. Tout l'intérieur du corps, chair, organes, semblait s'être consumé dans la maladie. Ou dans l'énergie dépensée à lutter pour survivre. Sur son lit blanc d'hôpital, elle ressemblait à une branche brûlée, desséchée. Les globes oculaires s'étaient affaissés au fond de leurs orbites comme au fond d'un puits et chaque os du visage formait une pointe ou un angle sous la peau. La mort s'était annoncée depuis longtemps. Elle avait investi chaque cellule, s'était infiltrée partout, lentement, comme une moisissure.

Aujourd'hui, de nouveau face à la mort qui s'installe dans le corps d'Atsuko inerte, adossé au mur, Malte se sent comme un gosse désemparé. Ne sachant s'il doit appeler de l'aide ou se précipiter pour tenter d'abord de la réanimer. Cette fois, la Faucheuse œuvre sans prévenir. La vie quitte le cœur de la Japonaise à la vitesse d'une poignée de sable s'échappant entre les doigts écartés. Bien exécutée, ce type de blessure est forcément fatale. Et Atsuko l'a visiblement réalisée avec art. Sachant exactement à quel point précis de la jugulaire passer la lame pour que la mort soit inévitable.

À ce moment, Malte se rend compte qu'en pensant à ce geste, il conclut spontanément à un suicide. Quoi d'autre ? Pourtant, à y regarder de plus près, rien n'est aussi simple. Les causes du décès sont difficiles à déterminer au premier abord. Accident, suicide, meurtre… En même temps qu'il chasse la première et la dernière hypothèse – il ne peut être question de meurtre, ici, dans la base, tout simplement impossible –, Malte aperçoit en s'approchant le couteau dans la main déjà rigide d'Atsuko et reconnaît le *ulu* de Ferguson avec un coup au cœur. Suicide, meurtre… Au bout du compte, seul l'accident est définitivement écarté.

Passé la stupeur, « C'est la poisse ! » succède à « Nom de Dieu ! ». Malte a bien senti l'hostilité de la géologue à son encontre. Ses réticences à le regarder, à s'adresser directement à lui. Était-ce du racisme, une antipathie naturelle comme on peut éprouver entre humains ou animaux, ou bien une révulsion à la vue de son visage à moitié tavelé ? À vrai dire, il la trouvait plus froide qu'un glaçon, comme il disait. L'avait surnommée « la Banquise ». Et voilà que son corps est vraiment glacé dans les 40 °C du sauna. Malte en oublie que le sien transpire par tous les pores de sa peau.

Il se regarde sortir de l'étuve, abandonnant Atsuko à son immobilité, puis se mettre à crier comme un fou le nom de Ferguson. Celui-ci finit par arriver, échevelé, de la salle de musculation, suant comme un taureau, en bas de jogging et tee-shirt à tordre.

— C'est quoi, Malte, cette hystérie ? Tu as vu un *tuurngait* ?

— Viens voir !

Sans plus d'explication, Malte retourne dans le sauna en apnée. Ouvrant la porte, il s'écarte pour laisser le passage à Ferguson. À la vue de la Japonaise, gorge béante et couverte de sang, Roger manque s'écrouler.

— Oh mon Dieu ! Atsuko ! gémit-il, comme électrocuté.

Se jetant à ses genoux, il lui prend la tête entre ses paluches d'ours et se met à la secouer comme un prunier.

— Fergus, Fergus, lui dit doucement Malte à l'oreille, une main sur son épaule, c'est fini. Elle… elle est morte.

— Pas elle, non, pas Atsuko ! sanglote Roger aux pieds de son amie. Pourquoi ? Qu'est-ce qui s'est passé ?

— Viens, on doit prévenir les autres.

— Mais on ne peut pas la laisser là, dans ce fourneau ! proteste Ferguson.

— OK, on la déplace alors, mais…

— Mais quoi ?

— Il ne faut peut-être pas la toucher… À cause des prélèvements ADN…

— Quels prélèvements ? Tu te crois dans *Les Experts : Miami* ? Tu vois bien qu'elle… ce qu'elle a fait !

— Ça reste à déterminer…, observe Malte

qui essaie de garder son calme devant la tempête danoise.

— Qu'est-ce que tu insinues, Malte ?

— Rien d'autre que ce que je vois. Et dans sa main, je vois ton couteau. C'est bien le tien ? Un *ulu*.

— Oui, c'est mon couteau. Sauf que c'est elle qui le tient dans la main, Malte ! Elle tient ce putain de couteau avec lequel elle s'est tranché la gorge !

— Pourquoi aurait-elle fait ça ?

— Je n'en sais rien ! Et toi, tu me soupçonnes parce que c'est mon couteau ! Pourquoi je l'aurais tuée ?

— Qu'est-ce qu'il y avait entre vous, Ferguson ? T'étais dingue d'elle mais ce n'était pas réciproque ?

Ferguson doit en convenir. Oui, il était amoureux d'Atsuko et, depuis qu'elle s'était donnée à lui, elle l'avait envoûté, irradié. Mais ce geste, il ne parvient pas à l'expliquer. Et Malte, comme les autres, voudrait des explications, parce que ce couteau lui appartenait à lui et pas à quelqu'un d'autre ni à elle.

— Merde, enfin, Dick ! Tu me vois, moi, chef d'une mission scientifique comme Arctica, en plein Groenland, sur une calotte glaciaire, aller saigner un membre de mon équipe, pour la simple raison que j'ai un faible pour elle et qu'elle n'est pas amoureuse de moi ? Je suis prêt à m'en expliquer devant tout le monde. Je n'ai rien à cacher, Malte. Et tu sais bien, comme moi, que même si c'est mon couteau, je n'y suis pour rien. Tout comme tu n'es pour rien dans l'apparition des *inuksuits* de glace tout près d'ici.

Les paroles du Danois ont tout un accent de sincérité et de désespoir. La chaleur du sauna lui plaque les cheveux sur la tête, il a l'air d'un rugbyman KO à la fin d'un match perdu.

— Viens, on la déplace, sinon on va cuire et cette chaleur n'est pas bonne pour elle. Tu te sens de le faire ou bien je demande à Mouni ? suggère Malte d'une voix douce.

— On le fait ensemble. Après je convoque tout le monde dans l'unité centrale.

— On la met où ?

— Dans la chambre froide.

C'est lourd, un cadavre, même une femme de petit gabarit comme Atsuko, même délesté de vingt et un grammes, dans l'hypothèse où ce serait, selon la théorie très contestée de l'Américain MacDougall, le poids de l'âme qu'un être humain perdrait en mourant. Ferguson dispose de toute la force physique pour la transporter seul, mais à chaque pas il sent ses jambes mollir et se dérober sous lui. Après avoir retiré le couteau de la main d'Atsuko pour l'accrocher à sa ceinture par la cordelette du manche en os, il l'a recouverte d'un peignoir clair bientôt souillé de sang. Puis il l'a soulevée par les épaules tandis que Malte prenait ses pieds, et, ensemble, ils l'ont portée jusqu'à la chambre froide sans croiser personne.

Après le dépeçage de l'ours, Ferguson a dû tout nettoyer et remettre en ordre, à commencer par stocker les pièces de viande dans les tiroirs du grand congélateur, sans oublier de prélever un peu de sang pour les analyses. Quant à la peau, une fois raclée à l'intérieur, il l'avait étendue dehors, à l'arrière du bloc pour la faire sécher au vent glacé. Il aurait aimé l'offrir à son ami, son frère de pôle, Sangilak, mais le shérif de Qaanaaq était réputé incorruptible, ne transgressant aucune loi, aucun règlement. L'ours aurait dû être déclaré aux autorités, et Sangilak n'accepterait jamais ce cadeau.

Une fois à l'intérieur de la chambre froide, Malte, toujours torse nu, sa serviette lui enveloppant les cuisses et la taille, l'aide à déposer Atsuko sur le sol avec soin. Puis Roger fait glisser par-dessus sa tête un cordon en cuir qu'il porte autour du cou et auquel est pendue une clef.

— On la laisse ici, par terre ? demande le Canadien.

Pour toute réponse, Ferguson lui montre la clef et se dirige au fond de la pièce, vers des placards métalliques. S'arrêtant devant ce qui ressemble à la façade d'un haut tiroir, pourvue d'une serrure, il y introduit la clef et tire à lui le casier coulissant identique à ceux que l'on voit dans les morgues. Un frisson parcourt Malte de la tête aux pieds. Le froid commence à le gagner en même temps qu'une angoisse diffuse. Ferguson ne leur a jamais parlé de ce tiroir réfrigérant, visiblement conçu pour contenir un corps.

— Tu m'expliques ? C'est la boîte de Pandore de la mission ? dit-il d'une voix acide en même temps qu'il se frictionne les épaules en sautillant.

— Je me voyais mal vous parler de ce détail d'entrée. Tout est censé bien se passer, lors d'une mission scientifique, mais on n'est pas à l'abri d'un accident, surtout dans ces conditions extrêmes. Ici, c'est la nature, les éléments, qui mènent la danse. On pense moins au suicide, pourtant ça peut arriver aussi. Une des tristes conséquences du *cabin fever* au cours de la nuit polaire, pour les profils les plus fragiles.

— Ceux-là ne sont pas censés être sélectionnés, rétorque Malte, frigorifié.

Dans sa voix une pointe de reproche.

— Certains savent très bien cacher leur jeu, ou alors surestiment tellement leurs capacités qu'ils parviennent à donner le change jusqu'à ce qu'ils craquent.

— Selon toi, Atsuko a « craqué » ?

— Tu as bien vu qu'elle n'était pas dans son état normal. Traînait-elle cette mélancolie bien avant son départ pour le Groenland ou s'est-elle révélée ici, ça reste à savoir… Dans tous les cas, elle n'était pas faite pour cette mission. Va te réchauffer, je m'occupe d'elle, tu vas te transformer en glaçon. On se retrouve dans une heure.

Une heure ne sera pas de trop pour permettre aux deux hommes de se reprendre un peu, à l'un de regagner la chambre pour s'habiller plus chaudement et à l'autre de se recueillir sur la dépouille de celle qu'il aimait secrètement et qui, en attendant son rapatriement, reposera sous clef dans ce casier frigorifique.

Devant Ferguson gît le corps déserté de la femme avec laquelle il a fait l'amour deux jours plus tôt. *Faire l'amour*… Est-ce vraiment le terme approprié ? N'était-ce pas avant tout une empoignade, un choc de peaux, de muscles, un frottement humide de muqueuses, une fusion éphémère ? Sans pouvoir un instant imaginer quelle en sera l'issue.

— Où es-tu, maintenant ? murmure Ferguson,

penché sur la morte dont il n'a découvert que le visage.

Question à laquelle même un scientifique ne peut répondre. Ne pas pouvoir expliquer ce qui se passe après la vie, une des plus grandes frustrations de la science. La vie est d'une totale absurdité, écrivait un philosophe. Et pourtant, il y a à tout cela une logique implacable. Une logique qui n'est pas humaine, qui est celle de la nature seule, d'une organisation parfaite, concernant chaque être vivant, qu'il soit animal ou végétal, qui nous dépasse. Les yeux fendus d'Atsuko ressemblent à deux plaies de même taille, deux petites incisions de chaque côté d'un nez fin et droit. Du bout des doigts, perdu dans des pleurs silencieux, Ferguson lui ferme doucement les paupières comme l'on ferme les volets d'une maison que plus personne n'habitera.

Son corps à lui, monument de presque deux mètres, bien vivant, est transi de froid. La sueur a séché sous sa tenue de sport, mais une humidité persiste, qui le refroidit et le fait violemment frissonner. Il ne peut cependant se résoudre à abandonner Atsuko à l'obscurité de ce tiroir qu'il devra refermer à clef. Cette absence de lumière qu'elle aura tant redoutée, qui l'aura tant oppressée au point de s'y abîmer pour toujours.

Les superstitions et autres croyances en des manifestations surnaturelles n'ont jamais fait partie de lui ni de son raisonnement, pourtant, il ne peut s'empêcher de constater que, depuis la profanation du cimetière de glace, la mission connaît une série d'événements dont la gravité semble s'accroître. De la découverte des empreintes d'un ours autour du bloc, de celle des *inuksuits* de glace par Malte, à l'attaque de l'ours blanc et maintenant, le suicide d'Atsuko, qu'il devra déclarer, d'abord à son équipe, ensuite à Sangilak. Cette fois, la poursuite de la mission Arctica risque d'être compromise. Il lui faudra être persuasif et, alors que le sien l'a quitté, redonner de l'entrain aux autres que la nouvelle va anéantir. Mais également faire face aux soupçons qui pèseront sur lui en un premier temps.

— Atsuko, pourquoi ? Pourquoi as-tu fait ça ? Pourquoi avec mon couteau ? pleure le Danois dont les larmes tombent sur le visage livide devenu un masque mortuaire.

Alors que, bien sûr, la question reste sans réponse et que Ferguson s'apprête à remonter le peignoir sur la tête d'Atsuko, les paupières de celle-ci s'ouvrent brusquement, laissant apparaître deux fentes remplies d'un précipité blanchâtre. Tout ce qu'il reste de l'éclat mystérieux de ses yeux vairons.

Sous le coup de la stupeur, Roger laisse échapper un cri. Son cœur bien accroché manque de le lâcher. Vite, il plaque l'index et le majeur serrés sur la jugulaire de la Japonaise, au-dessus de l'entaille, mais ne sent aucun pouls. A-t-il rêvé ? Pris son désir si fort pour la réalité ? Passant sa main sur les siens en les faisant cligner à plusieurs reprises, Ferguson regarde de nouveau Atsuko dont les yeux sont bien clos. Il fait alors glisser le tiroir sur les rails, qui se referme sur la dépouille dans un claquement sourd.

Dans l'heure qui suit, l'équipe au complet est convoquée d'urgence dans l'unité centrale, y compris Mouni, étonné de se voir inviter à cette réunion improvisée. Lorsque le sismologue, les traits défaits, prend la parole, aux seules vibrations de sa voix ils devinent qu'il a quelque chose de sérieux à leur annoncer. Tous les regards sont suspendus à ses lèvres qui ne cessent de trembler.

— Tu veux que je le fasse ? propose Malte, d'une voix tendue.

C'est à son tour d'être dévisagé par tous.

— Merci, Malte, mais c'est mon rôle. Ce qui se passe ici est sous ma responsabilité. Voilà… Atsuko Murata est… est morte. Malte l'a découverte dans le sauna, la gorge tranchée, un couteau dans sa main droite. Ce couteau est le mien. Mon *ulu*, qui m'a servi à finir le dépeçage de l'ours. Avec Malte, nous avons porté la dépouille d'Atsuko dans la chambre froide où elle a été placée dans un tiroir frigorifique, en attendant qu'on vienne la chercher.

S'interrompant pour déglutir, Ferguson laisse place à un silence atterré. Même si, dans un coin de son esprit, chacun s'attendait à ce que la présence d'Atsuko dans une telle fragilité psychologique pose vite problème, personne n'aurait soupçonné le tour dramatique qu'elle donnerait à sa vie. Seule Anita n'est guère surprise.

Couché aux pieds de Mathieu, Lupin pousse quelques soupirs mêlés de petits gémissements, comme si le désarroi des humains qui l'entourent lui était perceptible. Tout comme le malaise qui s'installe entre Ferguson et les membres de son équipe. Luv, dont le séjour commence à peine, se sent brassée, quant à Mouni, il reste pétrifié.

— Je sais ce que vous pensez, dit Roger. Le couteau dont elle s'est servie pour… pour se donner la mort est le mien. Ce qui complique un peu les choses. Mais il ne faut surtout pas que cela entache la confiance entre nous, ce ciment d'une équipe aussi isolée que la nôtre.

— Même si, personnellement, et je pense que les autres seront d'accord avec moi, je sais que tu n'es pas impliqué dans la mort d'Atsuko, déclare Anita d'une voix sourde, on ne peut pas faire comme si ce couteau n'appartenait à personne. Ce n'est pas devant nous que tu devras en répondre, Ferguson, car nous, on te croit. Mais devant la police et les autorités. Tu comptes bien sûr déclarer le décès afin de procéder au rapatriement du corps dans son pays, j'imagine.

Cette allusion à peine voilée à l'ours abattu qu'il n'a pas voulu signaler aux autorités assombrit encore davantage le Danois. Malgré une connivence qu'il recherche désespérément à établir à cet instant avec Malte, celui-ci reste terré dans un mutisme obstiné. La mort d'Atsuko repousse à plus tard ce qu'il doit leur annoncer des premiers résultats de ses analyses sur les strates glaciaires prélevées dans la vallée. Ce n'est pas le moment et pourtant, il le faudrait.

— Ça me semble évident, Whale, soupire Roger.

— Où est le couteau ?

— En lieu sûr.

— Avec tes empreintes dessus ?

— C'est mon *ulu*.

— Et c'est toi, Malte, qui l'a découverte ? insiste Anita, essayant de contenir son émotion.

Aurait-elle pu empêcher ce drame si elle était allée contre la volonté d'Atsuko lorsqu'elle lui a crié de la laisser ? Si elle avait été un peu plus présente et à l'écoute ? Mais il est des portes blindées derrière lesquelles on n'entend pas le bruit du chaos…

— J'allais me délasser un peu au sauna, dit le Canadien. Ce n'est pas interdit, que je sache.

Surpris par sa propre agressivité, Malte toussote d'un air gêné. Si les autres le croient sur la défensive, leurs soupçons risquent de se porter sur lui.

— Bien sûr… je n'ai rien dit de tel. Je ne faisais que te poser la question…

Sans laisser Whale terminer, Mathieu, jusque-là muet lui aussi, se lève soudain et disparaît dans la pièce où se trouvent les ordinateurs qui servent à la correspondance personnelle ou aux échanges sur Skype avec les proches, quand la connexion est possible.

— Qu'est-ce qui lui arrive ? s'étonne Malte. J'ai dit quelque chose ?

— Il lui arrive qu'il a été agressé par un ours polaire et qu'il vient d'apprendre la mort brutale d'un des membres de son équipe, dit Anita. C'est déjà pas mal pour un jeune à peine sorti de l'adolescence.

— N'exagère pas, il a vingt ans passés.

— Dans ces cas-là, quelle est la procédure ? demande Luv qui s'étonne elle-même de trouver encore la force de réfléchir. Je veux dire, lorsque survient un décès en pleine mission.

— Le corps sera rapatrié, probablement après autopsie, vu les circonstances, répond Ferguson, donc une fois que l'hypothèse criminelle sera définitivement écartée, ainsi que tout risque de maladie contagieuse.

Un bourdonnement régulier se fait entendre autour de la table. Tout d'abord hésitant, Malte sort son téléphone satellite de sa poche. Le nom de Rousseau s'affiche à l'écran.

— Qui est-ce ? l'interroge Ferguson.

— C'est personnel. Excusez-moi.

Regagnant sa chambre à grandes enjambées, Malte prend l'appel.

— Qu'est-ce que tu fous, Malte ? Pourquoi tu n'appelles pas ? s'énerve d'emblée une voix masculine un peu rauque, à la Louis Armstrong.

— Je peux te retourner le compliment, Rousseau. J'ai appelé, tu n'étais pas chez toi.

— Bon, du nouveau ?

— Depuis, oui. Du lourd, même. Je sais pas ce qui se passe, ici, mais ça ne me plaît pas du tout.

En quelques mots, Malte raconte les faits qui se sont déroulés depuis leur arrivée, huit jours, en commençant par la découverte du sanctuaire de glace et terminant sur la station météo décimée par la lame suite à la formation d'un iceberg et la mort tragique de Murata.

— Terrible, compatit Rousseau à l'égard des victimes, sans toutefois s'y attarder. Et sur le village ? Tu as une piste ?

— Figure-toi que le plus jeune de l'équipe, un thésard frenchie, un surdoué surnommé Froggy, l'a évoqué en parlant de l'affaire de Thulé. Il a l'air de s'être bien rancardé. Ferguson a fait comme s'il n'en avait jamais entendu parler. Avant de reconnaître implicitement qu'il y a bien un mystère autour de ce village, que le gouvernement a voulu étouffer. C'est classé secret défense. Entre-temps, j'ai effectué les premières analyses des carottes prélevées sur le cimetière des bœufs. Le taux de radiation dépasse largement les normes réglementaires. Luv Svendsen, la biologiste spécialisée en hécatombes animales, que Ferguson a spécialement appelée pour ça, doit faire des analyses sur les échantillons organiques, ce qui va sans doute confirmer ce que je crains, mais tous ces bœufs, Rousseau, sont morts irradiés et l'hécatombe date d'une cinquantaine d'années. Ça correspondrait donc bien à la période du crash du bombardier sur la banquise et à la disparition de tous les habitants de ce village. Et si ça se trouve, ce n'est pas le seul à avoir été touché.

Alors qu'il livre toutes ces informations à Rousseau, président de l'organisation de défense et protection des minorités ethniques en Amérique du Nord, Canada et Groenland, Malte, absorbé par son échange, ne se doute pas que chacun de ses mots est écouté avec la plus grande attention, depuis l'autre côté de la porte.

15

Camp de base ARCTICA, région de Thulé, janvier 2017, jour 8

Le lendemain, tout le monde émerge dans un réveil brumeux, entaché d'un sombre rappel à la conscience de ce qui s'est produit la veille. Atsuko Murata est présente dans tous les esprits. Elle a occupé les rêves de chacun, a même changé en cauchemars ceux de Mathieu, à qui la Japonaise est apparue au milieu de la nuit, tel un succube, le corps nu et en sang, recouvert d'une peau d'ours polaire. « Petit branleur ! Tu t'es bien régalé, l'autre soir, en nous matant en train de baiser ! » lui a-t-elle craché, penchée au-dessus de lui dans une expression effrayante, ses yeux bicolores teintés d'une colère froide dardés sur lui, tenant le *ulu* dans une main, prête à l'éventrer. Il s'est redressé dans le lit, en sueur, gobant l'air comme un noyé qu'on vient de réanimer et faisant sursauter Lupin allongé sur le flanc à ses pieds.

Il a eu l'impression que son bras blessé était en feu. La fièvre le faisait transpirer et grelotter. Son état empire, malgré la prise d'antibiotiques, trop tardive, mais il ne veut pas attirer l'attention de Ferguson pour ne pas risquer que celui-ci prenne la décision de le faire rapatrier. Pour rien au monde il ne veut retourner en France, du moins pas avant la fin de cette mission. Ici, il se sent à l'abri, de la civilisation, du mouvement, des autres, mais surtout de lui-même. Il n'a pas eu de crise depuis longtemps et là, il sent qu'il pourrait presque arrêter les cachets. Bientôt cinq ans qu'il est sous traitement pour une schizophrénie qu'on lui a détectée à la veille de ses dix-huit ans. Ça a été son cadeau d'émancipation légale. Apprendre ce qu'il savait déjà. Qu'il était différent, qu'il ressentait le monde et le pensait d'une autre manière, qu'il était habité d'un autre lui-même. Non pas d'une autre personne, ou d'identités multiples, mais d'une sorte de double. Car c'est toujours lui. Il est de ces schizophrènes dotés d'une intelligence supérieure, malgré tout très bien intégrés aux règles d'une vie en communauté. Sa maladie ne saute pas aux yeux. Elle peut même passer inaperçue, comme c'est le cas avec les autres, ici. Lui seul sait et se connaît assez pour anticiper les moments de crise ou de fragilité. S'il commence à se renfermer, à entendre des choses que lui seul peut entendre, c'est signe qu'il doit reprendre des séances régulières chez son psychiatre. Mais depuis qu'on a fini par trouver le traitement adapté, il peut mener une vie normale.

Les trois hommes, Malte, Fergus et Mouni, ont à peine fermé l'œil, ne pouvant pas rester plus d'une minute en place avant d'éprouver le besoin de se retourner. Entre le Canadien et le Danois souffle comme un courant d'air froid sans explication tangible. Ferguson semble s'être retranché dans un silence crispé que Malte pour le moment préfère respecter. Si cela doit se prolonger, il lui en demandera probablement la raison, bien qu'il la devine. Pour ce qui est de Mouni, le suicide présumé d'Atsuko lui a enlevé toute envie de préparer un de ses plats si savoureux. Il s'est couché et est demeuré éveillé presque jusqu'à la sonnerie du réveil, les yeux rivés au plafond.

Dans un espace aussi confiné, au milieu d'un environnement hostile et extrême, les liens se tissent plus vite, les sentiments, comme les émotions, s'exacerbent. Mais l'objectif commun et les tâches imparties aident à canaliser les torrents émotionnels et à endiguer le risque de débordements. Sans vraiment connaître Atsuko autrement que par les petits compliments qu'elle lui faisait sur ses plats, Mouni l'a adoptée et commençait à éprouver pour elle un réel attachement. Il fallait qu'il se fasse désormais à l'idée de ne plus la voir et de ne plus recevoir ses gratifications sincères ou courtoises, peu importe, au fond, elle y pensait et c'était ce qui importait.

Luv, quant à elle, est restée travailler tard au labo, penchée sur ses échantillons organiques qu'elle a passés un à un au microscope après les avoir préparés entre deux plaquettes en verre. Absorbée par ses recherches, elle a réussi à ne pas fixer ses pensées sur l'événement survenu alors qu'elle vient à peine d'arriver. Atsuko Murata n'était qu'un nom aux oreilles de Svendsen. L'écho d'une présence dont elle avait juste connaissance. Mais c'est bien tout. La Norvégienne ne peut que compatir, comme elle compatirait à n'importe quel drame qui toucherait un être humain. Le plus dur a été pour Anita qui s'est retrouvée à dormir seule ou plutôt à ne pas pouvoir dormir, dans cette chambre qu'elle partageait avec sa coéquipière chez qui elle n'a pas soupçonné une telle fragilité. Avant de se coucher, elle a éprouvé le besoin d'appeler Janet, de lui parler de ce qui venait d'ébranler la mission, de l'entendre lui dire les mots réconfortants qui la réchaufferaient, l'aideraient à continuer. Elle aurait voulu aussi parler à leur fils, Willy, qu'il lui raconte sa journée de cours, ses jeux avec ses copains, des choses légères, seulement les conditions météorologiques n'ayant pas permis une bonne connexion, l'image disparaissait de l'écran et le son lui parvenait saccadé. Elle a préféré abandonner et retourner à la chambre. Ensuite, elle est restée un bon moment face au lit déserté où le corps endormi d'Atsuko a laissé un creux. Qui aurait cru alors que c'était la dernière nuit que la Japonaise passerait dans cette chambre ? Peut-être elle-même n'en savait-elle rien, se dit Anita en frémissant.

À peine trois heures avant le réveil collectif imposé par le court créneau de pâleur crépusculaire dans cette longue nuit d'hiver, Luv termine les analyses du bol alimentaire de l'ours lorsque Malte fait son apparition dans le labo 1 où elle travaille, la faisant sursauter.

— Désolé, souffle-t-il. Ça va ? Je peux m'asseoir quelques instants ?

Luv acquiesce sans lever les yeux de ses plaquettes. Elle consigne tout sur le PC.

— Ça avance comme vous voulez ? lâche Malte après un silence.

— Vous êtes un impatient, vous…

— De savoir, oui. Savoir ce qui a pu les tuer.

— Qui ça ?

— Les bœufs, pardi ! rit Malte, surpris par la question.

— Je croyais que vous parliez de ces gens…

— Je parierais que ce qui est arrivé aux bœufs est lié à eux, oui.

Cette fois, Luv le dévisage sans réticence, avec un intérêt manifeste.

— Vous êtes venu ici pour ça.

— C'est une affirmation ? Ou une accusation ?

— En aucun cas la seconde. De quoi pourrais-je ou devrais-je vous accuser ?

— Ferguson le ferait.

— Ce qui veut dire oui ?

Malte hocha la tête dans un soupir.

— Mais votre spécialité est la glaciologie, non ?

— En premier lieu, oui. En fait je suis membre d'une association canadienne de défense et de protection des minorités ethniques. Amérindiens, Inuits… Une sorte de Sea Shepherd pour l'humain. De tous ces peuples que des puissances ont spoliés sans scrupule pour exploiter les richesses naturelles de leurs terres.

— Mais ici, quelles sont ces ressources naturelles dont les Inuits ont pu être privés ?

— Demandez plutôt pour quels intérêts travaille Ferguson.

— Expliquez-moi, fait Luv de plus en plus intriguée.

— Dans les années soixante, le Groenland, encore totalement sous hégémonie danoise, était une base de veille militaire dans un contexte de guerre froide. Mais, avec la poussée des prix des énergies incitant les pays à se lancer dans une quête de sources nouvelles de minerais, d'hydrocarbures et de terres rares, l'île est aujourd'hui au centre des convoitises du monde entier. À commencer par l'Europe et la Chine. Ici, sous la glace, s'étend un véritable eldorado de diamants, d'or, de zinc, d'uranium, de fer, de terres rares… Un marché gigantesque et juteux.

Malte s'interrompt, l'oreille dressée comme s'il avait entendu un bruit. J'ai dû rêver, se dit-il.

— Or, reprend le glaciologue, les conditions climatiques extrêmes ont limité l'exploitation de toutes ces ressources dans le sous-sol groenlandais resté à l'état vierge. Mais ces dernières décennies, l'accélération de la fonte de la calotte glaciaire a été spectaculaire. En juillet 2012, les données satellites ont enregistré un dégel de 97 % de l'inlandsis ! Depuis, les grandes compagnies pétrolières comme EnCana, Cairn Energy, Exxon Mobil, Dong Energy se sont lancées dans des études sur l'exploitabilité de la couverture de glace dont l'épaisseur atteint les cent cinquante mètres. Des exploitations sous licence fleurissent sur tout le contour de l'île, du nord au sud et d'ouest en est. Après 2009, et le référendum en faveur d'une autonomie élargie du Groenland, les attributions des licences d'exploitation dépendent des Groenlandais. Des revenus qui pourraient signer la fin de la dépendance économique du pays envers le Danemark. Mais toutes ces exploitations posent un problème environnemental majeur, notamment pour le traitement des déchets, vu que les conditions extrêmes limitent considérablement les interventions de dépollution. Et qui fait les frais de ces convoitises ? Je vous le donne en mille… Les minorités, les peuplades indigènes qui sont là bien avant. Ici, ce sont les Inuits, venus au treizième siècle. Ils sont à peu près cinquante mille répartis sur le territoire, pour une population totale de cinquante-sept mille habitants. Autrement dit, le Groenland leur appartient. Ce sont eux, les chasseurs, les pêcheurs, les marcheurs qui ont franchi des milliers de kilomètres pour s'établir sur une terre. Savez-vous ce qu'« inuit » veut dire ? « Humain », « personne ». Et le sens de Nunavut, leur territoire attribué, au Canada, qui existe depuis 1999 ? « Notre terre », ça veut dire « notre terre ». Elle est à eux, oui, y compris les ressources naturelles du sous-sol. Pourtant, rien n'est moins évident.

— Mais qu'est-ce qui relie tout ça à la disparition d'un village inuit ?

— Une politique de libération du territoire. De nettoyage, si vous préférez.

— Vous voulez dire « nettoyage ethnique » ?

— Non, territorial. Il ne s'agit pas de purifier une population mais de la réduire ou d'en expurger les terres convoitées.

— Autrement dit, les autorités auraient fait disparaître des villages inuits ? N'auraient-elles pas pu tout simplement les déplacer comme ça a été fait à Qaanaaq ?

— Ce n'est qu'une hypothèse à vérifier, d'où ma présence ici, sous couvert de cette mission. Disons que ce serait plutôt l'œuvre de compagnies intéressées par l'exploitation de cet eldorado naturel et que les autorités fermeraient les yeux, en échange de quelques dessous-de-table. Et j'imagine que les Inuits n'ont eu aucune intention de quitter leurs terres pour se regrouper dans des zones bidonvilles.

Luv entrevoit bien où Malte veut en venir, pourtant, elle ne peut se départir de son scepticisme naturel sur une simple hypothèse non vérifiée.

— Mais en quoi le crash de ce bombardier en 1968 aurait-il un rapport avec ça ? Car l'avion s'est bien écrasé, non ? Il n'y avait rien d'intentionnel dans cet accident nucléaire.

— Nous sommes d'accord. Et des sept militaires à bord, six ont réussi à s'éjecter. Le septième est resté accroché par une des sangles de son parachute alors qu'il sautait de l'avion. Mais la vaste opération de nettoyage des déchets radioactifs juste après a pu servir d'écran de fumée à une opération bien plus confidentielle de nettoyage humain. Les matières radioactives ont contaminé une vaste zone autour de Thulé. Outre la faune, des villages ont certainement été touchés. Les habitants, des Inuits, ont peut-être connu une mort rapide, mais il se peut aussi qu'ils aient déclenché des maladies, des cancers et que, pour cette raison, on ait fait disparaître les corps et rassemblé les malades dans un lieu à l'écart de la presse et des ONG très actives au Groenland telles que Greenpeace, ou de groupes de défense de l'environnement comme Akavaq. Vous imaginez le scandale, si tout ça éclate au grand jour ?

Luv éprouve tout à coup une forte envie de quelques gorgées fraîches de Red Bull. Sur les trois malheureuses canettes qu'elle a pu emporter dans son sac, elle en a déjà sifflé deux. Après, il lui faudra tenir jusqu'à son retour. Et comme elle a déjà bien avancé, selon ses calculs et si les conditions météorologiques le permettaient, elle pourra repartir dans quatre ou cinq jours, avec Niels qui doit arriver demain. Avec cette histoire de village, le grand reporter aura de quoi se mettre sous la dent, pense-t-elle.

— Et pourquoi impliquer Ferguson dans cette affaire ?

Un nouveau craquement à l'extérieur fait tressaillir Malte, aux aguets depuis le bruit qu'il a entendu un peu plus tôt. *Ce doit être le vent qui fait claquer un volet mal fermé, Svendsen ne semble pas s'en préoccuper*, se rassure-t-il.

— Il travaille pour le ministère danois de l'Environnement, mais je n'arrive toujours pas à cerner ce type, depuis le premier jour.

Luv le détaille pendant quelques secondes de ses yeux couleur piscine. Drôle de gars… Et d'où lui vient cette brûlure sur une partie du visage ? A-t-il fait partie des forces armées ? A-t-il combattu en Afghanistan ? En Irak ? Ou bien a-t-il été victime d'un accident ? Lui non plus n'est pas facile à cerner…

— Vous n'êtes pas du genre à lâcher, vous…

— Je crois que sur ce point, on se ressemble. Je me trompe, Luv ?

Svendsen ne peut à cet instant s'empêcher de penser à sa fille, Ava. Morte. Dépouillée de ses organes vitaux pour que d'autres vivent, après avoir été privée d'amour maternel. Elle a alors lâché, abandonné son rôle de mère.

— Ça m'est déjà arrivé, de lâcher. On ne peut pas toujours être performant, parfait, réussir à tous les coups. Même une machine s'enraie.

— Vous parlez d'une chose… personnelle ?

— En fait, je n'en parle pas. Je n'ai pas envie d'en parler. Je faisais juste un constat.

Malte sourit. La peau attaquée de son visage a l'air d'un tissu fripé.

— Un constat un peu amer, on dirait. Et vous, vous n'êtes pas du genre accessible. Vous savez garder vos distances.

— Se taper sur le ventre sous prétexte qu'on appartient à une même communauté d'idées, de métier ou d'orientation sexuelle me paraît artificiel.

— Je me le tiens pour dit alors. Et que vous a raconté l'ours ?

Devant Luv s'étale le contenu de la poche gastrique de l'animal. Elle y a trouvé quelques restes de chair qu'il lui faut analyser.

— Je n'en ai pas tout à fait terminé avec lui, mais je ne pense pas qu'il soit porteur de rage ou d'une autre maladie.

— Ce serait une bonne nouvelle pour le petit Frenchie. Et pour nous aussi.

Gagné par une fatigue irrépressible, Malte se lève à regret sur ces mots, en s'excusant presque auprès de Luv de lui fausser compagnie, et retourne se coucher. Quelques minutes songeuse au sujet de ce que lui a dit le Canadien sur les vraies raisons de sa présence et sur le sort de tout un village, Luv se replonge dans le décryptage du bol alimentaire de l'ours et l'analyse de son contenu, qui va mettre au jour une chose inattendue dont elle devra faire part rapidement à Ferguson et aux autres. Une découverte qui reflète une fois de plus l'extrême fragilité de cet équilibre naturel sur lequel repose la planète.

De retour dans sa chambre, Luv n'a même pas le courage de se changer et se jette tout habillée sur son lit où elle reste allongée, les yeux ouverts, à ressasser les révélations de Malte en écoutant le silence. C'est dans ce monde fou, cupide, insatiable, qu'elle a entraîné une toute jeune vie. Un monde qui vient de tuer sa première fille, à moins que ce ne fût elle-même et son irresponsabilité égoïste.

Dans ce silence qui l'entoure, point de pleurs, de cris de bébé, de son bébé, sa Joy, son bien le plus précieux désormais, ce qui la fait se sentir aussi forte que vulnérable, aussi protégée qu'exposée. Un silence tellement dissemblable à celui qu'elle connaît. Même sur son île, il est différent. S'y mêlent le martèlement des vagues contre la falaise, sous la terrasse, les appels de Joy, les cris de faim, de colère, de douleur, toutes ces émotions qu'un être si petit réussit à exprimer sans parvenir encore à parler, ses gazouillis repus, son rire, depuis qu'elle a appris. Ici, le silence est celui d'une nuit profonde, insondable, glaciale. Un silence qui s'insinue jusqu'aux confins de l'âme, qui sourd dans les veines, emplit les oreilles, un silence que l'on respire comme un air épais. Le silence des glaces.

16

Camp de base ARCTICA, région de Thulé, janvier 2017, jour 8

Au moment où chacun émerge de ses cauchemars, de ses pensées, de son insomnie, Ferguson, les cheveux dans tous les sens, à peine reconnecté à la réalité, reçoit une alerte météo de la petite station de Qaanaaq. On annonce une tempête particulièrement puissante, en raison de la rencontre de masses d'air glacées et de courants plus chauds. Les températures ont en effet anormalement remonté pour la saison. Les vents pourraient atteindre plus de deux cents kilomètres/heure.

Quittant le labo 2, il enfile sa parka et sort appeler Sangilak, comme prévu. Dans l'obscurité polaire, un petit vent le cueille devant le bloc, qui ne lui semble pas aussi froid que les autres jours. La voix du shérif lui paraît molle et traînante. Se serait-il remis à boire ? Dans les villes du cercle polaire, surtout en hiver, quand les activités de plein air cessent et que chacun se retranche à l'intérieur pour échapper aux grands froids, l'alcoolisme est un vrai fléau. Il touche une majorité de la population, même les femmes. Prolifère comme une mauvaise herbe sur des terres propices. Son terrain de jeu favori, les bars qui se succèdent. Si intègre soit-il, le shérif de Qaanaaq n'a pas échappé à ce fléau importé, comme la plupart des Inuits sédentarisés, vivant en ville ou à proximité.

— Salut mon frère, tout se passe bien chez vous ? demande le shérif.

— C'est pour ça que je t'appelle, San. Il nous arrive une tuile. Plutôt un iceberg. Atsuko Murata, notre géologue venue du Japon, que tu as entrevue à notre arrivée à Qaanaaq lors des formalités administratives, a été retrouvée morte dans le sauna, égorgée, un couteau à la main.

Fergus s'efforce de garder un ton professionnel, pour ne rien laisser transparaître de son bouillonnement intérieur.

— Elle aurait été tuée ?

— *A priori*, c'est elle qui s'est fait ça.

— Comment en es-tu si sûr ?

— Personne à la base n'aurait eu de raison de la tuer. Et aucun de nous n'est un meurtrier.

— Tu as vraiment confiance en chacun ? insiste le shérif.

— Ce sont plutôt eux qui ne me font plus confiance, répond Roger sur un ton grave.

— À toi ? Pourquoi ?

— Le couteau en question, c'est… c'est le mien. Le *ulu* que tu m'as donné.

— J'aurais préféré que mon cadeau serve à autre chose. Où est-elle ?

— Dans le tiroir réglementaire en chambre froide. Tout le monde est très secoué, tu sais.

— Je vais devoir ouvrir une enquête. Tu le sais aussi.

— Fais au mieux, Sangi. Mais je suis certain que personne de mon équipe n'est impliqué.

— On verra ça. Rien d'autre ?

Ferguson pense à l'ours et à la blessure de Mathieu. Hésite quelques secondes.

— Non. Nous attendons le médecin de l'équipe qui devrait arriver sous peu de Copenhague, ainsi qu'un grand reporter d'Oslo. Son avion atterrit en fin de matinée à Kangerlussuaq. Comme tu dois venir pour la dépouille de Murata, pourrais-tu l'amener jusqu'à la base ?

— Tu n'as pas eu l'avis de tempête ?

— Si, juste avant de t'appeler.

— On va attendre qu'elle passe. Trois jours. Ça vaut mieux. Si ton grand reporter veut absolument vous rejoindre aujourd'hui, il devra se débrouiller. Votre géologue, là où elle est, peut patienter. J'espère que c'est un suicide, je l'espère vraiment, mon frère.

Avec le syndrome du *cabin fever*, le taux de suicides est dix fois plus élevé dans ces régions du globe et Sangilak le sait, donc l'acte d'Atsuko n'aurait rien d'étrange à ses yeux, mais Ferguson ne peut retenir un grognement circonspect devant la soudaine frilosité de son ami à se déplacer dans une région qu'il connaît pourtant comme sa poche. Où est l'éblouissant marcheur du pôle ? Le solide compagnon de route au courage et à l'endurance incomparables ? Aurait-il fait place à un flic sur le retour, dont l'existence n'a plus d'autre goût que celui d'un breuvage qui brûle la langue et la gorge ?

— Je dois te laisser, enchaîne le shérif.

Puis, sur un ton hésitant il ajoute :

— Prends bien soin de toi et de ton équipe. À cette époque, avec la nuit polaire, on ne sait jamais. La nature est dangereuse quand on n'en a pas une connaissance profonde.

Ferguson ne peut pas se contenter d'un avertissement aussi vague. Il sent qu'il y a autre chose derrière ces mots.

— Tu peux tout me dire, San, je suis seul, personne n'écoute.

— Depuis des années, les gens disparaissent sur l'inlandsis, exactement à cette période hivernale, finit par lâcher Sangilak. On a même recensé des disparitions en pleine ville ou aux abords de Qaanaaq.

— Ce n'est pas nouveau, quand on vient au Groenland se mesurer à l'inlandsis, on n'est jamais sûr de rentrer. Surtout en pleine nuit polaire.

— Ce n'est pas que sur l'inlandsis, mon frère, rappelle le flic.

— Des disparitions non élucidées ?

— On n'a jamais retrouvé les corps. À partir de là, on peut tout imaginer. Soyez prudents.

Sur ces dernières paroles peu rassurantes qui l'intriguent, Ferguson remet le téléphone dans sa poche. Il n'a jamais entendu parler de disparitions suspectes sur l'inlandsis. Les victimes sont la plupart du temps ceux qui entreprennent une traversée de la calotte glaciaire. Déçu de ne pas voir son ancien compagnon d'expédition, il n'est en fin de compte pas si pressé que Sangilak vienne enlever la dépouille d'Atsuko. Garder pour lui seul la femme qu'il aime dans son cercueil réfrigéré quelques jours de plus le soulage, au fond. Pouvoir se recueillir devant sa dépouille pendant que les autres dorment, goûter encore un peu à ses lèvres exsangues et glacées de dormeuse éternelle.

Le vent cette fois souffle franchement. Ils vont devoir rester confinés jusqu'à ce que l'avis de tempête soit levé. Avec la rupture du Zachariae, Ferguson a du pain sur la planche et devra certainement se rendre sur place avec Dick Malte lorsqu'il fera de nouveau jour. Depuis ses allusions déplacées sur le village inuit dont on aurait voulu étouffer la disparition en haut lieu et dont il serait au courant, la compagnie du glaciologue ne l'enchante guère. Il n'aime pas les fouille-merde et Malte a tout l'air d'en être un. D'ailleurs, il ne serait pas étonné qu'il soit envoyé par une de ces ONG qui sévissent dans ce coin du globe. Ces organismes dont les méthodes parfois discutables et la politique d'ingérence lui flanquent des boutons. La plupart du temps, leurs revendications militantes ne tiennent aucun compte de la réalité économique d'un pays, des vrais problèmes culturels ou ethniques. *La plupart du temps, ils viennent de l'extérieur et se mêlent, sous couvert d'actions humanitaires, de choses dont ils n'ont aucune idée*, peste Ferguson en se remémorant une altercation avec l'un des membres de Greenpeace au Groenland au sujet de forages pétroliers en mer de Baffin. *Et ça donne des leçons*…

Tout en maugréant, guidé par le cercle lumineux de sa frontale dans la pénombre de ce qui devrait déjà être le jour, armé de son fusil, il se dirige vers l'arrière du baraquement, là où il a mis la peau d'ours à sécher, tendue entre deux mats de tente. Mais, à l'endroit où il l'a attachée, il ne voit que les piquets seuls. Se disant que le vent aura arraché la peau, il se met à sa recherche dans tout le périmètre. Sans résultat. La peau s'est volatilisée. Alors qu'il est en train de scruter la neige dans le faisceau jaune, il remarque des traces allant jusqu'aux piquets, puis repartant dans l'autre sens. Quand il y regarde de plus près, son sang manque virer dans ses veines. Les empreintes, profondes, sont les mêmes que celles que Lupin a découvertes quelques jours plus tôt, des empreintes de membres postérieurs d'ours polaire.

Dans tout le camp, c'est la consternation, à l'annonce de la disparition de la peau de l'ours et de la découverte de ces nouvelles empreintes toutes fraîches. L'équipe s'est une fois de plus retrouvée dans la pièce commune de l'unité centrale. Comme si une bonne partie de cette mission se passait à se réunir autour d'une table. Mais la communication demeure un élément incontournable dans des régions aussi hostiles et isolées.

Pourtant, ce matin, l'atmosphère est grave, empreinte d'une lourdeur qui, jusqu'à présent, n'existait pas. Dans le vide qu'elle laisse, Atsuko est plus présente que jamais.

— Ça veut dire que nous ne sommes pas en sécurité, ici, commente Malte en froissant nerveusement le papier d'une barre chocolatée aux céréales, son petit déjeuner.

— Nous ne l'avons jamais vraiment été, rappelle Ferguson. C'est pourquoi les armes font partie de notre équipement et que j'insiste pour qu'on prenne toujours un fusil, même pour fumer devant le bloc. Je le répète pour toi, Luv.

— Tu ne trouves pas étrange que cette peau d'ours ait pu être volée par un de ses congénères, Fergus ? fait observer Anita dont les cernes d'une nuit sans sommeil évident le haut de ses pommettes.

— Pas plus étrange ou anormal que retrouver des restes de viande d'ours dans l'estomac de celui que Roger a abattu, tranche Luv, sautant sur l'occasion pour annoncer les résultats de ses récentes recherches.

Tous la regardent avec stupeur, sauf Ferguson qui baisse la tête.

— C'est bien ce que je craignais, dit-il.

Son expression s'est assombrie.

— Explique-nous.

— La maigreur de cet ours m'a frappé. Il ne faisait pas son poids normal. Il était affamé, n'avait pas assez mangé. Ce qui l'a rendu bien plus agressif. Soit il a tué un ourson, comme le font souvent les mâles pour se reproduire avec la femelle en la privant d'abord de son petit, soit il a combattu un autre ours adulte pour pouvoir se nourrir ou bien il est tombé sur un cadavre d'ours mort lui-même de faim ou de maladie. Avec le recul de la banquise, les temps sont durs, pour les ours polaires. Il y a déjà eu des cas de cannibalisme dans l'espèce.

— Je confirme, intervient Luv. En augmentation ces dernières années. Il leur faudra du temps pour s'adapter aux changements de climat dans leur environnement naturel.

— Et les bœufs musqués, ils se sont aussi bouffés entre eux ?

La plaisanterie de Malte fait à peine sourire. Seul Mathieu, assis à côté du glaciologue, se mord la joue pour ne pas rire tout haut. Une complicité de grands gamins s'est tissée entre eux et se précise avec les événements de ces derniers jours.

— Non, il n'y a pas de cannibalisme chez les herbivores, reprend Svendsen sérieusement. En revanche, en parlant d'ourson, j'ai fait une découverte sur des échantillons organiques de bœuf musqué, confortée par des analyses sur des morceaux de glace prélevée sur les lieux de l'hécatombe. Des oursons d'eau.

Tous écarquillent les yeux en même temps qu'ils s'exclament presque en chœur.

— Des tardigrades !

Un nom qui prend une résonance particulière à l'oreille d'un scientifique. Comme si on évoquait un trésor fabuleux, une rencontre du quatrième type, un visiteur de l'espace. Ce qui est un peu le cas, à en croire l'une des théories scientifiques sur cet organisme microscopique à la résistance exceptionnelle dans les milieux les plus extrêmes, qui le classe dans une hypothèse aussi séduisante que hasardeuse, celle de la panspermie cosmique, prétendant que la Terre aurait été ensemencée par des voies extraterrestres.

Avant de poursuivre, Luv prend le temps de savourer l'effet produit sur ses coéquipiers.

— J'en ai trouvé dans le contenu gelé du bol alimentaire des bœufs et dans les tronçons de glace.

— Tu as laissé passer ça, Malte ? lâche Ferguson.

— J'ai effectué des datations à partir des carottes extraites du cimetière. Et mesuré le taux de radioactivité de la glace. J'ai pas cherché autre chose. Mais bravo, Luv. Beau boulot. Superbe découverte qui pourra nous apporter un éclairage. Sont-ils congelés ? Morts ?

— Justement, pour commencer, je n'ai trouvé, en dehors de ces tardigrades, aucun organisme susceptible d'être réactivé. Rien que des cellules mortes. Les oursons d'eau sont, quant à eux, en état de cryptobiose.

— Cette forme d'hibernation qui les rend presque immortels ? suggère Mathieu, subjugué.

Il a entendu, lu déjà beaucoup de choses sur cet animal fabuleux, d'une certaine façon mythologique, mais à cet instant, il a l'impression qu'il peut enfin toucher du doigt la vérité sur le mystère de la vie et de la mort.

— Oui, acquiesce Luv. Lorsqu'ils entrent dans cet état, ils se recroquevillent, se déshydratent, remplaçant l'eau par le tréhalose, un sucre qui les empêche de geler de l'intérieur.

Elle a déjà étudié ce petit être fascinant, tirant de ses capacités extraordinaires plus que de simples observations scientifiques, une leçon de vie. À voir se mouvoir, insouciant, sous la puissante lentille de son microscope, celui que l'on nomme le « marcheur lent » avec son air de chenille pataude et ses huit pattes griffues semblables à celles d'un ours, sans aucune conscience, du moins à notre connaissance, de sa nature quasi merveilleuse, parfaite, elle avait soudain compris comment capter l'essence même du temps. Pas d'avant, pas d'après, seul l'instant qui se concentre dans cet infiniment petit par sa taille et tellement grand dans sa perfection.

Étudier, enfermée dans son labo exigu, cet insecte ovipare hors du commun l'a aidée à surmonter le traumatisme de la tentative d'assassinat alors qu'elle était enceinte. Les rituels mécaniques du quotidien et les automatismes auxquels on ne prête plus guère attention avaient peu à peu pris à ses yeux un sens insoupçonné, le moindre de ces gestes, comme ouvrir les stores sur l'extérieur, se poser sur le canapé pour lire, se lever ou se coucher, prendre une douche, se préparer à manger, la remplissait d'un bonheur simple. Je suis heureuse comme un ourson d'eau, disait-elle en riant.

On a fait sortir de leur hibernation en milieu glaciaire des tardigrades vieux de deux mille ans. On en a envoyé aussi dans l'espace pour tester leur résistance et ils sont revenus vivants. Ce qui l'étonne dans le cas des tardigrades du sanctuaire de glace est leur prolifération presque pandémique dans un biotope mort, soumis à de fortes radiations. Non que leur capacité de survie dans ces conditions soit une découverte, car ils peuvent encaisser une dose de plus de cinq cent mille rads, tandis que cinq cents tuent un homme, mais plutôt leur seule présence là où il devrait y avoir d'autres traces de vie.

— L'immortalité, tout comme sa capacité de survie exceptionnelle, est la clef de l'existence du tardigrade, continue Svendsen sur sa lancée. Et l'objet de nombreuses études. Notamment au Japon. En 2016, une équipe de l'université de Tokyo a pratiqué une décongélation progressive d'un centimètre cube de glaçon qui renfermait de la mousse prélevée trente ans auparavant en Antarctique et congelée à moins 20 °C, libérant trois oursons d'eau, deux adultes et un œuf. Placés dans des conditions optimales pour se réveiller lentement, avec des algues pour se nourrir et de l'eau minérale, un premier adulte a bougé dès le premier jour, a commencé à s'alimenter au treizième et à pondre au bout de vingt-trois jours, donnant naissance à quatorze petits, tandis que l'œuf a éclos au terme de six jours et le jeune tardigrade a pondu à son tour. Sachant que les oursons d'eau n'ont pas besoin de s'accoupler pour se reproduire. Ils utilisent la parthénogenèse. Encore une de leurs particularités qui fait leur force. Mais le deuxième adulte de cette expérience, n'ayant pas pu se nourrir, a fini par mourir. Dans ce processus de cryptobiose qui leur permet une survie improbable pour d'autres espèces dans les mêmes conditions, les tardigrades sont dotés d'une capacité à restaurer l'ADN, ce qui leur permettrait de se protéger contre les effets de la déshydratation et du gel. C'est ce qu'a mis au jour une autre équipe japonaise, en séquençant l'ADN d'une des mille espèces de tardigrades, une des plus résistantes qui a permis d'isoler une protéine réparatrice. C'est une grande première et ce n'est pas fini…

— Bon sang, c'est énorme ! s'exclame Mathieu comme sous le coup d'une illumination. Et si la présence des tardigrades ici allait nous révéler un truc de fou ? Des expériences sur des animaux ou même sur des humains ? Comme réparer l'ADN d'une population soumise à de fortes radiations… puisque résister aux radiations est inscrit dans l'ADN des tardigrades.

— Ah, l'adepte du complot a encore frappé, dit Ferguson sur un ton acide. Tu sais, Desjours, si tu veux devenir ne serait-ce qu'un bon scientifique, il faut que tu te débarrasses de ces idées farfelues. Je vois ce que tu insinues. Pour un peu, les Inuits du village prétendument disparu auraient en réalité été enlevés à des fins expérimentales. Et pourquoi pas par des extraterrestres ? Si tu penses que le Groenland dispose d'une telle structure et d'un budget aussi colossal, tu es dans l'imaginaire complet ! C'est de la science-fiction, tout ça !

— Pas ici, mais au Danemark, oui, ce serait possible, glisse Malte.

Son regard posé sur Ferguson décrypte le moindre changement d'expression.

— Encore le Danemark, toujours le Danemark…, soupire Roger en balayant l'air d'une main.

— C'est vrai, ça devient lourd, Malte, convient Anita.

— J'espère ne pas avoir plombé l'ambiance, dit Luv, démunie face aux tensions qui surgissent.

— N'y fais pas attention, la rassure Fergus, ça ne peut jamais se dérouler sans accroc, dans un groupe amené à vivre en vase clos pendant des semaines. Mais, dans son enthousiasme, Desjours t'a interrompue et je suis curieux de connaître la suite.

Stimulée par la découverte des tardigrades, Luv ne se fait pas prier.

— Cette protéine, appelée Dsup, ce qui vient de *damage suppressor*, inoculée à des cellules humaines en culture exposées à de fortes doses de rayons X a été capable de restaurer 40 % des mutations qui ont détérioré l'ADN.

— Énorme ! s'écrie Mathieu soudain très fébrile. C'est une voie vers l'immortalité !

— T'emballe pas, Froggy, le chef va encore te remettre à ta place…, fait Malte avec un clin d'œil à l'étudiant.

Dehors, le vent se déchaîne, à près de cent quatre-vingts kilomètres/heure, dans des hurlements de fauves, des grincements, des battements qui font redouter que les toits du camp de base cèdent et s'envolent tout à coup, soulevés par cette puissance invisible. Sous leur bâche protectrice, les moto-neiges oscillent. Le 4×4, recouvert d'une carapace blanche, a des allures de tortue géante. La neige, entre flocons et grésil, s'est transformée en fouet. Il n'est pas question de sortir.

17

Camp de base ARCTICA, région de Thulé,
janvier 2017, jour 8

Un peu plus tard, en début d'après-midi, un bruit lointain de moteur arrache Lupin à sa sieste près de la porte. Ses aboiements donnent l'alerte. Équipé de son fusil, un bonnet sur la tête, Ferguson sort aussitôt et voit une paire de phares de 4×4 émerger du crépuscule avancé à quatorze heures. Quelques instants après, Niels Olsen, capuche fourrée rabattue sur le visage et Sorel doublées de polaire aux pieds, fait irruption derrière Roger dans l'unité centrale sous les regards ahuris de l'équipe.

— Désolé de ne pas avoir pris le temps de frapper, souffle-t-il entre ses lèvres que le froid a presque engourdies, en commençant par retirer ses bottes pour pouvoir remuer les orteils dans ses chaussettes.

En quelques mètres, du 4×4 à la porte, dans le blizzard, il a déjà commencé à geler.

— Eh bien… je vous présente Niels Olsen, dit Luv en se levant.

Le regard dont elle enveloppe le reporter norvégien

ne trompe pas Malte, qui a l'impression qu'on lui pince le cœur entre deux doigts. Il adresse un bref salut à Niels qui leur fait à tous un signe de tête.

— Je ne vous demanderai pas quel bon vent vous amène, dit Ferguson en norvégien, après une solide poignée de main. Qui vous a transporté jusqu'ici ?

— M'en parlez pas… J'ai passé une heure à négocier à l'aéroport pour qu'un des types me conduise à la base malgré la tempête. Résultat, j'ai payé plus cher que le billet d'avion et on a mis quatre heures.

Luv lance à Roger un regard stupéfait.

— Je ne savais pas que tu parles le norvégien ! sourit-elle.

— Et je le comprends aussi comme tu peux voir. Mais je ne livre pas tous mes petits secrets d'un seul coup…, répond-il cette fois en anglais. Ça fait longtemps que je n'ai pas parlé ta langue maternelle, Svendsen, je la baragouine seulement un peu. Et nous n'allions pas faire des apartés auxquels ces messieurs dames n'auraient rien compris. Niels, mets-toi à l'aise. Ici on se tutoie et on pisse dans les mêmes toilettes, que je te montrerai.

— OK, merci. C'est la nuit aussi, par ici. C'est drôle, mais j'ai l'impression qu'il faisait encore plus froid au Svalbard.

— Tu y étais ces derniers jours ? fait Luv dont le visage s'est éclairci.

Avec ses cheveux d'un blond lunaire, elle semble plus lumineuse tout à coup. Malte est aux aguets. Il a tout de suite reconnu en Niels Olsen un rival en parade amoureuse. Mais il ne lâchera pas comme ça.

— En effet. Avec un passage sur l'île aux Ours en

hélico. Pour un reportage sur la vie au quotidien de ses neuf habitants. Des météorologues de la station d'Herwighamna.

— Et ton reportage là-bas, tu étais obligé de le faire en hiver, en pleine nuit polaire ?

— C'était plus fun ! Je n'oublierai jamais l'atterrissage sous la neige ! Le pilote de l'hélico a dû s'y prendre à deux fois. Ces mecs, ils te manient ça comme les commandes d'une PlayStation !

Avec son visage de navigateur solitaire à la peau patinée par le vent et le froid et ses yeux couleur de fjord balayés de mèches d'un blond or, Niels est un beau mec. De ces hommes qui s'endorment à vos côtés après vous avoir fait entrevoir le paradis et qui, à votre réveil, se sont évaporés dans un rayon de soleil matinal. Aucune femme n'est encore venue à bout de ce virus qu'il porte en lui depuis son plus jeune âge. Et plus d'une en est ressortie abîmée. Peut-être est-ce parce qu'elles ont essayé de le retenir. Seule Luv, qui lui reste inaccessible, réussit à faire naître en lui des idées folles de relation stable et durable. Justement parce que rien n'a commencé entre eux. Et Luv s'en garde bien. Même si, lors de ses crises de couple avec David, de plus en plus fréquentes ces derniers temps, l'envie la prend de sentir les bras de Niels se refermer autour d'elle.

Une fois Olsen rassasié, puis installé dans la petite chambre avec lit d'appoint attribuée à Luv qui partagera la plus grande avec Anita, à la place d'Atsuko, l'après-midi s'est écoulé entre le labo et la salle commune pour Malte, Whale et Luv qui avaient encore du travail à terminer et à table pour Ferguson et Olsen qui ont, semble-t-il, des choses à échanger sur leurs voyages et leurs pays respectifs. Quant à Mathieu, dont la fièvre est retombée, les antibiotiques semblant faire enfin effet, après avoir avancé dans le chapitre de sa thèse, inspiré par la fascinante découverte de Luv, face à l'impatience de Lupin assis devant la porte, il décide de braver les forces de la nature et de sortir son chien, malgré les avertissements de Fergus.

— Je t'accompagne, Froggy, au cas où tu t'envolerais, dit Malte en enfilant ses épaisseurs et ajustant sa frontale.

— Et si vous vous envolez tous les deux, je n'irai pas vous chercher ! gronde Roger qui désapprouve totalement leur inconscience. Soit le chien se retient jusqu'à la prochaine accalmie, soit il fait ses besoins à l'intérieur et tant pis.

Mais Desjours ouvre déjà la porte pour sortir, précédé de Lupin dans le faisceau de la frontale. Un fusil à l'épaule, Malte lui emboîte le pas.

Le vent, deux fois plus fort qu'auparavant, les fait chanceler, les obligeant à s'agripper l'un à l'autre pour avancer. Lupin, bien planté sur ses quatre pattes, oreilles aplaties par la force des rafales glacées, mitraillé de neige gelée, cligne des yeux en humant l'air. Au contact du froid, en une dizaine de jours, il a commencé à se faire un pelage d'hiver dans une mue précipitée. La neige qui tombe en diagonale strie l'espace obstrué de ténèbres. Les cercles blancs des frontales sont deux piqûres dans la nuit. Le souffle glacé cherche à s'insinuer sous les capuches serrées et chaque bourrasque est une paume géante qui freine la progression des deux hommes dont les bottes s'enfoncent jusqu'à mi-mollets dans le matelas neigeux. Tout à coup, Lupin sort du champ lumineux sans prévenir, pour disparaître, comme avalé par une encre noire.

— Lupin ! Lupin, ici ! crie Mathieu.

Des flocons s'engouffrent aussitôt par sa bouche ouverte, lui glaçant la gorge.

— Il est où, ce con ?

— T'inquiète, il va revenir, ton clébard !

— LUPIN ! REVIENS, BORDEL !

Les deux hommes ne peuvent se parler qu'en criant pour arriver à s'entendre. Ils appellent encore, s'époumonent, en vain. N'étant pas assez équipés pour ce blizzard, encore dix minutes dans ce vent glacial et ils seront transformés en icebergs. Poussé aux fesses par Malte vers l'entrée de l'unité, Mathieu, qui ne veut pas se résoudre à laisser son chien seul dans la nuit par cette tempête, s'arrête pour l'appeler encore.

— LUPIN ! LUPIN ! LUP…

Sa voix déraille, s'étrangle dans sa gorge rétrécie par le froid et l'angoisse.

— Je ne peux pas le laisser dehors en pleine tempête, Malte ! pleure-t-il en faisant mine de revenir en arrière, mais, cette fois, le Canadien, de toute sa stature, fait barrage.

Pris d'une violence subite, Desjours le repousse brutalement. Avec leur équipement et les deux rais lumineux des frontales face à face, ils ressemblent à deux combattants dans une guerre spatiale qui se dispute au laser.

— Dégage, Malte ! Je le laisserai pas, t'entends ?

— Et moi je te laisserai pas te foutre en l'air ! Ça

suffit d'une ! Vous devenez tous cinglés ou quoi ? Que se passe-t-il ici ?

— Je le suis déjà, cinglé ! hurle Mathieu. Alors un de plus ou de moins sur terre !

Le souffle glacé gèle ses larmes sur ses joues.

— Calme-toi, Froggy, dit Malte, les deux mains plaquées sur les épaules de Mathieu. Tu m'as dit que Lupin, c'est un loup tchèque, c'est ça ? Alors fais-lui confiance, faites-vous confiance, crois en ce lien qui existe entre vous et en son flair. Ce n'est pas toi qui le retrouveras, pas dans cette nuit, non. Il reviendra. Et si à notre réveil il n'est toujours pas là, on ira le chercher ensemble en motoneige, je te le promets. Les chiens de traîneau survivent ici par ces températures, ils dorment même dehors, se creusent un trou dans la neige pour s'y blottir et avoir moins froid. Lupin, ce sera pareil. Son instinct l'aidera. Mais nous, si on se perd là-dedans, on aura beau creuser un trou dans la neige, on ne survivra pas.

18

Camp de base ARCTICA, région de Thulé,
janvier 2017, jour 9

— Froggy ! Froggy ! souffle Malte, qui s'est redressé sur sa couche.

— Qu'est-ce qui te prend, Malte ? gronde Ferguson, réveillé à son tour.

— Je viens d'entendre quelqu'un passer devant la chambre, s'arrêter, puis repartir.

— Qui te dit que c'est Desjours ? C'est peut-être Mouni.

— Une intuition…

— Et alors, il est parti pisser. Il est deux heures. Où veux-tu qu'il aille ?

— Merde, je suis sûr qu'il est sorti chercher Lupin.

Cette fois, Ferguson allume sa lampe torche et, se penchant vers Malte depuis la couchette supérieure, la braque sur le glaciologue qui cligne des yeux comme un hibou pris dans les phares. Le blanc de ses globes oculaires se détache sur la peau, sombre et luisante.

— Hé, ça va pas, range ta lumière !
— Je voulais voir si tu plaisantais ou pas.
— J'en ai l'air ? réplique Malte en allumant la lampe de chevet.
— Que fais-tu ?
— Je vais le chercher, pardi !
— En pleine nuit ? Dehors, par cette tempête ?
— Mais il fait TOUT LE TEMPS nuit, Ferguson ! Cette putain de nuit qui rend fou ! Même le chien a pété les boulons et s'est fait la malle, peut-être pour chercher un bout de jour… Je vais voir dans leur piaule.
— Pas la peine d'ameuter tout le monde, dit Roger en descendant la petite échelle après avoir enjambé le bord du lit. Je viens avec toi. Mais on regarde d'abord à l'intérieur. Il est peut-être en train de boire une bière à la cuisine ou de se détendre les neurones dans le sauna. Avec les jeunes, tout est possible.
— Oui, justement, tout.
De nouveau habillés, cette fois plus chaudement que la veille, munis de leur frontale et de leurs lunettes à vision nocturne, les deux hommes se lancent tout d'abord dans une inspection minutieuse des lieux, sans oublier le sauna. Quoique Malte n'y crût pas vraiment. On ne s'amuse pas à se prélasser dans un sauna alors que son chien est peut-être perdu dehors par ce froid, dans une nuit aussi épaisse que du goudron.
La veille, après que Malte a réussi à convaincre Mathieu d'abandonner les recherches, tout le monde s'est retrouvé à table en même temps que les fumets épicés qui se dégageaient de la cuisine.

Mouni s'était fendu d'un plat que personne n'avait encore goûté dans sa vie, à l'exception de Ferguson qui devait cette expérience initiatique à son père. La tempête empêchant le ravitaillement, l'équipe aurait dû se rabattre sur des conserves. Mais le chef cuisinier avait estimé qu'il valait mieux les garder pour parer à toute pénurie. Il s'était donc décidé à sortir du congélateur quelques morceaux de viande d'ours et les avait accommodés avec des épices et du riz. Anita et Luv avaient poliment refusé d'en manger. Mathieu, fou d'inquiétude pour son chien, ne pouvait rien avaler. Et surtout pas de la chair de son agresseur. Les uns après les autres, ils avaient tenté de le rassurer, sans trop y croire eux-mêmes, sur le sort de Lupin. Sans un mot, quelques larmes encore accrochées au bout des cils, il s'était retiré sans même pouvoir aller fumer dehors, après que Malte lui a interdit de le faire et ne serait-ce que d'y penser. Il avait fait mine de se coucher et de s'endormir. Malte et Ferguson s'étaient couchés à leur tour, ayant du sommeil à rattraper.

Dès que toute l'équipe avait semblé assoupie, Mathieu avait enfilé toutes ses épaisseurs, y ajoutant la combinaison destinée aux expéditions, des gants et sous-gants, ses chaussures fourrées et sa frontale. Il avait tout d'abord pensé prendre une motoneige puis y avait renoncé, le bruit de moteur pouvant donner l'alerte. Personne ne l'empêcherait d'aller chercher son chien. Depuis sa rupture avec Coralie, Lupin est tout ce qu'il a au monde. Son ami, son confident, son frère. Il est donc sorti avec son fusil dans le blizzard nocturne, se fondant à la nuit sans étoiles et sans lune, avec pour unique éclairage sa frontale et une lampe torche.

À cette heure, le vent a un peu faibli, mais il souffle encore assez fort pour entraver la progression dans la couche de neige. Arrivés aux motoneiges, Ferguson en débâche une, tandis que Malte s'apprête à faire de même avec la deuxième. Mais Roger l'arrête.

— On n'en prend qu'une seule, dit-il.

— On pourrait couvrir plus de superficie à deux motoneiges, chacun d'un côté pour se rejoindre après, lui fait remarquer le Canadien.

— Exact, mais mieux vaut qu'on ne se sépare pas, avec cette tempête. L'un ne pourrait pas forcément venir au secours de l'autre.

— Et avec les talkies-walkies, on pourrait communiquer ?

— Ils ne sont pas rechargés.

— OK… Bon, tu conduis ou je conduis ?

— Conduis, si ça ne t'ennuie pas, souffle Ferguson. Je m'occupe du reste, ajoute-t-il en brandissant la Winch héritée de son père.

Sans trouver à redire, plutôt pressé de se lancer sur la piste de Mathieu, Malte s'installe devant. Quant aux traces, elles ont vite été recouvertes par la neige qui ne cesse de tomber.

— On part de quel côté ? demande-t-il, avec la sensation d'avoir un nœud coulant autour de la gorge.

Ils partent à la recherche du jeune homme parce qu'il le faut, par conscience et amitié, mais avec quel réel espoir de le retrouver, si lui-même n'a pas retrouvé son chien ?

— À l'est.

— Ah ? Tu le sens par là ? lance Malte en mettant le contact.

— Il faut bien choisir une direction !

— Et c'est une coïncidence si c'est celle de nos *inuksuits* de glace ?

— Démarre !

Va te faire foutre, a envie de lui répondre Malte. Au bout de trois tentatives, le moteur se met enfin en route. Tout ça pour un imbécile de clébard, alors qu'il pourrait être au chaud dans son duvet et rêver à Luv Svendsen en se paluchant…

Avec la vitesse, les flocons serrés fondent sur eux comme une nuée de guêpes à la piqûre glacée. Les patins de la motoneige soulèvent au passage des gerbes de poudreuse toute fraîche. Des sensations qui, en d'autres circonstances, donneraient de délicieuses poussées d'adrénaline, mais qui, dans cette situation, se transforment en sentiment d'angoisse et d'insécurité. Même si les scientifiques qui participent à ce type d'expéditions sont aussi des sportifs accomplis, ce sont avant tout des chercheurs, plus à l'aise derrière un microscope ou sur un terrain propice qu'au cœur d'une tempête dans la nuit arctique.

Au bout de deux kilomètres à peine, sur les indications de Ferguson, Malte s'engage dans une courbe sur la droite. Ils ne sont pas très loin des sept statues de glace.

— Arrêtons-nous ici, crie Roger aux oreilles de Malte, plaquées sous son casque. J'ai pris des fusées éclairantes. Je vais en lâcher une et on va attendre un peu sur place. Comme ça, on aura une meilleure vision alentour.

On aurait dû réveiller Niels, il aurait pu nous aider, pense le Canadien en stoppant net la motoneige qui se met en travers.

— Tu veux la renverser ou quoi? bougonne Roger.

Après être descendu, il cherche dans son sac à dos le pistolet à fusées éclairantes et en introduit une dedans.

— Pas la peine d'aller plus loin. Tout seul à pied, dans cette tempête, il n'aura pas franchi ce périmètre. Je pars de ce côté, dit-il. Prends de l'autre. La fusée éclairera comme en plein jour seulement trente secondes. Là, on appelle Mathieu en regardant aussi loin qu'on peut. On ne perd pas de vue nos frontales et nos torches.

— Bien, chef, raille Malte. Mais sache que j'ai pas pris mon fusil.

— Tant pis pour toi, j'en ai marre de répéter les consignes. Dans tous les cas, je ne serai pas bien loin. Et je ne pense pas que par ce vent on risque de rencontrer beaucoup d'ours ou autres prédateurs.

Sur ces paroles, délesté de son casque pour un bonnet en thermofibres, Ferguson s'éloigne d'un pas lourd dans la direction opposée, courbé sous le vent qui lui siffle aux oreilles. Malte le regarde disparaître, comme aspiré dans les tourbillons blancs, avant de se mettre en route.

Comment serait le paysage, ici, en plein jour? se demande-t-il, tandis que ses chaussures épaisses s'enfoncent sous son poids. Certainement grandiose. Des géants de glace découpant l'horizon, une étendue scintillante à perte de vue, un relief brisé, éclaté, des arêtes, des saillies bleutées de part en part. Un monde immaculé, fissuré, cassé. Un grand silence blanc dans lequel il n'est qu'un grain de sable, une poussière. Tout ça enseveli dans les ténèbres polaires. Comme Mathieu et Lupin. *Est-il possible qu'ils ne refassent jamais surface ?* s'interroge Malte, une pointe au cœur. Une forte détonation l'interrompt dans sa marche. La fusée éclairante de Ferguson. Les yeux levés vers le ciel opaque, Malte attend, le souffle arrêté.

Suivant de près le coup de feu, le projectile jaillit dans un sifflement pour exploser en hauteur, tel un petit volcan, libérant une lumière blanche et rouge. Dans le paysage soudain éclairé se révèlent instantanément les reliefs coupants de l'inlandsis. Un vaste plateau de glace pilée d'où émergent de hauts blocs luisants à l'allure menaçante. Sans fusée éclairante, Malte sait que la lumière de sa frontale et de sa torche l'avertiront de la présence d'un de ces monolithes dans un réfléchissement éblouissant et soudain. Comme si le faisceau lumineux lui revenait en plein visage dans un éclair.

— MATHIEU ! C'EST MALTE ! MATHIEU ! LUPIN ! hurle-t-il, les mains en porte-voix dans ses moufles.

Mais le vent étouffe ses appels dont la portée n'excède pas quelques mètres.

Nouvelle détonation, plus proche. Encore une fois, le paysage s'illumine comme sous un projecteur aérien. Nouveaux appels de Malte, absorbés par les bourrasques. Revenant sur ses pas, dans la lumière qui décline rapidement, il croit soudain voir glisser une ombre. Les battements de son cœur pulsant jusque dans ses tempes, il s'arrête pour scruter les environs bientôt plongés dans l'obscurité. Il a juste le temps d'esquisser encore un pas avant de sentir son crâne exploser sous le choc et de s'écrouler sur le sol gelé en lâchant son casque.

19

Camp de base ARCTICA, région de Thulé, janvier 2017, jour 9

L'accalmie a été de courte durée. Le vent catabatique a repris de plus belle depuis le retour de Ferguson seul, sans son coéquipier, et ne semble pas enclin à laisser une ouverture aux nouvelles recherches qui s'organisent. À la base, tout le monde est resté incrédule et consterné à l'annonce de la disparition du glaciologue. Pourtant, il faut agir vite, chaque minute, chaque seconde étant désormais vitale pour Mathieu et Malte. Quant à Lupin, il a été décrété que soit il a survécu et son flair le guidera vers le camp de base, soit il est mort de froid. Dans les deux cas, on concentrera les recherches sur les deux hommes.

— La question est de savoir si on se lance maintenant ou si on attend une fenêtre météo favorable, dit Ferguson à tous réunis, Luv, Anita, Niels et Mouni, plus pâle qu'un soleil d'hiver. Déjà, nous ne partons pas tous. Deux d'entre nous doivent rester au camp, veiller au matériel et avertir les secours si, d'aventure, l'équipe de recherches ne revient pas.

— Et ça, c'est quoi? coupe Anita en balançant une boîte sur la table. Des médicaments? Où les as-tu trouvés?

— Ce ne sont pas de simples médicaments, Ferguson, c'est du Risperdal et c'était dans les affaires de Mathieu.

— Tu fouilles dans les affaires d'autrui, maintenant Whale?

— Ce n'est pas de l'indiscrétion, il a disparu après avoir quitté la mission de son plein gré, alors j'ai voulu vérifier s'il avait laissé quelque chose… Et je suis tombée sur cette boîte de Risperdal, un antipsychotique dernière génération, utilisé dans le traitement contre la schizophrénie. Tu le savais, Ferguson? Tu étais au courant qu'un membre d'Arctica est psychotique?

La mine déconfite, le Danois secoue sa crinière argentée. Il semble sincèrement tomber des nues. Décidément, rien ne va, dans cette aventure. Et ce, depuis le début. Comme si séjourner dans ces conditions extrêmes, dans cette nuit, avait fait ressortir les fantômes et les monstres enfouis en chacun.

— Je ne peux pas tout connaître des membres de mon équipe. Ou alors il faudrait que chacun fasse l'objet d'une enquête approfondie.

— Je croyais que c'était le cas et ce serait normal, du moins du point de vue médical, rétorque Whale. Pour éviter de telles situations. Maintenant, on ne peut être sûr de rien…

— Tu penses que Malte aurait pu tomber sur

Desjours et que celui-ci serait à l'origine de sa disparition ?

— Tu nous as dit que Malte n'avait pas de fusil. Mathieu en avait un. Et il est psychotique, Ferguson… Vous avez bien fouillé partout, ici, avant de partir ?

— Là où il pouvait se trouver, oui.

— Le problème, c'est qu'avec ce genre de profils, il faut chercher là où ils ne sont pas censés se trouver.

— Anita a raison, dit Niels, sortant de son silence observateur. Faisons un tour dans toute la base, avant de partir.

— Pourquoi ne pas avertir les secours dès maintenant ?

— Pour la bonne raison, Whale, que personne ne viendra par cette tempête, répond Ferguson dont le ton s'est durci. Le shérif de Qaanaaq m'a bien dit, avant la disparition de Malte et Desjours, qu'il attendrait la levée de l'alerte météo pour venir enlever le corps de Murata. Alors voici comment je vois les choses : Niels, Whale et moi partons à la recherche de Malte et Desjours. Svendsen et Mouni vous restez au camp.

— Je ne vois pas pourquoi Anita au lieu de moi, proteste Luv.

— Tu as un enfant en bas âge, me semble-t-il, et tu as reçu une balle il n'y a pas si longtemps, lui rappelle Roger.

— Anita a un fils qui…

— C'est bon, Luv, laisse tomber, intervient Whale. J'irai, Ferguson a raison. Sans trop m'avancer, je pense être un peu plus sportive que toi et je n'ai pas été blessée. Mais une chose me chiffonne, dit-elle en s'adressant cette fois au Danois. Comment se fait-il que Malte ait disparu comme ça alors que vous étiez partis ensemble, sur une seule motoneige ?

— Que veux-tu insinuer, Whale ?

— Rien, je demande, c'est tout.

— Je l'ai déjà dit à mon retour. Nous étions partis chacun d'un côté, laissant la motoneige à un endroit où nous devions nous rejoindre après le lancement des fusées éclairantes. Je suis revenu comme convenu et je n'ai pas trouvé Malte. J'ai attendu un moment, du moins assez pour risquer d'être congelé sur place, ensuite j'ai repris la motoneige en allant dans la direction où Malte était parti. J'ai appelé, crié, mais n'ai obtenu aucune réponse. Alors j'ai fait un tour, fouillant l'espace obstrué par la nuit et la neige, à la seule lumière des phares et de la torche. Même les lunettes à vision nocturne sont d'une portée insuffisante en pleine tempête. Rien… désespérément rien ! Et je sais, malheureusement, comment ça se passe ici, quand on se perd, surtout en période de nuit polaire, par ces températures.

— Selon toi Malte se serait perdu ? insiste Anita.

— Dans le meilleur des cas, oui. On n'y voyait rien à deux mètres… Ou alors, il est tombé sur un prédateur.

— Un ours, égaré dans la tempête… Ou bien faisant du stop…

— Écoute, Whale, je sais ce que tu penses. Que j'ai laissé tomber Malte trop vite, que je ne me suis pas vraiment donné le temps de le retrouver. À notre échelle, peut-être que vingt minutes ce n'est rien, mais à celle de l'inlandsis, c'est une autre histoire…

— Tu es censé avoir la responsabilité de cette équipe, oui ou merde, Ferguson ? explose-t-elle soudain, les larmes aux yeux. Après Atsuko, Mathieu avec son chien, et maintenant Malte ! À qui le tour ?

— Si tu penses que ton état émotionnel ne te permet pas d'être opérationnelle, je comprends, se contente de répondre Ferguson froidement.

— Je viens avec vous et c'est non négociable, tranche soudain Luv en regardant Olsen. Je monte avec Niels.

— Bien, les femmes ont toujours le dernier mot, soupire Ferguson, son casque à la main, voyant que le vent tourne à son désavantage. Désolée, Whale, mais tu devras faire route avec moi. Mouni, tu te sens capable de rester seul ?

— Rester seul, pas un problème, mais je ne sais pas comment appeler les secours, au cas où… je m'y connais en cuisine et en mécanique, seulement l'électronique et l'informatique ce n'est pas ma came…

— Je vais te montrer, ce n'est pas très compliqué. Nous, on prend les talkies pour communiquer. Ce qui est plus emmerdant, c'est que comme Mathieu est parti avec un fusil, il nous en manque un, maintenant.

— C'est là toute la morale de l'histoire ? lance Anita, acerbe. Un fusil qui manque…

Niels Olsen vient de passer une semaine dans un lieu confiné, une station météo, sur une des îles les plus éloignées de Norvège, en compagnie de ses neuf résidents. Un groupe restreint, représentatif de la société, dont il a pu étudier les fonctionnements et les comportements interhumains. S'en détache toujours, à moins qu'il n'ait été nommé comme tel dès le départ, un leader. Suivent les « dociles » qui exécutent, les « indépendants », les « réservés », les « extravertis » et un « rebelle », souvent à l'origine des conflits, voulant rallier les autres à sa cause ou réveiller les « asservis » pour les retourner contre le leader. Comme dans une meute. Ici, le leader nommé, officiel, est Roger Ferguson. Le « docile » est Akash Mouni. Anita, chef en second, semble être l'indépendante, se forgeant sa propre opinion et adaptant ses actes à celle-ci. Mathieu, plus fuyant, refermé sur lui-même, serait le « réservé », et Malte pourrait être le « rebelle ». Celui qui discute l'autorité et les décisions du leader. Un élément perturbateur, en somme. Luv et lui sont des pièces rapportées, greffées sur la mission. Utiles. Mais lui, Niels Olsen, avec son tempérament à la fois indépendant et frondeur, pourrait s'il le faut succéder à Malte dans son rôle.

Il est presque cinq heures lorsque le convoi réduit à deux motoneiges, Ferguson avec Whale et Olsen avec Svendsen, quitte la base, sous le regard tendu de Mouni. Seule Luv n'a pas de fusil, mais n'aurait de toute façon pas su s'en servir.

Le Réunionnais les suit des yeux jusqu'à ce que les feux arrière s'éteignent dans la nuit. Se retrouvant seul dans un environnement qu'il ne connaît ni ne maîtrise, il se demande quelle mouche l'a piqué d'accepter ce job dont l'annonce est parue sur un site d'offres d'emploi dans la restauration de voyages. En réalité, il a envoyé son CV, parce qu'une énorme tuile lui est tombée dessus il y a quelques mois : la faillite et la fermeture de son restaurant sur l'île, désertée par les touristes depuis les attaques de plus en plus fréquentes de requins. Sa femme l'ayant quitté en même temps, c'était ça, partir loin pour essayer de rebondir ou terminer lui aussi dans leur gueule. Il aurait accepté n'importe quel travail, ce qu'il a fait, d'ailleurs, en prenant celui-ci. Dix postulants au total. Son excellence en cuisine ainsi que des présumées connaissances en mécanique ont fait la différence.

En recevant la réponse favorable, Akash avait exulté. Aujourd'hui, il en vient presque à le regretter. D'autant plus qu'il sait à peine réparer un vélo. Mais fort heureusement, il n'a pas encore eu à faire la démonstration de son incompétence en mécanique. Si, un jour, on lui avait dit que lui, le Réunionnais métissé, né sous les palmiers de L'Étang-Salé, ferait la cuisine quelque part sur la glace, au beau milieu du Groenland, et qu'il servirait un ragoût de viande d'ours polaire, il aurait crié au délire.

Pendant que Mouni est plongé dans ses réflexions existentielles et apprivoise sa toute nouvelle solitude, deux motoneiges filent bon train dans la nuit glacée qui semble malgré tout se clarifier, permettant une vision sur une plus longue distance. À l'horizon, l'obscurité se dissout dans des nuances de bleu nuit et de violet. Il ne neige plus, mais le vent frappe toujours l'inlandsis et la visière des casques rabattue sur le visage des quatre motards. Les deux conducteurs encaissent les chocs de la piste gelée jusque dans les épaules. Il s'agit de savoir doser la vitesse sur la neige, qui d'un kilomètre à l'autre n'a jamais la même texture ni la même consistance, afin d'éviter d'être éjecté sur une bosse ou de déraper dans une courbe.

Ferguson a emporté les dernières fusées éclairantes et en a donné deux à Niels et à Luv. Les bras serrés autour du reporter, Svendsen ferme les yeux par intermittence, tâchant de tenir sur le siège à chaque à-coup. Par un exercice cérébral qui relève de cette sorte de froideur scientifique face aux événements et à tout ce qui fait appel aux émotions, au fil des minutes et des mètres franchis, Luv parvient à se réfugier dans un état de dissociation proche de celui du tardigrade dans son processus de survie. La dissociation étant un principe de survie physique et psychique. Se rétracter, se vider peu à peu de toute substance pour entrer en hibernation mentale et n'être plus qu'un bloc dans le présent. Un membre du groupe à la recherche de deux hommes perdus sur les terres parmi les plus hostiles de la planète. À cet instant et pour quelque temps, elle ne sera plus ni mère, ni compagne, ni même fille, si toutefois elle a été tout ça dans sa vie. Juste une carapace, une coquille en cryptobiose.

Quand ils parviennent à proximité de l'endroit où Malte a disparu, Ferguson fait signe à Niels de s'arrêter. Descendant de la motoneige avec Anita, il charge le pistolet à fusées éclairantes et recommence la manœuvre effectuée avec Malte, mais cette fois, sans séparer l'équipe. La fusée part dans le ciel dans un sifflement aigu puis explose en un feu d'artifice d'où se dégage assez de luminosité pour voir à plus de cinquante mètres, mais surtout pour signaler leur présence.

— MALTE ! crie-t-il, accompagné de Whale.

Mais leurs appels répétés demeurent sans réponse.

— Je propose quand même qu'on se scinde en deux équipes, ce sera plus efficace, dit Niels que les méthodes de recherche de Ferguson laissent perplexe.

— Et plus dangereux, réplique Roger. Ce n'est pas une bonne idée.

— Au contraire, dit Anita, et c'est ce que nous allons faire. Nous pourrons couvrir une plus grande superficie et nous communiquerons par talkie-walkie.

— Il me semble, Whale, que c'est moi qui donne les instructions…

— Ça, c'était avant, Ferguson, mais les événements ont démontré des failles dans la gestion de la mission. Et je te rappelle que je suis chef en second à Arctica. Donc, à l'avenir, nous nous concerterons et, si nécessaire, nous voterons.

Niels sourit sous sa visière. C'est finalement Whale, la personnalité rebelle du groupe, qui vient de se révéler en contestant l'autorité du leader. Celle par qui aura lieu la mutinerie.

— Bien, dit le Danois à contrecœur, on ne va pas perdre de temps à discuter, on en reparle plus tard. Avec Whale nous allons ratisser de ce côté. Vous, je vous conseille d'aller voir par là. On couvre une zone circulaire. Quand Malte et moi avons laissé la motoneige et que chacun est parti d'un côté, c'était à peine à une trentaine de mètres d'ici. Je reconnais le bloc de glace, là-bas. Malte a dû s'éloigner dans cette direction. On se tient informés, termine-t-il en brandissant son talkie. Whale, tu conduis ?

— Je préfère tenir le fusil.

Après le départ de Ferguson et d'Anita, Luv, toujours en mode tardigrade, recroquevillée derrière Niels qui vient de redémarrer, prend la pleine démesure du lieu où ils se trouvent. Quelque chose qui ressemble à l'infini. Une immensité obscure où une clarté fantomatique peine à émerger et où elle se sent vulnérable et insignifiante. S'ils reviennent vivants c'est parce que cette puissante nature l'aura bien voulu et les aura généreusement épargnés avec la plus grande indulgence. Perdus dans cette béance noire et glacée, révélateur de leur intimité, ils n'en sont que plus proches l'un de l'autre, leurs corps chaudement vêtus soudés sur la machine qui file sous le vent.

Malgré elle lui reviennent en mémoire ces derniers moments passés avec Malte dans le labo. Les quelques explications et hypothèses du glaciologue avaient éveillé en elle des doutes quant au véritable rôle de Ferguson. Ses motivations et ses objectifs sont-ils réellement scientifiques ? Pour qui travaille-t-il ? La science ou la politique ? Pour les deux, peut-être. L'influence du Danemark et son rayonnement économique au Groenland sont encore une réalité. Et les intérêts, puissants. Elle en parlera à Niels dès que l'occasion se présentera.

— On refait une tentative à la fusée ? lui crie-t-il par-dessus son épaule.

Luv se contente d'approuver par une pression des paumes sur la poitrine de son ami. La motoneige s'arrête presque au ralenti dans la neige fraîche. Le vent semble moins froid, ou alors c'est leur température corporelle qui a augmenté sous l'effort…

Les rayons de leurs frontales se croisent, s'accrochent quelques secondes.

Au moment où les scories incandescentes des restes de la fusée retombent, dessinant une sorte de palmier scintillant, Luv et Niels crient le nom de Malte à l'unisson. Sans trop s'éloigner de la motoneige et encore moins l'un de l'autre, ils font quelques pas, trébuchent sur les aspérités de la glace, inexpérimentés, manquent parfois de tomber, s'aident de leurs bâtons de marche télescopiques en les plantant dans la croûte neigeuse. De l'autre main, Niels tient son fusil, prêt à parer à toute attaque. Nettoyé par le vent, le ciel s'éclaircit un peu et ce n'est plus le halo de la fusée, mais bien un jour frileux qui émerge.

Dans cette timide clarté, quelque chose s'anime soudain dans le paysage, à faible distance. Deux masses grises en mouvement qui se détachent sur la blancheur du sol. D'un bras tendu, Niels retient Luv dans son élan.

— Regarde, là-bas… Deux ours…, souffle-t-il en armant lentement son fusil et chaussant les lunettes à infrarouges.

— Sont-ils seuls ? demande Luv qui se sent vibrer.

— On va bientôt le savoir. Ils nous ont sentis, c'est sûr.

— Malte a disparu dans cette zone. Tu crois que…

— Pour l'instant, je préfère ne rien croire. Il n'était pas armé. Nous, si. On retourne à la motoneige, Luv. Passe devant, je garde un œil sur eux.

Mais Svendsen, fascinée, ne bouge plus. Elle ne sent même plus le froid lui piquer le visage de mille aiguilles. Ses yeux fixent un point sans pouvoir s'en détourner.

— Luv ? Ça va ?

— Regarde, ils jouent, dit-elle, un doigt pointé en direction des plantigrades.

— Bientôt, c'est avec nous qu'ils joueront, si on ne part pas d'ici…

— Attends… on dirait qu'ils jouent avec quelque chose…

Prenant ses jumelles à vision nocturne qui pendent autour du cou, Niels scrute attentivement la scène qui se déroule sous des allures d'étrange ballet en négatif. Peut-être une parade amoureuse ou un simple jeu dans lequel l'objet, rond, remplace le ballon circulant entre les joueurs de chaque équipe. Seulement là, ils ne sont que deux. Et les joueurs sont des ours polaires. Avec une dextérité étonnante, ils poussent l'objet du museau pour se l'envoyer ou bien donnent un coup de patte habile qui le propulse vers le partenaire. La vision de ces deux montagnes de fourrure et de muscles se livrant placidement à une partie de foot sur la glace dans cette lumière boréale a quelque chose de surréaliste.

— Oui, c'est bien ça… un objet… on dirait… ça ressemble à… à un… casque !

— Tu veux dire… comme les nôtres ?

Olsen hoche la tête en tendant les jumelles à Luv.

— Merde… tu as raison ! Malte l'aurait perdu ?

— Bouche-toi les oreilles.

Luv a juste le temps de s'exécuter, la détonation retentit déjà au-dessus d'eux. Puis une autre. Les ours s'immobilisent, à l'affût, tête dressée, humant l'air chargé de poudre et d'odeur humaine.

— Allez, cassez-vous ! bougonne Niels dans sa barbe de trois jours. Je remets ça. Tes oreilles, Luv !

Nouveau coup de feu en l'air. Suivi d'un autre. Cette fois, les deux ours, apparemment des jeunes, détalent en crabe, dans un mouvement de balancier, abandonnant leur jouet sur place.

— Viens, dit Olsen à Luv, tenant le fusil encore chaud à pleines mains. On va récupérer ce truc, ce n'est pas trop loin. Tu avances calmement et tu le ramasses, je te couvre en cas de pépin…

Malgré tout sur ses gardes, Svendsen, suivie de Niels armé, se dirige vers l'objet en retenant son souffle.

— Alors, c'est bien ça ? dit Olsen d'une voix crispée en s'approchant tandis que Luv se penche pour prendre l'objet qu'elle lui tend. Un casque de motoneige.

— Bon sang, on file d'ici, dit le journaliste. Il faut avertir Ferguson qu'on a retrouvé seulement le casque, sans trace de Malte, et qu'il servait de ballon de foot à des ours polaires.

20

Quelque part sur l'inlandsis, région de Thulé,
janvier 2017, jour 9

De retour à la motoneige, pendant que Luv reprend son souffle, Olsen tente de contacter Ferguson sur son talkie-walkie sans obtenir de réponse.

— On dirait pourtant qu'il a essayé de nous joindre. Je ne sais pas si ces appareils captent bien avec ce vent…, dit-il en secouant le talkie.

— C'est drôle, ils ont pris avec eux trois fusées éclairantes et ils n'en ont lancé que deux. Presque en même temps que les nôtres. Un peu avant. Donc ils auraient dû larguer la troisième depuis un moment.

— Ferguson a peut-être décidé de l'activer depuis un autre endroit, suppose Niels.

Sa frontale dispense une tache lumineuse ovale sur le visage de Luv, accusant les sillons et les creux de son visage fatigué, sous les yeux, sur les joues et autour des lèvres, un masque d'ombres qui lui donne une apparence spectrale.

— Ou alors ils ont retrouvé Malte…

— Non, je ne crois pas. Ferguson aurait insisté

pour nous joindre ou bien ils seraient déjà ici. Et puis c'est nous qui avons retrouvé son casque, même si les ours ont pu l'apporter jusqu'ici. C'est bizarre. J'espère qu'il ne leur est rien arrivé de fâcheux. Avec la présence de ces ours dans les parages, tout est possible.

— Qui nous dit d'ailleurs que c'est bien le casque de Malte ? Il n'est sans doute pas le seul à s'être perdu sur l'inlandsis.

— Il y a malheureusement de fortes chances que ce soit lui, Luv. C'est le même modèle que les nôtres. Allons-y, on va voir s'ils sont toujours là-bas.

La motoneige démarre dans un ronflement de moteur saccadé, puis s'éteint subitement.

— Oh non, il n'y a plus d'essence ! s'écrie Luv.

— Attends, c'est peut-être autre chose..., dit Olsen qui refait une tentative.

Mais le moteur refuse de repartir.

— *Fucking shit !* L'aiguille ne remonte pas, explose le reporter en tournant la clef.

Pourtant rompu aux pires conditions, aux terrains les plus hostiles au cours de ses reportages, il sent cette fois que la situation leur échappe.

— Je n'avais pas prévu de mourir au Groenland, souffle Luv dans une bouffée de vapeur qui ressemble à un ectoplasme blanchâtre.

Elle sent le froid lui mordre les joues et les paupières et par endroits ses lèvres ont éclaté, laissant apparaître la pulpe saignante.

— Moi non plus, donc ce n'est pas au programme, réplique Olsen en reprenant le talkie-walkie pour un nouvel essai.

Toujours pas de réponse.

— Qu'est-ce qu'ils foutent ?
— Tu penses les attendre ici ?

Sur ces mots de sa comparse, les yeux d'Olsen chargés d'ombres plongent dans ceux de Luv, tandis qu'il lui prend doucement le visage entre ses mains protégées par l'épaisseur des gants. Elle semble si vulnérable, si dépendante à cet instant… Il voudrait l'embrasser, apaiser d'un baiser la brûlure de ces lèvres fendues où perlent des gouttes écarlates, lui dire qu'il n'a pas cessé de l'attendre.

— Non, pas maintenant, dit-elle, pas comme ça. Moi aussi, j'en ai envie, Niels, mais pas là.

Ce premier baiser avec Olsen, s'il doit avoir lieu, elle ne le veut surtout pas désespéré et ne veut pas avoir à le regretter. La chaleur de son regard lui signifie qu'il a compris et qu'il partage le même sentiment, même s'il a failli céder à son élan.

— Il faut qu'on parte, Luv, il faut marcher, pour ne pas se refroidir complètement. En espérant qu'on tombe sur eux.

Dans la faible éclaircie de la nuit polaire, Olsen et Luv se mettent en marche, côte à côte, sur les traces laissées par leur motoneige à l'aller. Parler n'est guère possible avec cet air glacé qui leur remplit aussitôt la bouche et leur racle la gorge et les poumons, alors ils avancent en silence, vers l'inconnu, leurs respirations mêlées, tantôt s'enfonçant dans l'épaisseur de neige, tantôt se heurtant les pieds aux éclats et aux pointes glacées émergeant çà et là du sol.

Chaque pas leur coûte, leur arrachant un râle, des gémissements. Tant que la douleur se propage à tout leur corps, ils savent qu'ils sont éveillés et bien en vie. Mais pour combien de temps… Une interrogation, une angoisse qui ne se dit pas, qui ne se partage pas, pour ne pas saper le moral de l'autre. Tous deux savent que s'ils s'en tirent vivants, cela tiendra du miracle. Ou de leur mental. Un mental de tardigrade, se dit Luv, dont le cerveau visualise l'animal microscopique en qui elle s'imagine peu à peu se transformer. Résister comme lui, survivre. Pour Joy, pour Dave. Pour le baiser de Niels. Il n'y a plus que ça qui compte.

Elle a déjà survécu à un corps étranger logé dans le sien, petit et potentiellement mortel, et là, c'est elle, le corps étranger, l'intrus, si infime, dans cette grandeur sauvage. Cela fait environ une demi-heure qu'ils avancent sans signe de vie de Ferguson et Anita. Olsen pense qu'ils auraient déjà dû tomber sur eux ou sur leur motoneige depuis une bonne dizaine de minutes. Mais il garde cette réflexion pour lui. Luv semble avoir repris confiance en ses capacités à résister et à regagner la base. Ils ont déjà dû couvrir une bonne partie du chemin, peut-être la moitié. La direction est aussi celle de la côte et de la banquise, qui se trouvent bien au-delà du campement. Plus près de Qaanaaq. Finalement, l'homme peut s'établir dans les contrées et sur les terres les plus improbables, les moins accueillantes, se dit Luv. Telle une mauvaise herbe poussant sur des sols infertiles. L'être humain possède des capacités qu'il commence à peine à découvrir et à étudier. Un jour, c'est certain, l'organisme humain se verra capable de survivre sans nourriture ni eau sur une durée plus longue que jusqu'à présent. Il mutera pour pouvoir résister à la famine, aux rayonnements nocifs, à la toxicité exponentielle d'un environnement contaminé, par l'unique pouvoir de son cerveau. Sinon, il disparaîtra.

Cette même désespérance qui meut Luv et Olsen à travers l'inlandsis par moins 35 °C, dans la nuit boréale. Ils savent que leur sentiment d'être seuls est un leurre, qu'ils sont observés, épiés, scrutés et peut-être même suivis par d'autres êtres vivants qui attendent le moment où ces deux proies humaines seront encore plus faibles et s'affaisseront, à bout de forces.

Soudain Luv s'arrête, un doigt pointé vers l'avant. Niels vient se placer à côté d'elle et regarde dans la direction désignée. Sur le crépuscule bleuté, immobiles, se découpent des silhouettes à taille humaine, les bras tendus de chaque côté, au nombre de sept, dont une nettement plus petite.

— Qu'est-ce que c'est que ça ? demande Olsen.

— Allons voir de plus près. On dirait des *inuksuits*. Il y en avait aussi autour du cimetière aux bœufs. Faits en pierres.

— Sauf que ceux-là sont en glace, lance Niels en s'approchant prudemment, le fusil braqué sur les silhouettes figées dont le corps fragmenté luit à la lumière de la frontale.

Mais aucune d'elles ne frémit à leur approche.

— C'est étrange, l'équipe comptait sept membres avec le chien, avant notre arrivée, remarque Luv. Et là on dirait une représentation naïve de tous les membres, la plus petite étant le chien.

— Tu verrais un rapport entre ces sculptures inuites et l'équipe de la base Arctica ?

— Quelqu'un d'entre eux s'est peut-être amusé…

Je vois bien Malte faire ça avec le jeune Mathieu. Après tout, la glace, c'est son domaine.

— Ça voudrait dire que la base n'est plus très loin.

Dans la voix d'Olsen perce l'espoir. Lui-même se sent vidé, les jambes de plomb et une sensation de faim qui se précise. Après une brève pause pour se reprendre un peu, sur le point de poursuivre leur route, aidés du GPS, ils voient au loin un rond lumineux trouer la nuit et arriver dans leur direction.

— Whale et Ferguson ! Sauvés ! s'écrie Olsen en serrant Luv contre lui.

Pour un peu, ils se mettraient à danser. Ils attendent, immobiles, que le cercle se rapproche avant de décrire des serpentins à l'aide des lampes torches. Pourtant, la motoneige ne semble pas ralentir, malgré leurs signaux lumineux. Au contraire, à seulement quelques mètres d'eux, elle accélère nettement, les éblouissant de ses pleins feux.

— NIELS ! ILS NOUS FONCENT DESSUS ! a juste le temps de hurler Luv avant de se jeter en arrière pour éviter le choc.

Niels a réagi trop tard. Percuté par l'avant de la motoneige, il roule au sol, lâchant le fusil et son dos heurte un bloc de glace qui le stoppe net. Mais au lieu de disparaître dans la nuit, la motoneige fait demi-tour et se dirige cette fois droit sur Luv dans un vrombissement menaçant.

— Qu'est-ce qui vous prend ? Anita ! Ferguson ! C'est nous ! Olsen et Luv ! crie la biologiste en essayant de courir pour échapper au nouveau choc.

Mais son pied bute contre une arête de glace et elle fait un vol plané avant d'atterrir sur le sol la tête la première. Dans un ultime réflexe de protection, elle parvient à amortir sa chute en tendant les bras devant elle. À plat ventre, la joue écorchée, elle se retourne et voit alors le cercle lumineux, juste au-dessus d'elle, qui l'éblouit. La motoneige s'est arrêtée à quelques centimètres de sa tête. Aveuglée par la lumière, elle ne parvient pas à distinguer le visage du conducteur, mais l'entend descendre et se rapprocher d'un pas lourd. La glace grince sous son poids.

— Ferguson ? C'est… c'est toi ? bredouille Luv tétanisée en essayant de se relever.

Une poigne puissante la plaque aussitôt sur le sol gelé et lui tire les bras en arrière.

— NIELS ! hurle-t-elle dans une vaine tentative de se soustraire à la pression d'un genou sur ses reins tandis qu'on lui maintient les épaules collées à terre.

Mais Niels, sonné, ne s'est pas encore relevé. Les cris de Luv lui parviennent, assourdis, étouffés, auxquels il n'a pas la force de répondre. La douleur lui vrille le dos et lui coupe le souffle, comme si on venait de lui enfoncer un pieu dans la colonne. Il se palpe les côtes, les jambes, ne sent rien de cassé. Occupé à se rassembler pour venir au secours de Luv, le crâne endolori sous sa capuche, il ne perçoit même pas le craquement de la neige tout près de lui. Lorsque les bruits de pas lui parviennent enfin et lui font brusquement tourner la tête dans leur direction, il est trop tard, la forme qu'il vient d'apercevoir à contre-jour dans le halo lumineux bondit sur lui et le renverse sur le dos dans un rugissement de bête.

En moins de temps qu'il ne faut pour le dire, Luv et Olsen se retrouvent les bras liés sur le ventre, une corde autour des pieds par lesquels ils sont tous deux arrimés à l'arrière de la motoneige qu'ils voient démarrer avec effroi.

— Non ! Non ! Je vous en supplie ! Ferguson ! FERGUSON ! NON ! s'époumone Luv en se tortillant comme un poisson au bout de la ligne.

— Luv, regarde-moi ! lui lance Olsen qui tente de se pencher vers elle. Ce n'est pas Ferguson. Je ne sais pas ce que c'est mais ce n'est pas lui, ça ne peut pas être lui… Ça va secouer, Luv, ne te crispe surtout pas, tu encaisseras mieux les chocs ! Avec un peu de chance, on restera sur la p…

La secousse l'empêche de terminer sa phrase, les entraînant violemment dans le sillage de la motoneige. Commence alors pour les deux Norvégiens le plus noir des cauchemars. Traînés à l'aveugle par les pieds sur une neige tassée et dure sur laquelle leur tête, protégée par leur capuche fourrée, rebondit comme une balle, à une vitesse de soixante kilomètres/heure. Ballottés dans tous les sens tels des sacs de noix à en perdre conscience, ils ne peuvent même plus crier ni réagir. Au bout d'une dizaine de kilomètres, ce ne sont plus que deux formes inertes tractées sur la piste glacée de l'inlandsis.

21

Camp de base ARCTICA, région de Thulé, janvier 2017, jour 9

« Si tu ne nous vois pas arriver d'ici ce soir, tu préviens Sangilak. » Telle a été la consigne de Ferguson lorsqu'il lui a montré comment faire fonctionner le matériel radio. Mouni regarde l'heure à sa montre avec une anxiété croissante. Vingt heures dix. Après le départ des quatre scientifiques, pour ne pas se laisser trop envahir par l'inquiétude, il a passé le temps en rangeant sa cuisine et en préparant le dîner, comme si leur retour était une certitude. Puis cette certitude s'est étiolée au fil des heures.

Appeler les secours signifie pour lui se rendre à l'éventualité qu'il leur est arrivé malheur. Il a donc reculé ce moment. Jusque-là. Jusqu'à cette heure. Dehors, une nuit d'encre. Aucune étoile ne clignote dans le ciel. Mais le vent s'est calmé. Au moindre bruit à l'extérieur, au moindre craquement des cloisons en bois, le chef cuisinier sursaute et sent comme une main glacée se resserrer autour de sa gorge. Le ragoût d'ours aux épices madras cuit doucement dans une cocotte en fonte, baignant dans une sauce couleur rouille.

Ça va les faire venir, pense Mouni en remuant puis goûtant du bout des lèvres la sauce agglutinée sur le rebord de la cuiller en bois. Les minutes s'égrènent encore dans le silence de l'unité. Il n'ose même pas mettre un peu de musique, celle de son île, chaude et rythmée, de crainte de ne pas entendre le ronflement rassurant des motoneiges au loin. Il veut les capter le plus tôt possible. Dès qu'elles seront à portée d'oreille. Pour pouvoir de nouveau respirer, pour redevenir Akash Mouni, le chef cuisinier de la mission Arctica qui régale à chaque repas ces messieurs dames les scientifiques. « Je ne demande pas grand-chose, mon Dieu… après tout ce que j'ai vécu », murmure le Réunionnais au bord des larmes. Mais, deux heures plus tard, sa prière demeure inexaucée.

Alors qu'il se rend aux toilettes, laissant son plat mijoter dans un gargouillis velouté, Mouni s'arrête, la main sur la poignée. Il a cru entendre quelque chose dehors. Comme une présence qui rôde autour du bloc central. Sa main se met à trembler, il écoute encore et, ne percevant plus rien, s'enferme dans les toilettes, en proie à une terreur incoercible. *Tu deviens fou, Mouni*, se réprimande-t-il, assis sur la cuvette. C'est pourtant ici qu'il se sent le plus en sécurité. Où peuvent-ils être ? Ils sont partis à quatre, sur deux motoneiges, il n'a pas pu leur arriver quelque chose à tous ! À moins qu'ils se soient perdus dans la tempête… Une seconde, l'idée folle d'essayer de prendre la troisième motoneige et de partir à leur recherche l'effleure, pour être aussi vite chassée pour son inconséquence. Il n'a aucune expérience des sorties dans ce milieu naturel aussi rude, ce serait aller au-devant d'une mort certaine. *Ça partait d'un bon sentiment*, soupire Akash en versant le seau d'eau dans la cuvette. Puis, regagnant les fourneaux, il se prend à remonter le temps jusqu'à la découverte du fameux cimetière des bœufs, gardé par les sentinelles de pierre. Un sanctuaire… Mouni est sans doute plus sensible que n'importe quel membre de l'équipe aux superstitions et aux croyances et, parmi elles, celles qui entourent son île. Et il sait qu'il est néfaste de réveiller les esprits… De troubler leur repos séculaire par des explorations trop poussées, des forages et des prélèvements sur un sol sacré. Peut-être les membres d'Arctica en font-ils les frais ? Peut-être ont-ils réveillé quelque chose, sorti des forces inconnues de leur sommeil, là-bas, dans la vallée des bœufs ?

Le grand-père d'Akash, un pêcheur de son petit village sur les flancs montagneux de L'Étang-Salé, à l'est de Saint-Louis de la Réunion, lui a appris l'humilité devant tout ce qui nous dépasse. Il croyait aux esprits de la terre, de la mer et de la forêt. Une vaste forêt du même nom en bordure du littoral, au cœur d'une nature volcanique. À l'origine, un petit étang était né de la mer et seules des dunes sauvages et instables dessinaient le paysage. Du sable noir, poussière de lave, des roches dentelées d'un gris ardoise, baignées par l'océan, comme au commencement du monde. Puis sont arrivés les premiers habitants, des pêcheurs, dans leurs cases, qui faisaient naître de ce sable des pastèques. C'était tout ce qu'ils parvenaient à cultiver. Un million de filaos furent plantés à la fin du dix-neuvième siècle sur ce sol incertain, qui habillèrent les dunes et continrent le sable, de leurs racines puisant leur nourriture dans le sol. C'est dans cette forêt côtière que le jeune Akash a passé les plus belles années de son enfance et de son adolescence à jouer, grimper au tronc noueux des filaos ou se cacher entre leurs racines sortant du sol tel un enchevêtrement de serpents.

Son grand-père lui chuchotait que les arbres possèdent une âme à l'intérieur du tronc et que, si on le coupait, on la tuait elle aussi. « Les arbres se parlent », disait-il. Mais si on les arrachait de terre, les esprits vivant sous les racines, libérés, surgissaient alors et se vengeaient. Cette seule histoire a marqué Akash à vie et a suffi à nourrir son respect pour des êtres vivants si proches de l'homme. Plus tard, il a délaissé la forêt bruissante pour le surf sur les hautes vagues d'Étang-Salé. Quant à son goût pour la cuisine, il le tenait de sa grand-mère Mouni. À vingt-huit ans, après avoir travaillé comme apprenti, puis second à droite et à gauche et en métropole, il est revenu sur son île et a ouvert son restaurant qui, alliant saveurs réunionnaises et cuisine traditionnelle française, comptait comme l'un des meilleurs de La Réunion. Jusqu'à ce que le malheur, ou la poisse ne vienne frapper de plein fouet cette affaire qui prospérait gentiment. Au moment où sa femme l'avait quitté pour un métro venu en vacances digérer son divorce récent, Akash est retourné dans la forêt de son enfance, à la recherche d'un filao aux branches assez solides pour supporter le poids d'un homme pendu à une corde. Mais il n'en a débusqué aucun d'assez haut. La forêt ne voulait pas de sa mort. Alors, n'ayant plus rien d'autre à perdre que la raison, il a répondu à l'annonce qui l'a envoyé sur une autre île, immense, une île de glace, où la nuit s'installe trois mois d'hiver pour laisser ensuite place au soleil de minuit. Perturbante dichotomie de la nature pour le cerveau d'un novice. Et voilà que cette plaque de roches et de glaciers flottant sur l'océan menace de les anéantir tous dans ses ténèbres. Mais plus que jamais, Akash Mouni veut vivre. Il suffit d'une cécité forcée pour y voir soudain plus clair. D'un isolement contraint pour tout à coup avoir envie d'une présence. D'un enfermement temporaire pour découvrir enfin le goût de la vraie liberté.

Alors après avoir prié, chié sa peur, prié de nouveau, le chef cuisinier finit par se rendre à l'évidence de la précarité de la situation et passe un appel radio sous forme de SOS au shérif de Qaanaaq aux alentours de vingt et une heures. Mais c'est un autre policier qui répond, celui qui a pris la relève sans doute. Akash l'entend noter, ponctuant son récit de « hmmm » pour signifier qu'il lui accorde la plus grande attention.

— Je suis seul, dit-il en anglais, le chef sera là demain. Personne ne pourra venir avant.

— C'est impossible ! s'écrie Mouni. S'il leur est arrivé quelque chose, ils seront morts de froid, d'ici là !

— C'est peut-être déjà le cas, vu ce que vous me dites, fait le flic, imperturbable. Ils ne sont pas les premiers à s'égarer sur l'inlandsis. Ni les derniers. (À sa voix, Mouni soupçonne qu'il en est au moins à son troisième verre.) Attendons demain, ils seront peut-être rentrés.

Mouni en doute fort, mais ne dit rien. Il voudrait juste rester en ligne, entendre une voix humaine, même si elle dégouline d'alcool, déborde de lassitude ou de nonchalance. Ne pas replonger dans la solitude inquiète qui est la sienne depuis quelques heures. Ne pas retourner à ce silence dans lequel il croit devenir fou. Mais le flic de Qaanaaq a déjà coupé la communication et seul lui succède le grésillement de la radio.

Incapable de prendre le 4×4 pour atteindre Qaanaaq, n'étant pas entraîné à la conduite sur glace, Akash Mouni doit se contenter de cela, désormais. De l'attente. De son espoir rivé aux ondes, à un moteur dans la nuit, un mouvement derrière la porte. C'est ce qu'il croit entendre, à l'instant. Comme un léger grattement. Se disant que son désir de voir surgir les autres engendre des hallucinations, il s'apprête à regagner son dortoir, mais le grattement reprend, cette fois plus fort, doublé d'un halètement perceptible. Lupin ? Le cœur du chef cuisinier fait un bond. Mais oui, son complice Lupin est revenu, tel un messager, annonciateur du retour du reste de l'équipe !

Les larmes aux yeux, le Réunionnais se précipite vers la porte d'entrée qu'il peine à ouvrir, la main tremblante. Devant lui, se détachant dans l'obscurité du dehors, l'air hagard, se tient le loup tchèque. C'est bien lui, sa petite tache claire sur le sommet du crâne, entre les oreilles, mais à la vue de Mouni son expression se mue subitement en quelque chose de féroce, de menaçant.

— Lupin ! s'écrie Akash, tenant la porte grande ouverte. Tu es tout seul ? Allez, entre, viens ici, viens mon chien…

L'animal, les yeux injectés de sang, de la bave rosée aux lèvres, ne bouge pas. L'échine hérissée, il pousse un grognement sourd en retroussant ses babines.

— Lupin, c'est moi, Mouni ! Tu te souviens ? On est copains, tous les deux, je te donnais de bons morceaux de viande, en cuisine, hein ? Tu dois avoir une sacrée faim ! Allez viens, j'ai une surprise pour toi…

Mais la bête qu'il a devant lui n'est plus vraiment Lupin. C'est autre chose. Un fauve, façonné par des heures d'errance et de faim dans la nuit et dans un froid polaire. Mi-chien mi-loup, Lupin a basculé, les gènes qui dominent désormais sont ceux de la bête sauvage. Ce sont eux qui parlent, à cet instant où, prenant son élan, dans une détente imprévisible, il saute à la gorge de Mouni qui chancelle et se renverse sur le dos.

Les crocs se plantent dans la chair avec un craquement d'os. Le cri terrible du malheureux se perd à travers un gargouillis tandis que le sang coule, chaud, excitant. Pris de folie meurtrière, Lupin, debout sur sa victime allongée au sol, sans lâcher prise, le secoue dans tous les sens par la gorge pour l'achever. Encore quelques soubresauts et le corps de Mouni se relâche à l'approche de la mort. Une fois sa proie inerte, Lupin desserre l'étau de ses mâchoires. Le festin peut commencer.

22

Metropolitan Police Force, Victoria Embankment, Londres, janvier 2017

Depuis son bureau vitré au cinquième étage du Curtis Green, l'immeuble dans lequel les quartiers généraux de la légendaire police londonienne ont été transférés après la vente du bâtiment de vingt-deux étages de l'ancien siège sur Broadway Street, Peter Green jouit d'une vue imprenable sur la Tamise. Dans son perpétuel écoulement de long serpent d'eau, le fleuve anglais rythme le temps, absorbant les regards et les photos de tous genres. Sans être luxueux, de par sa situation privilégiée l'espace où l'inspecteur de police se retire pour travailler sur ses dossiers lorsqu'il n'est pas sur le terrain lui offre tout l'apaisement requis pour une profonde réflexion. Espace partagé avec Sherlock, le poisson rouge qui, vu à travers le verre grossissant du bocal, semble obèse, et avec le portrait de Mme Green dans un cadre photo sobre et moderne en aluminium.

C'est auprès de sa chère épouse Vicky que Green

trouve l'inspiration, de même que, en panne de possibilités ou de réponses, une tasse de thé à la main, il s'adresse à elle en lui exposant l'affaire pour avoir son avis. Plus d'une fois la résolution de l'enquête a été en grande partie due à la sagacité de Mme Green. Mais dans cette affaire, Green a déjà son idée.

Assis face à son écran d'ordinateur, une espèce de gros bloc préhistorique qu'il a tenu à sauver du déménagement, il remonte les événements des quatre jours qui ont suivi le départ de Luv Svendsen. La garde à vue de Flynn, la compagne de la victime, la longue et minutieuse perquisition de leur maison de Longfield et, pour finir, en dépit de tout ce qui l'accusait, la remise en liberté de la jeune femme.

Au bout du compte, Flynn ne saura jamais à qui elle doit ce bouleversement de son quotidien. En effet, en passant au scanner toute la vidéosurveillance des lieux de l'accident, les inspecteurs en charge de l'affaire Ava Svendsen ont découvert la présence d'une voiture correspondant exactement au Toyota de Flynn, qui suivait à distance la future victime à moto. En dépit du fait qu'il leur était impossible d'identifier le conducteur dont la tête était recouverte d'une capuche ainsi que les plaques d'immatriculation, cet élément accablant contre Flynn a permis à Green de passer sous silence son entrevue avec Luv Svendsen au cours de laquelle elle lui a remis la lettre d'Ava. Il a bien compris que Luv ne souhaitait pas que sa trahison fût connue de Flynn. Il a donc placé la jeune femme en garde à vue uniquement au motif de la présence d'un modèle de voiture identique au sien sur la scène de l'accident. Pendant ce temps, il s'est rendu à Longfield avec ses hommes pour perquisitionner le cottage et a fait saisir l'ordinateur d'Ava ainsi que le Toyota de Flynn. L'examen de celui-ci par la police scientifique n'a rien donné de probant ou plutôt a permis à Green de conclure que ce n'était pas ce Toyota qui était impliqué dans l'accident. Non seulement la voiture ne portait aucune trace de choc ni de peinture, mais elle n'avait pas vu un garagiste depuis longtemps et encore moins un carrossier. Écartée, donc, la piste du Toyota de Flynn. Par la suite, les recherches sur le véhicule qui suivait Ava ont révélé qu'il s'agissait d'une voiture de location du même modèle, louée sous une fausse identité. Un premier élément suspect qui conforta Green dans l'hypothèse d'un crime. Mais ce n'était qu'un début… Ce qui s'ouvrit à lui dans une succession de découvertes et de révélations lui donna presque le vertige.

Interrogée pendant des heures, Flynn a clamé son innocence et assuré qu'elle n'avait jamais eu connaissance de la lettre d'Ava avec une telle force, une telle conviction qu'elles ont fini par trouver écho en Green. D'autant que, parallèlement, surgissaient des éléments nouveaux qui l'ont mis sur d'autres pistes. En fouillant dans l'ordinateur d'Ava, il a découvert une personnalité sombre, obsessionnelle, étonnamment organisée, comparée au joyeux désordre qui régnait dans le cottage.

Afin de mieux comprendre son fils, que Vicky et lui ont eu sur le tard, et de garder un lien avec lui, ainsi qu'une plasticité et une jeunesse d'esprit, Green s'est pris au jeu de l'informatique et s'en sort plutôt bien, assez pour aller sonder les entrailles de l'ordinateur d'Ava et lui faire cracher leur contenu. Il en connaît suffisamment pour déverrouiller, un à un, des fichiers cachés que Luv Svendsen n'aura même pas soupçonnés en effectuant ses recherches sur le PC de sa fille. Des fichiers qui contiennent une partie de la vérité. Une vérité bien éloignée de ce que Svendsen a pu imaginer. Mais qui, en revanche, ne surprend Green qu'à moitié. Ava a tout agencé, tout organisé de façon froide et méthodique, tout prévu aussi, sauf ce qui l'a rattrapée et dont elle est devenue la victime. Sa propre victime, au fond, se dit Green.

Flynn est la première qu'il confronte à cette vérité en la convoquant, ce jour, à la MET. Tout d'abord incrédule, dans le souvenir encore frais de sa garde à vue, elle finit par s'effondrer face à l'imparable. Pourtant, sa compréhension de ce qui a pu déclencher cette escalade dans la tête de la femme de sa vie est sans limites. Elle ne peut l'excuser, mais peut la comprendre.

— Vous pensez le dire à Luv ? demande-t-elle au flic à qui elle trouverait presque un air d'Obama dans la finesse métissée de ses traits et de ses mains, si ce n'était la couleur or blanc de ses cheveux presque ras. Ça risque de lui flanquer un coup.

— Coup ou pas coup, ça change la donne et ça la met au premier plan, dit Green. Beaucoup de choses découlent de cette vérité brute qu'Ava nous laisse. Et ce n'est qu'une face de l'iceberg… J'ai encore certaines choses à creuser. Cette fois, pour savoir exactement qui est son meurtrier. Ou avoir confirmation de ce que j'entrevois comme une suite logique à tout ça.

— Vous pensez que Luv peut être liée à… à l'accident ?

— Je ne peux pas me contenter de « penser ». Je dois prouver.

Avant de quitter le bureau étouffant, Flynn s'arrête, jette un œil attristé à Sherlock et le lève sur le lieutenant.

— Ça ne vous fait rien de garder ce poisson tout seul dans un bocal rempli d'eau ?

— C'est pour lui apprendre à collaborer davantage avec Scotland Yard et, dans un bocal sans eau, je crains qu'il ne tienne pas longtemps…, répond Green.

— Vous savez quoi ? dit Flynn. À sa place, il y a longtemps que j'aurais sauté du bocal.

— Alors c'est qu'il ne s'y sent pas si mal… Mais je comprends ce que vous voulez dire, mademoiselle Flynn. À force de le regarder tourner, j'apprends beaucoup.

— Moi, c'est en observant mes chevaux en liberté que j'apprends beaucoup, inspecteur.

— Eh bien, je vous souhaite de continuer à les observer encore longtemps.

— Si je le fais, c'est uniquement pour elle, pour Ava. Parce que renoncer à la vie serait lui faire insulte, à elle, qui n'a pas demandé à mourir.

— Faites-le pour vous, si je puis me permettre. Avant tout, faites-le pour vous.

Une fois seul dans son bureau, Green éteint les ordinateurs comme après une mission accomplie, range sous clef les dossiers de l'affaire Svendsen et lance un dernier regard à Sherlock. Comment dire à quelqu'un qu'il connaît à peine que ce poisson tout seul dans son bocal c'est lui-même, miroir vivant qui lui renvoie le reflet de sa propre existence. De celle de chacun des milliards d'êtres humains qui peuplent le monde. Le monde selon Green. Un monde de bocaux remplis d'eau et de solitude tant que la vie est là, pour, un jour, s'assécher complètement.

— À demain, mon vieux, bonne nuit, lui dit Green en partant, sa serviette de lycéen sous le bras.

Elle ne l'a jamais quitté depuis le lycée. Sauf pour une réparation chez le cordonnier.

Peter Green sort de l'immeuble dans un rayon de soleil qui perce les nuages du ciel de Londres comme un glaive. Il prend la direction du fleuve, son compagnon de tous les jours. Chaque fleuve et chaque rivière a sa personnalité, des détails qui le différencient des autres. Des eaux plus claires ou plus sombres, plus ou moins agitées, un parcours plus ou moins sinueux, une navigation, une faune et une flore qui lui sont propres, ses secrets aussi. La Tamise, qui traverse l'Angleterre d'ouest en est sur plus de trois cents kilomètres, est un peu plus salée à Londres où elle se rapproche de la mer et de ses marées, et rassemble ainsi à la fois poissons marins et poissons d'eau douce. Green, lui, aime y observer les cygnes, à l'image de ce mâle qui, reconnaissant de loin l'homme à la peau café et au trench qui vient presque chaque jour leur lancer un peu de pain sec, se précipite déjà à sa rencontre, perdant sur terre toute sa grâce aquatique.

— Te voilà déjà, toi ! sourit l'inspecteur en sortant de sa serviette un sac plastique rempli de quignons de pain.

Cette distribution de friandises est autant une gratification pour lui-même que pour le cygne. Dans un univers aussi bétonné qu'une ville, seuls un parc et un fleuve peuvent offrir ces rencontres privilégiées au cœur de quelques instants d'oubli.

Ouvrant son bec dentelé redoutable, tête dressée au bout d'un cou interminable, le palmipède a appris à attraper au vol les morceaux qu'il gobe instantanément. Un autre arrive déjà en terrain conquis, ailes écartées et plumage gonflé dans un sifflement aigu.

— Eh, ne vous battez pas, ou je ne vous donne plus rien, grogne Peter Green.

En même temps qu'il se déleste de son pain, ce sont aussi toutes les tensions accumulées qui retombent. Encore un peu de ce temps à lui et il pourra se confier à Vicky. Lui parler de l'affaire Ava Svendsen, qu'il espère bientôt bouclée. Mais il lui reste à faire le plus désagréable.

Au bout d'une demi-heure de flânerie, il finit par rentrer chez lui, au 11 Downing Street où l'attend Vicky. Parfois, il se dit qu'il habite un peu trop près de son bureau, mais rien de ce qu'ils ont visité ne leur a suffisamment plu pour qu'ils se décident à déménager. Et puis c'est un luxe de pouvoir se rendre à pied à son travail.

— Ohoho ! Je devine une bonne odeur de pudding ! lance Green à travers l'appartement d'une voix qui se veut chantante en accrochant son trench au portemanteau et échangeant ses chaussures contre des pantoufles en cuir.

L'intérieur est celui d'une maison de poupée, entièrement aménagée au goût de Vicky à qui son mari laisse carte blanche pour la décoration. Les Green, un couple uni dans un fonctionnement encore à l'ancienne, Mme Green ne travaillant pas, dévouée corps et âme aux affaires domestiques, ce qui ne l'empêche pas d'avoir recours à une aide ménagère, Elena, une jeune grecque à l'efficacité incomparable. Assistance qui permet à Vicky de s'adonner à la cuisine, son passe-temps favori en plus de certains dossiers que lui confie Peter.

Malgré son ton jovial, depuis son quartier général, Vicky reconnaît tout de suite cette vibration particulière des cordes vocales de son compagnon qui trahit une tension ou une intense préoccupation. Essuyant les mains mouillées sur son tablier pour arranger la masse flamboyante de ses cheveux roux que l'âge n'a pas encore parsemés de fils d'argent, elle sort de la cuisine à la rencontre de son mari.

— En effet, ton flair ne te trompe pas, je t'ai préparé ton dessert préféré, mais mon instinct d'épouse attentive et dévouée ne me trompe pas non plus en me disant que tu reviens avec du lourd… C'est l'affaire Svendsen ? Il y a du nouveau ?

— Ma femme chérie est plus perspicace que beaucoup de flics de la MET, dit-il après un baiser appuyé sur les lèvres toujours appétissantes de Vicky dont les rondeurs lui garantissent une jeunesse physique prolongée.

— Allons nous asseoir au salon et tu vas tout me

raconter. Car tu es prêt, n'est-ce pas, après ta petite balade sur les berges…

Se disant que sa femme le connaît trop bien et que ce n'est pas toujours à son avantage, Green acquiesce et emboîte le pas de Vicky jusqu'au salon où règnent, en même temps qu'un ordre parfait, les bibelots, toujours plus nombreux, lui semble-t-il. En particulier la collection d'angelots alignés sur le buffet, chacun sur un napperon exécuté au crochet. Sans parler des quelques vestiges pailletés et dorés des fêtes de Noël dont Vicky est particulièrement friande. Faire la poussière ici doit être un vrai casse-tête pour cette pauvre Elena, lui répète Green tout en se sachant parfaitement impuissant face aux décisions de la maîtresse de maison. Et bouger le moindre objet sans s'appeler Elena ou Vicky reviendrait à un crime de lèse-majesté.

Peter et Vicky Green se sont mariés à Londres en 1977, bravant les préjugés encore forts sur les mariages entre Blancs et Noirs. En Angleterre, malgré un important métissage démographique, la tendance est de rester entre Blancs, entre Noirs, entre Asiatiques, Indiens ou Pakistanais. Mais leur couple a tenu, contre leurs familles respectives avec lesquelles ils ont fini par rompre.

Si l'alcoolisme plutôt répandu parmi les flics n'a pas touché Green, il cède volontiers au plaisir d'un verre de scotch lorsqu'il est près de clore une enquête ou lorsqu'elle est résolue. L'alcool est pour lui une récompense avant d'être un refuge. Mais là, il a une forte envie de se détendre et, pour une fois, transgresse les règles en sortant la bouteille.

— J'ai bien senti, je crois…, observe Vicky

installée dans un des fauteuils rayés. Tiens, sers-m'en un aussi, je t'accompagne.

Une fois la tâche accomplie, Green prend place à côté de sa femme et aspire la première gorgée en silence. L'instant est chargé.

— Ce n'est pas Flynn qui a tué Ava, en revanche, c'est Ava qui a tenté de tuer sa mère, Luv Svendsen, à Oslo, il y a presque deux ans, alors qu'elle était enceinte.

— Qui ça, Ava ?

— Non, sa mère. Pour Ava, ça a été le coup de trop. Toutes les pièces se trouvent dans son ordinateur, dans des dossiers cachés. Mais la plus accablante, ce sont ses aveux, sous la forme d'un journal, planqué dans une fente du matelas du lit dans son bureau, retrouvé lors de la perquise. Elle y décrit tout. Dans quel état ça l'a mis d'apprendre que sa mère, cette mère qui ne s'est jamais occupée d'elle, était enceinte. Ses cauchemars, ses insomnies, son sentiment d'abandon et de trahison, alors qu'elles venaient à peine de se retrouver, esquissant une relation, essayant de combler le vide de toutes ces années perdues. Un changement radical suivi d'une obsession de les tuer tous les deux. Elle et cet enfant qu'elle attendait, qu'elle allait aimer. Un amour insupportable pour Ava.

— Comment Ava l'a-t-elle appris ?

— De sa mère. Luv Svendsen lui en avait parlé à demi-mot. Mais son regard brillait d'une joie qu'Ava n'a pas supportée. Elle s'est donc procuré un fusil sur Internet, des munitions, le même calibre qui a failli tuer Luv Svendsen sur ce parking. Elle a loué une moto sur place. Toutes les factures sont scannées et rangées dans un fichier. Dans un autre il y a des photos. Environ un millier de photos qu'Ava a prises de sa mère à son insu. Elle l'a suivie pendant un mois, de son appartement à son lieu de travail, lorsqu'elle allait faire ses courses ou qu'elle donnait des conférences à l'université.

— Mais elle habitait où pendant tout ce temps ?

— Chez une connaissance à Oslo, un type que j'ai pu joindre après avoir trouvé les coordonnées dans son répertoire téléphonique et qui m'a confirmé le séjour d'Ava chez lui. J'ai demandé une analyse graphologique à partir de son journal, dont les résultats sont éloquents. Personnalité introvertie, fragile, instable mais méticuleuse et organisée. Avec quelques facettes narcissiques et manipulatrices.

— Ce doit être un sacré choc pour sa compagne…

— D'autant qu'elle n'en a jamais rien su. Si elle avait découvert le journal d'Ava, elle l'aurait appris, tout comme elle y aurait lu les mots qui la disculpent. Ava Svendsen a elle seule organisé le meurtre de sa mère enceinte.

— C'est terrible, souffle Vicky.

— Ça montre surtout qu'un acte, un choix de vie, peut avoir de graves conséquences même des années plus tard. Car tout découle de l'abandon d'Ava par sa mère trop jeune pour l'élever.

— Combien de toutes jeunes femmes, des adolescentes, sont dans ce cas et, pour autant, les enfants qu'elles n'ont pas pu élever ne leur en veulent pas au point de les tuer, réplique Vicky en secouant son fond de scotch.

— La goutte d'eau a été la deuxième grossesse.

C'est le risque sur une personnalité fragile. Ava a très bien su masquer ses tendances psychopathiques jusqu'à ce moment.

— Que ce soit elle qui ait tenté d'assassiner sa mère change tout sur les circonstances de son accident et sur l'identité du meurtrier, n'est-ce pas, inspecteur Green ? dit Vicky dans un regard tendrement complice sur Peter.

— En effet.

— Et qu'est-ce qui se profile ?

— On ne peut rien te cacher, ma Vicky… Eh bien, sans doute un voyage à Oslo, pour commencer.

— Tu ne peux pas faire revenir Luv Svendsen à Londres en la convoquant ?

— Ma chère, il est plus délicat de demander au principal suspect d'un meurtre de bien vouloir se rendre dans les locaux de la police que d'aller le trouver. Je ne voudrais surtout pas lui laisser le temps de se faire la malle si elle s'est vengée de sa fille aînée.

— Mais tu ne sais même pas où elle vit ! Puisqu'elle t'a dit que le lieu est tenu secret…

— Je saurai faire pression sur David Hope, son compagnon, pour qu'il crache le morceau.

23

Camp de base ARCTICA, région de Thulé, janvier 2017, jour 11

À la vue de la porte entrouverte du bloc principal dans la lumière des phares de son 4×4, Sangilak comprend qu'il s'est passé quelque chose. Sentiment confirmé par la présence du véhicule de la mission enseveli sous la neige, formant un monticule blanc. Un silence absolu pèse sur le baraquement, visiblement déserté.

— On y va doucement, Iluak, dit-il à son adjoint, un Inuit au visage émacié, la quarantaine alcoolisée, en même temps que, leurs frontales ajustées, ils descendent de voiture, chacun son fusil pointé sur l'entrée bloquée par un amas de neige gelée.

Une traînée brunâtre attire leur attention.

— Du sang…, souffle Sangilak. Du sang et la porte ouverte. Rien de bon. On se tient prêts.

Pas à pas, ils pénètrent à l'intérieur plongé dans l'obscurité. Ils cherchent à atteindre un interrupteur, mais une forme étendue en travers du sol, à moitié recouverte de neige solidifiée, les arrête aussitôt.

Dans les taches lumineuses de leurs frontales surgit un visage d'homme bleui, la bouche ouverte, figée sur un cri. Vient ensuite la vision d'un véritable carnage que la fine pellicule glacée dissimule à peine. Le corps déchiqueté, les chairs arrachées jusqu'aux os, la gorge qui n'est plus qu'une béance noire où sont visibles même les vertèbres et les doigts encore crispés dans un réflexe de défense. Sangilak et son adjoint restent sur place, pétrifiés, la main resserrée sur leur fusil, unique salut en cas de nouvelle attaque. Car c'est bien de cela qu'il s'agit. L'homme a probablement été victime d'un prédateur.

— Tu… tu le connais ? demande l'adjoint transi à Sangilak, sentant ses sphincters se relâcher sous l'effet de la peur.

— Je les ai tous vus, mais celui-là, impossible de le reconnaître. En tout cas ce n'est pas Ferguson, ajoute-t-il avec un soulagement palpable. Celui-ci est plus petit.

— Il n'est pas beau à voir.

— On dirait qu'il a été attaqué en ouvrant la porte. Comme s'il croyait ouvrir à quelqu'un qu'il connaissait. Ou à un animal familier. Et le seul auquel je pense ne peut être que ce chien à moitié loup du jeune Français de leur équipe.

— À quoi tu vois ça, chef ?

— Réfléchis, Iluak. Un ours l'aurait traîné dehors. C'est plutôt un loup, à mon avis. Tu as vu cette plaie ? Il s'est acharné là, sur la gorge. Justement comme font les loups pour maîtriser leur proie. Le pauvre gars lui a même arraché une touffe de poils, regarde, là…

Les deux hommes se baissent vers l'endroit

désigné par le shérif, pointant le faisceau de leur frontale sur la main en question. Les doigts sont refermés sur quelque chose qui ressemble en effet à une boule de poils gelée, d'un gris beige cendré. Sangilak la tire doucement et, après l'avoir réchauffée de son souffle, la roule entre ses gants puis la hume comme le ferait un chien.

— Un loup seul n'attaque jamais et ne s'approche aussi près des habitations que s'il est affamé ou s'il a senti des bêtes qui pourraient lui servir de repas, dit-il, perplexe.

Malgré son métissage, le sang inuit qui coule dans ses veines le rapproche de cette nature sauvage où vivaient ses ancêtres, de chasse et de pêche. Contrairement à Iluak, un pur Inuit urbain et plus jeune, ayant toujours vécu à Qaanaaq, au contact de la nature, de nouveau il peut sentir, de nouveau il vibre de toutes ces sensations décuplées.

— Peut-être avait-il la rage ? suggère Iluak.

Sangilak secoue la tête sous sa toque en fourrure.

— Dans ce cas, on le retrouvera mort dans les parages. Mais je ne pense pas. Le type est à moitié dévoré, c'est autre chose. La peur peut causer ça. Un animal rendu fou par la peur.

— La peur de quoi ?

Mais Sangilak ne répond pas. Son expression s'est brusquement assombrie.

— On va voir plus loin à l'intérieur. Il faut qu'on trouve ces putains d'interrupteurs ou un moyen d'avoir de la lumière. Tu prends à gauche, je vais par la droite. À la moindre alerte, on siffle ou on se sert du fusil.

— J'aime pas le noir…, fait l'Inuit émacié en hésitant.

— Qui aime ? Allez, ou je te botte les fesses !

Chacun part dans une inspection à la frontale et à la lampe torche, une main serrant le fusil. Sangilak, qui connaît les lieux, parvient à s'orienter sans peine dans la pénombre des pièces. Visiblement, l'endroit est délaissé depuis un moment. Arrivé à la porte de la chambre froide, il s'arrête et écoute. Pas de bruit suspect. Il entre dans la pièce où l'écart de température avec le reste du baraquement ne se fait plus sentir, l'air froid ayant pénétré dans le bloc par l'entrée principale restée ouverte. Trouvant l'interrupteur, il l'actionne en vain. Il comprend alors que le groupe électrogène a dû s'arrêter de tourner.

Une odeur connue alerte aussitôt le shérif. Celle du sang et des viscères. Bien que Ferguson ait tout nettoyé après le dépeçage de l'ours, subsiste cette odeur métallique qui ne trompe pas un Inuit ayant passé son enfance dans un village où, régulièrement, on saignait un phoque ou un ours blanc que l'on éviscérait en retirant la peau, avant de la mettre à sécher, tendue sur des piquets.

— On a saigné un animal ici…, murmure Sangilak, du bout de ses lèvres tremblantes.

La griffe sur laquelle il marche en faisant le tour de la pièce scelle ses craintes. Le cœur cognant dans sa poitrine, il se baisse pour la ramasser. Une griffe d'ours… *Nanuq, tu as donc fini dans cette pièce froide…*, dit-il tout haut. Pourquoi as-tu fait ça, Ferguson ? Pourquoi as-tu tué un ours blanc et ne m'as-tu rien dit ?

Son regard errant le long des cloisons nues

s'arrête sur l'armoire en métal qui occupe tout le mur du fond. Apercevant le tiroir mortuaire dans lequel a été placée Atsuko, il s'approche. Celui-ci, forcé à l'aide d'un outil, est resté ouvert, mais il est vide.

— Qu'ont-ils fait de la Japonaise ? s'exclame le shérif en serrant les dents. Que s'est-il passé, ici, mon frère ?

Ses pas le conduisent jusqu'à la cuisine où il ne parvient pas davantage à allumer la lumière, ce qui le conforte dans l'hypothèse d'une panne générale. Orientant sa lampe torche au sol, il voit une cocotte en fonte renversée dont le couvercle gît au sol à côté d'une cuiller en bois. Tout autour, des traces de sauce séchée. Regardant à l'intérieur de la cocotte, il y découvre quelques restes de viande noircie pris dans la sauce froide, qui ont adhéré au fond. S'aidant de la cuiller, il racle le mélange et le porte à sa bouche pour y goûter. Alors qu'il mâche, son visage se rembrunit dans une colère sourde.

— Voilà où tu as terminé, *Nanuq* ! rugit-il en balançant la cuiller et shootant dans la cocotte avec ses semelles épaisses.

De tout temps, les Inuits ont chassé l'ours blanc pour se nourrir et confectionner des anoraks ou des bottes et Sangilak n'est pas un adepte du véganisme qui peu à peu gagne du terrain, mais il ressent cet acte de la part d'étrangers comme une trahison. Venant de scientifiques en mission au Groenland, c'est tout simplement inacceptable. Dans une longue expiration, Sangilak émet un sifflement proche de celui d'un oiseau de nuit. Iluak ne tarde pas à arriver, le teint blafard dans la lumière de la torche. On dirait un fantôme sortant des ténèbres.

— Tu as trouvé quelque chose ? interroge Sangilak.

— J'ai regardé dans les chambres. Toutes leurs affaires sont là, sauf les équipements d'extérieur. Et toi, chef ?

— Le corps de la femme décédée a disparu du tiroir mortuaire, dont la porte a été forcée, et ils ont tué un ours qu'ils ont dépecé dans la chambre froide pour ensuite stocker la viande découpée dans le congélateur et en faire des plats.

Sangilak raconte d'une voix émue la découverte des restes dans la cocotte en fonte retrouvée par terre dans la cuisine. À chaque mot son adjoint hoche la tête d'un air grave. Si pour lui l'histoire de l'ours n'a pas la même résonance que pour son chef, il prend malgré tout la mesure de la situation.

Ensemble, ils poursuivent leurs recherches dans les labos 1 et 2 ainsi que dans la salle des ordinateurs où ils font une autre découverte de taille en tombant sur les photos imprimées du cimetière aux bœufs entouré de ses sentinelles de pierre.

— Qu'est-ce que c'est ? s'étonne l'adjoint.

— L'origine de tout, souffle Sangilak, tendu. Ils ont mis les pieds là où il ne fallait pas.

— Tu connais cet endroit ? Tu sais ce qui s'est passé avec ces bœufs, chef ?

Les photos, entre les doigts de Sangilak que protègent les gants fourrés, tremblent légèrement au rythme de ses pulsations.

— Non, mais je sais ce que veut dire cette réunion d'*inuksuits*. C'est un lieu sacré. Un lieu protégé.

— Par qui ?

— Les esprits des morts. C'est toujours mauvais de les réveiller.

— Ce sont eux qui ont enlevé le cadavre ? Eux aussi qui sont venus ici sous l'apparence d'un loup ?

Le jeune Inuit semble de plus en plus fébrile.

— Je ne sais pas. En tout cas, quelque chose de mauvais s'est abattu sur cette mission. Allons voir dehors si on trouve autre chose.

Alors que, sous un ciel cette fois poudré d'étoiles, ils poursuivent leurs recherches entre les blocs du baraquement et autour, leurs semelles faisant crisser la neige à chaque pas, ils aperçoivent à une dizaine de mètres de l'unité centrale comme une ombre circulaire sur le sol gelé.

Éclairant le dispositif de sa lampe torche, Sangilak se fige. Son adjoint lui lance un regard interrogateur. Sans un mot, le shérif pointe le menton en direction de ce qu'il vient de voir. Là, en pleine lumière, un visage les fixe de ses orbites vides. Tout autour sont disposés en éventail de longs cheveux noirs parsemés de cristaux de glace. La tête coupée de Murata.

Portant la main à sa bouche, le jeune Inuit a juste le temps d'écarter les jambes avant de vomir ses tripes.

— Partons d'ici, tout de suite, lui lance Sangilak en balayant les environs de sa frontale, son fusil prêt à servir.

Les deux hommes regagnent le 4×4 au pas de course.

— Démarre ! ordonne le shérif une fois installé. Vite !

En même temps que le moteur rugit, les énormes pneus crénelés patinent sur la neige gelée.

— Tourne le volant ! On croirait que tu n'as jamais conduit ce 4×4 !

Entre deux hoquets, Iluak s'exécute et le véhicule décolle enfin pour s'élancer lourdement sur ses propres traces.

— C'est quoi, ce bordel, CHEF ? crie l'adjoint, soudain hystérique, d'une voix aiguisée par l'effroi. Qu'ont-ils fait du corps ?

— Je n'en sais rien, sauf que ça recommence, comme chaque fois à la même période, lâche Sangilak, le regard sombre.

— Quoi ? Qu'est-ce qui recommence ?

— Les disparitions. Des gens disparaissent, et on ne sait pas où ni pourquoi.

24

Dans la nuit de l'inlandsis, région de Thulé, janvier 2017, jour 11

Pendant que Sangilak, revenu d'Arctica, avertit les consulats et ambassades de leurs pays respectifs de la mort de la géologue Atsuko Murata et du chef cuisinier Akash Mouni ainsi que de la disparition des six scientifiques et du reporter Niels Olsen, dans l'obscurité des glaces se joue un scénario qu'il est loin d'imaginer.

Réveillée par des bruits de pas et des voix autour d'elle, Luv reprend peu à peu connaissance. Elle est allongée, sa tête la lance, comme si on lui avait planté un pieu dans la boîte crânienne et elle peut à peine bouger les membres. À la douleur qui se propage dans ses cervicales, elle identifie aussitôt un coup du lapin. Quand bien même pourrait-elle les mouvoir, ses pieds et ses mains sont solidement attachés. Condamnée à rester immobile, tout le corps endolori comme serré dans un corset, elle doit se contenter d'entrouvrir ses paupières lourdes et collées pour tenter de voir où elle se trouve.

Un endroit plutôt chaud, bruyant et fermé, où elle ne sent ni le froid ni le vent. Au-dessus d'elle, suspendus par des cordelettes à ce qui ressemble à un plafond voûté, des objets étranges de différentes formes se balancent doucement. Elle ne parvient pas à voir ce que c'est. Dans son esprit encore vague, les événements se remettent en place à la façon d'un jeu de construction, s'empilant ou s'imbriquant les uns dans les autres.

Dans un effort de mémoire, elle se revoit, attachée par les pieds à l'arrière de la motoneige, aux côtés de Niels, dans la même position. Ensuite, c'est le trou noir. Seules des sensations diffuses de chocs successifs au dos et à la tête, heureusement protégée par la capuche fourrée. Mais ne remplaçant pas malgré tout l'épaisseur et le renfort d'un casque. Puis tout son être a sombré dans l'obscurité. À tel point qu'elle se demande comment elle peut encore entendre, sentir, revenir lentement de là où elle était. Peut-être est-elle morte finalement, peut-être est-ce ça, la mort, cette chaleur, ces voix grasses, cette langue abrupte qu'elle ne comprend pas et, surtout, cette odeur qui lui arrache les sinus. Une odeur épaisse, poisseuse, un mélange de viande boucanée, de sueur et d'urine.

Un gémissement jaillit malgré elle de sa gorge desséchée. *Niels*… Où est-il ? Est-il en vie ? Elle ne le voit pas. Dans sa vision trouble, elle n'aperçoit que des formes indistinctes bouger à l'intérieur d'une sphère de lumière ambrée. *Réponds-moi, Niels*… Où Ferguson les a-t-il entraînés ? Olsen semblait convaincu que le Danois n'avait rien à voir avec ce qu'il leur arrivait, pourtant c'était bien sa motoneige qui leur fonçait dessus. Et Anita ? Qu'est-elle devenue ? Est-elle sa complice ? Les questions assaillent Luv comme une nuée de flèches.

Elle ferme les yeux, puis les rouvre. Des larmes coulent sur ses tempes que soulèvent à peine les faibles pulsations de ses veines. La part vivante de son être ne tient qu'à un fil. Elle sent qu'il lui faudrait peu pour basculer de nouveau, cette fois sans retour possible. Mais, au souvenir de Niels Olsen traîné comme une poupée de chiffon dans le sillage infernal de la motoneige se substitue celui de Joy. Ses rires, ses gazouillis, la chaleur intense de son petit corps, ses pleurs qui déchirent le cœur mais auxquels il ne faut pas répondre avec trop d'empressement. Et les mots de Dave : « Elle a besoin de toi, elle a besoin de sa mère. » Incessants rappels à ce rôle qu'elle a choisi d'assumer enfin. C'est alors que Luv prend toute leur mesure. Il n'est pas question d'abandonner son petit ange. *Joy, mon bébé, mon amour…*, répète-t-elle pour elle-même. Économiser ses forces encore fragiles. Évaluer la situation, observer, dès qu'elle le pourra. En plus du coup du lapin, elle souffre sans doute d'une commotion cérébrale qui lui donne ces nausées et altère sa vue.

Soudain, elle entend des cris terribles, des hurlements de bête écorchée vive. Une voix de femme. Son corps se met à trembler et à frissonner jusqu'à la racine des cheveux. Les cris redoublent tout en s'éloignant. Luv sent qu'elle va vomir. Elle tourne la tête sur le côté à temps pour ne pas s'étouffer. Mais la douleur à la nuque est violente. Ces relents nauséabonds… elle les a déjà sentis et pourtant, ne parvient pas à les identifier.

— Luv… Luv… ça va ?

Un murmure à côté d'elle, sur sa droite, tout proche. Luv essaie de tourner la tête, mais la douleur est telle qu'elle doit renoncer.

— Ne bouge pas, Luv, je te vois…

— Niels ? C'est toi ? dit-elle du bout des lèvres.

Chaque mot lui coûte tellement dans sa bouche sèche et brûlante. Ses lèvres ont éclaté comme un fruit trop mûr.

— Je suis là, Luv… Juste à côté de toi.

— Ce cri… Tu as entendu ?

— Oui…

— Tu… tu arrives à voir où nous sommes ? Et entre les mains de… de qui ?

— Il y a des hommes, mais aussi des femmes, des enfants. J'en ai vu passer. Ils se sont même penchés sur moi pour me toucher et m'ont regardé en riant. Enfin, je suppose qu'ils riaient… Ils étaient à moitié nus.

— Tu es attaché toi aussi ?

— Comme un saucisson…

— Et… ta tête, ça va ?

— Comme le reste… je ne connaissais pas ce genre de sport, la traction sur glace derrière une motoneige…

— Qu'est-ce qu'ils nous veulent, Niels ?

— Pas du bien, on dirait…

— Ce sont des Inuits ?

— On dirait aussi… mais certains d'entre eux ne ressemblent à rien d'humain.

— Quoi… que veux-tu dire ?

Niels modère ses mots pour ne pas effrayer Luv, mais c'est la vérité. Ce qu'il a vu ne relève pas d'une quelconque humanité. À tel point qu'il s'est demandé si ce n'était pas encore un de ces cauchemars peuplés de créatures hideuses. Seuls leurs yeux fendus et plissés évoquent le peuple de la banquise. Les rires dont il parlait à Luv étaient plutôt des mimiques grimaçantes. L'un des gamins présente une bosse en pain de sucre et un affreux bec-de-lièvre non opéré qui lui fend la lèvre supérieure sur des incisives pourries. Un autre semble arborer deux appendices naseaux, ce qui l'affuble de quatre narines, et le troisième ne possède qu'un œil, l'autre ressemblant à une vilaine cicatrice. Peut-être l'a-t-il perdu accidentellement mais Niels en doute. Tous ces jeunes sont affublés de graves malformations. Est-ce un hasard ? Le fruit ingrat d'une consanguinité ? Une maladie génétique ? Quant aux adultes, il ne les a pas vus d'assez près et la clarté qui, à la température régnant dans cet endroit fermé, doit être celle d'un feu ou de lampes à huile, ne permet pas de distinguer leurs traits à distance.

Alors que Niels penche la tête vers Luv pour lui répondre, un violent coup au visage le fait taire dans un craquement d'os, accompagné de ce qui ressemble à un juron. Du sang chaud jaillit de son nez cassé. La douleur fulgurante lui arrache un cri rapidement étouffé par un deuxième coup. Les yeux révulsés, il voit la batte en bois se balancer, prête à lui réduire la face en bouillie à la moindre réaction. Le même tremblement irrépressible gagne de nouveau Luv qui se mord les joues au sang pour ne pas hurler. Mais sans doute aucun son ne sortirait de sa gorge contractée. D'une voix rude on leur assène des mots qu'ils ne comprennent pas. Pas plus que ce pourquoi ils ont été enlevés. Une histoire de rançon ? Ces gens veulent-ils les dépouiller de leurs équipements ? Seront-ils les objets d'une transaction ? De revendications territoriales de groupuscules extrémistes ? Ou pire encore…

Tout en se laissant envahir par ces vaines interrogations, Luv, qui ne peut tourner la tête, dresse l'oreille en direction d'Olsen dont elle n'entend plus que la respiration saccadée. Est-il à l'agonie ? L'intérieur de sa joue est à vif et saigne. Dans la bouche, un goût de fer.

Un nouveau hurlement, aussi aigu que les premiers, lui parvient de l'extérieur, suivi d'une plainte lancinante, lugubre. Des loups ou des chiens. Elle perçoit leurs halètements affamés. Et ce cri de femme que Luv essaie d'oublier. Garder les sens en alerte, capter le moindre son et tenter de l'analyser, adapter sa vue à cette lumière vivante, autant de moyens de recevoir les informations nécessaires à l'élaboration d'un plan d'évasion. Mais déjà, arriver à savoir où ils se trouvent, parce qu'une fois libres, où aller ? Sur l'inlandsis, sans équipements de survie, c'est la mort assurée.

Elle voudrait de toutes les forces qu'il lui reste appeler Niels, s'assurer qu'il est encore en vie, mais préfère s'abstenir de peur de lui faire courir un plus grand danger s'il s'avise à lui répondre. Jamais elle ne s'est sentie aussi seule et vulnérable. Même après qu'on a essayé de la supprimer à Oslo.

Autour d'eux, des bruits, du mouvement, une agitation permanente comme si un événement se préparait, entrecoupés de rires et de chants gutturaux. C'est alors que, entrouvrant une nouvelle fois les paupières, dans une vision plus précise, elle parvient enfin à identifier la nature des objets qui pendent au bout de leurs cordes, produisant un concert de tintements. Des os... des os humains. Elle reconnaît un tibia, un fémur, des côtes, les phalanges, les mandibules, une calotte crânienne aussi nue et lisse qu'un œuf d'autruche... Elle préférerait mille fois se tromper, mais l'évidence est là, terrifiante.

Un cri muet bat dans sa gorge, muet et vain. Pendant ce temps, le vent au-dehors joue son air funèbre.

Au même moment, une silhouette surgit au-dessus d'elle, évoquant celle d'un ours blanc. Sa tête énorme, sa gueule ouverte aux canines apparentes, prête à se refermer sur elle. Et l'ours se met à parler d'une voix masculine dans une langue inconnue.

Comme il se penche un peu plus, elle distingue vaguement dans l'ombre les traits d'un homme d'âge mûr à la barbe et à la chevelure argentée qui dépasse de la peau d'ours dont il s'est enveloppé. Sur sa tête repose le haut de celle de l'ours avec sa mâchoire supérieure.

— Qu'est-ce que vous nous voulez? murmure-t-elle, atterrée, sans grand espoir que le norvégien ni même l'anglais lui soient familiers.

En face, un grondement sourd entre le rire et le sarcasme accueille sa question.

— Vous comprenez ce que je vous dis? articule la biologiste à bout de souffle.

Nouveau rire sur le même registre. Pourtant, par

son attitude, l'homme ne semble pas menaçant. Il paraît même écouter les mots de Luv. Sans pour autant lui apporter de réponse.

— Nous sommes des scientifiques en mission ici… où sont les autres ? poursuit-elle.

Mais c'est comme si elle parlait à un mur. Un frisson lui traverse la nuque. Cet homme aux allures de chaman sorti d'un autre temps… Les derniers mots de Niels, « certains d'entre eux ne ressemblent à rien d'humain ».

— Savez-vous ce qui leur est arrivé ? insiste-t-elle, toujours en anglais.

Mais sous la tête d'ours dont l'ombre lui mange le visage, l'homme lui oppose un silence farouche mêlé de curiosité. Une curiosité de prédateur qui entend bien jouer avec sa proie avant le coup de grâce.

Une odeur de charogne accompagne chacun de ses mouvements alors qu'il fait mine de s'asseoir à côté d'elle. Luv sent de nouveau la nausée la gagner au contact des mains épaisses aux ongles noirs qui se glissent dans ses cheveux. Des caresses rudes qui n'ont rien d'amical, mais qui sont plutôt une façon de marquer sa domination. De montrer que Luv lui appartient. Ses doigts se refermant sur une poignée de mèches blondes, penché sur elle, l'homme lui tire brusquement la tête en arrière. Sous la douleur qui se propage dans ses cervicales, fulgurante, Luv croit s'évanouir. Elle ferme les yeux pour ne plus voir. L'haleine de l'homme lui balaie le visage dans des relents putrides.

Après lui avoir reniflé la peau avec la convoitise d'une bête sauvage, le chaman se lève en silence, prenant appui sur un bâton en os taillé en pointe. Il fait quelques pas puis se retourne vers Luv recroquevillée à ses pieds avant de s'éloigner, abandonnant sa captive à la funeste musique des ossements.

25

Poste de police de Qaanaaq, ville de Thulé, janvier 2017, jour 12

Dans le bureau exigu et désordonné du shérif Sangilak, où flotte un mélange de testostérone et de tabac brun, la chaleur est étouffante. Au milieu de piles de paperasses sans réelle organisation, le fax est encore de mise. Resté seul, Sangilak sort d'un placard à la porte branlante une pile de dossiers dont certains, écornés et jaunis, datent de la période entre 1990 et 2000. D'autres remontent aux années quatre-vingt, se résumant parfois à trois feuilles volantes de rapport. Tous portent sur des affaires non élucidées de disparitions mystérieuses sur l'inlandsis. Toutes sur le territoire de Thulé. Aucun des dossiers n'a été informatisé.

La tête entre les paumes, le shérif s'apprête à examiner chacun d'eux. Depuis plus de vingt ans qu'il est à ce poste, lui et ses hommes n'ont résolu aucune de ces disparitions. Dans presque chacun des cas il s'agissait de membres d'expéditions polaires, mais encore jamais de scientifiques, ceux-ci ne se lançant généralement pas dans de grandes traversées pédestres du Groenland. Les expéditions en période de nuit polaire sont les plus rares, mais les disparitions semblent se concentrer à ce moment de l'année et toujours sur l'inlandsis. Elles sont généralement attribuées aux conditions extrêmes ou à des erreurs humaines. Les aventuriers connaissent les risques et savent qu'il y a une chance sur deux de revenir vivant. Parfois moins. Ils ont conscience qu'une mauvaise évaluation de ces risques les conduira à une mort certaine. À l'instar des alpinistes qui s'attaquent aux plus hauts sommets du monde. Pourtant, dans toutes ces disparitions, plus d'une centaine, entre les années quatre-vingt et aujourd'hui, Sangilak sait qu'un grand nombre échappe aux quotas. Que des marcheurs ont été comme engloutis dans la glace. Ce qui est vraiment arrivé, dans certains cas. Mais Sangilak a observé un phénomène bien plus inquiétant qu'il suit depuis qu'il est shérif. Un nombre accru de disparitions qui surviennent non loin des zones habitées, ou même à l'intérieur, et qui se répètent en cette période de nuit polaire.

Dans les premiers temps, il s'est raconté que des ours blancs affamés, perturbés dans leur équilibre naturel par les trop importantes variations climatiques et la fonte accélérée des glaciers avec la diminution progressive de la banquise, rôdaient autour des habitations et même de Qaanaaq et des petites villes voisines, à la recherche de nourriture, y compris humaine. Longtemps leurs habitants terrorisés ont cru à cette version. Mais une autre rumeur, jamais vérifiée, a point, effrayante. Que des gens, touristes ou autochtones, sont enlevés par des forces malfaisantes ou, selon certaines théories, par un groupe très agressif de défenseurs du Groenland qui verrait d'un mauvais œil le tourisme et tout ce qui pourrait corrompre les traditions et l'intégrité de l'île.

Les villages et les clans inuits s'établissent en général près des zones côtières, lieu de vie de leur gibier de prédilection. Très peu se confrontent sur la durée aux conditions extrêmes de l'inlandsis. Pourtant, cette chose qui vient rôder si près des habitations, cette chose qui enlève des gens ou même des cadavres, semble provenir de l'intérieur, du désert de glace.

Là aussi, Sangilak a signalé les disparitions suspectes aux autorités de Nuuk, la capitale, mais elles n'ont toujours pas réagi et aucune décision n'a encore été prise. Le shérif se sent seul au pied d'un mur infranchissable. Comme s'il devait se battre contre le vent. Alors qu'il devra très vite rendre des comptes aux représentants des pays concernés par la disparition de leurs ressortissants scientifiques.

Alignant par ordre chronologique les dossiers sur le bureau, il commence par ouvrir le plus ancien pour remonter jusqu'à aujourd'hui.

Dossier 1 : février 1981, disparition suspecte signalée de trois Français, Johan Moreau, Philippe Gers, Marcel Sloti et un Britannique, Robert Thompson. Partis le 2 janvier de Tassillaq où ils avaient atterri en provenance d'Islande. Dans la nuit polaire, aucun survol de la zone n'avait été possible. Effectué au retour du jour, le survol n'avait rien donné. Or des équipements auraient dû être retrouvés sur l'inlandsis du Groenland qu'ils avaient pour projet de traverser du sud-est au nord.

Dossier 2 : janvier 1983, disparition suspecte signalée de deux Norvégiens en pleine nuit polaire. Aucun reste ni humain ni matériel retrouvé aux beaux jours.

Dossier 3 : mars 1984, disparition suspecte de quatre Canadiens partis début février de Constable Point à l'est du Groenland et qui devaient traverser l'inlandsis sur une diagonale pour arriver à l'extrême nord de l'île fin février. Là non plus, aucune trace des corps et de leurs équipements.

Dossier 4 : mars 1987, disparition suspecte sur l'inlandsis d'un chercheur français de Grenoble et de sa femme, tous deux expérimentés et montagnards chevronnés, partis de Narsaq où ils avaient atterri à bord d'un avion en provenance de Copenhague.

Dossier 5 : février 1989, disparition suspecte signalée sur l'inlandsis de cinq membres d'une expédition internationale, partis de Kangerlussuaq pour rejoindre la côte est un peu plus au nord.

Ainsi de suite jusqu'au dossier 30 de l'année 2014. Depuis, aucune disparition n'a été signalée, mais cela ne veut pas dire que personne n'a disparu. Une dizaine de dossiers portent sur des disparitions de personnes en zones habitées, petites villes ou villages. Et principalement des touristes et des autochtones.

En ouvrant le dossier 10, le visage de Sangilak s'assombrit et ses doigts se crispent sur la chemise cartonnée qui commence à partir en morceaux. Ce dossier, il voudrait qu'il n'ait jamais existé, ne jamais avoir à l'ouvrir de nouveau et à se pencher dessus comme sur les autres. Parce que celui-ci, pour Sangilak, est le départ de ce feu qui a lentement consumé son âme pour en faire cette coquille vide qu'il remplit à coups d'alcool et de tabac. Faire de lui le shérif de Qaanaaq parce que c'est la mission qu'il s'est imposée, ne voyant personne plus habilité à le faire. Parce que c'est à lui et seulement à lui que revenait, que revient toujours ce devoir d'empêcher de nouveaux crimes, de nouveaux drames. De faire de sa petite ville et de la région un refuge contre le froid et la misère. Toutes les formes de misère. À commencer par celle qui frappe les siens depuis des années, depuis que l'extérieur a précipité le déclin de leurs traditions et de l'esprit inuit.

Le dossier 10 est celui du drame de sa vie. La perte d'une partie de sa famille vivant dans un autre village, volatilisée de façon inexpliquée. Depuis, la culpabilité le ronge, avec un pic à cette date funeste qui correspond aussi à ses débuts dans l'alcool. Il avait alors vingt-quatre ans.

La police de Qaanaaq avait entrepris des recherches sans conviction qui n'avaient pas été aussi approfondies qu'elles auraient dû l'être. Face à cette inertie, Sangilak s'est juré qu'il intégrerait la police locale pour y mettre bon ordre. Qu'un jour, il prendrait la place de ce shérif corrompu. Ce qu'il a réussi à faire cinq ans plus tard. Seulement voilà qu'aujourd'hui il se fait l'effet d'être devenu ce même shérif qu'il a poussé vers la sortie. Tous ces dossiers de disparitions non élucidées en sont autant de criants témoignages. Des aveux d'impuissance, des preuves jaunies et poussiéreuses.

Du plat de la main, Sangilak frappe le bureau à plusieurs reprises. À s'en faire mal, à se faire éclater la pulpe des doigts.

— Chef ?

Sangilak regarde son adjoint comme si c'était une apparition. Comme s'il avait oublié que l'autre venait de frapper à la porte du bureau et qu'il lui avait même répondu d'entrer.

— Qu'est-ce qu'il y a ? finit-il par dire avec effort.

— Deux types sont arrivés. Ils disent qu'ils sont reporters norvégiens pour le *National Geographic* et qu'ils ont été avertis de la disparition de leur confrère Niels Olsen.

Le shérif fronce les sourcils. Il n'aime pas cette présence de la presse par ici. Tout ce qu'ils pourront écrire dans leurs journaux…

— Où sont-ils ?

— Là, à côté, ils vous attendent.

Mais Sangilak n'a pas envie de les recevoir. Ni eux ni personne. Parce que cette fois, il va le faire, il va le faire seul. Il va réunir ses hommes les plus vaillants et les moins abrutis par l'alcool et la drogue, et ils vont partir. Partir sur l'inlandsis, à la recherche des disparus d'Arctica.

26

Dans la nuit de l'inlandsis, région de Thulé, janvier 2017, jour 12

Un bruit régulier la sort de sa torpeur. Une sorte de halètement mouillé ou de lapement tout proche. Elle a dû s'endormir d'épuisement après le départ de l'Homme-ours.

Le bruit, qui s'amplifie, vient de l'endroit où Niels comate, étendu au sol sans pouvoir bouger. Au prix d'un nouvel effort, Luv réussit à tourner la tête vers l'emplacement où se trouve son compagnon. Celui-ci est toujours là, la bouche entrouverte, respirant bruyamment. Mais ce n'est pas le bruit haché de son souffle qui a réveillé Luv. C'est un autre, dont elle découvre l'origine avec effroi. Penchée sur Niels, ce qui ressemble à une fille encore jeune aux narines dilatées, torse nu, vêtue en bas d'un pantalon en peau de phoque, la tête envahie d'épais cheveux noirs et luisants, a entrepris de lui lécher le visage avec application. En même temps qu'elle surprend la scène en ouvrant des yeux horrifiés, Luv comprend qu'en réalité ce n'est pas nettoyer le visage de Niels qui intéresse cette créature, mais le goût et l'odeur du sang qu'elle est en train de lécher avec une frénésie animale.

Sentant la nausée remonter, en même temps que la douleur dans les cervicales, Luv entrevoit à travers ses cils collés une forme sombre surgir derrière la fille et la tirer violemment en arrière par les cheveux. Se retournant dans un grognement de bête, elle se jette aussitôt sur son agresseur totalement nu et tous deux roulent au sol. Ce ne sont alors plus que coups et cris qui résonnent sous les rires et les moqueries des plus jeunes venus s'agglutiner autour d'eux. Quelques coups de pied bien ajustés fusent du groupe en direction des deux lutteurs qui manquent de rouler dans le feu près duquel tous s'étaient amassés.

— Qu'est-ce… qui… se passe… ?

La voix de Niels comme un râle aux oreilles de Luv.

— Niels ! Ça va ?

— Ça pourrait… aller… mieux…

— On ne doit pas nous voir en train de parler ensemble. Sinon, ils risquent de te frapper de nouveau.

— Ils… ils se battent… ?

— On dirait…

— Pour… quelle… raison ?

Luv hésite à poursuivre et à dire à Olsen qu'une fille était en train de lécher le sang qui avait coulé de son nez sur sa bouche et son menton. Il ne devait pas être conscient. Elle se demande si elle doit aussi lui parler de ce qu'elle a vu, les os suspendus au-dessus de leur tête.

— Je n'ai pas tout suivi, Niels…

Soudain, dans le concert de cris et de claques, une voix forte se fait entendre. Luv reconnaît celle du chaman, incontestablement le chef du clan. Ses mots incompréhensibles, accompagnés de grands gestes. En un rien de temps, tout le monde s'éparpille à l'extérieur, seuls restent les deux adolescents hagards, les cheveux en bataille et le visage poisseux de traînées rougeâtres, debout devant l'Homme-ours. Luv peut les observer de face. Leurs yeux luisants tels ceux de jeunes loups, leurs lèvres retroussées sur des canines acérées, comme si leur régime carné en avait influencé l'aspect. Tout ça fiché dans un visage difforme, surtout celui de la jeune fille. Sa bouche est barbouillée de sang frais et l'autre adolescent affiche quelques morsures, une à la joue et l'autre à la main. Des morsures profondes et saignantes, constate Luv dans un haut-le-cœur. Où sont-ils tombés ? Qui sont ces individus aussi arriérés ? Et les autres, où sont-ils ? Ferguson, Whale, Malte, Desjours… Et Mouni, resté seul à la base… Donnera-t-il l'alerte ? Lanceront-ils des recherches ? Mais Luv garde pour elle toutes ces interrogations. Niels est en trop piteux état pour les entendre et surtout, comme elle, ne pourrait y répondre. Personne ne peut leur apporter de réponse, personne, sauf l'Homme-ours.

Tout en semblant les réprimander rudement, le chaman leur désigne Luv et Niels à terre. Un geste qui met aussitôt Svendsen en alerte. Mais, quelques instants plus tard, précédés du chef, les deux jeunes, emportant les lampes à huile, sortent de l'espace, tout à coup désert et plongé dans une pénombre qu'éclairent à peine quelques braises du foyer central.

Seuls. Le chaman les a laissés seuls sans se retourner. Dans cette position, entravés comme ils sont, les captifs ne pourraient rien tenter pour s'enfuir.

— Dis-moi que c'est un cauchemar, Niels, et qu'on va se réveiller, murmure Luv presque pour elle-même.

Dans un effort qui lui arrache des gémissements, en quelques contorsions, le reporter parvient à se rapprocher de Luv, de façon que sa bouche arrive à hauteur de l'oreille de son amie.

— Je… crains qu'on ne soit bien réveillés…, lui glisse-t-il. Mais pour… combien de temps…

— Tu sais, Niels, malgré le pétrin dans lequel on se trouve, je suis heureuse que tu sois là, que tu sois encore là… Tout à l'heure, j'ai bien cru au pire…, dit-elle dans un sanglot.

— On ne meurt pas… d'un nez et de côtes… cassés… et pas question que… je te… laisse seule… ici. Ce serait… pas… très gentleman… ce n'est pas… le moment de lâcher… Luv…

— Je sais, je vais essayer. Tu as très mal ?

— Disons que… ce sol n'est pas… très confortable… Je serais mieux… dans mon lit… Ils sont… tous partis… on dirait.

— J'aimerais savoir ce que sont devenus les autres. Pendant que… pendant que tu étais…

— Dans le cirage…

— Leur chef est venu… Il avait un regard… j'en frémis encore… Il… il a passé ses mains dans mes cheveux qu'il s'est mis à tirer d'un seul coup. Son odeur… j'en ai encore la nausée… Et il est parti. Mais…

— Quoi, Luv?

Luv hésite à lui confier ce qu'elle redoute désormais. Mais elle n'a pas la force de porter ce poids toute seule.

— Niels… je dois te dire quelque chose. Je ne sais pas pourquoi on est là, mais, juste au-dessus de nous, il y a des… des os suspendus. Ce sont des os humains. Tu n'avais pas encore repris conscience et j'ai surpris une des leurs, la fille qui se battait, en train de te lécher tout le sang qui avait coulé de ton nez. Ça veut dire quoi, ces os humains? Cette moitié de crâne? Cette… cette fille qui avait l'air d'aimer le goût du sang… Et le chaman qui m'a reniflée comme si… comme si j'étais de la nourriture!

— Les os, je les ai vus aussi, Luv… Sans doute des trophées. Comme les scalps chez les Amérindiens. En tout cas pas les reliques du grand-père. On pense la même chose. Qu'on est dans de putain de sales draps! Tu crois que tu… tu pourrais arriver à trancher ces liens avec tes dents? demande Niels, sous le coup d'une illumination en basculant sur le côté, dos tourné, pour montrer à Svendsen ses poignets liés.

— Je ne sais pas. C'est de la corde…

— Non, de la peau ou du boyau. Sinon, j'essaie de le faire sur toi.

— Tu as le nez cassé, non. Je vais tenter. Reste sur le côté, je vais essayer de descendre au niveau de tes mains.

— Fais tout ce que tu peux… si tu réussis à me libérer, on pourra sortir d'ici.

Si seulement, pense-t-elle, mais elle en doute. Une fois délivrés de leurs entraves, où iraient-ils sans équipement, sans chaussures ? Dans quelle direction ? Comment ? Dans la nuit… le froid… Ce serait une mort sans doute plus rapide. Un instant, elle se demande si Olsen ne délire pas.

— Ils nous rattraperont aussitôt et qui sait ce que…

— Écoute, Luv… si on reste, il n'y a aucune chance de s'en sortir vivants.

— C'est sûrement un groupe de dégénérés au sens médical. Ils ont dû vivre en autarcie depuis des années, dans une consanguinité dominante, provoquant des retards mentaux, une dégénérescence à l'origine de leurs comportements.

— C'est pour ça que… mieux vaut ne pas attendre d'avoir une confirmation…

Sans répondre, prenant une inspiration comme avant de plonger la tête sous l'eau, Luv, tournée sur le côté droit, se met à se tortiller afin de parvenir au niveau des poignets attachés de Niels, tourné du même côté. Dans la pénombre qui, lui semble-t-il, s'épaissit, elle ne voit que sa masse allongée, mais devine ses mains jointes, serrées par les liens qu'elle sent enfin, épais et rêches sous ses dents. Redoutant de prendre la peau de Niels en même temps que les lanières, elle y va, prudemment, du bout des incisives.

— Dépêche-toi, Luv, lui souffle Niels. N'aie pas peur, tu ne risques pas de me faire plus mal que l'autre taré… Ils vont… revenir…

— Je fais ce que je peux… je n'ai pas les dents

d'un rongeur, répond la biologiste en crachant un lambeau de cuir qu'elle vient d'arracher.

Une première victoire, même très mince. Une réussite qui l'encourage à poursuivre un peu plus énergiquement. Elle a l'impression qu'elle va y laisser les dents. Elle sent, très proche, avec une légère appréhension, la peau glacée des mains de Niels. S'ils passent encore quelques heures ici, attachés sans pouvoir bien faire circuler le sang et avec la température qui baisse peu à peu à l'intérieur, ils risquent tous les deux d'avoir les membres gelés. Perdre leurs mains et leurs pieds est sans doute le premier risque qu'ils courent.

— Je… je crois que j'y suis presque…, halète Luv, quand, tout à coup, elle sent ses lèvres se mouiller d'un liquide chaud.

Son goût métallique lui emplit aussitôt la bouche. Du sang.

— Niels, je crois que je t'ai écorché…

— C'est rien, continue…, répond-il en serrant les dents.

La scientifique s'exécute, en se passant la langue sur les lèvres, ne pouvant pas les essuyer de sa main. Celles du Norvégien commencent à geler, la peau à durcir comme du carton et Luv se dit que les siennes doivent en être au même stade. D'ailleurs, elles sont si engourdies qu'elle n'en a plus qu'une lointaine sensation. Peut-être est-ce juste la mémoire que le cerveau en conserve. Des mains fantômes, comme elle, comme lui, comme tous ceux qui se perdent sur l'inlandsis pour ne plus en revenir.

27

Qaanaaq, ville de Thulé, janvier 2017, jour 12

Pendant que les reporters norvégiens du *National Geographic* attendaient le shérif dans la petite salle de réunion qui était aussi celle du café, de la cigarette, d'un baby-foot et d'un jeu de fléchettes, celui-ci a chargé Iluak de réunir ses hommes une heure plus tard au poste, en espérant que le duo d'indésirables prévenus par les autorités de Nuuk aurait la bonne idée de partir. Puis il est sorti par une porte arrière, disposant donc d'une heure supplémentaire pour réfléchir à l'organisation des recherches et prendre une décision. La seule qui s'est imposée à lui.

Lorsqu'il revient au poste, les hommes sont là, autour d'Iluak. Presque tous tirent sur une cigarette de tabac brun. D'origine inuit, aussi trapus et solides que des barils à pétrole, ils sont une dizaine à composer l'équipe de policiers de Qaanaaq sous les ordres du shérif. Apparemment, l'attente trop longue a eu raison des Norvégiens partis détendre leurs nerfs au bar de l'hôtel.

— Avec la disparition de l'équipe entière

d'Arctica dont le baraquement est situé à l'est, aux abords de l'inlandsis, leurs proches et connaissances risquent de débarquer ici les uns après les autres, annonce Sangilak. Bientôt, on va avoir la visite d'officiels du Danemark pour Roger Ferguson. Il s'agit donc de s'activer pour les recherches. Je sais que c'est la mauvaise période et que la nuit polaire rendra la progression difficile, mais on n'a pas le choix. On ne prendra pas les motoneiges cette fois, mais les traîneaux et les chiens, comme nos grands-parents. Retour aux bonnes vieilles habitudes.

— On couvrirait plus de terrain avec les motoneiges, deux par deux, fait observer un des hommes, au visage aussi tanné qu'un gant en cuir, les yeux en fente de store et les cheveux longs noués. Si tu optes pour les chiens, comment comptes-tu qu'on se répartisse pour un maximum d'efficacité, chef ?

C'est la question à laquelle Sangilak a longuement réfléchi avant de se lancer, pesant les avantages et les inconvénients qu'il connaît bien. Depuis des années, l'usage des motoneiges est entré dans les mœurs chez les Inuits et les traîneaux ont été relégués au folklore ou à ceux qui vivent encore à l'ancienne dans les villages isolés, manquant d'argent pour acheter ce genre d'équipement moderne.

— J'y ai pensé et beaucoup cogité, dans ma tête, jusqu'à ce qu'elle me fasse mal, dit Sangilak, l'index pointé sur sa tempe, mais je ne vois que cette option pour optimiser les recherches. Une motoneige peut se renverser ou tomber en panne, et certains endroits de l'inlandsis sont impraticables, sauf pour les chiens.

Pour évoluer sur l'immensité de la banquise, les

Inuits préfèrent les attelages en éventail. S'il arrive à un chien de glisser dans une crevasse, cette formation évite aux autres de le suivre et permet au conducteur de le récupérer sans trop de dégâts.

— Nous partirons avec cinq traîneaux, quatre de deux et un de trois. À peu près la même répartition que sur des motoneiges. L'attelage sera en éventail modifié avec sept chiens pour chacun. Il nous faut trente-cinq chiens.

— Où on les trouve ? demande le même homme.

— C'est fait. J'ai contacté un de mes cousins. Il va nous fournir les chiens de mon village. Des bêtes exceptionnelles. Ils seront là dans la journée. Nous les aurons tous prêts avec les attelages pour demain matin. Départ à quatre heures. Il y a une bonne fenêtre météo. D'ici là, reposez-vous, vous allez en avoir besoin, et préparez vos équipements. Comptez bien les rations alimentaires sur trois jours avec une marge de sécurité. Pour l'eau, pas de surcharge, la glace chauffée nous en fournira.

Chaque homme ici connaît la région, de la banquise à l'intérieur des terres. Chacun a déjà effectué des sorties sur l'inlandsis, en évitant la nuit, bien sûr, à moins d'y être contraint, comme dans ce cas.

Avant de congédier son équipe jusqu'au lendemain, Sangilak déroule une carte détaillée du Groenland sur une table, où il a déjà entouré la zone de recherches autour d'Arctica. Une zone qui s'étend sur une centaine de kilomètres carrés. Il sait qu'il sera inutile et bien trop dangereux de pousser au-delà. Même si les chiens et les traîneaux peuvent parcourir de plus longues distances. Mais il doit compter avec cette nuit polaire qui empêche toute visibilité au-delà de quelques mètres. Chacun regarde en silence. Chacun sait qu'il ne reviendra peut-être pas.

Tandis que les uns et les autres se détendent à leur façon, chez eux, devant la télévision, une vodka ou une partie de cartes en famille, Sangilak profite du temps qu'il lui reste pour examiner les traîneaux et les chiens que son cousin, accompagné de quatre jeunes Inuits, lui a amenés devant sa maison. Les chiens, plutôt hauts sur pattes, le pelage bien fourni, semblent en parfaite santé et ne présentent aucun signe de maladie ni de fatigue. Bien au contraire, ils piaffent en grattant la neige glacée et ne cessent de montrer par des geignements de joie leur envie d'en découdre avec la glace de l'inlandsis.

Après avoir bu un dernier verre ou plutôt la moitié d'un avec le cousin et les jeunes, Sangilak nourrit les chiens, qui dormiront à la belle étoile, les uns contre les autres, dans un concert de grognements impatients et de hurlements auxquels il n'est plus trop habitué. Lorsque le shérif rentre enfin chez lui, il est presque vingt heures et bientôt temps pour lui d'aller dormir après une toilette rapide.

Comme chaque soir avant d'éteindre, ses yeux s'attardent sur le portrait noir et blanc posé à son chevet d'une femme encore jeune, blonde aux traits fins et harmonieux et au regard intensément clair. Marta. Emportée par une embolie après avoir accouché d'un garçon mort-né. San ne s'est jamais remis de la mort brutale de sa femme. Étudiante en anthropologie et ethnologie à Copenhague, elle était venue de la capitale danoise faire le tour du Groenland afin d'en apprendre plus sur les Inuits dans les villes et leur adaptation à un mode de vie nouveau. Pour se payer son logement, elle travaillait comme serveuse et comme femme de chambre. Lors d'un arrêt de plusieurs semaines à Qaanaaq, ville principale de la région de Thulé, fief des Inuits, elle a croisé la route de Sangilak. Le coup de foudre a été immédiat et réciproque. Un an plus tard, ils se mariaient. Tombée enceinte au bout de trois mois seulement, Marta est morte des complications de l'accouchement, n'ayant pas voulu retourner à Copenhague malgré les conseils de ses parents et de ses amis. Inconsolable, Sangilak ne s'est jamais remarié. Les seules relations auxquelles il consent sont celles que lui offrent des femmes de passage. Le plus souvent des prostituées.

Depuis son décès, Marta lui est apparue plusieurs fois alors qu'il était éveillé et il n'en a touché mot à personne. Les Inuits croient aux esprits, bons comme mauvais, mais ceux des morts et surtout des enfants les effraient particulièrement. Sangilak a échappé à ces croyances qui faisaient partie du quotidien familial. Pourtant, les apparitions de Marta semblent si vraies qu'il n'a pu faire autrement que les accepter, après avoir pensé qu'elles étaient une simple vue de son esprit dérouté et accablé de chagrin. L'enfant mort-né, le fils qu'il aurait tant aimé élever, le hante aussi. Il sent sa présence, parfois comme un reproche, parfois comme un soutien dans ce vide.

— Bonne nuit, Marta, dit-il, cédant à ce rituel douloureux avant d'aborder le sommeil comme on gravit un sommet. Avec un mélange d'appréhension et de volonté de vaincre.

À côté de la photo sous verre repose son revolver, prêt à servir.

Il a sombré depuis presque une demi-heure, quand trois coups résonnent contre la porte d'entrée. Le cerveau embrumé, Sangilak ouvre péniblement un œil et dresse l'oreille au cas où il aurait mal entendu. Les coups se répètent, cette fois plus marqués. Empoignant la crosse de son arme, il se dresse dans le lit, une jambe hors du duvet, et retient son souffle. Le cœur sur le point de jaillir de sa poitrine, il entend nettement la porte s'ouvrir, puis un pas lourd racler le plancher. Quelqu'un qui s'invite en pleine nuit sans en avoir eu le feu vert est une menace directe. *Étrangement, les chiens n'ont pas donné l'alerte*, se dit le shérif, le ventre noué.

Les pas s'arrêtent, comme si l'intrus cherchait à s'orienter dans la pénombre de la maison, qu'atténue faiblement le clair de lune à travers la fenêtre, puis repartent en direction de la chambre où San attend, à l'affût, tous les sens en éveil, son arme pointée vers la porte. Pour le moment, il préfère ne pas se manifester et surprendre le visiteur si celui-ci s'avise à pénétrer dans la pièce. Les pas s'arrêtent de nouveau, juste derrière la porte de la chambre. Malgré la fraîcheur de la pièce, une sueur froide lui coule sur les tempes et dans le dos. Sangilak tente de déglutir mais, sous l'effet de la tension à son paroxysme, sa gorge se resserre.

En apnée, il entend la poignée grincer et la porte s'ouvrir. À cet instant, il sent la présence en même temps qu'un air froid qui s'engouffre et qu'une silhouette plus noire que l'obscurité régnante se dresse devant lui. Il tire, s'attendant à ce que la déflagration lui déchire les tympans, mais la balle reste dans le barillet. Il presse encore une fois, en vain. Le revolver semble enrayé.

— Ça ne sert à rien. Pose ton arme. L'Homme-ours ne craint pas les balles.

La voix emplit soudain l'espace de la chambre et l'air devient suffocant. Une odeur âcre de charogne saisit Sangilak à la gorge. Il reconnaît cette voix, sans pouvoir l'identifier. Une voix qui remonte des profondeurs du passé, de la terre et des glaces. Une voix aussi coupante et froide que les vents polaires, à laquelle on ne peut que se rendre. La voix de l'Homme-ours. Il est là, debout, devant lui, sans visage. Ainsi ce n'est pas une légende qui passe de bouche en bouche comme un courant d'air, un souffle glacé, au moment des longues veillées d'hiver, lorsque les esprits échauffés et détendus autour du feu frémissent agréablement à l'idée d'avoir peur. Celui qui reçoit la visite de l'Homme-ours ne dormira plus jamais. Telle est la légende. Plus de repos pour son âme.

— Que me veux-tu ? demande le shérif, la main crispée sur son revolver, devenu aussi dérisoire qu'une cuiller en bois.

— Tu ne les retrouveras pas. Ceux que tu cherches. Toi et tes gars allez être engloutis dans le ventre de l'inlandsis.

— Qu'en sais-tu ? riposte le shérif.

— Je connais mieux que quiconque la terre de glace et ce qu'elle renferme. Si vous partez, vous ne reviendrez jamais.

— Tout est prêt pour notre départ. Nous partons demain et nous reviendrons, avec ou sans eux.

— Là où ils sont, vous ne les trouverez pas.

— Toi, tu sais où ils sont ?

— L'Homme de pierre était là quand la nuit les a pris.

— L'Homme de pierre ?

— C'est trop tard, désormais, ils lui appartiennent, élude l'intrus. Ils iront nourrir le ventre affamé de l'inlandsis.

— Comme tous les autres, tous ceux ou presque, qui ont disparu en s'y aventurant, dit Sangilak à bout de souffle.

— Je t'ai prévenu, shérif, mais tu t'obstines. Tu sais très bien ce qui arrive à celui qui reçoit la visite de l'Homme-ours.

— Ça ne changera pas grand-chose pour moi. Je suis l'homme qui ne dort pas.

— Alors adieu, San.

Ces mots sont comme un coup dans la poitrine de Sangilak qui, brusquement, ouvre les yeux dans un râle. Son visage et son corps sont trempés de sueur. Dans l'air flotte l'odeur nauséabonde laissée par le visiteur. L'Homme-ours. Est-ce un rêve ? Ou bien était-il vraiment là, dans cette pièce ? Pourtant c'est à cet instant que Sangilak a le sentiment de s'être réveillé. Lorsque l'homme a prononcé ces mots : « Adieu, San. » Comment peut-il connaître son nom…

Il allume la lampe à son chevet et son regard tombe sur le sourire de Marta. Mais le revolver n'est plus à sa place. Sur ses gardes, Sangilak balaie la pièce des yeux avant de retrouver son arme sous le duvet. En faisant rouler le barillet de son logement il n'en croit pas ses yeux. Il est vide, il n'y a pas une seule balle. Le shérif saute alors du lit et se met à fouiller partout à la recherche des six balles. Il a beau tout retourner, elles demeurent introuvables. Sur le point de quitter la chambre pour aller se servir un verre au salon, il sent quelque chose de dur sous son pied nu. En l'écartant, il voit apparaître un cordon en cuir sur lequel est passé un pendentif. Un fragment de métal percé. Il le ramasse et le porte à hauteur de ses yeux plissés. On le dirait naturellement sculpté. Une matière semblable à ces pierres de l'espace qui viennent s'écraser régulièrement sur la Terre.

— Ce… ce n'est pas possible, c'est encore un rêve…, murmure Sangilak, tenant le petit collier d'une main tremblante et regardant autour de lui.

Mais cette fois, il est bien seul dans la chambre et le reste de la maison est désert, lui aussi. Pourtant il tremble de tout son corps, ses lèvres remuant mécaniquement sur ces quelques mots : est-ce possible, est-ce possible…

S'animant soudain, il se précipite comme un fou vers le meuble où il garde le peu de souvenirs matériels qui lui restent de son passé. De cette enfance aux échos si lointains qu'il a le sentiment qu'elle appartient à un autre. Une enfance nichée dans ce village inuit au cœur de Thulé et au sein d'une communauté heureuse, sans histoires autres que les récits de chasse, les naissances, les morts de vieillesse, maladie ou accident. Une existence paisible en famille, jusqu'à ce jour où tout ce bonheur s'est envolé, soufflé par un vent glacial.

Il en sort un vieux coffret en fer-blanc. À l'intérieur, quelques photos jaunies, son jeune frère et lui soulevant ensemble le cadavre d'un phoque, fiers de leur première prise, son père et sa mère à leur mariage, vêtus de la tenue traditionnelle sous une tente tout en longueur aménagée en véritable salle de banquet, d'autres photos de lui enfant, visage boudeur et volontaire aux joues rebondies, tenant un harpon. Comme la tradition le voulait, son père et sa mère avaient été promis l'un à l'autre par les deux familles dès leur plus jeune âge. Sa mère venait d'un autre village, afin d'éviter les consanguinités. Avant le mariage, son père s'était rendu dans ce village pour enlever sa promise pendant qu'elle résistait farouchement. Quelques clichés avaient fixé ces scènes de folklore. Mais ce que cherche fébrilement Sangilak ne se trouve pas sur ces images.

Sous les photos entassées pêle-mêle, il tombe enfin sur une petite boîte qu'il ouvre avec la même précaution que si un papillon allait en sortir. Il est toujours là, presque identique à celui qu'il vient de trouver sous son pied. Un collier que son père lui a donné pour sa première chasse à l'ours blanc, composé d'un cordon en cuir supportant un pendentif. Une pierre similaire, d'aspect ferreux, provenant du même gisement de météorite.

Ne croyant pas au pouvoir des amulettes et n'ayant jamais eu la force de le porter après la mystérieuse disparition de son père, Sangilak l'a rangé là, avec toute son histoire. Ce porte-bonheur, son père l'a reçu du frère de sa promise, de cet autre village de Thulé. L'oncle de San. « Que cette pierre de l'espace te protège, pour que tu puisses veiller sur ma sœur chérie », lui avait-il dit. Cet homme, devenu le meilleur ami de son père, s'appelait Aningan, le Maître de la Lune.

28

Dans la nuit de l'inlandsis, région de Thulé, janvier 2017, à l'aube du jour 13

Prostrée, Luv ne ressent plus rien. Comme si son esprit avait déserté son corps. Comme s'il n'y avait plus rien d'humain en elle. Dans ses iris d'un vert sombre, remplis de ténèbres, dansent les flammes du foyer. Ou celles de l'enfer. Autour d'elle, ce n'est qu'agitation et ferveur pour le festin que tous se sont partagé en les forçant à y prendre part.

Ce qui s'est passé entre le moment où tous leurs espoirs se sont effondrés et maintenant a suffi à leur retirer leurs dernières forces.

L'espace d'un instant, d'une seconde, la liberté a été à portée de leurs mains gelées. Une liberté si fragile dans la nuit et le froid implacables, mais bien réelle. Et puis tout a basculé. Les poignets enfin libres de leurs entraves grâce au travail acharné de Luv, après les avoir remués pour faire circuler le sang en même temps qu'il se frottait les mains, Niels a pu défaire les liens de ses chevilles non sans un effort considérable à cause de ses côtes brisées avant de s'attaquer à ceux de sa compagne. Seulement, au moment où, accroupi près d'elle, il s'apprêtait à lui délier les mains, une lumière circulaire et crue l'a subitement aveuglé. Encore captive, Luv n'a eu que le temps de pousser un cri en voyant deux silhouettes aussi rapides que des loups bondir sur Niels dans un hurlement féroce et le plaquer contre le sol en le bourrant de coups de poing et de pied.

Au même moment a retenti derrière eux la voix d'orage sortant de la gueule ouverte de l'ours blanc. En quelques mots qui résonnèrent comme des ordres, le chaman s'est fait comprendre et les coups ont cessé, laissant Niels à terre, recroquevillé de douleur, sur le point de perdre conscience.

— Arrêtez ! Vous allez le tuer ! criait Luv dans un regain de désespoir et de colère.

Une gifle sur la bouche l'a fait taire. Puis on les a traînés dehors, sur la glace, jusqu'à un feu allumé autour duquel s'étaient déjà rassemblés jeunes et moins jeunes, hommes, femmes, adolescents, enfants et même quelques nourrissons emmitouflés dans des peaux. Ils n'étaient pas moins d'une trentaine. À travers la fente de ses paupières boursouflées, Luv a pu distinguer leurs visages éclairés par la lumière orangée. Des faces écrasées, hideuses pour la plupart, les lèvres luisantes de graisse ou de salive. La bouche endolorie, Luv ne savait plus si son corps avait froid ou s'il était gagné par l'intense chaleur que dégageaient les flammes. Tous ses sens étaient concentrés sur cette odeur de chair grillée. Une odeur prononcée de fumé. Jusqu'à ce qu'autre chose retienne son attention et manque lui arracher un cri.

Là, parmi tous ces gens massés autour du feu, ressortaient les traits d'un visage familier qui lui sembla en même temps atrocement indifférent et étranger. Celui du jeune Français. Mathieu Desjours. Méconnaissable, et pourtant Luv l'avait tout de suite identifié, malgré ses vêtements qui n'étaient pas ceux qu'il portait à la base. On l'avait visiblement habillé d'un anorak fourré en peau. Son regard était comme absent, perdu. Mais c'était bien lui. Les avait-il vus ? Sur le point de l'appeler, Luv s'était retenue. À ses pieds était couché ce qui ressemblait à un loup. Lupin… À cet instant, Luv a cru qu'elle était devenue folle. Tout ce qui se passait ici défiait la raison. Comment l'étudiant français pouvait-il être assis autour d'un feu avec ceux qui les séquestraient ? Comment avait-il survécu dans la tempête ? De quel statut jouissait-il ici ? L'éclairage n'avait pas tardé à tomber comme un coup de massue… Contre son gré ou non, Desjours semblait avoir été adopté et intégré à la communauté. On lui donnait de petites tapes amicales sur la tête, des filles venaient le scruter avec une curiosité animale, leur visage à quelques centimètres du sien, frottant leur nez contre celui du jeune homme dans des éclats de rire sans que ces manifestations provoquent un semblant de recul de sa part.

Le chaman est enfin apparu dans sa peau d'ours et, avec lui, l'infime espoir de comprendre ce qu'il leur réservait et ce que faisait Mathieu parmi eux.

— Je vous en supplie, dites-nous ce que vous voulez de nous, implora toujours en anglais Luv qui ne sentait plus ses membres. Si nous restons attachés comme ça, nos mains et nos pieds risquent de geler. Il faudra nous amputer…

À côté d'elle, plié en deux, Niels était incapable de parler. Son visage et son corps n'étaient qu'hématomes internes et meurtrissures. Les yeux rivés au ciel étoilé, le chaman a émis un grognement en guise de seule réponse avant de rejoindre un petit groupe à qui il a donné quelques instructions en jetant des regards obliques vers Luv et Olsen.

Les encerclant, les igloos, de vrais igloos que Luv et Niels peuvent maintenant voir, faits de blocs taillés dans la glace, à l'ancienne, sont disposés en cercle autour du foyer central. C'est dans l'un d'eux, le plus grand, que les captifs ont repris conscience après leur arrivée. On peut tenir jusqu'à sept ou huit dans ces espaces confinés. L'atmosphère y est remplie de la chaleur animale qui se dégage des corps nus serrés les uns contre les autres sur des peaux d'ours et de phoque étalées au sol autour de braises incandescentes. Dans le leur, un berceau où crie un bébé est suspendu au plafond bas, juste au-dessus de lampes à huile. Les combustibles utilisés puent la graisse, sans doute du phoque, ou du bœuf musqué.

La vie entière de la communauté se concentre dans ces cocons de glace où la cohabitation est étroite. On y fait tout. La cuisine, le linge dans de l'eau bouillie, la couture, des armes artisanales et même l'amour sous les regards amusés ou indifférents. Tout se vit ensemble, tout se partage, y compris le sexe.

Dehors, au centre, le feu faisait l'objet de toute l'attention. Des morceaux de viande empalés sur des broches grillaient au-dessus des flammes dans un crépitement joyeux. La fumée qui s'en échappait montait en volutes grises vers l'immensité céleste.

Au signal du chaman, les broches ont été retirées du feu, les morceaux de viande à peine refroidis distribués à chacun, passant de main en main, accueillis par des halètements de satisfaction et des rires de plaisir. Les dents détachaient la chair animale avec délectation, la déchiraient puis la broyaient. Des lèvres fébriles coulait la graisse dans une mastication sauvage. Ceux qui avaient déjà fini leur part cherchaient à voler celle des moins forts. Éclataient alors des bagarres ponctuées de cris et de grognements de bêtes. Des rixes auxquelles le chaman mettait fin à coups de bâton. À l'évidence, il était le plus âgé ici et le plus respecté.

S'approchant de ses deux captifs d'un pas traînant, le chef s'est arrêté devant eux, deux tranches de viande piquées sur une broche. À part leur salive, ils n'avaient rien avalé depuis vingt-quatre heures, l'estomac tiraillait et cette grillade fleurait bon. Pour lutter contre le froid et reprendre des forces, manger des protéines était indispensable. Les mains toujours attachées et les orteils endoloris, cédant à la faim, Luv a pris le morceau encore chaud entre ses dents avant de l'avaler presque tout rond, regrettant aussitôt de n'avoir pas fait un peu plus durer ce plaisir presque douloureux. Puis ça a été au tour d'Olsen. Un festin inespéré, depuis ceux de Mouni. Une fois leur bouchée avalée, ils espéraient qu'on leur en resservirait. Et ont attendu comme des chiens après leur ration.

Puis, au signal donné par un chant guttural et rauque, une sorte d'incantation scandée par le chaman sur un ton monocorde, deux toutes jeunes femmes sont arrivées, l'une à la suite de l'autre, reliées par une perche qu'elles portaient à deux, chacune tenant une extrémité. Entre elles, retenue à la perche par des chaînes, se balançait une tête humaine.

Malgré le crâne à nu, le crochet en os enfoncé dans les orbites vides et le rictus qui lui déformait la bouche, le visage de Whale était reconnaissable. Si Luv avait pu, à cet instant, elle se serait tranché la langue et les mains. Il lui sembla tout à coup que l'aile de la folie allait l'emporter loin de ce cauchemar. Ce serait mieux ainsi. Perdre toute notion du réel, se perdre quelque part en elle, loin, là où personne ne viendrait la chercher. Joy et Dave ne seraient plus que cendres dans la nuit. Lointains spectres de vies détruites. C'était donc de cette façon qu'elle devait payer l'abandon de sa fille aînée… qu'on la punissait de ses choix… et Niels ? De quoi était-il puni ? Tout le monde paie-t-il pour ses défaillances, ses crimes ? Qu'ont-ils fait de si mal ?

Malgré l'horreur indescriptible qui l'a saisie, comme frappée au cœur, Luv ne pouvait quitter des yeux ce visage. Lui revint alors ce cri de femme, un cri de terreur. Celui de Whale. Elle était encore vivante au moment où ils ont repris conscience.

— Oh mon Dieu…, a lâché une voix, à côté d'elle, remplie d'épouvante.

Niels… qui à son tour venait d'apercevoir ce qu'il restait d'Anita. Anita dont eux aussi s'étaient nourris à leur insu, en savourant la chair léchée par le feu et ruisselante de graisse de phoque.

Tous deux glissaient peu à peu hors d'eux-mêmes pour survivre.

« Mangez, ce sera bientôt votre tour. » La voix de Desjours, derrière eux, résonna comme une menace, pendant qu'on leur collait sur les lèvres d'autres morceaux de cette viande proscrite… la chair de Whale. De la chair humaine. Que celui qui en goûte soit damné. Ils venaient de manger de cette chair et de s'en délecter…

Leur bouche serrée, refusant ce nouveau viol. Fermée sur cette infamie. Jamais ! Plutôt crever…, disait-elle.

« Vous avez aimé, sans savoir ce que c'était. » De nouveau, Desjours. Sa voix grinçante.

— Tu es avec eux, connard ? lui a lancé Olsen, mâchoires crispées, à travers le rempart de ses dents.

Il voulait tout vomir, tout expulser. Sa rage, son impuissance et la chair de Whale.

— Je veux vivre, répondit Desjours, dans une moue méprisante.

— À ce prix ? En bouffant de la chair humaine ?

— D'autres l'ont fait avant nous.

— Niels, tais-toi, je t'en supplie, ils vont finir par te tuer…

Mais Olsen n'entendait plus. Le reporter voulait savoir comment, comment on pouvait en arriver à cette extrémité alors que lui préférerait crever maintenant. Et cette parfaite indifférence de Desjours le tuait presque autant que ce qu'il venait de commettre malgré lui.

— Pourquoi t'ont-ils épargné ?

— Parce que je m'intéresse à eux et que j'ai appris leur langue avant de me pointer au Groenland, connard ! a craché le Français en direction de Niels. Et aussi grâce à Lupin. C'est un loup, et pour eux, le loup est une divinité.

— Une divinité nourrie de chair humaine ! Comme toi ! Et toi, toi, sale petit con, tu acceptes ça !

— Cette viande ou une autre, quelle différence ? C'est de la chair, ça se mange. Vu son état, Whale serait morte, de toute façon. Comme Murata. Elle aussi, elle m'a aidé à survivre. C'est ça, l'entraide. Donner de soi pour sauver son prochain.

— Espèce de…

— Niels…

La voix fragile de Luv au bord d'un gouffre. Son unique amarre. Prête à céder à tout moment.

— Où sont Ferguson et Malte ? Ils ont terminé en barbecue eux aussi ? Toi et tes petits copains vous vous êtes bien régalés ?

Niels était méconnaissable. L'angoisse le transformait d'une autre façon. En quelque chose que Luv ne reconnaissait pas.

C'en fut trop pour elle. À partir de ce moment, après s'être vidé l'estomac dans la neige, elle a laissé son esprit prendre la fuite. Au-delà de cette nuit, de ce froid, au-delà de l'immonde. L'amarre a fini par céder, abandonnant Niels, seul face à son destin, sans doute le même que le sien, que celui de Whale, Ferguson et Malte…

Dans son monde, elle n'entend plus que les échos sourds de l'horreur. Les mots qu'Olsen jette comme des projectiles ne lui parviennent plus qu'étouffés, assourdis, comme du fond d'une crevasse. Elle n'entend pas ce que Desjours lui répond. Ne veut plus entendre. Ne veut plus savoir. Ne plus penser à rien. Se détacher de cette vie qui n'a plus de sens. En a-t-elle jamais eu un…

29

Qaanaaq, ville de Thulé, janvier 2017, jour 13

Un petit vent presque trop doux pour cette période hivernale soulève légèrement la toison fournie des chiens qui, éveillés et prêts pour le départ qu'ils sentent arriver depuis la veille, attendent placidement, assis ou debout, truffe en l'air pour humer chaque odeur et l'identifier. Avec leurs yeux bridés d'oursons à la gueule et aux oreilles effilées, ils ont presque un air candide et étonné. Mais une fois lancés, ce ne sont plus les mêmes. Les muscles roulent sous leur pelage cendré, les jappements fusent, ils sont partis pour avaler des kilomètres de neige et de glace sous leurs pattes endurantes.

Tout le monde est au rendez-vous à l'heure dite. Trois heures et demie. Le temps d'atteler et de charger les traîneaux, il sera presque cinq heures. Déjà bien tard, pour Sangilak. Pourtant la fenêtre météo promet d'être la plus favorable à partir de ce moment-là. Sous l'œil soucieux du shérif, chaque binôme s'occupe de charger son traîneau et de compter ses chiens en s'assurant qu'aucun n'est malade ou blessé suite à quelques bagarres pouvant éclater au repos.

De ses mésaventures nocturnes le shérif a gardé un goût amer et une tête à faire peur. Pour éviter de ressasser, il se consacre aux préparatifs avec une ferveur et un souci du détail inhabituels, vérifiant par trois ou quatre fois les attaches des attelages et du chargement sur les cinq traîneaux ainsi que le bon fonctionnement de chaque fusil.

— Ça va, chef ? finit par s'inquiéter Iluak.

— Ça a l'air de ne pas aller ? dit Sangilak qui évite de croiser le regard inquisiteur.

— Je demandais, c'est tout.

— Tu n'as rien dit à personne de notre découverte à la base scientifique, n'est-ce pas…

— Non, chef, bien sûr.

Sangilak lève enfin les yeux sur son adjoint. Celui-ci doit dire la vérité, sinon aucun des hommes n'aurait accepté de se lancer dans cette traque. Puis son regard se porte vers l'obscurité du ciel où un reste de lune tente une percée héroïque.

Poussés par le vent, des nuages, baignant dans une clarté spectrale, prennent des allures de vaisseaux fantômes. Ils peuvent lui en dire beaucoup sur le temps qui se prépare mais n'apporteront aucune réponse à la question qui le tanne. Conduit-il ses hommes à une mort certaine ? La visite nocturne était-elle un avertissement réel ? L'a-t-il rêvée ? Reste le pendentif qu'il a trouvé dans sa chambre, alors que celui de son père n'avait pas bougé de sa boîte. À part son père et son oncle Aningan, Sangilak ne connaît personne qui porte ce type d'amulette. Et celle-ci, d'un genre assez unique, a une provenance bien précise. De ce même village qui, par une nuit polaire en plein hiver, a été mystérieusement décimé le 21 janvier 1968, là où Nukilik, le fils aîné d'Aningan et cousin de San, s'était perdu avec ses chiens sur l'inlandsis, portant autour du cou le fragment de météorite que lui avait donnée son père.

Derrière les chiens lancés à vive allure, les cinq traîneaux s'enfoncent enfin dans les ténèbres de l'immensité glaciaire. Seules les frontales et les lampes torches tracent sur la piste des sillons lumineux. Aucun obstacle ne vient entraver leur course. À un point donné, éloigné d'une dizaine de kilomètres, ils se sépareront pour couvrir la zone avant de se rejoindre plus loin, à plus de cinquante kilomètres.

Sangilak voyage avec son adjoint, tous deux lourds du terrible secret qui les lie. Un seul traîneau, le plus grand, transporte trois hommes, parmi lesquels le policier inuit aux cheveux longs, celui qui pose des questions sans cesse. En l'absence du shérif, il exerce un certain ascendant sur le reste de l'équipe.

La tête et le corps protégés jusqu'au nez par de chauds anoraks fourrés par-dessus leur combinaison, seul le haut de leur visage prend de pleine face les quelques rafales de vent qui, dans la matinée, devraient se calmer. Leurs yeux sont criblés de particules de neige glacée qui viennent garnir leurs cils et leurs sourcils d'une pellicule blanche. Tous avancent, obéissant aux ordres. Les interrogations sont pour celui qui les donne. Dans le glissement feutré de leur traîneau, Sangilak en est assailli. Le souvenir de son étrange visiteur ne le quitte pas. Le shérif n'est pas homme à se livrer mais l'isolement dans lequel le plonge cet événement le fait hésiter. Son adjoint n'a jamais trahi sa confiance depuis une dizaine d'années qu'il travaille avec lui. Parler dans le souffle du vent demande un effort que Sangilak est prêt à fournir si c'est pour se soulager.

— Il m'est arrivé quelque chose, cette nuit. Mais j'ai peut-être rêvé, commence-t-il.

Pour que son adjoint puisse l'entendre à travers sa capuche, sous laquelle son visage émacié disparaît littéralement, il lui faut presque crier. En quelques mots simples et efficaces, il lui fait le récit de l'étrange visite et des menaces à peine voilées, sans omettre l'histoire du pendentif. Lorsqu'il a terminé, en croisant le regard atterré de son adjoint, il se prend à regretter son élan.

— La présence de cette autre amulette chez toi, qui n'est pas la tienne, chef, se décide enfin l'adjoint, ça voudrait dire que… que Aningan serait… vivant ?

— Aningan avait donné son amulette à son fils aîné Nukilik, mon cousin de ce village isolé, juste avant qu'ils ne partent chasser le bœuf musqué pour son quinzième anniversaire.

— Alors ce serait lui qui te serait apparu cette nuit ? Nukilik ?

Sangilak hoche la tête en silence, le regard rivé à la piste. Dans le cône lumineux des lampes torches et de leurs frontales, il voit les chiens courir, disposés en éventail modifié, avec un chien de tête, le plus solide et endurant de la meute et le plus calme aussi. Celui qui saura évaluer le danger, les obstacles, avertir ses maîtres et ses congénères de la présence de prédateurs.

La réaction de son adjoint conforte Sangilak dans son angoissante hypothèse. Nukilik serait donc le visiteur, l'Homme-ours. Ainsi, ce ne serait pas une légende. Il n'a pas pu voir son visage recouvert presque entièrement. Il n'a entendu que sa voix. Une voix de roc, oui, une voix dure et sans chaleur. Senti son odeur boucanée. Ce ne pouvait être un rêve. Et à la veille de cette expédition, il n'avait bu qu'un seul verre.

Les traîneaux se suivent de près, celui de Sangilak en tête. Les patins, épousant le sol, entaillent la glace comme des lames. Peu à peu, les hommes se reconnectent à leur nature, à leurs origines, à ces grands espaces glacés dont ils sont issus. Malgré la nuit, ils commencent à y voir plus clair, plus loin, à percevoir instinctivement ce qui les entoure, à sentir comme leurs chiens.

Parvenus au point où ils doivent se séparer, chaque traîneau de son côté, cinq routes à tracer sur l'épaisse croûte de glace pour sceller onze destins, ils écoutent Sangilak donner ses dernières instructions. La gravité du moment gagne même le policier à la longue crinière qui, au grand étonnement du shérif, s'avance pour le serrer contre lui dans une brève étreinte. L'homme peut être là où on ne l'attend pas. A-t-il compris, ont-ils tous compris que c'est peut-être leur dernier voyage ? se demande Sangilak peinant à retenir une larme.

Chaque homme dispose de trois fusées de détresse. Ce qui fait un total de trente-trois. Il est convenu de les utiliser seulement en cas d'extrême nécessité ou de danger imminent. Mais il n'est même pas certain qu'une fusée larguée soit vue par les autres, qui pourraient se trouver hors de portée.

Avant de se remettre en route dans la direction qu'il s'est attribuée avec son second, Sangilak regarde les traîneaux s'éloigner jusqu'à se fondre dans la nuit. Un instant, une sensation de vide vertigineux le saisit. La seule fois qu'il a éprouvé ce sentiment c'était il y a des années, lorsqu'il s'est lancé en pleine obscurité, avec Ferguson, dans cette marche qui les a conduits au point culminant du globe. Maintenant, son ami est perdu, quelque part dans cette immensité, et a besoin de lui, de son frère de marche. Est-il toujours vivant ? Sangilak veut garder espoir. Il connaît l'endurance du Danois et son mental d'acier, mais il connaît aussi les pièges et les dangers tapis sur la plus grande île du monde.

Donnant le départ d'un bref coup de sifflet aux chiens, Sangilak, debout à l'arrière du traîneau, se tient d'une main et, de l'autre, pointe la lampe torche devant eux. Pas besoin de donner du fouet avec les chiens de son village. Ce sont les meilleurs qui existent au Groenland. Un sens de l'orientation des plus affûtés, une endurance exceptionnelle. Pour se guider sur l'inlandsis, savoir se repérer dans la nuit boréale, mieux vaut avoir du sang inuit bouillonnant dans les veines. Si les appareils à GPS tombent en panne, ce savoir hérité des ancêtres prendra le relais. Sangilak sait déchiffrer les vents. La façon dont ils souffleront sur son visage selon qu'il se dirigera vers l'un des points cardinaux. Il connaît aussi les reliefs en perpétuel changement sur la calotte de glace. La neige, un élément vivant, qui bouge et respire. Et comment la faire parler. En fonction de la direction prise, ses cristaux auront une consistance et une densité différente. Il arrive même à Sangilak d'en ramasser une poignée pour la goûter. À sa texture, à sa façon de fondre plus ou moins rapidement sur la langue il peut voir si la direction prise est la bonne, si le climat n'est pas en train de changer. De même, avant d'être recouvertes par une couche fraîche, les empreintes d'hommes ou d'animaux se lisent et se décryptent sur le manteau neigeux. En disent long sur leur état de force ou de faiblesse, leurs intentions ou leur parcours. Mais dans la nuit, ce sera déjà un miracle de les voir et un exploit de les lire.

Nukilik. Si c'était vraiment lui, pense Sangilak, cela voudrait dire qu'il a survécu à ce qui a décimé son village dont on n'a rien retrouvé, à part quelques planches calcinées. Un nettoyage en règle auquel son cousin aurait donc échappé. Le cœur du shérif tape comme un tambour dans sa poitrine. Comment a-t-il pu survivre toutes ces années sans réapparaître ? Pourquoi maintenant ? Que lui veut-il ? Sangilak n'avait qu'un an à l'époque. La haine de Nukilik est-elle si profonde qu'il serait revenu se venger sur tout le monde ? Y compris sur lui et ses hommes, y compris sur les membres d'une mission scientifique ?

Ils ont déjà dû parcourir une bonne distance vers leur objectif, lorsque s'élève, au nord, haut dans le ciel, une traînée lumineuse qui éclate en une gerbe orangée avant de disparaître dans l'obscurité.

30

Quelque part sur l'inlandsis, zone de Thulé, jour 13

À son poignet son chronographe lui indique aussi les jours, les mois et les séquences de la lune. Il est vivant. Dans un piteux état, mais vivant. Il erre sur l'inlandsis depuis cinq jours déjà, suçant de la glace pour s'hydrater et rationnant les quelques barres énergétiques et le chocolat qu'il emporte toujours dans ses poches lorsqu'il sort. Il sait pourtant que sa survie tient du miracle au bout de tant de temps passé sur la calotte glaciaire en pleine nuit, exposé au vent qui brûle et assèche et s'empêchant de s'écrouler au sol pour dormir. Dans ce cas, il ne se réveillerait pas. Contraint de faire dans sa combinaison, il a pu entrer tout en marchant dans un sommeil de surface mais nécessaire, grâce à des techniques d'autohypnose.

Lorsque, émergeant de la nuit dans le faisceau de sa frontale, la béance noire s'est présentée à sa vue troublée par l'épuisement et les particules de neige gelée, il n'y a pas cru. Il savait que « ça » se trouvait à l'extrême nord-ouest de la calotte de glace et à plus de deux cents kilomètres de l'ancienne base aérienne militaire de Thulé, mais il n'aurait pu imaginer tomber dessus au bout de toutes ces heures d'une marche désespérée, affublé d'un gros hématome à l'arrière du crâne et avec pour seul équipement sa parka et sa combinaison. Même s'il avait son idée sur ce qui avait pu lui causer ce coup à la tête, il n'en était pas sûr. Ou se refusait à cette certitude glaçante. Pourtant, les seules empreintes qui se dessinaient sur la neige, se mêlant aux siennes à l'endroit où il était tombé, étaient une preuve accablante de la présence de celui qui avait voulu sa mort. Un homme avec lequel il partageait son quotidien vingt-quatre heures sur vingt-quatre depuis plus d'une semaine. Roger Ferguson.

Outre leurs casques identiques, les membres d'Arctica portaient tous les mêmes chaussures à crampons, aux empreintes et au logo caractéristiques, précisément pour pouvoir les identifier si l'un d'eux venait à se perdre. Et l'absence de son portable GSM dans la poche de sa parka ne laissait aucune place au doute. Celui qui l'avait assommé ne voulait pas qu'il s'en sorte en appelant de l'aide. Mais une question restait en suspens… pourquoi ne pas l'avoir achevé ? Peut-être n'est-il pas simple de tuer un homme, pour un scientifique comme Ferguson.

Après le trou noir, Malte avait repris conscience, revenant à la réalité terrifiante d'être livré à lui-même et, pire, aux prédateurs de toutes espèces que la longue nuit d'hiver ne dissuade pas de sortir de leur tanière. Commotionné, hagard, ne sachant quelle direction choisir, il avait tenté de faire retomber la panique qui s'était emparée de lui, en s'accrochant à l'espoir de retourner à la base. Puis alors qu'il bougeait ses membres en sautillant pour ne pas geler sur place, la colère avait eu le dessus. Une colère âpre, au goût acide, qui avait peu à peu réchauffé ses veines où le sang épaissi par le froid circulait mal. De cet instant, il n'a tendu que vers un seul but, revenir à la base coûte que coûte. Quel que soit l'effort à fournir, le chemin à prendre, il trouverait et demanderait des comptes au traître. Bien qu'il devinât les motifs du Danois à le faire disparaître. Le statut de scientifique de Ferguson était une couverture de son engagement au service de firmes prêtes à tout pour faire main basse sur les terres vierges du Groenland et leurs matières premières.

C'est au moment où le découragement s'emparait de lui que Malte a aperçu les cavités dans la glace et, s'approchant, a deviné de quoi il s'agissait. Camp Century. Une base militaire américaine ultra-secrète de 55 hectares sous la glace, dont la construction avait débuté en 1959, et qui avait été mise définitivement hors service en 1967. Un projet monumental avorté à cause de la fragilisation de la croûte glaciaire et qu'une équipe de scientifiques avait dénoncé en 2016 comme une réelle menace de pollution à terme. Des quantités de substances toxiques étaient présentes à l'intérieur, sous la forme de fuel stocké dans des citernes attaquées par la rouille et les mouvements du sol, de PCB et de plus de deux cent mille litres d'eaux usées qui, libérés par la fonte des glaces, iraient se déverser dans l'océan, entraînant ainsi un empoisonnement majeur de la faune et de la flore.

Pourtant, par une incroyable ironie du sort, le «camp du siècle» avait sauvé la vie de Dick Malte. Encore quelques heures, peut-être moins, et il aurait renoncé. Mais comme si une force supérieure – divine? – avait guidé ses pas, il était tombé sur l'une des entrées du site.

Sous couvert d'un projet scientifique baptisé Iceworm, le Ver de glace, cette base tentaculaire creusée à une trentaine de mètres sous la calotte glaciaire et alimentée par un réacteur nucléaire s'inscrivait en réalité dans un vaste projet militaire de forage de puits à missiles tournés vers l'Union soviétique en pleine guerre froide. Des voies ferrées avaient été tracées sous l'inlandsis pour l'acheminement du matériel et vingt et un tunnels creusés dans la glace par de gigantesques foreuses suisses qu'on appelait les Peters Plows. Le plus important de ces tunnels, plus de trois cents mètres de long, huit de large et de haut, avait été baptisé Main Street, l'avenue principale. Les tunnels étaient consolidés par des plaques courbées en acier recouvertes de neige. Y ont même été aménagés une chapelle, un théâtre, un dispensaire, un magasin ainsi qu'une salle de sport et une bibliothèque. Une véritable cité de glace. Un réacteur nucléaire portable de type PM-2A, marchant à l'uranium 235 enrichi, en plus de produire l'électricité qui alimentait toute la cité permettait de faire fondre la glace pour avoir de l'eau potable.

Dans le cadre d'une étude climatique, Willi Dansgaard, un géophysicien danois, avait pu effectuer une analyse sur les carottes de glace prélevées sur place et remonter sur cent mille ans en arrière, retraçant une partie de la fascinante épopée climatique de la Terre.

Pourtant, le projet, menacé par la fonte des glaciers, avait été interrompu et la base abandonnée au travail de démolition de la nature. Tous les tunnels s'étaient effondrés sauf, par chance pour celui qui, des années plus tard, allait y trouver refuge, Main Street.

C'est à une de ses parois que Malte s'est adossé, récupérant au fil des heures les forces qui l'avaient quitté au cours de cette marche dans les rafales glacées. Dans le tunnel de glace, si la température reste négative, il est à l'abri du vent qui fait ressentir le froid plus intensément, et surtout d'éventuels prédateurs. Il s'efforce de ne pas dormir plus de dix minutes d'affilée pour ne pas risquer l'hypothermie. Il ne fait en réalité que s'assoupir pour s'extraire presque aussitôt de la dangereuse somnolence qui le gagne, mais il sait qu'à ce rythme il ne pourra pas tenir longtemps. Les barres énergétiques l'aideront encore quelque temps. *Et après…*, se demande-t-il. Avec un peu de chance, il trouvera ici de quoi s'alimenter sous la forme de conserves. À moins qu'ils n'aient tout emporté lors de la fermeture.

Mais il n'a pas le choix. Il est temps de descendre sous l'inlandsis par le tunnel. Les boyaux aménagés que distribuait Main Street sont obstrués par les effondrements successifs des blocs de glace et Malte doit s'arrêter à chaque pas pour écouter les bruits du sol pouvant l'alerter sur un éboulement imminent. Sa connaissance intime de la glace et de ses pièges, mais aussi son amour pour elle le guident désormais dans ces profondeurs silencieuses. Alors qu'il s'enfonce dans le ventre obscur de l'inlandsis, il sent une émotion mêlée à l'appréhension lui tordre les tripes. Que découvrira-t-il dans ce sanctuaire militaire ? Tout est apparemment désert et les chances de trouver une vie quelconque sont infimes. Mais, tandis qu'il descend et dépasse les entrées latérales des galeries condamnées par des monceaux de glace et de neige, il demeure sur ses gardes. Après tout, un animal peut très bien avoir eu l'idée de se réfugier ici avant lui, et sans arme, face à un ours ou un loup, il serait complètement démuni.

Parvenu à un nouveau croisement, il s'arrête net, braque le faisceau légèrement faiblissant de sa frontale sur sa gauche. A-t-il bien vu ? Là, tout près, l'entrée béante d'une autre galerie épargnée par les éboulements.

— Nom de Dieu ! s'exclame-t-il en s'approchant.

Mais il s'arrête aussitôt.

Si la batterie de sa lampe venait à se vider, il se retrouverait dans l'obscurité totale. Le noir absolu, si différent de la nuit d'hiver où le ciel est rarement dégagé, mais où il reste au moins la faible clarté lunaire se réverbérant sur la surface immaculée de l'inlandsis. Ici, il ferait noir comme dans une tombe… et le tunnel deviendrait assurément la sienne. Son tombeau de glace. Triste ironie du sort pour un glaciologue. Et en même temps, singulièrement cohérente.

Faisant appel à toute sa volonté, Malte pénètre dans le boyau latéral où une sensation de froid se plaque sur sa nuque telle une main glacée. La frontale balaie les parois grisâtres d'où, à la lumière, émane par endroits une phosphorescence bleutée.

Le froid humide s'en dégage comme un souffle. Ses jambes engourdies par la fatigue le portent avec effort dans le raclement de ses crampons sur la glace du sol. À tout moment, l'élément instable peut céder et le piège se refermer derrière lui. Enterré vivant. Deux mots qui résonnent dans sa tête comme un ricanement sinistre. Il ne reverra plus jamais Tiger, plus jamais il ne sentira la joue de Laura contre la sienne… À la pensée de son filleul, il étouffe un cri de rage. Mourir sans savoir si Tiger est son fils lui est insupportable. Laura lui devait cette vérité. Mais elle a préféré la garder pour elle, comme si elle n'avait jamais existé, comme si elle n'existait pas. Alors, avant de partir, il a envoyé une demande de recherche en paternité à un laboratoire. Les résultats ne devraient pas tarder à tomber…

Maintenant, tout ce qu'il a retenu des années durant lui déchire la poitrine. Il n'est pas étonnant qu'il ait choisi d'étudier la glace. Un élément qui lui ressemble. Dur, tranchant, instable, changeant, trompeur et froid. Tout ce qu'il a été avec les femmes qu'il a croisées sur son chemin. Pour l'amour d'une seule. Qui n'a pas voulu de lui. Qui l'a puni en niant qu'il est en réalité le père de ce gamin… Il aurait joué avec lui, l'aurait emmené voir des matches de hockey, non, plutôt de foot ou de ce qu'il voudrait, ils auraient parlé de filles, il lui aurait appris des choses sur son métier, lui donnant peut-être l'envie, à lui aussi, de devenir un scientifique. Tout cet héritage d'un père à son fils. Ce dont il a tant manqué. Il n'en veut même pas à Rousseau. Il n'y est pour rien, il ne sait pas pour lui et Laura. Rousseau est l'ami trahi. Est-il seulement au courant de sa disparition ?

Qui l'est ? Quelqu'un viendra-t-il le chercher dans l'immensité de l'inlandsis ? Est-il à ce point important que d'autres hommes risquent leur vie pour lui ? À qui manquera-t-il ? Toutes ces questions auxquelles une réponse, une seule, aurait suffi à faire basculer sa détermination d'un côté ou de l'autre.

Les quelques mètres qu'il franchit dans la galerie, plus étroite et plus sombre que Main Street, lui semblent interminables. Il a l'impression de se retrouver dans un énorme tube digestif qui va peu à peu l'absorber. Se disant qu'il fait fausse route s'il veut tomber sur le lieu de stockage du matériel ou d'éventuelles denrées alimentaires, sur le point de rebrousser chemin, il aperçoit, à l'extrémité du faisceau de sa frontale, droit devant lui, un net élargissement du boyau, qui se divise en deux espaces plus grands et plus hauts. Il sent son rythme cardiaque s'accélérer. De ce qu'il a retenu des films sur Camp Century, il déduit qu'il devrait se trouver au niveau du théâtre et de la chapelle. Or ce n'est pas là qu'il trouvera à se nourrir. Et il ne doit plus disposer que de quelques minutes de batterie à sa frontale.

Malte fait une dizaine de pas en direction de ce qu'il suppose être la salle de théâtre et pénètre dans le premier espace. Ce qui se présente alors à ses yeux le laisse bouche bée. Des sièges défoncés jonchent pêle-mêle le sol, disposés devant une estrade faite de planches que l'humidité a tellement rongées que des trous apparaissent de part et d'autre. Quelques tables carrées en acier noirci tiennent encore debout. Promenant sa frontale dans ce décor insolite à trente mètres sous la glace, il découvre un peu plus loin deux casques de chantier abandonnés sur l'une des tables et quelques tasses en fer-blanc à moitié rouillées à côté d'une cafetière. Ces ténèbres, ce silence de tombeau, ont sans doute abrité autrefois une vie foisonnante entre ces parois glacées. Malte pense à ces deux cents hommes confinés ici, loin de leur famille, entièrement voués à ce projet insensé d'intimidation militaire, enterrés dans cette cité souterraine pendant des mois, peut-être des années avant de voir cette part de leur existence s'écrouler avec ces blocs de glace et de neige. Qui étaient-ils, combien de pères de famille, d'hommes jeunes et moins jeunes ont vécu dans ce dédale de glace, isolés de toute civilisation, excepté d'eux-mêmes ?

Un instant, il a la nette sensation d'une présence. Celle qui animait ce qui est désormais plongé dans des ténèbres séculaires. Un frôlement juste dans son dos, au fond de l'espace aveugle, le fait sursauter. Il se retourne d'un coup, braquant sa frontale sur l'obscurité. Mais il ne voit que le vide, aussi rassurant que désemparant. Arrivera-t-il à s'y habituer avant de mourir ? Ou avant qu'on vienne le chercher, ce qui est beaucoup moins certain.

Laissant le théâtre derrière lui, Malte poursuit sa progression en direction de la seconde salle voûtée. Retenant son souffle, dans la fragile clarté de la frontale, il entre. Ses pas résonnent plus fort et leurs échos sur les parois lui reviennent en même temps qu'un sentiment de solitude absolue. Il se sent seul à crever. C'est donc ici que tout se termine… quelque part sur l'inlandsis. Alors qu'il n'était venu au Groenland que pour effectuer une mission scientifique. Comme il en a tant accompli.

Malgré le froid obscur, il sent la sueur acide

perler sur son front et ses tempes. La peur et l'angoisse suintent par tous les pores de sa peau, telle l'humidité poisseuse sur les murs. Et face à ce qui se présente dans le cône vacillant de sa lampe, il laisse enfin échapper le cri qu'il retenait depuis si longtemps. Ils sont là, ces hommes qu'il imaginait, bougeant, remontant ces galeries, allant et venant, tout à leur tâche ou parlant de leurs familles. Ils sont une vingtaine, au moins, des corps gelés, allongés ou adossés aux parois pour certains, le visage figé dans une expression de souffrance ou d'extrême crispation. Malte manque d'air, soudain. Autour de lui l'obscurité se resserre et l'étouffe. La lumière de sa frontale n'est plus qu'un vague halo orangé. Encore quelques minutes, à peine plus et il ira les rejoindre. Ses nouveaux compagnons de tombeau. Les soldats de Camp Century. Ceux qui n'en sont jamais revenus.

31

Inlandsis, zone de Thulé, jour 13

Des fleurs écarlates mouchetant la neige. Tout ce qu'il reste du passage des hommes de Sangilak et de leur traîneau. Dans le double cercle des lampes torches et des frontales d'autres taches pourpres apparaissent en une vaste constellation. Le shérif et son adjoint ne profèrent pas un mot. Mais les mêmes questions frappent leurs tempes à chaque pulsation. Ce sang appartient-il aux deux hommes, aux chiens ? Que s'est-il passé, ici, en l'espace d'une heure ? À peu près le temps qu'ont mis Sangilak et son adjoint pour arriver jusque-là après avoir localisé l'endroit d'où la fusée a été tirée.

— Ça continue…, lâche enfin Sangilak, tenant la torche levée au niveau de son épaule.

— Quoi, chef ? demande Iluak à ses côtés.

L'expression de son visage chiffonné et pâle en dit long sur l'angoisse qu'il tente de maîtriser.

— Nous en sommes au même stade de connaissance, maintenant, toi et moi.

— Mais ça, a-t-on idée de ce que… de ce qui est

arrivé ? Une attaque d'ours ? Peut-être deux ours ou trois, hein, chef ? Toi aussi, tu penses que ce sont des ours…

San plonge son regard dans les yeux apeurés de son adjoint. Il sent le barrage prêt à céder.

— Oui, ment-il, peut-être que ce sont des ours. Sauf que des ours n'arrêtent pas un traîneau en pleine course, ne peut-il s'empêcher d'ajouter.

— Le traîneau a très bien pu verser. Et le temps qu'ils le relèvent, les ours ont surgi.

C'est ça, des ours surgis de nulle part. Le shérif sait bien que son adjoint ne croit pas à ce que lui-même avance, au fond. Qu'il ne le fait que pour se rassurer. Se convaincre de l'hypothèse la plus rationnelle, la plus acceptable, celle de la loi de la nature avec laquelle les Inuits ont appris à vivre depuis des siècles. Et un traîneau ne verse pas si facilement en l'absence d'obstacle ou d'aspérité, comme c'est le cas ici, observe Sangilak pour lui-même.

— Tout est possible, répond le shérif avec un regard appuyé et lourd.

Un genou à terre, il passe au crible le périmètre tracé par les auréoles de sang frais. La pénombre crépusculaire de l'hiver ne lui facilite pas la tâche. Mais s'il y avait des douilles, elles brilleraient, à la clarté des torches. En revanche, tout autour, la neige semble imprimée de traces crénelées. Pourtant cette présence ne parvient pas à s'accorder avec l'hypothèse qui commence à germer dans son esprit. Il préfère donc pencher pour une coïncidence et se concentrer sur les premiers indices.

— S'il s'agit d'une agression humaine, ce ne sont pas des armes à feu qui ont été utilisées. Et ils n'ont pas eu le temps de se servir des leurs, finit-il par dire. Ce qui laisse entrevoir une tout aussi sombre éventualité. Peut-être encore plus cruelle.

— À quoi tu penses, chef ?

— Des flèches. Les chiens ont pu recevoir des flèches. Le seul moyen de stopper un traîneau est de neutraliser d'abord les chiens de tête. Ensuite les pauvres gars ont tout juste eu le temps de tirer une fusée avant qu'on leur tombe dessus.

— Qu'est-ce qu'on fait ?

— On essaie de prévenir les autres et on avance, dit Sangilak en sortant son GSM et scrutant les ténèbres aussi loin qu'il peut.

Il sait que, exposés ainsi sur cette plaine glacée, ratissée par les vents, leurs frontales et leurs torches indiquant précisément leur présence, ils constituent une cible de choix pour leurs assaillants. Car, bien sûr, il n'est plus question d'une attaque d'animaux. Les chiens n'auraient pas laissé des loups les attaquer et des ours n'auraient pas fait disparaître deux hommes avec un attelage de sept chiens et un traîneau, ceux-ci s'étant, à l'instar de leurs conducteurs, volatilisés. Une disparition sur la banquise pourrait s'expliquer par la chute à travers une faille dans la glace, des plaques cédant sous le poids de l'attelage englouti dans les eaux. Seulement là, aucune crevasse visible qui puisse étayer cette hypothèse. Rien, à part une intervention humaine dans une intention criminelle ou malveillante.

— Partons, déclare soudain Sangilak à voix haute en direction de son coéquipier.

Mais celui-ci n'est plus là. Blême, le shérif l'appelle en haussant le ton. L'obscurité lui renvoie son propre écho comme une mauvaise farce. Plus de luciole qui danse dans la nuit, suivant les mouvements de la tête. Les chiens se mettent soudain à s'agiter et à gémir.

— Iluak ! Tu m'entends ? Iluak !

— Chef ! Ici, chef !

Étouffée par le vent, et la neige qui recommence à tomber en cristaux cinglants, la voix lui parvient faible et lointaine. Au moment où son adjoint se redresse en se retournant vers le shérif, la luciole surgit de nouveau de la nuit striée. Prenant quelques instants pour se remettre de sa frayeur d'avoir perdu son compagnon, Sangilak se dirige vers le point de lumière à quelques mètres. Iluak se précipite vers lui avec une fébrilité inhabituelle.

— Tu as trouvé quelque chose ?

— Ça…

Entre ses doigts gantés, il tient un objet pointu et recourbé d'environ dix centimètres.

— Une griffe d'ours ? s'étonne Sangilak.

Mais un examen plus approfondi de la griffe à la lumière de la frontale conforte ses premières craintes.

— Ce n'est pas la griffe d'un ours vivant, dit-il en la retournant dans tous les sens et la reniflant. Si un ours l'avait perdue dans l'attaque, il y aurait du sang à la base. Or elle est sèche.

— Il n'y a pas d'ours mort, ici, constate Iluak. Et un ours mort ne peut pas perdre une griffe dans la bataille.

— Sauf si ce même ours sert de parure à un homme. Une parure dont le chaman se sert pour y puiser sa force intimidante. Celle-là même que porte…

— Nukilik.

— C'est ça.

— Alors ça voudrait dire qu'il n'est pas seul et qu'ils comptent nous avoir les uns après les autres…

Activant le GSM, Sangilak tente de joindre les autres groupes, mais la liaison est mauvaise et ça coupe à la première sonnerie. Au bout de quelques minutes qui lui semblent interminables, la communication s'établit enfin et le shérif reconnaît la voix de Cheveux Longs à qui il restitue l'incident en peu de mots dans le souffle obsédant du vent.

— On poursuit ? demande l'Inuit à travers le grésillement de la ligne.

— Oui, tant qu'on n'a pas retrouvé leur trace. On vient de perdre deux hommes et un attelage. Ils n'ont pas été attaqués et enlevés par des animaux.

— Je veux dire qu'on pourrait se rejoindre et poursuivre les recherches tous ensemble. Nous serions moins vulnérables.

Sangilak ne dispose que de peu de temps pour réfléchir. Dans le piège de glace, pour assurer la survie, le cerveau doit prendre une décision deux fois plus rapidement. Ici la vie se compte en minutes, en secondes. À une près, tout peut basculer sans retour possible.

— Sans doute, si on se place dans l'hypothèse d'une nouvelle attaque, finit-il par répondre. Mais à la vitesse où vont nos traîneaux dans des directions différentes, ils ne pourront pas tous nous avoir.

— Sauf s'ils se séparent en plusieurs groupes comme nous.

— Ça se peut, répond Sangilak, mais on continue comme ça et on se rappelle dans une heure. Je n'arrive pas à joindre les autres.

— Je m'en charge, dit Cheveux Longs avant de couper.

Sangilak remet le GSM dans sa poche et donne le signal de départ. Mais Iluak ne bouge pas, aussi immobile et raide qu'un *inukshuk*.

— Chef, regarde, là…

À cet instant, tout va très vite dans l'esprit du shérif. Ces traces qui balafrent la neige gelée tout autour du sang répandu… Des empreintes de motoneige. Seul ce type de véhicule est capable d'aller plus vite qu'un traîneau à chiens sur la glace recouverte de poudreuse. Les deux hommes n'avaient aucune chance de s'en tirer. Mais pourquoi avoir utilisé des flèches plutôt que des fusils contre ceux des policiers ? Peut-être pour faire moins de dégâts et capturer leurs victimes encore vivantes…

— Ne restons pas ici ! crie Sangilak qui saisit le fouet et le fait claquer au-dessus des chiens.

Le traîneau du shérif décolle brusquement du sol, emportant son équipage dans l'immensité de la nuit.

32

Dans la nuit de l'inlandsis, région de Thulé, jour 14

— Luv ! Tu ne peux pas faire ça…

La voix de Niels, lointaine et dérisoire, lui parvient comme en rêve. Sur un mot de Desjours elle a enfin les mains libres, ce deuxième soir de festin. Les liens autour de ses pieds la contraignent à les garder joints et à rester assise. Elle ne pourrait pas s'échapper et ils le savent. Fuir où ? Dans cette nuit mortelle ? Elle courrait à sa perte. Un seul geste pour libérer Olsen lui vaudrait des représailles dont elle ne se relèverait pas. Elle se sait surveillée. Même si ce n'est plus nécessaire. Parce qu'elle est partie si loin en elle que plus rien ne peut l'atteindre. Pas même les supplications de Niels, cet étranger à côté d'elle qui se tortille, aussi ridicule et vain qu'un vermisseau. Ce qu'ils sont tous, ici, à l'échelle de l'inlandsis. Sauf que les autres, ces êtres étrangement faits, ont trouvé le moyen de survivre seuls dans ce désert de glace sans avoir à dépendre d'un système économique, ni d'autres règles et d'autres codes que les leurs.

— Luv ! Tu m'entends ? Ne mange pas cette putain de viande ! lui crie Niels malgré ses côtes cassées.

Mais Luv n'entend plus. Ne veut plus entendre les échos d'une société qui n'a pas sa place ici et dont ils sont les misérables rescapés. Ne rien manger par ce froid, c'est crever. Et Luv ne veut pas mourir. Alors elle mangera ce qu'ils lui donnent. Cette viande… de la viande. Ce n'est que de la viande, se répète-t-elle. Peu importe d'où elle provient. Whale. Baleine. C'est ça, de la viande de baleine. Ça se mange, la chair de baleine… Un morceau, puis un autre. Depuis combien de temps son ventre est-il vide après qu'elle a vomi la viande ingérée une fois qu'elle a compris son origine ? Depuis quarante-huit heures au moins. Bien sûr, elle devine maintenant pourquoi ils veulent les gaver. Plus tard, ce sera leur tour. Comme Whale. Un beau méchoui grillé à la graisse de phoque. Mais en attendant elle reprend des forces, ce qui veut dire nourrir son corps et son esprit, augmenter ses chances de les sauver, elle et Niels. Ou au moins elle-même, si son compagnon s'obstine dans ses stupides préjugés.

Qu'aurait fait Anita… non, Whale, à leur place ? Si l'un ou l'autre lui avait été offert pour seule nourriture… Elle aurait voulu survivre pour son fils, Luv en est certaine. Cet instinct maternel que peu d'hommes comprennent vraiment. Dans la nature, chez presque toutes les espèces, les femelles, et parfois les mâles, protègent les petits, pouvant même livrer un combat à mort pour ça. Joy n'est pas exposée à un danger immédiat, mais elle n'est pas venue au monde pour être, si jeune, privée de mère.

Et ça, Niels ne peut pas le comprendre. Il n'a pas la moindre idée de ce que cette perspective provoque chez Luv.

Une viande comme une autre. C'est Desjours qui a raison. Luv reste concentrée sur la bouchée qu'elle avale. Tendre et savoureuse, si on oublie ce que c'est. Et Luv veut oublier. Oublier d'où elle vient, qu'elle appartient à un monde où manger de la chair humaine est proscrit, inconcevable, et pourtant. Si, un jour, il n'y avait plus que ça. L'humanité deviendrait-elle résolument végétarienne ? Insectivore ? Ou se tournerait-elle vers elle-même ? Des questions dont Luv ne veut pas s'embarrasser.

— Putain, Luv ! Réponds ! Toi aussi, tu vas devenir comme eux ?

À cet instant, la biologiste cesse de mâcher et tourne la tête vers Olsen. Le fixe d'un regard glacé. Puis, s'approchant de lui en quelques contorsions, elle lui tend d'autorité le reste du morceau de viande qu'elle arrache de ses dents.

— Tu veux crever ici ? Pas moi, dit-elle d'une voix méconnaissable, comme si elle ne lui avait pas servi depuis des années. Tu veux qu'on ait toutes les chances de fuir ? Alors fais comme moi, mange. C'est toi qui voulais me détacher tout à l'heure. On ne tiendra jamais sans manger. Bouffe-la, je te dis. C'est à ça qu'elle sert, maintenant. À notre survie.

— Luv… je… je ne te comprends plus.

Les yeux de Niels remplis de larmes.

— Je ne te le demande pas, Olsen. Je te dis juste de manger. On ne mourra pas de ça. On mourra si on ne le fait pas.

— Tu te trompes, Luv, notre seule chance, c'est de réussir à nous libérer.

— Tant pis pour toi, Olsen.

Pourquoi l'appelle-t-elle subitement par son nom ? Le Norvégien, la bouche obstinément fermée, secoue la tête et retombe sur le sol gelé, à peine réchauffé par la présence du feu autour duquel le clan festoie. Il y en a pour tous. Un homme adulte peut nourrir jusqu'à soixante personnes. Whale était bien en chair. Ce soir, ils la terminent.

Des rires féroces éclatent soudain. Roulant sur le sol, agrippés les uns aux autres, les plus jeunes se livrent à une bagarre, tels des chiens fous. Ce qui sonne comme des blagues détend alors l'atmosphère et les rires reprennent de plus belle.

On pourrait réaliser ici une étude de mœurs et des observations ethnologiques passionnantes, mais Luv a cessé d'observer comme une scientifique. Elle n'a plus la distance nécessaire. Elle tente de survivre déjà à ses propres défaillances. Une partie d'elle menace à chaque instant de lâcher et de s'effondrer dans l'abîme. Pierre après pierre. Un éboulement de tout son être que l'autre partie, celle qui garde espoir, voudrait retenir. Un bras de fer sans merci qu'elle se livre à elle-même, oscillant entre les deux. Vivre ou mourir. La partie fragile, vulnérable, de son édifice lui souffle de lâcher prise, que tout serait si calme après, si reposant. Elle n'aurait plus froid, elle n'aurait plus faim, n'entendrait plus ces rires sauvages ni les reproches d'Olsen. Elle ne sentirait plus les douleurs qui transpercent son corps de toute part. Mais la fraction fortifiée lutte encore et lui intime de résister. Pour son enfant, le seul qui lui reste désormais et qui a besoin d'elle. Pour Dave, à qui elle manquerait malgré tout, ose-t-elle espérer. À moins que la distance géographique n'ait creusé un espace dont elle n'aurait pas soupçonné l'importance.

Résister. Vaincre. Alors que son compagnon semble déjà s'être résigné en refusant de se nourrir. Car comme elle, il sait ce que cela veut dire.

Alors qu'elle sent une goutte salée perler au bout de son nez, aussi piquante que des larmes sur une peau irritée, un remue-ménage tire Luv de sa torpeur. Elle perçoit un bruit de moteur, puis des grognements de chiens.

Levant la tête, elle voit arriver une motoneige, suivie d'un traîneau tracté par sept chiens attelés en éventail. Tous les deux conduits par des membres du clan. Dans le traîneau gisent deux hommes, des Inuits équipés de vêtements thermolactyles, apparemment blessés, le pantalon en sang.

Des cris de victoire et de défi accueillent les nouveaux captifs. L'inlandsis est leur garde-manger, ils n'ont qu'à se servir, se dit Luv, sans pourtant éprouver un grain de compassion à l'égard de ce qui va peut-être lui servir de nourriture, demain. À moins que le prochain festin, ce ne soit elle et Olsen.

Son briquet tempête sorti du fond de sa poche juste avant que la batterie de la frontale n'expire dans un dernier sursaut est tout ce qui lui reste pour s'éclairer. Encore un peu et il ira rejoindre les cadavres congelés dans cette morgue improvisée. Qu'a-t-il pu se passer à Camp Century ? Tous ces hommes ont-ils été frappés d'intoxication alimentaire ou d'un virus ? Ont-ils inhalé quelque substance chimique qui aurait pollué le souterrain ?

Sentant ses membres s'ankyloser peu à peu, Malte promène la flamme du briquet sur les visages grisâtres aux orbites creusées qu'un rictus crispé, découvrant des dents pourries, rend encore plus terrifiants dans le jeu du clair-obscur. Le froid les a très bien conservés durant toutes ces années. Malte en a des frissons le long de la colonne vertébrale. Poursuivant son exploration de la dernière chance sans trop y croire, il distingue, suspendue à une barre fixée entre les parois voûtées, ce qui ressemble à une lampe à huile en fer-blanc attaquée par la rouille. Probablement un éclairage de secours au cas où l'alimentation en électricité viendrait à être défaillante. Son cœur fait un bond mais son espoir retombe aussitôt. Avec quelle graisse alimenterait-il la lampe ? Des larmes de rage affluent sur le rebord de ses paupières. Pourquoi Ferguson ne l'a-t-il pas achevé alors qu'il en avait le loisir ? Il aurait mieux valu. Ici, la mort sera plus lente, plus insidieuse. Et en sinistre compagnie.

La clarté de la flamme encore vaillante du briquet lui révèle d'autres corps, d'autres visages cristallisés, d'autres teints cireux que la patine mortuaire rend aussi lisses que des poupées, cela n'en finit pas. Combien sont-ils ? Cinquante, cent, peut-être plus, serrés les uns contre les autres, tous dévêtus. Où sont passés leurs vêtements ? Malte suppose qu'on a dû les brûler pour une raison précise. L'idée de quelque chose qu'ils auraient contracté est de plus en plus plausible.

Soudain le glaciologue immobilise le briquet et le tend vers le fond de la chapelle. Dans la lumière diffuse, il voit ce qui ressemble à un autel, une table en acier supportant une lourde croix aux dorures écaillées. À son pied, une autre lampe à huile, à côté de petits blocs opaques gelés. Malte exulte. De la graisse de phoque ou de baleine, sans doute. En tout cas du combustible pour les lampes. Il lui faut à tout prix arriver à en faire fondre un morceau. Cependant, la chaleur de la flamme risque de ne pas être suffisamment forte pour décongeler un bloc. Faut-il tenter le coup ou bien économiser sa flamme ? Ce qui ne ferait que retarder une issue certaine. Malte finit par choisir la première option. Essayer de faire fondre ne serait-ce que la pointe d'un des blocs et faire couler la graisse liquéfiée sur la mèche de la lampe avant de l'allumer avec cette même flamme. Un geste qui pourrait changer le cours des choses.

Une poignée de minutes plus tard, la graisse liquide commence à perler en grésillant du coin du bloc maintenu au-dessus de la mèche que Malte vient de tirer d'un centimètre. Sur ses joues glacées percent quelques poils sombres et frisés. Il ne s'est jamais laissé pousser la barbe, de peur des démangeaisons sur sa cicatrice, et par préférence esthétique. Mais, sans rasoir depuis quelques jours maintenant, il n'a pas d'autre solution que les supporter. S'il s'en sort, il se promet une séance de sauna dont il n'a pas pu profiter à la base avec la découverte du cadavre d'Atsuko dans l'air sec et brûlant, un bon bain chaud et un rendez-vous chez un barbier. Une promesse qui, malgré la légèreté de son ambition, l'aidera à tenir. Car, dans la désuétude ou la désespérance, tous ces petits plaisirs allègent le poids de l'existence, toutes ces manifestations futiles de l'amour que l'on se porte à soi-même deviennent soudain plus précieuses et plus inestimables qu'on aurait pu le croire. Le moindre acte, le moindre détail de la vie passée prennent une saveur et un relief insoupçonnés. Et, alors que l'on ne leur prêtait qu'une attention distraite ou une pensée blasée, on se prend à les regretter comme s'ils étaient une part essentielle de l'être.

Malte entend sa propre respiration comme il ne l'a jamais entendue auparavant. Comme s'ils étaient deux. Lui, qui a cessé de respirer, et l'autre, qui continue à sa place. Dans un réflexe inné de survie.

Lorsque le processus de fonte est enclenché, la chaleur se propage dans le bloc de graisse qui, lui semble-t-il, s'écoule plus rapidement sur la mèche tressée. Le sourire revient sur les lèvres du glaciologue. Avec l'espoir que le briquet tienne assez longtemps pour qu'il puisse allumer la lampe. Il ira récupérer l'autre lorsque celle-ci sera allumée.

Le regard concentré sur le liquide visqueux dont les relents organiques commencent à lui picoter les narines, les pensées errantes de Malte vont s'accrocher à un visage à la beauté lunaire et froide qui l'a troublé dès qu'il l'a vu. Luv Svendsen. A-t-elle gobé ce qu'a dû lui raconter le Danois ? Elle ne semblait pourtant ni crédule ni influençable. Voudra-t-elle se faire sa propre opinion sur sa disparition ou bien se contentera-t-elle de ce que leur aura servi Ferguson ? Ce traître…

Tandis que la mèche semble s'imbiber de la graisse chaude et coulante, Malte décide de faire un premier essai en approchant la flamme du briquet, qui a sensiblement diminué. Sous la caresse du feu, le bout de la mèche crépite, laissant échapper quelques minuscules étincelles avant de s'enflammer, puis de s'éteindre aussitôt. La flamme du briquet n'est plus qu'une petite lueur bleutée. Malte va bientôt se retrouver dans ce qu'il redoutait le plus. L'obscurité totale, les ténèbres glacées du souterrain où il risque de s'enfoncer davantage en essayant de retrouver la sortie à tâtons dans une cécité forcée.

Pris d'un rire nerveux, le Canadien sent sa bonne étoile l'abandonner et pourtant, il ne se résigne pas encore. « Viens, viens me chercher ! crie-t-il. Mais tu vas devoir être patiente, je suis aussi coriace que toi ! »

Pinçant l'extrémité fumante de la mèche entre le pouce et l'index, il réitère l'opération. Au contact de la flammèche, la mèche imprégnée de graisse fondue s'embrase de nouveau, et Malte la regarde flamber avec anxiété. Ne sera-ce qu'un deuxième feu de paille avant la nuit ? Tandis que naît une flamme franche et vive au sommet de la lampe, le briquet rend son dernier souffle. Le brûleur de la lampe a désormais pris le relais. Malte évalue les réserves de graisse à quatre jours d'éclairage en continu. Après... dans l'après il préfère ne pas trop se projeter. D'ici là, il espère qu'on l'aura retrouvé. Grâce à cet éclairage de fortune, il pourra poursuivre son exploration en quête de matériel, de nourriture et peut-être d'éclairage et de chauffage. Il lui faut découvrir les réserves au plus vite.

Après avoir attendu deux minutes que la flamme prenne bien, le glaciologue fourre quelques pains de graisse dans les poches de sa parka et, tenant la lampe devant lui, braquée sur l'espace réduit du souterrain, poursuit son exploration dans le temps.

Alors qu'il regagne l'issue par laquelle il est arrivé, enjambant les corps, un visage surgit dans la clarté ambrée de la lampe d'où s'échappe une petite fumée noire. La peau, sombre, est semblable à la sienne, les yeux voilés d'une membrane opaque semblent le fixer avec insistance. Mais surtout, les traits... La ressemblance avec les siens en est frappante, presque insoutenable. Est-ce possible...

Se croyant victime d'une hallucination due à la mauvaise oxygénation du cerveau, Malte se frotte les yeux et approche la lampe tout près de l'homme. Sortant la photo de son père militaire de sa poche intérieure, il la place à côté du visage éteint. Si incroyable que cela puisse paraître, c'est bien le même. À la différence près que sa bouche est ouverte sur quelques dents déchaussées. Des rescapées d'une perte dentaire irréversible. Le corps est nu et réduit à une maigreur squelettique. Seul le ventre est aussi gonflé qu'un ballon. Un mot vient alors à l'esprit de Malte. Scorbut. Son père et tous ces hommes sont morts du scorbut, se dit le Canadien sous le choc, en même temps qu'un bruit sourd retentit dans le souterrain, dont les échos se répercutent sur les parois de glace.

Cette fois, c'est sûr, il n'est plus seul ici.

33

Inlandsis, zone de Thulé, jour 14

Pendant ce temps, le traîneau de Sangilak trace sa route sans mollir dans la nuit persistante du cercle polaire, sans que rien n'attire l'attention des deux hommes au point de dévier de la piste et de s'arrêter. Les vies semblent si petites, si insignifiantes, dans la gueule noire de l'inlandsis. Ils sont venus jusqu'ici pour en retrouver quelques-unes. Mais plus ils progressent, comme flottant dans la vastitude boréale, plus Sangilak sent qu'il est là pour autre chose. Un appel plus fort, plus puissant qu'accomplir sa seule mission de shérif. Sinon, risquerait-il sa vie et celle de ses hommes pour des inconnus, juste parce que c'est son job ?

Comme ses ancêtres et tous ceux de son village, San est façonné dans cette glace, modelé par ces vents, nourri de cette terre du Groenland, de sa rudesse inégalée, de son mode de vie sans concession. Une terre désormais menacée. Des animaux intoxiqués, des espèces bientôt à l'agonie. Des hommes coupés de leurs traditions et de tout ce qui constituait l'âme inuit. Peut-être la Terre est-elle à la veille d'un nouveau cycle, d'une nouvelle ère? Sans connaissances scientifiques, sans autre enseignement que celui qu'il a reçu de ses aïeuls, en écoutant les informations ou en lisant le journal, Sangilak sent confusément que quelque chose se prépare. Quelque chose qui échappera à l'humanité. Un événement qu'elle ne contrôle plus.

Derrière ses chiens, à la merci des éléments, il refait la route de ses ancêtres, de ceux qui y ont laissé leur vie, de ceux qui ont réussi à ne pas la perdre ici, comme dans une sorte de continuité, dans le précieux héritage du peuple des glaces. Le sien. Il est comme eux, mort depuis longtemps et seul son fantôme lui survit. Il est mort avec Marta et l'enfant qu'elle portait.

À ce moment, dans le balai lumineux des lampes, les deux hommes distinguent une cavité noire dans un grand monticule de neige déformant le sol. La piste semble y mener tout droit. Sangilak retient les chiens et arrête le traîneau. À son inclinaison et à sa profondeur, on dirait une ouverture qui mènerait au centre de la Terre.

— C'est… c'est quoi ça, chef? bredouille Iluak.

— C'est Camp Century, une ancienne base militaire américaine souterraine.

L'adjoint écarquille les yeux. Il était convaincu qu'il ne s'agissait que d'une rumeur. Sangilak a lui-même du mal à croire qu'ils se trouvent devant l'antre du projet militaire ultra-secret le plus fou à l'époque de sa construction.

Fascinés, les deux hommes font quelques pas vers l'entrée. Une bouche noire sans fond. Pourtant, ce premier instant de fascination se dissipe vite dans l'esprit de Sangilak qui reste sur ses gardes, même s'il n'y a aucun signe de vie.

— Un endroit qui peut servir de refuge, note Iluak.

— Oui, à des ours, notamment.

— On va voir quand même, chef ? On a des fusils et nos lampes.

— Je croyais que tu n'aimais pas le noir. Là, tu vas être servi. Moi, je n'aime pas laisser les chiens.

Iluak dresse l'oreille. Seuls leurs halètements et leurs grognements troublent le silence du vent.

— Il n'y a personne d'autre que nous, chef. Les chiens nous avertiront s'il y a danger.

Le temps d'une brève réflexion, Sangilak finit par acquiescer. Ce serait en effet dommage de risquer de passer à côté, si d'aventure les membres d'Arctica avaient trouvé refuge ici. Et San connaît assez Ferguson et sa présence d'esprit pour savoir qu'il en serait capable.

— Allons-y, dit-il en prenant son fusil et lançant l'autre à Iluak. Juste pour jeter un œil, on ne s'attarde pas.

La plus grande peur d'un Inuit est l'enfermement. Sangilak sait pour quelles raisons le projet Iceworm a été abandonné. Un nouvel éboulement peut survenir à tout moment sous la coque de glace et les emmurer vivants.

Dans les cônes lumineux projetés par les frontales, l'intérieur se dessine, semblable à l'œsophage d'un géant. Une sorte de rampe glacée plonge dans les profondeurs de la Terre. Pas à pas, Sangilak en tête, les deux hommes descendent le couloir obscur.

Leurs crampons s'accrochent à la glace du sol, leur évitant une glissade. Il n'est pas question de signaler leur présence à d'éventuels prédateurs endormis en appelant.

Tentant de dompter son angoisse de l'obscurité et des monstres qui s'y tapissent, Iluak retient son souffle. Dans le silence qui s'épaissit, leurs respirations se conjuguent. S'ajustent pour n'en faire plus qu'une. Soudés en une même appréhension, ils s'enfoncent dans les froides ténèbres du souterrain. Bientôt, leur course, l'air du dehors, le vent, les hululements des chiens ne sont plus qu'un vague souvenir.

Sur le sol incliné, des blocs de glace jonchant le tunnel se dressent devant leurs pieds, manquant les faire tomber à chaque pas. Le shérif lève la tête, éclairant le plafond voûté de la galerie dans lequel il distingue des trous à la place des parpaings de glace qui ont dû s'en détacher avant de venir s'écraser au sol.

— Il n'y a rien ni personne ici, chuchote Sangilak, comme si parler trop fort risquait de rompre le fragile équilibre de la glace. Et de toute façon, les effondrements ont bloqué les entrées de tous les tunnels latéraux. La galerie principale commence elle aussi à s'effriter.

Ils ont franchi une bonne vingtaine de mètres et songent déjà à remonter. Vite retrouver les chiens et le vaste espace de la surface. Mais alors qu'ils prennent la direction de la sortie en tapant le sol de leurs crampons pour une meilleure adhérence sur la rampe à gravir, dans un grincement métallique suivi d'un bruit terrible, un énorme bloc se détache du plafond et se fracasse au sol entre la sortie et les deux hommes, à trois mètres à peine, entraînant d'autres morceaux dans sa chute.

— En arrière ! crie San dont la frontale éclaire le désastre. Toute la voûte risque de céder !

Son mouvement brusque lui fait perdre l'équilibre et il se retrouve sur Iluak qui à son tour chancelle et tombe à la renverse. Sa tête coiffée d'un bonnet à pompon rebondit sur le sol dur. Sonné, l'adjoint ne bouge plus. Immobile, sa frontale fixe le plafond intact au-dessus d'eux.

— Iluak ! Ça va ? souffle Sangilak en se relevant péniblement, les coudes et les fesses meurtris. Tu m'entends ? Iluak...

Mais, la bouche et les yeux grands ouverts, l'adjoint ne répond plus. Se précipitant sur lui, le shérif enlève un gant et place le dos de sa main juste sous le nez de son coéquipier. Il respire et, peu à peu, revient à lui.

— C'est... c'est fini, chef ? halète-t-il.

— Tu m'as fichu une de ces trouilles, fiston ! s'écrie Sangilak en lui donnant une bourrade sur les flancs.

— Aïe !

— Quoi, ne me dis pas que tu t'es cassé des côtes en plus ! Allez, relève-toi.

S'agrippant au bras tendu du shérif, Iluak se redresse et parvient à se lever, tout vacillant, une main plaquée sur la nuque.

— Ça va aller ?

Iluak hoche la tête, le blanc des yeux injecté de rouge. Assurément, en plus du choc, il a connu la terreur de sa vie.

— Je crois que mon bonnet a un peu amorti le coup avec le pompon, dit-il dans un pauvre sourire.

— Ça va lui faire une bonne pub.

En d'autres circonstances, ils auraient ri de bon cœur. Mais c'est à cet instant qu'ils prennent conscience de la situation où ils se trouvent. Et elle est désastreuse. De gros blocs de glace obstruent la voie qui mène à la sortie sur une hauteur de deux mètres. Seul un mince interstice, trop petit pour qu'un homme puisse s'y glisser, demeure entre le sommet du monticule de glace mêlée à des plaques d'acier et le plafond. Tenter de bouger tout ça ne ferait qu'aggraver les choses. Et encore faudrait-il disposer d'assez de force pour pouvoir le faire. Au moins, ils n'ont pas été ensevelis, se disent-ils au même moment. Ils sont vivants, et avec eux l'espoir.

S'approchant de l'éboulis à pas prudents, Sangilak évalue leurs chances en un regard qui croise celui de son adjoint, tout aussi atterré.

— Je crois qu'on est bloqués ici pour un moment, déclare le shérif sans ironie.

— Que vont devenir les chiens ?

— Ils vont nous attendre. C'est bien ce qui risque de les perdre. Le froid, la faim. La mort commencera son festin par le plus faible.

Comme avec nous, est-il sur le point d'ajouter, mais il se retient à temps. C'est à cet instant que la lumière surgit au fond de la galerie principale et se rapproche lentement, au rythme d'un pas pesant.

34

Dans la nuit de l'inlandsis, région de Thulé, jour 15

« Si tu t'en sors, tu devras vivre avec ça, Luv. Avec le fait d'avoir consommé de la chair humaine. Ici ta vision est déformée, pervertie. Mais si tu retournes à la civilisation, à ta vie d'avant, tout ça te reviendra en pleine face. À ta place, je préférerais y rester. » Les mots de Niels. Ceux qu'il a eu la force de lui dire avant de fermer les yeux pour ne plus les rouvrir.

Niels Olsen est mort à trois heures trente-trois cette nuit.

Au petit matin, un des jeunes, intrigué par son immobilité, s'est approché d'Olsen et s'est aperçu qu'il n'était plus qu'un cadavre. Il a aussitôt donné l'alerte et le corps amaigri et glacé du reporter a été traîné hors de l'igloo. S'ensuivit une bagarre presque générale entre les adolescents se disputant ses vêtements, jusqu'à la petite croix en or apparue à son cou une fois le corps mis à nu. En quelques coups de pointe de lance et sévères réprimandes, le chaman a mis fin à la pagaille et fait part de sa décision. La dépouille, inapte à les nourrir, serait brûlée.

Lorsque la belle tête du Norvégien avait fait irruption dans l'unité centrale d'Arctica, personne n'aurait pu un instant imaginer une aussi triste fin. Les personnalités charismatiques jouissent d'une aura telle qu'on les voit volontiers comme invincibles, immortelles. Rien ne peut leur arriver.

Voyant la place d'Olsen vide au réveil, Luv a aussitôt compris. Elle n'a pas pleuré. Ses larmes ont tari depuis qu'elle fait partie de cette glace qui l'entoure. Olsen a choisi de mourir. De l'abandonner en se rangeant du côté de la morale rigide et du plus grand tabou de l'humanité. Qu'il aille frire en enfer, peste Luv. Tout ce qu'elle éprouve finalement est de la colère. Pourquoi avoir été aussi stupide et borné ? Peut-être parce que personne ne l'attendait. Au fond, elle lui en veut de cette liberté qu'il a eue en quittant ce monde. Là où il est, il est probablement en paix et ne souffre plus. Sans Joy et sans David, peut-être aurait-elle agi de la même façon…

— Il ne mange pas, ton copain ? a lâché Desjours la veille au soir, alors qu'ils terminaient les restes d'Anita. C'est mauvais pour lui, il est déjà mal en point. Impossible d'être végétarien sur l'inlandsis.

Luv n'a rien répondu. Même si elle s'est pliée aux conseils du Français et à cette nouvelle pratique, elle n'a plus confiance en lui et entend se tenir à distance. Ce soir, demain, ce sera peut-être son tour. La crémation d'Olsen, occupant toute la communauté, lui laissera un peu de répit et de temps.

Elle se demande aussi qui peuvent bien être les deux hommes blessés ramenés au campement la veille. À la forme de leur visage et à leurs yeux bridés, visiblement des Inuits. Quel sort leur réserve le chaman ? Leur corpulence, d'un certain embonpoint, laisse penser au pire. Ils pourraient constituer deux belles réserves de nourriture.

Le bébé dans son berceau suspendu au centre de l'igloo entre les ossements se met à pleurer. Sans doute de faim. Une fille à l'allure encore pouponne, treize ans tout au plus, s'approche du berceau, les seins dénudés et déjà gonflés comme ceux d'une femme adulte, et tend ses bras potelés pour prendre le nourrisson dont elle plaque la bouche contre son téton aussi gros qu'une framboise. Le bébé, un garçon à l'appareil génital déjà bien développé, se met aussitôt à téter goulûment. Dès qu'il aura les dents pour le faire, il se nourrira comme les autres, de viande humaine. C'est pourquoi aux yeux de Luv cette scène n'a rien d'attendrissant. En voyant ses semblables, elle sait ce que deviendra ce petit innocent. Un chien sauvage à son tour, un carnassier, mi-homme mi-loup.

— Les enfants sont sacrés, ici. Intouchables.

La voix grinçante de Mathieu Desjours, juste à côté d'elle. Son accent français prononcé, malgré un excellent anglais. Elle n'avait pas remarqué sa présence. Ne sait s'il a dormi là ou bien s'il vient de se glisser jusqu'à elle.

— Tant qu'ils ne les mangent pas…, répond Luv froidement.

— Ça ne risque pas. Ce sont presque tous les enfants du chaman.

Luv tourne la tête vers Desjours et le dévisage, incrédule.

— Quoi ?

— Il engrosse toutes les femmes du clan en âge de procréer.

— Mais…

— Y compris sa descendance directe, ses filles et ses petites-filles. Une fois qu'elles ont eu leur premier enfant de lui, elles peuvent en avoir avec d'autres. Seulement à cette condition. Mais il arrive qu'il leur en fasse un deuxième.

— C'est pourquoi ils sont sacrés.

— C'est ça.

— Et comment sais-tu tout ça, toi, Desjours ? demande Luv avec une pointe de suspicion.

— Comme tu as pu le constater, j'ai un statut particulier, ici. Le chaman me l'a donc dit lui-même et je ne pense pas que ce soit pour m'impressionner.

— Peut-être pour t'avertir. Au cas où tu aurais des vues sur une fille.

— Si j'ai des vues sur une fille, le chaman m'a dit que je n'avais qu'à me servir.

Petit con, pense-t-elle en le regardant. *Petit con prétentieux*.

— Whale… elle a trouvé un psychotrope dans tes affaires. Du Risperdal. Un traitement contre la schizophrénie. Ta maladie, tu l'as bien cachée.

— C'est elle qui se cache. Tant qu'elle me fout la paix.

— Mais tu n'as plus de médicament. Et sans traitement…

— C'est peut-être le climat, la nuit, mais je n'ai pas eu de nouvelle crise. Ton mec, il aurait dû faire comme toi, Svendsen. Il en serait pas là.

— Tu crois que je ne le sais pas ? C'est son choix.

Et Olsen n'est pas mon mec. Je vis avec quelqu'un. Nous avons un enfant ensemble.

— Je comprends mieux ce qui t'a poussée à accepter de consommer de la chair humaine. Jusqu'où t'es prête à aller pour pouvoir te tirer d'ici ?

Loin, très loin, sans doute, se dit-elle, les yeux rivés sur le nourrisson en train de tirer avidement sur le sein de sa jeune mère. « Les enfants sont sacrés ici. » Sur ces mots du Français germe dans l'esprit de Luv un plan qui pourrait l'aider à partir. Merci, Desjours.

— Et toi ? Qu'est-ce qui t'a poussé à le faire ?

— Lupin.

La réponse, à laquelle Luv était loin de s'attendre, la prend au dépourvu.

— Ton chien ?

— Ce que j'ai ressenti quand j'ai cru l'avoir perdu pour toujours. Je ne veux pas l'abandonner.

D'une main nue qui n'a pas vu de savon ni de coupe-ongles depuis un moment, Mathieu se met à caresser la tête du loup tchèque.

— De là à manger de la chair humaine…

— C'est ce qui m'a sauvé, Svendsen. Et toi aussi, jusqu'à aujourd'hui. Parce que, ce sera toi, au menu du prochain festin.

35

Camp Century, région de Thulé, jour 15

Tandis que San et Iluak retiennent leur souffle, un visage dessine ses traits dans l'éclairage orangé d'une vieille lampe à huile. Un visage à la peau noire, harassé, hagard. Dick Malte.

Malte et Sangilak ne se sont aperçus qu'une seule fois au moment de son arrivée à Qaanaaq, juste avant que l'équipe 2 ne prenne la direction de la base. Pourtant, malgré le faible éclairage de leurs lampes dans les ténèbres du souterrain et les traits épuisés du glaciologue, les deux hommes se reconnaissent.

— Vous êtes seul?

La question de Sangilak claque dans le silence de la galerie de glace.

— On dirait bien…, répond Malte d'une voix cassée.

Ferguson lui a relaté son expédition polaire avec Sangilak, le Canadien connaît le lien indéfectible qui existe entre eux et est décidé à ne pas parler de l'agression dont il a été victime ni de ses soupçons.

Le shérif risque de ne pas croire un mot de son histoire. Mais Sangilak revient à la charge, avec un brin de suspicion dans la voix. Iluak suit l'échange sans un mot. L'arrière de son crâne le lance et il a l'impression qu'il va s'écrouler au moindre mouvement.

— Que s'est-il passé ? Pourquoi êtes-vous seul et comment êtes-vous arrivé jusqu'ici ?

— Avec mon coéquipier, nous sommes partis en motoneige à la recherche d'un membre de l'équipe, le Français Mathieu Desjours, qui a disparu en allant chercher son chien perdu dans la tempête. Rendus à un certain point, nous nous sommes séparés et j'ai poursuivi à pied les recherches de mon côté en projetant comme convenu deux fusées éclairantes. Juste après, alors que je revenais sur mes pas, j'ai reçu un coup à la tête. Après, c'était le trou noir. Mais quand je me suis réveillé, j'étais seul, seul sur ce putain d'inlandsis, dans cette putain de nuit !

— Vous êtes partis à deux en pleine tempête ?

De leurs bouches sortent par à-coups de minces filets de vapeur grise.

Comme si c'était un lieu pour un interrogatoire, se dit Malte.

— Nous avons profité d'une bonne fenêtre météo, répond-il pourtant. Oui, en un premier temps, nous avons préféré partir à deux, sans ameuter tout le monde. Desjours est sorti chercher son chien alors que nous dormions.

— Avec quel membre de l'équipe êtes-vous parti à sa recherche ?

Nous y voilà, pense le Canadien.

— Avec le chef de notre expédition. Le Danois

Roger Ferguson. Vous le connaissez bien, je crois. Il m'a raconté votre exploit polaire en duo.

— Exact. Un grand marcheur. Et un frère.

Sangilak appuie bien sur ce dernier mot en fixant Malte du regard. Une forme d'avertissement. Car dans l'esprit de l'Inuit, Ferguson est un homme trop loyal pour être assimilé à un traître ou un criminel. Et il ne permettrait à personne de le faire.

— Je n'en doute pas…, souffle Malte sans conviction en expirant bruyamment l'air par la bouche.

À cette profondeur, l'oxygène qui se raréfie est brûlé plus vite, surtout lorsqu'il faut le partager. Cela ajouté à la tension et à l'ombre de la claustrophobie, l'endroit devient vite oppressant.

— Et Ferguson, où est-il passé ?

— Je vous l'ai dit, shérif, après ce coup à la tête, c'était le trou noir. Chacun est parti de son côté. En me réveillant, je me suis retrouvé seul. Je ne savais pas où était la motoneige. La seule solution était de marcher aussi loin que mes jambes pouvaient me porter. Si je m'arrêtais, c'était terminé. Alors j'ai avancé au hasard, en priant pour ne pas tomber sur des ours. Et, au bout d'une éternité, j'ai aperçu les reliefs de l'entrée de Camp Century. C'était comme dans un rêve. Mais ça a vite viré au cauchemar.

— Au cauchemar ?

— Je suis entré et, en commençant à explorer les lieux, ma frontale m'a lâché, je n'avais plus que mon briquet tempête. Juste assez pour pousser un peu et découvrir, concentrés dans la galerie qui fait office de chapelle, une flopée de cadavres. Des hommes qui travaillaient ici. Amaigris, le ventre gonflé, ils avaient presque tous perdu leurs dents. Les ravages du scorbut. J'ai eu la chance de tomber sur une lampe à huile et des pains de graisse de phoque ou de baleine.

Sur ces mots, Malte soulève la lampe à hauteur de visage.

— Mais je n'ai pas encore trouvé l'essentiel : les stocks de nourriture. Ils ont peut-être tout récupéré. Ou non. Ça s'annonce mal, n'est-ce pas ?

Sangilak et son adjoint hochent la tête de concert en regardant, consternés, l'éboulement de glace qui obstrue la montée vers la sortie.

Soudain Malte part dans un rire effréné.

— J'ai survécu à ce coup à la tête, à cette marche de cinq jours sur l'inlandsis, et me voilà bloqué avec deux flics dans un tunnel. La vie est pleine de surprises…

— Vous avez une idée sur l'identité de celui qui vous a assommé ?

Te fais pas plus bête que tu n'es, pense Malte, en levant les yeux sur Sangilak.

— Je ne sais pas si c'est « quelqu'un »… ça peut être un morceau de glace emporté par une rafale…

— Peut-être ce Français ? suggère le shérif, les yeux brillants dans la lumière de la lampe à huile.

— Ah oui, et pourquoi aurait-il fait ça ?

Malte n'a pas pensé un seul instant à cette éventualité, persuadé que Desjours était déjà mort.

— Il tenait plus que tout à retrouver son chien et vous étiez partis à sa recherche. En le retrouvant, vous l'auriez ramené de force sans le laisser tenter de retrouver son chien.

L'hypothèse de Sangilak est du pain béni pour Malte. Même s'il n'y croit pas un instant.

— Sans doute, oui. C'est encore un gamin, têtu et d'une intelligence au-dessus de la moyenne. Alors les trois associés… ça donne un mélange détonnant, ingérable. Mais ça n'en fait pas un délinquant ni un criminel. Et à supposer que ce coup m'ait été assené par un être humain, je doute que ce soit lui. Je l'avais un peu pris sous mon aile et une belle complicité s'était tissée entre nous. Mais vous pensez sérieusement que c'est le bon moment et le bon endroit pour un interrogatoire, shérif ? Car il s'agit bien de ça ?

— L'endroit n'est peut-être pas idéal, mais tous les moments sont bons pour en savoir un peu plus sur la disparition d'une équipe de sept scientifiques.

Le souffle coupé, Malte dévisage Sangilak. La nouvelle le laisse quelques instants sans voix. Pourquoi le policier parle-t-il en ces termes ? Que s'est-il passé ?

— Vous n'êtes pas au courant…, dit Sangilak plus doucement.

La sincérité de Malte se lit sur son visage. Un soupir s'échappe de la bouche d'Iluak.

— Je dois m'asseoir, chef. Ma tête…

— Mets de la glace, ça ne manque pas, ici.

Puis, se tournant vers Malte, il lui livre d'un ton grave, depuis le début et dans les moindres détails, le récit sur les circonstances encore énigmatiques de la disparition des membres d'Arctica. Le Canadien en a les jambes coupées et doit s'asseoir à son tour sur un des blocs gelés épars, la lampe à ses pieds. L'horrible fin qu'a connue le pauvre Mouni l'ébranle. Quant aux autres… disparus… tous. Comment est-ce possible ?

Dick Malte est le seul membre de l'équipe qui, à la connaissance du shérif, est toujours en vie. Des autres, on ne sait rien. Le Canadien peut raconter ce qu'il veut. Le fait que Malte soit le seul à avoir refait surface dans ces conditions si hostiles à toute vie est déjà suspect en soi. Même si, dans l'ensemble, Sangilak sent bien qu'il ne simule pas. Pourtant le regard du shérif posé sur lui est un véritable scanner.

Dans un bruit de tonnerre, le sol se met soudain à trembler sous leurs pieds. Cela dure quelques secondes et s'arrête. Les trois hommes ont à peine le temps de se demander ce qui arrive que l'amas de glace qui obstrue le passage s'ébranle d'un seul coup et des blocs se mettent à dégringoler dans leur direction, comme des éléments d'un jeu de construction qu'un gamin s'amuserait à démolir d'un coup de pied. Dans la lumière estompée, la scène a un aspect presque irréel.

Sans réfléchir, Malte, qui se trouve à l'arrière, saisit la lampe et court se jeter dans le tunnel latéral qui mène à la chapelle. Un vacarme assourdissant remplit brusquement Main Street, comme si tout s'effondrait. Quelques blocs roulent encore en rebondissant puis l'espace souterrain replonge aussi soudainement dans le silence et l'obscurité.

Étendu sur le sol glacé, Sangilak a tout à coup très froid. Il tente de bouger pour se relever. En vain. Un poids lui comprime la poitrine, rendant sa respiration difficile. Ses membres sont endoloris, il a l'impression d'être passé sous un rouleau compresseur, mais ne ressent pas de douleur aiguë. C'est le souffle qui lui manque de plus en plus. Sa frontale a explosé, il voit pourtant une main se tendre devant ses yeux brumeux sans penser que, dans l'opacité de la nuit souterraine, il ne peut rien distinguer. Pourquoi ces sensations contradictoires ?

— Iluak… c'est toi ? halète-t-il.

Une voix lui répond, mais ce n'est pas celle d'Iluak. C'est une voix féminine, douce, si douce… Marta !

— Marta ! expire-t-il dans un regain de forces.

— Te voilà enfin, mon amour…, répond la voix.

À cet instant, une vive lumière l'entoure sans l'aveugler. Il baigne dans une clarté d'une douceur inouïe. Une impression de paix profonde le gagne peu à peu. Puis le visage et la blondeur lumineuse de Marta, penchés sur lui. Dans sa perfection chimique, le cerveau est conçu de telle façon qu'il fabrique des substances naturelles hallucinogènes qui, avant la mort, permettent certaines visions merveilleuses. Ainsi peut-on revoir des personnes chères disparues, des souvenirs ou sa vie défiler comme sur un écran et partir apaisé. C'est de la sorte que Sangilak quitte ce monde, pour un autre, infini, éternel, où il pourra enfin retrouver Marta et leur enfant. Du moins est-ce ainsi qu'il l'imagine, qu'il le voit, lorsqu'il exhale son dernier soupir, le torse enfoncé par un énorme bloc de glace.

Se rassemblant après avoir attendu quelques minutes qui lui ont paru le double, Malte vérifie qu'il n'a rien de cassé et se relève en titubant, encore sous le coup de la peur. À côté de lui, la lampe renversée gît dans une flaque grasse, mais par miracle elle éclaire encore. Vite, il la repose sur son pied, attend que la flamme se réactive et retourne là où ils se trouvaient seulement quelques instants auparavant.

— Shérif ! Tout va bien ?

Mais Sangilak a fermé les yeux et n'entend plus. Levant la lampe devant lui, Malte avance, les yeux écarquillés sur la pénombre. Au-delà du halo lumineux, une nuit aussi profonde que les abysses et, partout autour, un silence oppressant, lui faisant craindre le pire. En revanche, ce qui s'offre à lui est tout simplement inespéré. La secousse a ébranlé l'amas de glace qui obstruait le passage dans la galerie principale et dégagé la sortie. Malte n'en croit pas ses yeux.

— Ohé ! Ça va ? crie-t-il plus fort.

Peut-être se sont-ils réfugiés dans d'autres tunnels. Mais aucune réponse ne lui parvient. C'est à ce moment que son pied heurte quelque chose. Baissant la lampe, ce qu'il voit lui coupe la respiration.

Sous ses yeux, le cadavre de l'adjoint, encore coiffé de son bonnet à pompon. Son visage tailladé est méconnaissable. Sans prévenir, une vague de nausée submerge le glaciologue qui, depuis vingt-quatre heures n'a rien d'autre dans le ventre qu'une barre de céréales. Un jet de bile qu'il ne peut retenir jaillit de sa bouche et se déverse sur le visage en bouillie d'Iluak. Craignant que la même chose ne soit arrivée au shérif, Malte, tremblant des pieds à la tête, n'ose plus avancer. Pourtant, il le faut. Il doit puiser ce qu'il lui reste d'énergie et de volonté pour s'en sortir.

Tire-toi d'ici, mon vieux, si tu ne veux pas finir comme eux…

Butant sur des morceaux de glace, il manque

tomber à chaque pas. Un peu plus loin, il découvre le corps sans vie de Sangilak, écrasé par un gigantesque bloc. À côté de lui, son fusil gît au sol. Malte le ramasse et poursuit jusqu'à la sortie. Le shérif lui a dit qu'ils ont laissé le traîneau et les chiens en haut, devant l'entrée de Camp Century. Il sent son pouls battre jusque dans ses doigts lorsqu'il émerge enfin à l'air libre.

Les chiens, ne reconnaissant pas leur maître, accueillent le glaciologue par des grognements méfiants. Mais Malte, qui a déjà eu l'occasion de conduire un attelage sur les pistes enneigées du Grand Nord canadien, parvient sans trop de peine à les amadouer et à leur faire entendre qu'il est désormais leur conducteur.

Se forçant à manger un peu de viande et de poisson fumés trouvés dans le paquetage du shérif, bien que le choc lui ait coupé l'appétit, et s'aidant des indications de sa montre pour trouver la direction de la base scientifique, Malte prend enfin la route, accroché au traîneau, avec une seule idée en tête, savoir ce qui est arrivé au reste de l'équipe.

36

Campement du chaman et base ARCTICA, région de Thulé, jour 17

« Ferguson est mort. » Ces mots du Français ne lui offrent guère d'autre perspective. Mathieu Desjours semble sûr de lui. Le Danois serait mort des suites de graves blessures infligées au cours d'une lutte contre un ours blanc. Le chaman l'aurait retrouvé en même temps que Whale, inconscient, perdant beaucoup de sang, sans que sa coéquipière ait pu faire quoi que ce soit pour le sauver.

Pourtant, sans pouvoir se l'expliquer, Luv a un doute sur la véracité de cette version. Pourquoi ne l'a-t-elle pas su avant ? Et pourquoi l'ours aurait-il épargné Anita après s'être attaqué à Ferguson ? Le jeune homme a peut-être arrangé la réalité afin d'avoir encore un argument pour la convaincre de s'en remettre totalement à lui. Il serait ainsi son unique espoir d'avoir la vie sauve. Dans l'incertitude, elle n'a qu'une solution. Mettre le Français en confiance en faisant semblant de croire à ses dires.

Alors que tout le monde dort, Luv entend, parmi

les autres dans la pénombre de l'igloo, la respiration plus rapide et régulière du nourrisson dans son berceau suspendu. *Les enfants sont sacrés ici.* Son salut serait-il dans ce berceau ? Serait-elle capable de mettre à exécution ce qui lui a traversé l'esprit un peu plus tôt ? Surtout, ne pas penser. Ne pas penser à Joy.

Ses mains sont restées libres. Elle sait qu'elle doit cet « oubli » à Desjours et à son apparente soumission. En mangeant de cette viande, d'une certaine façon, elle fait partie du clan, comme une poule ou un cochon fait partie d'une ferme avant d'être tué pour finir dans les assiettes.

Il lui faut à tout prix trouver un outil pour se libérer de ces entraves à ses pieds. Ce n'est pas faute d'avoir essayé de les arracher à mains nues. Elles sont aussi tenaces que des chaînes. Errant au centre de l'igloo, son regard s'arrête sur les braises du foyer. À défaut d'objet tranchant, c'est ce qu'il lui faut. Repus du festin consommé la veille au dîner, l'un des deux gars fraîchement arrivés, tous dorment et ronflent, hommes et femmes confondus.

Prenant appui sur ses mains, Luv se traîne sur les fesses jusqu'au foyer, en sort un morceau de bois incandescent en serrant les dents sous la brûlure, et l'approche des cordes qui lui enserrent les chevilles. La braise attaque le nerf dans un crépitement sec et une fumée âcre, mais il résiste. Luv réitère l'opération à un autre endroit en priant que l'odeur de phoque grillé ne réveille personne. Peu à peu, le nerf tressé se consume et, une à une, les entraves cèdent. Luv n'en croit pas ses yeux en voyant les bouts de corde brûlée épars sur le sol. Si seulement cela avait été possible avant qu'Olsen ne renonce…

Ravalant un sanglot, elle dresse l'oreille. L'air épais bourdonne des ronflements et du souffle des dormeurs que rien ne semble tirer de leurs rêves. Les bouches remuent involontairement et se retroussent, sans doute sur les souvenirs du festin, les corps nus sont agités de soubresauts de contentement et, seule éveillée, Luv se sent pour la première fois depuis son arrivée ici en position de force. Pourtant, il y a un bémol, l'absence de chaussures aux pieds. Ce ne sont pas les chaussettes qu'elle porte, même épaisses, qui feront l'affaire en pleine fuite sur l'inlandsis. Et à l'intensité des douleurs qui se propagent jusqu'aux extrémités, elle redoute de voir comment ça se présente pour ses orteils.

Alors que, contenant un gémissement à chaque pas, elle enjambe les dormeurs qui la séparent de son but en s'efforçant de ne pas tomber sur l'un d'eux, elle aperçoit dans la pénombre un éclair métallique au sol. La lame recourbée d'un couteau inuit dont le manche est en os sculpté. Un cadeau de la Providence. Luv se penche et le ramasse avant de poursuivre sa progression.

Arrivée à hauteur du berceau, la biologiste se hisse sur la pointe des pieds et passe la tête entre les cordons qui le soutiennent. Repu et à moitié nu, le bébé dort à poings fermés, un petit bout de langue coincé entre ses lèvres charnues et voraces, paupières closes sur des yeux bridés de husky, le crâne déjà parsemé de cheveux noirs. C'est un garçon. Luv ne peut s'empêcher d'éprouver un sentiment d'extase à la vue de ce beau nourrisson au sommeil paisible et apparemment un des rares à être exempts de malformations. « Tu n'as rien demandé à personne, toi », lui murmure-t-elle en norvégien, comme si elle parlait à Joy. Sauf qu'une fois grand, celui-ci sera comme ses congénères, un mangeur de chair humaine, un adolescent insatiable et turbulent, puis un prédateur adulte.

Cette pensée donne à Luv la force et la détermination de mettre son plan à exécution. Tenant le manche du couteau entre ses dents, elle glisse les mains sous le petit corps chaud qu'elle enveloppe dans la peau de phoque sur laquelle il dort et le soulève avec autant de précautions que si c'était Joy qu'elle tenait dans ses bras. Nourri au lait d'une mère cannibale, ce petit n'a pas la même odeur de bébé que Joy, la sienne a quelque chose de désagréable, chargée de forts relents animaux. Pourtant, au contact de ce petit être encore innocent, dont le salut dépend des adultes, l'instinct maternel de Luv refait surface et s'engage alors une bataille entre un élan protecteur et sa détermination à vivre.

Pense à ce qu'il va être dans trois ans à peine, un petit monstre nourri de chair humaine, essaie-t-elle de se convaincre en le regardant, si vulnérable et à sa merci. Ses dents se resserrent sur le manche du couteau. Elle sent sa salive couler sur son menton. *Je ne peux pas…*, lui souffle son âme de mère. *Il le faut*, réagit sa raison. *Tu dois le faire, pour vivre et avoir un espoir de retrouver Joy.* Trois lettres qui suffisent à ranimer la flamme de sa volonté. Le bébé contre elle, elle prend la direction de la sortie. Le froid du sol vers l'ouverture de l'igloo qu'elle sent à travers les chaussettes lui remonte dans les jambes.

Elle ne partira pas sans ses chaussures. Mais devra tout négocier, y compris sa vie. Sa vie contre celle du nourrisson. Ainsi qu'un équipement complet.

En même temps qu'elle s'avance vers l'extérieur, elle retire le manche du couteau de sa bouche et le passe dans sa main droite, sous la peau qui enveloppe le bébé.

La sortie est si proche qu'elle peut maintenant apercevoir l'étendue noire du ciel parsemé de quelques étoiles. La sienne s'y trouve-t-elle ? Saura-t-elle la guider loin d'ici ? Dans la clarté lunaire la neige est presque phosphorescente. Mais alors que Svendsen est sur le point de se glisser dehors, une ombre obstrue soudain l'ouverture, en même temps que se dresse devant elle une forme sombre, suivie d'une plus petite. Luv reconnaît la silhouette mince de Desjours et celle de son chien.

— Alors comme ça on va se promener ?

Sa voix, cinglante et glaciale.

Sans répondre, Luv serre les doigts autour du couteau. Cette fois, ce sera elle ou lui.

37

Campement du chaman, région de Thulé, jour 17

— Que comptes-tu faire avec ce mioche ? demande Desjours sur un ton coupant, lui barrant le passage.

À ses pieds, Lupin n'attend qu'un signe pour bondir.

— Partir, répond sèchement Luv, le couteau toujours serré dans sa main. Pousse-toi.

— Sans moi ? Après ce que j'ai fait pour toi ? Quelle ingrate…

— Laisse-moi passer.

— Si tu es encore en vie, c'est grâce à moi, Svendsen. Alors si je décide que tu restes ici, tu restes.

— Tu es fou, Desjours. Fou à lier. Tu devrais partir, rentrer chez toi et reprendre ton traitement. On t'attend certainement. Ta famille, ta petite amie…

Dans la pénombre, à contre-jour, Luv ne voit pas le visage du Français se décomposer, ni ses mains se mettre à trembler.

— Tu te trompes. Personne m'attend, dit-il d'une voix transformée.

— Tu vas rester ici ? Te nourrir de chair humaine pour le restant de tes jours ?

— J'espère les amener à adopter d'autres comportements. Sinon je m'adapterai. Ma place est désormais avec eux. Vivre parmi les Inuits est une chance inespérée. Paul-Émile Victor l'a fait. Je vais poursuivre son œuvre. Et avec tes connaissances, tu m'assisteras. On pourra même écrire un livre sur cette expérience.

— Il n'a pas vécu toute sa vie au Groenland et surtout pas avec des cannibales… Un livre… Tu es cinglé, rétorque Luv qui commence à sentir le bébé peser sur ses bras.

Elle prie juste pour qu'il ne se réveille pas en pleurant.

— Donne-moi ce mioche, tonne Mathieu, les mains tendues vers elle.

Luv esquisse aussitôt un mouvement de recul. À cause de ce crétin, son plan est en train de tomber à l'eau. Elle sent une vague d'impuissance la submerger. Le bébé ne s'est pas réveillé et sa chaleur la gagne peu à peu. Comme celle de Joy quand elle la prenait dans ses bras pour l'apaiser. Se rendre… se résigner c'est mourir, c'est perdre la partie. Perdue pour perdue…

En un éclair, le couteau qu'elle serre entre ses doigts vient se planter dans le cou de Desjours. Le Français pousse un cri de douleur et, portant la main à sa gorge, chancelle. Mais Luv a oublié le chien. Telle une flèche, dans une détente aussi puissante qu'instantanée, celui-ci prend son élan et saute sur Luv. Les crocs se plantent dans la chair de son avant-bras sur lequel pèse le bébé enveloppé dans la peau de phoque qu'elle laisse échapper tant la douleur est vive. Le nourrisson réveillé roule au sol dans des cris de chaton qu'on égorge.

Tirés de leur sommeil par tout ce remue-ménage, les Inuits allongés dans l'igloo commencent à se redresser l'un après l'autre, clignant des yeux dans la semi-clarté du foyer. Délestée de son fardeau, l'avant-bras pris entre les mâchoires de Lupin comme dans un piège à loups, sous une poussée d'adrénaline qui lui fait oublier la morsure, Luv abat de sa main libre la lame acérée sur l'échine du chien pour la ressortir aussitôt et frapper, encore et encore au hasard. Lardé de coups, le chien-loup lâche enfin prise en poussant un hurlement avant d'abdiquer, vacillant, la queue entre les pattes, le pelage poisseux de sang.

Désolée pour toi, pense tristement Luv qui, normalement, frémit rien qu'à l'idée de tuer une mouche. Elle doit faire vite. Autour d'elle, la pénombre s'agite et se resserre, où se dessinent des silhouettes debout qui avancent sur elle. Sans réfléchir davantage, le couteau à la main, bien décidée à s'en servir si elle y est poussée de nouveau, elle se précipite à l'extérieur tandis qu'un cri strident donne l'alarme.

Elle n'a plus le temps de regarder en arrière. Quelques lampes à graisse de phoque posées devant l'entrée de chaque igloo éclairent le chemin. À une dizaine de mètres, elle aperçoit sa planche de salut. Une motoneige. Sans doute celle de Whale et Ferguson, se dit-elle avec un nœud à la gorge. En chaussettes, manquant glisser à deux reprises, elle court vers l'engin. Si la clef n'est pas dessus, son sort est scellé. Pourtant, la chance a décidé d'être de son côté. Elle saute sur le siège, allume le moteur et les feux et démarre sans se retourner. Mais l'avant de la motoneige se met à patiner sur le sol gelé, la précipitant dans un dangereux tête-à-queue.

Sur le point de heurter un igloo, Luv réussit à redresser la machine tout en faisant hurler le moteur. Déjà, des hommes et des femmes torse nu, les cheveux en bataille, jaillissent de toutes parts en poussant des cris féroces. Les plus rapides se mettent à courir après la motoneige qui, heureusement, reprend aussitôt de la vitesse avant de plonger dans l'immensité de la nuit polaire.

Tandis que règne la plus grande confusion dans le village, à l'intérieur de l'igloo, Mathieu, penché sur son chien à terre, tente de l'apaiser par des caresses. Ses mains sont toutes collantes du sang qui coule des plaies de Lupin et de la sienne. Le coup de couteau que lui a porté Luv, amorti par le foulard enroulé autour de sa gorge, ne lui a causé qu'une blessure superficielle en manquant de peu la jugulaire.

Le bébé, quant à lui, a été protégé dans sa chute par la peau de phoque dans laquelle Luv l'avait enveloppé et se trouve désormais dans les bras de sa mère venue le récupérer dès qu'elle a entendu ses cris.

Prostré, le Français pleure en silence son compagnon dont les râles de douleur lui tordent le ventre. Le perdre, c'est perdre une partie de lui-même.

— Compresse ses blessures, au lieu de pleurnicher.

La voix caverneuse du chaman lui parvient

comme du fond d'un puits. Ses mots en inuit qu'il comprend dans un effort. Levant son visage mouillé de larmes, il distingue, juste au-dessus de lui, l'Homme-ours qui lui tend des cataplasmes imbibés d'essences médicinales.

— On va le sauver, ton loup.

Mais Desjours n'a guère d'espoir, au vu de la profondeur des plaies qui entaillent la peau et les chairs béantes. Le scientifique en lui ne croit que ce qu'il voit et en tire des conclusions seulement sur des preuves. Mais cette fois il doit s'en remettre aux connaissances occultes d'une culture différente de la sienne, à ce qui échappe à la raison et au sens commun. Du moins, aux siens.

— Laisse le loup à la Guérisseuse. Elle va s'occuper de lui. Il vivra. Applique aussi un cataplasme sur ta blessure.

Sur un geste de l'Homme-ours, Desjours s'écarte pour laisser passer celle qui fait des miracles. Aga, la guérisseuse aussitôt appelée. Aga n'a pas d'âge. Ou plutôt elle les a tous. Ses traits sont ceux d'une femme de soixante-dix ans, son regard espiègle et brillant comme deux braises celui d'une fillette, ses mains celles d'une jeune fille d'une vingtaine d'années. Quant à sa voix, personne ne l'a jamais entendue. Elle ne l'a pas perdue, mais la garde jalousement tapie au fond d'elle pour une raison que tout le monde ignore. Ses lèvres scellées sur le silence se contentent de sourire et d'exprimer ses sentiments avec une réserve qui lui vaut le respect de tous, même des plus sauvageons de la tribu.

Entièrement vêtue de peau et de fourrure, à peine voûtée, elle se déplace encore d'un pas alerte et dort assise. Sans vraiment dormir. Juste connectée à un monde invisible, que, les yeux fermés, elle seule peut décrypter. Aga, « la mère » en esquimau, est la mère de tous, ici, sans avoir couché avec un seul homme ni même mis une fois un enfant au monde. On ne sait même pas si elle est le fruit d'une union entre un homme et une femme, personne ne lui ayant connu de parents.

Sous les yeux éberlués de Desjours, elle se plie en deux, ses jambes arquées fléchies, puis soulève Lupin dans ses bras, qui, bien que famélique, doit peser une trentaine de kilos, et l'emporte dans l'igloo voisin qu'elle habite seule et dans lequel elle pratique ses guérisons. Malgré les apparences, Aga n'accomplit pas de miracles. Au premier coup d'œil sur les blessures ou la maladie, elle sait tout de suite si elle peut ou non éloigner la mort. Un regard sur Lupin lui a suffi pour évaluer son état et ses propres capacités à le sauver.

Sonné, Mathieu va s'asseoir sur sa couche, un mince matelas doublé d'une couverture en peau de bœuf musqué. Sa coupure au cou le brûle, sous l'effet des essences. Selon le chaman, elles possèdent des vertus cicatrisantes et la plaie devrait se refermer en quelques heures. Mais il n'a désormais qu'une chose à l'esprit, retrouver cette salope de Norvégienne et lui faire payer par d'abominables tortures ce qu'elle a fait à son chien. Après, il l'achèvera comme on achève un phoque ici, d'un coup derrière la tête avant de la dépecer de ses propres mains.

Pendant ce temps, quelque part dans la nuit, les pieds gelés dans ses chaussettes, le bras douloureux,

Luv trace sa piste au hasard, évitant parfois de justesse des roches de glace ou des congères qui surgissent dans la lumière des phares. « Folle, tu es folle d'avoir fait ça », peste-t-elle en frissonnant. Le vent froid dans les yeux lui arrache des larmes qui troublent sa vision. Ses origines nordiques ne la sauveront pas de l'hypothermie dans ce souffle glacial. Même perdue, même si elle doit y rester, elle avance, pourvu qu'elle s'éloigne de cette tribu de cannibales.

À des années-lumière au-dessus d'elle, une à une s'allument les étoiles dans l'encre noire du ciel de l'inlandsis, minuscules feux qui lui procurent un semblant de compagnie. Elle n'a ni l'heure ni la direction, ne sait pas depuis combien de temps elle était captive dans ce camp. N'en a qu'une vague estimation en se fiant à la lune. Perdue. Six lettres seulement pour former le pire des mots. La pire des situations. Sans portable, sans montre, trop peu vêtue et chaussée pour résister longtemps à ces températures, elle est nue. Nue comme au commencement du monde, ou à la fin du sien. Elle pense à Joy, à David, à ses parents, à Ava et même à cet inspecteur si sympathique de Scotland Yard, Peter Green. Où en est-il dans ses investigations ?

En venant ici, en acceptant, elle a fui tout ça, au fond. Elle a fui sa culpabilité envers sa fille aînée, fui l'insoutenable contrôle de Dave sur sa vie, fui peut-être même sa deuxième maternité. Car si Joy était vraiment sa priorité, jamais elle n'aurait accouru à l'appel de Ferguson, mais serait allée la chercher chez Kirsten après Londres et elles seraient rentrées à la maison où elle aurait tranquillement continué son fastidieux travail de recherches pour une cause essentielle. Au lieu de ça, elle est partie dans la nuit la plus longue, dans le froid le plus intense, au péril de sa vie. Pourquoi ? Pour une découverte qui ne changera ni le cours de l'Histoire ni celui de l'humanité.

Dans leur alignement ou leurs formations géométriques, les étoiles lui rappellent le dernier Noël passé en famille à les contempler dans le ciel de Norvège, bien emmitouflés sur la terrasse, face à la mer, une flûte de champagne à la main. Ava était venue, sans Flynn. Elle n'avait pas été très bavarde, se contentait d'observer, de s'imprégner de ces instants, de ce semblant de vie de famille. « C'est drôle, mais je ne trouve aucune poésie aux étoiles, avait-elle fini par glisser à Luv qu'elle avait mis un certain temps à approcher. Elles brillent, c'est tout. Mais la plupart sont déjà mortes. Ce qu'on en voit n'est qu'un écho lumineux. Comme un diamant qui scintille au doigt d'une morte. Elles sont froides, immobiles et sans vie. Je n'aime pas les étoiles. » Sur ces mots, sans laisser à Luv le temps de répliquer ou de donner son avis, elle était rentrée et s'était assise face à la cheminée, le regard vide.

Le corps attaqué par le froid et la douleur qui lui cisaille les chairs, dans une solitude absolue, sans savoir où elle va, ayant saigné abondamment, Luv sent qu'elle est sur le point d'abandonner. Elle a déjà survécu à une balle qui devait la condamner, mais cette fois la victoire lui échappe. Où qu'il se trouve maintenant, Niels est en paix, si loin de cet enfer… Et s'il la voit, point dérisoire filant au hasard dans ce désert laiteux, il doit bien rire de son obstination. À errer ainsi, la motoneige finira par tomber en panne d'essence et elle ne pourra rien y faire. Seulement attendre, en pleurant sur son sort et sur Joy, que le froid glacial l'emporte.

Au bord de l'épuisement, transie, Luv ralentit, puis freine et coupe le contact, sans éteindre les feux. Que subsiste au moins cette lumière dans ses ténèbres. Se renversant sur le siège, face à l'écran géant du ciel, ses pieds gelés et douloureux posés sur le guidon, c'est dans cette posture qu'elle ne va pas tarder à sombrer dans le plus profond des sommeils. Un sommeil sans fin, sans rêves. Là où plus rien ne pourra l'atteindre. Là où la souffrance n'existe pas. Peu à peu sa vue se brouille, la sensation de froid et de brûlure la quitte, elle ferme les yeux, son pouls s'apaise. Le vent l'enveloppe de son souffle glacé. Elle est sereine. C'est si bon de s'endormir. Ne plus avoir mal, ne plus souffrir. Enfin.

38

Metropolitan Police Force, Victoria Embankment, Londres, janvier 2017

De toute sa carrière, Peter Green ne s'est jamais retrouvé dans pareille situation. Devoir annoncer à une femme que sa mère est l'assassin de sa fille. La vérité, il est allé la chercher à trois heures d'avion sans la trouver, pourtant. Elle est venue spontanément à lui à son retour, rude, explosive, sous la forme d'aveux de la meurtrière elle-même. Olga Svendsen.

Revenu d'Oslo où il a rencontré le type qui avait hébergé Ava pendant son séjour d'un mois à préparer le meurtre de sa mère, puis interrogé par Skype David Hope, recueilli ensuite les témoignages des parents de Luv après leur avoir annoncé l'inconcevable, que leur petite-fille avait prémédité l'assassinat de sa mère, Peter Green tournait en rond dans l'élucidation des zones d'ombre sur l'accident d'Ava. Faute de mieux, ses soupçons se portaient toujours sur Luv Svendsen, avec l'éventuelle complicité de son compagnon. Surtout depuis qu'il avait appris le départ précipité de la biologiste pour le Groenland. Elle avait très bien pu prendre les devants et s'enfuir à l'étranger. Pourtant, s'il se fiait à son instinct, Green sentait bien que cette hypothèse était bancale. La personnalité et le profil psychologique de Luv ne correspondaient pas à ceux d'une mère meurtrière. Même par vengeance. S'il restait persuadé qu'il s'agissait d'un règlement de comptes, au fond de lui il doutait de l'implication directe de Luv Svendsen.

Seulement il n'aurait jamais pu imaginer sa propre stupeur lorsque la personne qu'il recherchait sans pouvoir lui donner un visage ni même un sexe et encore moins une identité s'est présentée à son bureau de la Metropolitan Police Force. Une septuagénaire aux cheveux d'un blanc éclatant aux légers reflets violets. La mère de Luv Svendsen en personne. Même Sherlock n'en est pas encore revenu et ne cesse de tourner frénétiquement dans son bocal.

— Que puis-je pour vous? a demandé Green en la fixant de ses grands yeux tombants, pressentant aussitôt qu'elle n'était pas venue jusqu'ici lui parler du beau temps.

— Plus grand-chose. C'est moi qui ai tué Ava.

La vérité, crue, sans détour, claquante. Green est resté sans voix. « Vous êtes sûre? » a-t-il failli répondre, mais s'est abstenu. Son air grave, résigné et las ne souffrait pas le moindre doute.

— Comment?

— J'ai loué le van qui l'a percutée. C'est moi qui le conduisais.

— En portant une capuche rabattue sur votre visage ?

Olga a hoché la tête.

— Je savais qu'il y aurait des caméras de vidéosurveillance.

— Pourquoi ? Pourquoi avoir fait ça ? Vous avez élevé Ava comme si elle était votre fille.

— C'est justement pour cette raison. Elle n'aurait pas dû s'en prendre à Luv enceinte de ma seconde petite-fille.

Les plis du front de Green se sont resserrés d'un coup.

— Vous le saviez ?

— Quand nous avons appris que Luv survivrait à sa blessure, Ava s'est confiée à moi. Je l'ai protégée du mieux que j'ai pu. Jusqu'à ce que ma conscience me l'interdise.

— Pourquoi ne pas avoir averti la police ? Vous savez très bien que la loi est faite pour ça, pour éviter que l'on se fasse justice soi-même.

— Ava m'avait prévenue. Si j'allais à la police, elle mettrait fin à ses jours. Je connaissais assez bien Ava pour savoir qu'elle l'aurait fait. Mais elle me laissait dans un dilemme insupportable. J'ai essayé de vivre avec, jusqu'à ce que je décide qu'Ava devait en assumer les conséquences. Malgré tout, je n'aurais pas supporté de la savoir enfermée derrière des barreaux et se donner la mort, seule dans sa cellule. Comme vous l'avez relevé, je l'ai élevée comme mon enfant, elle était la fille de ma fille, donc un peu la mienne, c'est par ma main qu'elle devait quitter ce monde.

Elle s'est interrompue, espérant que Green allait intervenir, s'exprimer, lui dire quelque chose. Mais il est resté silencieux. En dépit d'un tel acte, cette femme lui inspirait un profond respect. Une certaine noblesse se dégageait de ses traits. Elle était peut-être folle ou, au contraire, avait fait preuve d'une sagesse et d'une détermination rares.

— Imaginez, si elle avait réussi à tuer ma fille et le bébé qu'elle attendait…, a poursuivi Olga Svendsen en étouffant un sanglot.

— Vous avez compris que Luv serait toujours en danger, une fois sortie de l'hôpital et reprenant sa vie normale.

— Sa vie n'a plus jamais été normale, inspecteur Green, et elle non plus. Ce n'est pas possible de vivre comme si de rien n'était après une telle épreuve. Tant qu'on ne savait pas qui avait tenté de l'assassiner, Luv était condamnée à vivre sous protection. David a d'ailleurs pris les choses en main comme peu d'hommes l'auraient fait. Un peu trop, au goût de Luv.

— Et par votre silence, vous avez laissé faire.

Le ton de Green s'est fait plus sévère sur ce reproche à peine voilé.

— Personne ne savait où elle se trouvait. À part Dagmar et moi. Ava a fini par l'apprendre de Luv elle-même qui a voulu l'inviter à Noël. Le loup dans la bergerie ! C'en fut trop pour mes nerfs. À chaque instant je me disais qu'Ava pouvait recommencer.

— Vous pensez sincèrement qu'elle l'aurait fait ?

— Je ne pouvais pas me contenter d'en douter seulement. Joy était née, elle était tout pour Luv qui était plus épanouie que jamais. Je n'aurais pas pu laisser Ava détruire ce bonheur simplement parce qu'elle s'en sentait exclue.

Ça se plaide, a pensé Green à cet instant, *mais je souhaite bon courage à l'avocat de la défense*.

— Que fait-on maintenant ? a demandé Olga, levant sur lui ses yeux d'un bleu-gris délavé.

— Eh bien, vos aveux spontanés et l'acte criminel d'Ava allégeront peut-être votre peine de prison, mais je me vois contraint de vous placer en garde à vue.

— J'ai tout prévu. Dagmar devrait trouver la lettre que j'ai laissée pour lui à son retour à la maison.

Green n'avait pas encore pensé au mari d'Olga Svendsen. Quelle serait sa réaction lorsqu'il apprendrait que sa femme a tué leur petite-fille…

— Ça va lui faire un double choc, a-t-il souligné. Apprendre ce que vous avez fait en même temps que votre incarcération.

— Il devra comprendre que je n'ai pas eu le choix.

S'il est de la même trempe que sa femme, il adhérera même à son acte, pensa Green.

Après cette vérité inattendue, que l'assassin lui-même vient lui servir sur un plateau, Green a eu une soudaine envie d'aller voir ses cygnes et de méditer un peu en leur compagnie sur les bords du fleuve. En arrivant, il a vu tout d'abord Madame, puis, un peu plus loin, Monsieur, suivi de leur progéniture et il a aussitôt remarqué qu'il manquait un bébé à la portée récente. Encore un silure, s'est-il dit avec tristesse en s'approchant doucement. Que ressentent des animaux devant la perte d'un de leurs petits ? Éprouvent-ils, comme les humains, ce sentiment de vide absolu, de désolation dans leur existence ? Dans tous les cas, ces deux-là n'en manifestent aucun signe, toujours aussi attentifs et dévoués au reste de la portée, tout occupés à la nourrir et à la protéger de leur mieux des prédateurs du fleuve. Et aussi des petites ordures qui, sans scrupule, les tuent à coups de pierre ou de bouteille, en les prenant pour cible, comme les canards en plastique des fêtes foraines. Green s'est toujours dit que, s'il en attrapait un sur le fait, il passerait un sale quart d'heure.

Cela fait presque une heure que le flic est assis dans l'herbe au soleil encore frais d'un midi de janvier, après avoir lancé les quignons de pain à ses protégés qui désormais savent les saisir au vol dans leur bec pour les mouiller et les donner ainsi ramollis aux petits. Une attention qui relève sans doute du réflexe inné, mais qui touche Green aux larmes.

Pourtant, à cet instant, l'image d'Olga Svendsen s'interpose entre l'homme et ses amis à plumes. C'est à lui que revient de mener l'interrogatoire officiel, mais c'est comme si ses forces le lâchaient. Toute cette histoire cloche. Pourquoi ces aveux surviennent-ils maintenant ? Pourquoi cette soudaine urgence ? Et ne lui a-t-elle pas parlé d'un van ? Or le véhicule qui a renversé Ava est un 4×4… Son instinct lui souffle de ne pas tomber dans le piège de la facilité.

Alors qu'il se relève en secouant son tweed pour enlever les brins d'herbe, son portable sonne dans sa poche. Un appel du standard.

— Inspecteur, il y a quelqu'un pour vous à l'accueil, dit la standardiste d'une voix nasillarde. Il semble très nerveux et bien décidé à vous voir. Je lui ai pourtant dit que…

— Qui est-ce ? Avez-vous pris son nom ?

— Dagmar Svendsen.

— J'arrive.

En même temps qu'un nœud s'enroule autour de sa gorge et la serre, Green jette son sac en papier vide dans une poubelle et prend d'un pas rapide le chemin de la Met. Ayant mis la moitié du temps pour revenir, il trouve Dagmar faisant les cent pas devant le bâtiment, tel un tigre en cage. Dès qu'il aperçoit l'inspecteur, le père de Luv se précipite à sa rencontre.

— Montons dans mon bureau, si vous voulez bien, lance Green à Dagmar sans préambule, pressentant la nécessité de parler en lieu sûr.

Une fois l'un face à l'autre, l'un derrière son bureau et l'autre installé sur le siège du visiteur, avec pour unique témoin Sherlock, tache rouge tournoyant dans l'eau trouble du bocal, les deux hommes se regardent quelques longs instants sans rien dire, comme si l'un attendait de l'autre qu'il commençât.

— Ma femme est ici ? se décide enfin d'une voix tremblante Dagmar dont les doigts de la main gauche, puissants et hâlés, aux ongles ras, pianotent sur le bois du bureau.

— Elle est en garde à vue, oui.

— Depuis combien de temps ?

Green sait et voit les efforts que fournit son interlocuteur pour contenir son bouillonnement intérieur et qu'il suffirait d'un rien pour faire exploser la cocotte.

— Elle y a été placée en fin de matinée.

— Que vous a-t-elle dit ?

Green regarde Dagmar profondément et soupire.

— Elle a avoué avoir prémédité le meurtre d'Ava. Selon ses dires, c'est elle qui conduisait le van qui a percuté la motarde, dit-il en insistant volontairement sur le type de véhicule.

Les yeux translucides de Dagmar s'embuent aussitôt.

— Elle vous a dit ça ? Vous a-t-elle donné les raisons de son acte ?

Green se met à relater ce qu'Olga lui a confié sur les motifs qui l'ont poussée à vouloir supprimer sa petite-fille.

— C'est faux. Du moins, en partie.

L'inspecteur tique légèrement.

— Vous savez quelque chose ? demande-t-il fermement.

— Ce sont les mêmes raisons que je lui ai exposées quand je lui ai tout raconté.

— Raconté quoi ? Que lui avez-vous raconté, Dagmar ?

— Je ne pouvais plus vivre avec ça tout seul. Je devais le partager avec ma femme. Alors je lui ai dit. C'est moi qui ai percuté Ava, mais j'étais au volant d'un 4×4 de location et pas d'un van.

39

Dans la nuit de l'inlandsis, région de Thulé, jour 18

Puissants, inséparables, comme invincibles et pourtant devenus si vulnérables à l'échelle de la planète, face à leur festin, les trois frères ne forment plus qu'un. Pour qui aurait le privilège de la surprendre, la scène a quelque chose d'irréel. Sous la lune aussi pleine qu'un ballon, trois énormes masses d'un jaune sale se partagent sans ciller les restes sanguinolents d'une carcasse, réchauffant de leur souffle la chair gelée qu'ils arrachent avec délices du bout des dents avant de broyer les os entre leurs mâchoires d'acier.

Un cadeau providentiel que leur fait l'inlandsis en cette période hivernale. Une carcasse entamée par un prédateur qui n'a pas pu en venir à bout en une seule fois et s'est vu contraint de l'abandonner sur place. Peut-être pour revenir terminer son repas. Mais il n'en aura pas le loisir, les trois frères le font pour lui dans une totale symbiose et un recueillement vorace. Malgré leur corpulence et leur musculature, ils sont amaigris après des jours de jeûne forcé, ne se nourrissant que de rares végétaux qu'ils trouvent en creusant là où le sol est moins durci par le gel. La fonte de la banquise, les repoussant dans les terres, les rend errants et affamés.

La carcasse à moitié dévorée dispose de quatre membres reliés au tronc, auquel est encore attachée une tête. Bientôt, il n'en restera plus que quelques os épars ou quelques esquilles rougies disséminées au vent. Il en faudra davantage pour repaître les trois frères, leur ventre d'ours ne sera pas rassasié cette fois non plus, mais, au moins, cette pitance inespérée les aidera-t-elle à tenir et peut-être même à survivre.

Ils n'ont encore jamais goûté à telle nourriture. Cette chair a pour eux une saveur nouvelle, plus fade que celle d'un phoque ou d'un narval. En revanche, elle est tout à fait comestible et s'avère constituer de vraies agapes pour des ours au ventre vide.

Jamais Roger Ferguson n'aurait imaginé finir ainsi. Dans l'estomac d'un ours blanc. Lui, dont le père les chassait sous son regard apeuré d'enfant. Lui qui, par nécessité, en a tué un quelques jours auparavant pour protéger ce jeune inconscient de Desjours. Mais il aurait encore moins imaginé la façon dont il a été tué…

Ce qui, dans la nuit, à la lueur de sa frontale, lui a semblé être un de ces grands prédateurs lorsque l'ombre a surgi des ténèbres pour le prendre à la gorge n'était autre qu'un humain, comme lui. Mais un humain recouvert d'une peau d'ours, la tête coiffée de celle de l'animal dont la mâchoire supérieure paraissait rugir, découvrant ses crocs dans un rictus féroce. Dans la faible lumière avalée par la nuit, le déguisement a fait illusion. Qu'importe, d'ailleurs, puisque Ferguson n'a même pas eu le temps de réagir avant d'avoir le tronc ouvert sur toute la longueur par la pointe acérée d'une lance en os.

Son assaillant l'a ensuite déshabillé à la hâte et s'est jeté sur le corps encore chaud en commençant par les cuisses où se sont plantées ses canines pointues pour en détacher la chair crue qu'il a mâchée avec délectation. Puis il est retourné récupérer la proie qu'il avait capturée sans faire de bruit, pour ne pas attirer l'attention de l'homme qu'il suivait. Whale serait ramenée vivante au clan, mais l'Homme-ours voulait Ferguson, le chef, pour lui seul. Cela faisait un moment qu'il les observait, lui et son groupe, sur leur lieu de vie, rôdant autour des baraquements d'Arctica alors que tous dormaient. Pour faire croire à la présence d'un ours, il avait marqué la neige d'empreintes de plantigrade à l'aide des pattes qu'il portait aux pieds, de celui dont il arborait la fourrure. Le leurre avait marché. Personne ne s'était douté que le rôdeur n'était pas un ours, mais un être humain. Un homme, qui avait également volé la peau tendue à l'extérieur sur des piquets pour s'en faire une nouvelle parure.

N'y trouvant plus de quoi manger, les trois frères ont délaissé les restes de la carcasse de Ferguson, luisante de salive et presque entièrement nettoyée et, après une toilette minutieuse de leur pelage, sont repartis dans le vent glacial de l'inlandsis, unis par ce partage faisant d'eux des survivants. Mais pour combien de temps encore ? Y aura-t-il sur leur route d'autres Ferguson, d'autres carcasses animales suffisant à leur faim ? Faute de savoir combien l'humanité, dans sa course effrénée, a rendu la planète fragile et vulnérable, leur instinct les guidera là où se trouve encore quelque nourriture, quitte à les entraîner loin de leur habitat et de ce qui était leur terrain de chasse, la banquise pour l'essentiel. Mais lorsque cette autre source sera elle aussi tarie, lorsque les polluants auront tout contaminé, que restera-t-il d'eux et de leur descendance ? Qu'avons-nous fait de cette nature généreuse ? Pillée, violée, sans cesse réduite, entamée, devenue exsangue et haletante, et malgré tout nous continuons inexorablement ces viols et ces pillages, nous nous servons encore et encore sans vergogne de ses ressources sans nous préoccuper de savoir si elles existent pour nos besoins ou à d'autres fins.

Cette longue marche des trois frères dans la nuit glaciale de l'inlandsis est peut-être leur dernière, comme elle le fut pour Whale et Ferguson. La faim les rattrapera, la mort aussi. Comme tant d'autres de leurs congénères. Comme tant d'autres espèces. Comme la nôtre, un jour. Bientôt, si rien n'est fait.

Un jour, l'humanité ressemblera à ça, à ce qu'il reste de la carcasse de Ferguson, quelques os pointant vers le ciel qu'éclaire la lune dans le désert glacé.

Sous cette même lune, plus loin, quelque part sur la croûte de glace, un corps de femme, raidi par le froid, couché sur une motoneige, le visage tourné vers l'astre blanc. Sa peau est si pâle qu'elle en a presque la même couleur d'ivoire, tigrée de marbrures bleutées. Le vent balaie les mèches blondes dépassant de la capuche fourrée qui lui protège la tête. Des paillettes de givre scintillent sur les cils incolores qui frangent les paupières closes. Encore une vie que le désert de glace a prise.

Les deux hommes qui s'en rapprochent sur leur traîneau ne l'ont pas vue, mais ils filent dans sa direction. Toutefois, ils ne sont pas les seuls. Trois ours blancs se dirigent aussi vers le corps inerte sur la motoneige dont les phares allumés faiblissent peu à peu. La course à la vie. Les ours, capables de repérer une proie à plusieurs kilomètres, l'ont déjà sentie et pressent le pas. Sont passés au petit trot. De leur côté, les chiens au flair affûté ont eux aussi senti la présence humaine et accélèrent en aboyant.

Elle ne voit plus rien, n'entend plus le vent, ne sent plus le froid. Ses membres sont de bois. Son cerveau a cessé de fonctionner. Si seulement elle n'avait pas perdu espoir, si seulement elle avait eu la force d'attendre encore un peu… Une heure ou deux. Elle a échappé à une mort possible pour une mort certaine.

L'un des deux hommes vient d'apercevoir un point lumineux, assez éloigné pour être confondu avec une étoile. Mais trop bas pour en être. L'homme, un Inuit costaud dont les longs cheveux noirs accentuent sa ressemblance avec un Amérindien, le fait remarquer à son coéquipier. Le point semble fixe.

— Une motoneige arrêtée ? suggère le deuxième.

— On dirait. Allons voir, dit l'Indien.

Claquement de fouet. Bond en avant du traîneau. Sollicités, les chiens allongent leurs foulées avec des hurlements de joie. Ils ont déjà parcouru presque quarante kilomètres, leurs maîtres leur accordant une courte pause, mais ils en veulent encore, sont élevés pour ça. Courir sur la glace à ne plus la toucher.

Lorsqu'ils ne sont plus qu'à une centaine de mètres, le point est devenu un cercle orangé dont la lumière a déjà baissé d'intensité, ce qui confirme aux deux hommes la présence d'une motoneige, arrêtée, seule en plein inlandsis, depuis un moment. Mais, en arrivant plus près, ils stoppent net le traîneau. Trois ours adultes encerclent la motoneige sur laquelle les hommes distinguent une forme allongée. Un corps humain. Les ours qui ont vu l'attelage, une menace pour eux, se dressent sur leurs postérieurs en agitant les pattes de devant avec des grognements féroces, bien décidés à ne pas renoncer à ce second festin.

Les deux hommes savent que s'ils n'agissent pas le corps finira dans la gueule des trois prédateurs. Or ils sont lancés à la recherche de membres d'une équipe scientifique et ne peuvent passer à côté de cette découverte qui les éclairera peut-être.

— Si c'est l'un des types qu'on recherche ? On fait quoi ? demande Cheveux Ras.

En guise de réponse, d'un geste lent et sûr, sans quitter les ours des yeux, l'Indien prend son fusil, l'épaule et vise.

40

Base ARCTICA, région de Thulé, janvier 2017.
Jour 18

ARCTICA. Ces lettres qu'il distingue enfin sous la pâle clarté de la lune, Malte a bien cru ne jamais les revoir. Dans un dernier glissement de traîneau, après avoir fait ralentir les chiens, il s'arrête devant la porte de l'unité centrale plongée dans l'obscurité. Remarquant aussitôt qu'elle est entrouverte, il empoigne son fusil à deux mains et s'approche pas à pas dans le halètement des chiens assis, à peine fatigués de leur course.

Les lumières de sa frontale et de sa torche braquées sur l'entrée éclairent l'horreur. Sous ses yeux écarquillés gisent les restes indéfinissables d'un corps humain. Quelque chose qui ressemble à un tronc aux membres en partie déchiquetés. La gorge n'est plus qu'un orifice béant. À ses vêtements arrachés, Malte finit par identifier le chef cuisinier et tombe à genoux devant lui pour vomir.

Au bout de quelques minutes passées à récupérer, il se relève péniblement. À l'intérieur, le silence est accablant et l'obscurité profonde. Après avoir vainement tenté d'allumer la lumière, tout comme Sangilak et Iluak lors de leur visite, Malte pose le même diagnostic d'une vraisemblable panne du groupe électrogène. Il devra se contenter de la frontale et de la lampe torche en attendant d'aller inspecter la machine et essayer de la remettre en route.

Affamé malgré sa nausée et connaissant les lieux, le glaciologue se rend à la réserve où sont stockées les denrées alimentaires derrière la porte blindée. Se rappelant du code, il le compose et arrive à ouvrir. Étrangement, les lieux n'ont pas fait l'objet d'un pillage et tout se trouve encore là. Ce qui conforte Malte dans l'idée que Mouni a sans doute été attaqué par un animal alors qu'il s'apprêtait à sortir. *Pour aller où?* se demande-t-il.

Récupérant une conserve de cinq cents grammes de ragoût de renne, il l'ouvre et l'engloutit froide, accompagnée d'une bière danoise en bouteille. Puis d'une autre. Rassasié, sentant malgré le froid qui s'est installé en l'absence de chauffage une douce chaleur se propager dans tous ses membres jusqu'au torse, il éprouve une forte envie de dormir. Se traînant jusqu'aux chambres, il entre dans celle qu'il partageait avec Ferguson et s'assied sur sa couchette. Son ordinateur est toujours là. Mais déchargé. Et impossible de le mettre en charge avant de relancer le groupe électrogène.

Aller brûler le corps de Mouni dehors lui traverse un instant l'esprit, mais il se ravise. Il n'en a pas la force et sous l'effet de la bière il se sent comme anesthésié, avec la tête qui tourne un peu. Il ne veut plus ressortir dans cette nuit. Il n'en peut plus de cette obscurité permanente. Il veut revoir le jour, la lumière, le soleil, les paysages riches de contrastes et d'imperfections. Et surtout, il veut plus que tout revoir Tiger et Laura, mais ne sait pas s'il en aura la force et l'aplomb, surtout une fois qu'il aura reçu les résultats du test de paternité. Si jamais il ne revenait pas de cette mission et au cas où ils seraient positifs, il a demandé au laboratoire de les faire parvenir à Laura. Elle en ferait ce qu'elle voudrait. À l'inverse, s'il s'en sort, c'est là où ça devient beaucoup plus compliqué. Le choix de le dire ou non lui incombera entièrement.

Lorsqu'il se réveille en regardant sa montre, tout habillé sur sa couchette, enveloppé dans le duvet, Malte comprend qu'il a dormi huit heures d'affilée. Ce qui ne lui était pas arrivé depuis qu'il avait atterri au Groenland. Il fait toujours nuit et, pourtant, il est presque neuf heures. Sa première tâche est de faire redémarrer le groupe électrogène. D'abord pour pouvoir se préparer un café, ensuite pour recharger son ordinateur où doit attendre une masse de courriels. Peut-être même ceux de Rousseau, qui n'arrive plus à le joindre par téléphone. Pris d'une nouvelle nausée de dégoût alors qu'il enjambe le cadavre de Mouni pour sortir, il change d'avis sur ses priorités, se disant que la première est de s'en débarrasser au plus vite. Ici, on n'enterre pas les corps. La dureté du sol rend la tâche impossible. On les brûle.

Bientôt, les flammes du foyer qu'il a allumé avec le bois en réserve arrosé d'essence claquent dans la nuit, comme animées d'une vraie vie. Leur danse joyeuse ne sied pas aux circonstances. Les restes d'un homme vont leur être donnés en pâture. C'est comme si elles s'en réjouissaient d'avance. Ce n'est plus rien, essaie de se convaincre Malte, la bouche et le nez enfouis dans un passe-montagne en polaire, en même temps qu'il tire le tronc d'Akash dans une bâche en toile jusqu'au feu.

Les restes se consument en crépitant, les chairs déjà nécrosées finissent de noircir sur les braises dans une fumée âcre. Mais ce n'est pas seule leur chaleur qui arrache des larmes à Dick Malte. Pourtant, le temps presse et l'urgence de regagner Qaanaaq réduit à quelques instants le recueillement que mérite un homme tel que Mouni.

Une heure plus tard, le groupe électrogène, assisté du groupe de secours, ronronne de nouveau et la lumière électrique éclaire enfin l'unité principale. Malte a même pu remettre le chauffage et retirer sa parka, le temps de consulter son PC en partie rechargé.

Se connectant à Internet, il clique sur sa boîte mail après avoir composé son mot de passe « TIGER28 », Tiger étant né un 28 octobre. Plus de deux cents mails l'attendent. Se disant qu'il ferait le nettoyage ultérieurement, il les déroule en regardant l'objet du courriel. Tous les intitulés apparaissent encore en lettres grasses. Une dizaine de mails de Rousseau, visiblement aux abois de ce silence. Aucun d'eux n'a été ouvert. Nul n'est donc venu y fourrer son nez. Parmi eux, un mail de Murata contenant une pièce jointe. Surpris de recevoir un courriel de celle qu'il aimait le moins ici, dans une évidente réciprocité, il clique sur la pièce jointe. Une vidéo envoyée à tout le groupe. Atsuko s'est filmée dans une courte séquence où, pâle, les traits tirés, elle s'adresse d'une voix étranglée à ses coéquipiers.

« Au moment où vous regarderez cette vidéo, j'aurai quitté ce monde, cette obscurité, pour enfin plus de lumière, du moins c'est comme ça que j'imagine ce qui m'attend de l'autre côté. Et surtout, c'est lui qui m'attend, Sunao, mon soleil, mon petit prince. J'aimerais que vous poursuiviez cette mission jusqu'au bout. Que mon absence ne vienne pas troubler son déroulement. Je portais ça en moi depuis la mort de Sunao, depuis ce qui a secoué mon pays, ma famille. Anita, je t'ai parlé du père de Sunao, qui est aussi le père de son avatar, mais nous ne sommes plus ensemble. Il m'a quittée. Notre couple n'a pas résisté à ces deux séismes. Ce qui en a provoqué un autre au fond de moi. Beaucoup plus insidieux, moins visible, mais bien réel. Je vous prie de me pardonner cet abandon. Car j'imagine, oui, j'imagine ce que vous pouvez éprouver à la découverte de mon corps inerte dans ce sauna. Désarroi et incompréhension. Je n'ose pas dire regrets ou peine. Nous ne nous connaissions pas assez pour que vous ayez à me regretter ou à me pleurer. Tout comme je ne regrette pas de quitter ce monde. Était-ce en moi avant ce voyage ? Avant cette nuit ? Peut-être. Ça grondait au fond de mon âme. Et toujours je me raccrochais à lui. À Sunao. À cet avatar devenu lui. Mais un robot, si réaliste soit-il, peut-il remplacer un enfant ? Peut-il aimer comme un enfant ? Et peut-on l'aimer comme on aime son enfant ? Je ne suis pas dupe. Je sais qu'au fond ce n'est pas lui. Son regard n'est pas le même. Même si ses deux adorables fossettes de chaque côté de sa bouche sont restituées avec ce réalisme virtuose, son sourire n'est pas le même, il n'a pas ces petits tics et cette moue qui faisaient Sunao. Je n'ai pas peur de la mort. Car ce n'est pas elle qui m'attend, mais lui, mon fils, mon enfant. C'est lui que je vais rejoindre. Cette pensée peut surprendre chez une scientifique, mais plus je me rapprochais de cette décision, plus j'en avais la conviction. Il y a quelque chose, au-delà, dans l'après-vie. Nos êtres chers. L'amour. La lumière. Ceux qui en sont revenus en ont, d'une certaine façon, fait l'expérience. Je vous souhaite à tous de réussir à décrypter le mystère du cimetière de glace. Ferguson, pardonne-moi l'emprunt de ton *ulu.* C'est en grande partie pour que tu n'aies pas de problèmes que j'ai enregistré cette vidéo. Et pour que tu saches aussi qu'il n'y avait rien d'autre entre nous que ce que tu voulais voir. Je t'ai offert avant de partir ce que tu n'aurais pas pu avoir si j'avais choisi de vivre. »

Ayant la sombre certitude que Ferguson l'avait assommé et abandonné sur l'inlandsis, Malte pouvait avoir des doutes légitimes sur le supposé suicide de la Japonaise, hypothèse que Ferguson défendait. Pourtant, ce message posthume lui laisse un goût amer. Tous sont passés à côté d'une détresse humaine. S'ils avaient davantage prêté attention aux signaux d'alarme que lançait Atsuko, cette fin tragique aurait pu être évitée.

Plongé dans ses pensées, son attention se fixe soudain sur l'un des dix derniers courriels en même temps que son pouls s'emballe. Un mail provient du laboratoire auquel il a adressé sa demande de recherche en paternité. Un document apparaît en pièce jointe. Les résultats…

Les doigts pris de tremblements, après une hésitation, Malte ouvre la pièce jointe qui s'affiche en PDF. Au fur et à mesure de sa lecture, il a la sensation qu'une poigne lui comprime la pomme d'Adam jusqu'à la broyer. Les résultats sont négatifs. Tiger n'est pas son fils, mais bien celui de Rousseau. Le front sur le clavier, Malte se met à pleurer en silence. Son dernier espoir, celui qui le retenait encore à la vie sur l'inlandsis, vient de s'envoler.

41

Sur l'inlandsis, région de Thulé, jour 19

L'Indien n'a pas eu besoin de tirer. Comme s'ils avaient deviné ses intentions, les ours ont abandonné à regret et s'en vont en jetant des regards d'envie par-dessus leur épaule. Quant à Cheveux Longs, il n'est pas du genre à tuer un animal pour le seul plaisir ni à gaspiller des munitions pour les mêmes raisons. La voie étant désormais libre, les deux hommes peuvent enfin s'approcher de la motoneige et de son unique passager qui, à leur grande surprise et à la lumière de leurs torches s'avère être une passagère. Blonde, environ la quarantaine, paupières closes sur la couleur de ses yeux. Elle semble plongée dans le coma, sinon déjà morte. Assis dans la neige fraîche que le vent cristallise, les chiens poussent des geignements ou, tête renversée, hurlent à la mort.

— Elle est froide, constate l'Indien en touchant le visage livide.

— Encore une inconsciente qui prend l'inlandsis pour un parc d'attractions, fait l'autre.

— Tu as déjà vu quelqu'un, même un peu cinglé, conduire une motoneige en chaussettes ? ricane Cheveux Longs en sortant de son anorak un petit miroir de poche qu'il tient juste sous le nez de la jeune femme en l'éclairant.

Puis il incline le miroir vers lui.

— Tu vois la buée ? Elle respire, dit-il. Plus pour longtemps si on ne fait rien. Je parie que c'est un des membres de l'équipe scientifique qu'on recherche.

— Elle est déjà en hypothermie. Que veux-tu faire ?

— Ce que faisaient nos vieux, ce qu'on fait encore quand on n'a que les moyens du bord, peu de temps et qu'il n'est pas question que les secours arrivent jusqu'ici.

Là-dessus, Cheveux Longs tire du traîneau une peau d'ours avec la fourrure dont il se sert comme couverture pour dormir à la belle étoile s'il ne peut faire autrement, et l'étale par terre, les poils à l'intérieur. Soulevant la femme dans ses bras, il la dépose doucement sur la fourrure et entreprend de lui enlever ses vêtements, en lui laissant son slip et son soutien-gorge, puis se déshabille à son tour, ne gardant que son boxer. Il remarque au passage la marque rouge d'une belle morsure au bras par laquelle elle a perdu pas mal de sang. Une fois dévêtu, sous les yeux sceptiques de son coéquipier, il se glisse sous la fourrure, plaquant son corps chaud contre celui de la femme.

— Répartis les chiens autour de nous ! Qu'ils nous protègent du vent, lance-t-il à l'autre qui s'exécute.

Peu à peu la chaleur corporelle de l'homme à

37 °C fait son œuvre en rappelant la vie qui était en train de quitter la conductrice de la motoneige. Et Luv revient doucement à elle dans un râle de noyé.

Sa vue encore trouble ne lui permettant pas de distinguer les détails, elle ne voit que des formes incertaines, deux silhouettes dont l'une de petite taille, mais larges toutes les deux.

— On dirait qu'elle reprend conscience. J'appelle le chef ? demande le coéquipier à l'Indien toujours sous la couverture, serrant Luv contre lui.

— Je vais le faire, on n'est pas à quelques minutes près, dit-il, légèrement frissonnant. Bientôt, le froid le gagnera et il ne pourra plus la réchauffer. Donne-moi mes vêtements.

Comme à contrecœur, il laisse Luv reprendre lentement ses esprits et se rhabille en soufflant de petits nuages de vapeur blanche. Il prend ensuite les habits de Luv pour l'en revêtir.

— Ça va ? demande-t-il en danois, penché sur elle.

Elle ne connaît que quelques mots en danois dont ceux-ci, mais, pour le moment, trop affaiblie pour parler, ne peut que hocher la tête. Elle ne sait pas encore si ça va vraiment, si ce retour à la vie lui convient et préfère se taire. Bientôt, elle subira tout un interrogatoire, elle le sent, elle suscitera forcément la curiosité, comment est-elle arrivée jusque-là, seule, dans cette tenue sur une motoneige arrêtée en plein désert glacé, que s'est-il passé, pourquoi n'a-t-elle pas poursuivi sa route, est-elle tombée en panne, qui est-elle ? Toutes ces questions elle s'y prépare mais aurait voulu ne jamais avoir à y répondre. Parce qu'elle devra parler de tout. Dire comment elle a survécu au pire. En commettant le pire.

Elle n'arrive même pas à se réjouir d'avoir été sauvée. Aussi ne peut-elle remercier ses sauveurs. Pas encore. Ne sait pas qui ils sont ni quelles sont leurs intentions. En sortant de son coma, elle a senti confusément le corps dévêtu d'un homme plaqué contre elle et son souffle chaud sur sa peau. Mais il n'y avait dans ce geste rien de charnel ni de sexuel.

— Elle ne peut pas encore parler, dit-il à son coéquipier dans leur langue, une fois Luv habillée et recouverte de la peau d'ours. Elle a le type nordique, mais peut-être ne comprend-elle même pas le danois. J'appelle Sangilak. Il n'a pas donné signe de vie, je n'aime pas ça.

Après plusieurs tentatives, Cheveux Longs renonce, assombri. S'il est arrivé malheur au shérif, c'est son adjoint qui est censé reprendre le flambeau, en revanche s'il lui est arrivé quelque chose aussi, le poste revient à l'Indien. Seulement il n'est pas dans sa mentalité de s'en réjouir. Il sait que la mort de Sangilak serait une perte énorme pour la police de Qaanaaq et de toute la région de l'ancienne Thulé. San est l'un des meilleurs shérifs qu'elle ait eus depuis que ce poste existe.

Ils n'ont vu aucune fusée éclairante dans le ciel. Si Sangilak et Iluak se sont retrouvés en mauvaise posture, ils n'ont pas eu la possibilité d'en lancer une.

— On doit partir d'ici, le vent se lève, il se peut que ça se transforme en tempête, déclare l'Indien en attelant les chiens au traîneau, assez grand pour transporter un passager allongé.

— On poursuit les recherches quand même ? demande son binôme.

— Non, on rentre. Elle ne résistera pas, sinon.

Niels Olsen l'aurait assurément classé dans la catégorie des dirigeants, des chefs, de ceux qui, spontanément, plus riches d'initiatives payantes, prennent la tête du groupe avec une autorité naturelle. À peine un quart d'heure plus tard, les griffes des chiens lancés rayent la glace à chaque foulée rapide. Malgré la nuit et le froid, ils ont à cœur de bien faire leur travail et leurs aboiements enjoués résonnent dans le silence des ténèbres polaires. Une cinquantaine de kilomètres les séparent de la petite ville. En voiture, les franchir dans les mêmes conditions prendrait un peu plus d'une heure, mais pour un attelage de sept ou huit chiens, il en faut au moins quatre.

Tout à coup, dans un roulement assourdissant, le sol se met à trembler, secoué comme un shaker. À leur suite, à la vitesse de chevaux au triple galop, la calotte de l'inlandsis s'ouvre sur le vide, aspirant tout au passage. La glace éclate comme du verre sur une faille monstrueuse, d'au moins cent mètres de large et d'une profondeur inconnue. Excités par les cris des conducteurs, les chiens accélèrent la cadence, sentant eux aussi le danger les rattraper. Tout ce qui se trouve sur la trajectoire de la faille géante est avalé dans un gouffre vertigineux. Par une chance inouïe, tout comme Luv et ses sauveurs, les trois frères ours, demeurés dans les parages des humains au cas où ceux-ci finiraient par abandonner la supposée dépouille, ont pu échapper à l'engloutissement.

L'accélération des chiens creuse la distance à leur avantage, sans que Cheveux Longs et son coéquipier ne se doutent un instant de ce qui arrive au-devant d'eux. Une autre faille écartèle la croûte glaciaire dans d'affreux grincements, prête à rejoindre la première et à prendre le traîneau, ses trois occupants et les chiens en étau.

Autour d'eux, l'atmosphère est saturée de volutes blanches et de cristaux de glace, véritables petits poignards mortels. Des morceaux se détachent de roches glacées et jaillissent de toutes parts en s'entrechoquant et rebondissant comme des balles. L'un d'eux frôle le traîneau. L'obscurité n'est plus que chaos et poussière gelée. Soudain, l'Indien plisse les yeux. Devant le traîneau, le sol semble se soulever en tourbillons clairs, craquant comme une gigantesque boutonnière qu'on arrache. Le phénomène fonce droit sur eux, réduisant la distance avec une rapidité inquiétante. En quelques secondes, Cheveux Longs réalise ce qui se passe.

— À gauche toute ! hurle-t-il sans prévenir, accompagnant ses mots d'une action immédiate.

Dans le virage amorcé par les chiens, le traîneau dérape sur la glace dans une gerbe de paillettes et manque les entraîner dans sa valse dangereuse. Mais les deux hommes le retiennent de justesse, parvenant à le remettre d'aplomb, tandis que l'inlandsis est sur le point de se morceler et que la nuit résonne de terribles craquements. Ressentant les tremblements jusque dans ses os, Luv a elle aussi compris qu'un séisme de grande puissance secoue cette partie du Groenland. La rupture du Zachariae…

Juste au-dessus de sa tête, le ciel et ses étoiles tournoient, l'espace vibre, soudain électrique. Peut-être parce que, allongée sous des épaisseurs de fourrure, protégée de chaque côté par un rempart humain, elle se sent moins exposée, qu'elle s'était résignée à mourir il n'y a pas si longtemps, Luv n'éprouve aucune peur. Une sorte de confiance instinctive la lie à ses sauveurs. Deux Inuits. Des hommes qui ont une connaissance atavique de cette immensité glacée, de cette calotte flottante où ils sont nés. Ils lutteront jusqu'au bout pour la protéger.

Je suis un tardigrade, je suis un tardigrade, se répète-t-elle mentalement. *Je me rétracte dans ma carapace, me vide et me déshydrate pour une longue hibernation*. Au-dessus d'elle, les étoiles, minuscules grains lumineux, défilent comme sur un tapis déroulant. L'une d'elles s'appelle Joy et l'autre, plus lointaine et plus sombre, Ava. Depuis longtemps éteinte.

42

Inlandsis, région de Thulé, février 2017. Jour 20

La dernière secousse a été la plus violente et du campement de l'Homme-ours il ne reste plus un souffle de vie. Il a tout simplement disparu avec ses igloos, englouti dans le permafrost ouvert en une gigantesque faille longue d'une centaine de kilomètres et large de trois cents mètres. Toute trace d'occupation humaine a été rayée de la surface et seule demeure apparente cette plaie béante qui cisaille le désert glacé d'est en ouest. Le séisme touchant l'inlandsis a été ressenti jusqu'à Qaanaaq, où les maisons les moins solides se sont écroulées en monceaux de débris et de poussière. Certains habitants, croyant à la fin du monde, ont couru se réfugier dans l'église, d'autres se sont terrés chez eux, en faisant des offrandes aux dieux. L'église a résisté, les hôtels aussi. Les maisons qui ont cédé sous les secousses ont enseveli leurs propriétaires. Le séisme aura fait une dizaine de morts, rien qu'à Qaanaaq.

Quant au clan du chaman, pas un seul survivant.

Sauf le jeune Français et son loup qui étaient partis au moment du cataclysme.

Après la fuite de Luv, Desjours avait sombré dans le silence, celui d'une rage aveugle. Il n'aurait de cesse de la retrouver et de lui faire payer chaque coupure, chaque plaie infligée à Lupin au couteau. Le chaman ne partageait pas sa position. Peu lui importait de rattraper la femme blanche morte ou vive. Il savait que le froid aurait raison d'elle et refusait de perdre du temps à tenter de retrouver sa piste dans la nuit. Le clan avait encore de quoi se nourrir. Alors Desjours s'était mis à réfléchir à la meilleure façon de partir de cet endroit sans attirer l'attention. Il devait coûte que coûte quitter le clan rapidement.

Vingt-quatre heures après la fuite de Luv, le Français est prêt. Lupin lui semble assez en forme pour le suivre. C'est après le dîner, lorsque tout le monde, l'estomac rempli de viande grillée, va se coucher, que Mathieu, suivi de Lupin et équipé d'un bâton ainsi que d'une des frontales récupérées sur les deux hommes ramenés trois jours auparavant, sac à dos rempli de viande séchée et d'un petit réchaud, a déserté le village pour ne plus revenir. Peut-être cette fois ne se sortirait-il pas vivant de cette évasion en pleine nuit sur l'inlandsis, mais il a son idée. Retourner à la base scientifique, où il ne craint pas de surprendre les autres, sachant Murata, Olsen, Ferguson et Whale morts, ainsi que Mouni dont il a retrouvé le corps à moitié dévoré par Lupin lorsqu'il a accompagné le chaman à leur base, Svendsen sans doute perdue dans l'immensité et Malte, probablement mort lui aussi. Le seul de toute l'équipe qu'il regrette et pleure sincèrement. Le seul à l'avoir compris et aidé, lorsque son chien s'est enfui puis égaré dans la tempête. Et à l'avoir ensuite sauvé.

Au bout de deux heures de marche, aidé du GPS intégré de sa montre connectée, Desjours est arrivé dans les parages d'Arctica, remarquant tout d'abord les vestiges d'un feu avec des bûches qui finissaient de se consumer et dont l'odeur lui était familière, puis les fenêtres éclairées dans l'unité principale. Son sang s'est aussitôt glacé. Retenant son chien-loup, Mathieu s'est approché sans bruit de l'unité, apercevant alors la silhouette familière de Malte de dos, assis devant son ordinateur.

À la vue de son ami, il a senti son cœur se serrer. Les souvenirs lui revenaient en rafales de cette soirée arrosée d'écossais, passée à défaire et refaire le monde. Et à ce surnom affectueux dont l'a affublé Malte. Froggy, la Grenouille.

Il voudrait entrer, le prendre dans ses bras et lui dire qu'il est de retour. Mais, parfois, les choses ne sont pas aussi simples que l'esprit les voit. Malte lui demandera des comptes. D'où sortent-ils ? Comment ont-ils survécu, lui et Lupin ? Des questions qu'il pourrait très bien renvoyer au Canadien. Des questions peut-être sans réponse. La survie dans ces conditions extrêmes appartient à l'intimité, c'est une affaire entre soi et soi. Tous les moyens sont bons, mais pas toujours honnêtes, et relèvent de la détermination à survivre à n'importe quel prix.

Comment Malte réagirait-il en apprenant que, depuis sa disparition, son jeune protégé et complice d'Arctica s'est nourri de chair humaine et qu'il a même fini par y prendre goût…

En attendant, Desjours doit trouver où dormir

avec Lupin. S'il parvient à entrer dans l'un des bâtiments secondaires de la base sans attirer l'attention de Malte, il pourra y passer le reste de la nuit avant de se manifester auprès de son ami après y avoir encore réfléchi. Sinon, il ne lui restera plus qu'à regagner Qaanaaq à pied, ce qui lui prendra au moins deux jours, en fonction de la météo. C'est alors que le Français entend les chiens de Sangilak grogner dans la pénombre, derrière le bloc principal, expliquant la fébrilité de Lupin depuis leur arrivée. Sans doute des chiens d'attelage, en conclut-il. Ils empêchent toute intrusion dans l'enceinte de la base et l'accès aux autres blocs. S'il veut rester ici, Desjours n'a qu'une solution.

Maintenant Lupin au pied, il rebrousse chemin et retourne à la porte de l'unité principale à laquelle il s'apprête à frapper. Mais il ne peut pas aller au bout de son geste. Au même moment la porte s'ouvre, laissant la haute stature de Malte se dessiner dans l'encadrement. Impossible de dire lequel, du Français ou du Canadien, est le plus surpris.

Malte ouvre la bouche comme s'il se trouvait face à un revenant ou une hallucination, se disant qu'il a peut-être trop bu. De son côté, Desjours serre le manche du couteau qu'il tient dans la main gauche que sa parka dissimule à demi. Mais, la première seconde de stupeur passée, l'expression du glaciologue le rassure aussitôt sur ses intentions. À moins qu'il ne joue la comédie. Malgré tout méfiant, Desjours ne lâche pas le couteau.

— Froggy ! Entre, fiston ! T'imagines pas comme je suis content de te voir..., s'écrie Malte qui le reconnaît malgré sa barbe. La crispation de son visage dément pourtant la sincérité de ses mots. Que tu sois réel ou pas, d'ailleurs. Mais tu es bien réel, hein ?

Mathieu croit entrevoir une ombre dans le regard fixe de Malte. Les joues recouvertes aussi de poils drus. Il entre quand même, talonné par Lupin, dont les poils sont hérissés. Le chien ne semble pas reconnaître les lieux. Le Français lui-même se demande s'il se trouve bien à la base tant l'atmosphère de vide qui y règne est différente de ce qu'il y a connu. Toute cette vie, ces rires, ces plaisanteries grasses ou ces moqueries, de copieuses engueulades aussi, les repas partagés ensemble, les discussions sur l'état de la planète, la politique, la musique, les livres, tous les ingrédients du quotidien dans un groupe d'hommes et de femmes vivant sous le même toit, qu'une même cause a réunis.

— Ouais, je crois bien que je suis aussi réel que toi, Dick Malte.

Et les deux hommes se tombent dans les bras.

— On va éviter les pleurnicheries, dit le Canadien. Fais comme chez toi.

À son attitude, le Français se dit que Malte veut lui aussi ésquiver les explications. S'il ne pose pas de questions c'est pour que Desjours ne lui en pose pas non plus. Un peu plus tard, après lui avoir proposé de se restaurer et de boire une bière, le glaciologue s'assied face à lui, l'air grave.

— Tu ne sembles pas vraiment affamé, Frog, constate-t-il simplement.

— Toi non plus.

Comme dans une sorte de jeu où il faut éviter de prononcer le mot fatal, chacun essaye de savoir sans interroger l'autre. La Grenouille craque le premier, la curiosité et la méfiance l'emportant.

— C'est quoi, ces braises, dehors ?

— C'est… c'est Mouni. Plutôt ce qu'il en restait. J'ai dû le brûler. Il a été à moitié dévoré. Probablement surpris par une bête sauvage. Un loup affamé.

Sur ces mots, malgré lui, son regard se pose sur Lupin, couché aux pieds de Mathieu. Il note alors les cicatrices encore roses qui se détachent sur le pelage.

— Qu'est-ce qui lui est arrivé ?

— Il a fait une mauvaise rencontre.

À son visage fermé, le Canadien sent que Desjours n'en dira pas davantage. Aussi se lance-t-il sans tarder dans le récit de sa tragique aventure se terminant par la mort de Sangilak et de son adjoint dans l'éboulement de Camp Century.

— Je suis sorti, j'ai trouvé leur traîneau et les chiens devant l'entrée du souterrain, et je suis revenu ici. En regardant mes mails, j'ai découvert une vidéo que Murata a envoyée à tout le monde pour expliquer son geste. Elle s'est bien suicidée. Voilà, tu sais tout, Froggy. Et putain ce que ça fait du bien de ne plus se sentir seul, tu ne peux pas savoir, lâche Malte dont les larmes roulent sur sa joue brûlée et sur sa barbe qu'il n'a pas encore pris le temps de raser.

— Si, je sais. Merci, Malte.

— Merci de quoi fiston ?

De ta confiance, de ton accueil, de ne pas me poser de questions, voudrait-il dire. Mais il garde le silence. À son absence de surprise lorsqu'il a évoqué les recherches lancées par Sangilak, Malte devine que son protégé porte quelque chose de bien plus lourd, qu'il sait des choses et qu'il parlera lorsqu'il l'aura décidé.

— Tu sais, ce Ferguson, je ne l'ai jamais senti, se contente de dire Desjours avant d'aller se coucher.

— J'avais compris, oui. Mais je ne saurai jamais si c'est vraiment lui qui m'a donné ce coup à la tête. Pourquoi l'aurait-il fait ?

— Je crois bien qu'ici, beaucoup de questions resteront sans réponse. Bonne nuit.

— Toujours aussi couche-tôt, Froggy, il n'est que vingt heures, sourit Malte en regardant sa montre. Dors bien, tu en as besoin. Demain, on essaie de contacter l'aéroport.

Et, devant la mine ahurie de Mathieu, il ajoute :

— Ben quoi, il faut bien partir d'ici un jour, non ?

La Grenouille se retire sans rien dire dans son ancienne couchette avec Lupin. Malte se couche à son tour dans un état second après avoir bu quelques bières. Tout pourvu que son cerveau puisse brouiller la réalité. Même un coma aurait été le bienvenu. Avant de gagner la chambre, il rend une petite visite aux chiens anormalement agités qui l'accueillent dans un concert de gémissements tout en grattant la neige gelée. Essayant de les calmer, Malte attribue cette fébrilité à la présence de Lupin.

Un peu plus tard, ils dorment tous deux profondément, appréciant ce retour dans le confort d'un vrai lit, sauf Lupin aux aguets, se sentant sans doute captif de ces quatre murs, quand la première secousse ébranle tout le bloc. Suivie de près d'une deuxième, plus forte qui finit de les extraire de leur sommeil. À l'extérieur, les chiens essaient d'arracher leurs attaches en se cabrant et en tirant violemment sur leurs chaînes comme si leur unique salut se trouvait dans la fuite. Lupin, posté derrière la porte de l'unité, leur répond par des aboiements plaintifs.

— On dirait bien que Murata avait raison de nous prévenir ! crie Malte en enfilant son pantalon et son pull à toute vitesse avant de mettre sa parka. Dépêche-toi, Froggy, il faut sortir, sinon ça risque de s'écrouler sur nous !

Sous leurs pieds, le plancher vibre et bouge dans d'affreux craquements comme le pont d'un navire en pleine tempête.

— Sortons vite !

La voix de Malte, puissante, émerge du fracas des poutres métalliques qui commencent à se disloquer, menaçant de les écraser en tombant. Ils sont dehors en quelques secondes, Lupin ne quittant pas son maître d'une semelle tandis que, de l'autre côté, les chiens hurlent de peur. Certains sont parvenus à se libérer et s'échappent, une plaie béante au cou à force d'avoir tiré pour casser la chaîne qui les entravait.

— Merde, les chiens ! s'écrie Malte, impuissant face à cette dispersion.

Dehors, sous leurs pieds, le sol continue à trembler et à se fissurer dangereusement. Ils ont du mal à tenir debout. Le séisme risque de rouvrir le canyon souterrain dont la proximité avec la base scientifique inquiétait tant Atsuko. Si cela se produit, il engloutira tout. Ça dépendra de l'épaisseur et de la solidité de la croûte glaciaire à cet endroit, sur laquelle Malte a de sérieux doutes. Il n'y a plus qu'à prier la chance de continuer à être de leur côté.

— Tu crois que c'est le grand séisme redouté par

la communauté scientifique ? lance Desjours au glaciologue qui tente de calmer ceux des chiens encore attachés.

— Je ne pense pas, mais à vrai dire, je ne sais pas. Tout va si vite… Il faut qu'on les détache, sinon ils vont finir par s'étrangler. Les chaînes que les autres ont réussi à briser étaient les moins solides. Ils vont devenir fous…

Tout en s'efforçant de garder l'équilibre, Malte et Desjours détachent les cinq chiens qui restent.

— Courez, braves bêtes, c'est à vous maintenant de sauver votre peau ! Et merci d'avoir sauvé la mienne ! leur crie Malte en libérant le dernier qui s'enfuit avec un jappement de soulagement.

Ils partent tous dans la même direction, observe Malte. Ils seront moins rapides qu'eux, mais son instinct lui dicte de les suivre.

— Allons-y, Froggy ! Nous aussi, par là !

Mais les secousses de plus en plus fortes rendent leur progression incertaine et ils doivent s'arrêter après que Mathieu est tombé sur le poignet dans un craquement significatif suivi d'une douleur fulgurante.

— Malte ! Je me suis cassé le poignet ! crie-t-il.

Revenant sur ses pas, le glaciologue en conclut la même chose après avoir examiné la blessure. De la chair ouverte émerge l'os brisé. Assis sur le sol gelé qui ondule par à-coups, sous le ciel obscur et indifférent à ce qui se passe loin en dessous, fermant les yeux et serrant les dents à chaque secousse, ils attendent de mourir. Mais la mort ne vient pas les chercher. Lorsque le calme revient, ils attendent encore un peu, au cas où une dernière secousse les surprendrait en pleine marche, puis ils se lèvent et avancent dans la nuit et dans l'éclairage de leurs frontales. Le poignet de Desjours le fait atrocement souffrir, mais il ne se plaint pas, concentré sur un objectif, retourner à la base en espérant que les murs soient encore debout et le groupe électrogène de secours toujours en état.

Arrivés aux abords des blocs dont ils ne distinguent que la masse éteinte, plus sombre dans la blancheur du paysage, ils sont soulagés de voir que l'unité principale semble intacte. À cet endroit, le sol a résisté au-dessus du canyon souterrain, cette faille de plus de sept cents kilomètres et mille mètres de profondeur, un véritable monstre de glace qui menace d'engloutir une partie de l'inlandsis dans ses entrailles. Apparemment, ce n'est pas le grand séisme tant redouté, simplement une alerte des plus sérieuses.

Alors que Malte s'apprête à ouvrir la porte du bloc principal, Lupin a un mouvement de recul, comme s'il refusait d'entrer.

— Qu'est-ce qui lui prend ? s'étonne le glaciologue.

À peine a-t-il terminé sa phrase que la toiture, dont ils n'avaient pas aperçu l'enfoncement dans l'obscurité, s'écroule sur une partie du bloc dans un nuage de neige et de poussière, les manquant de peu.

— T'as pas remarqué un truc, Froggy ? lance Malte, le visage couvert de particules blanches et la poignée de la porte encore dans la main. Depuis le début de cette mission, on n'a pas eu un moment de répit. De vrai repos. Du genre rien ne se passe, mais vraiment rien. Que dalle.

Le regard tourné vers le ciel, Mathieu ne répond pas, seul avec son poignet souffrant. Le temps semble s'être arrêté, les laissant abîmés dans un spectacle unique, alors que tout autour d'eux, sur des dizaines, des centaines de kilomètres carrés, le désert blanc est sens dessus dessous, le sol éventré, partout, de la glace pilée, des crevasses, des fissures que seuls des mois, des années combleront de neige et d'eau.

N'en revenant pas d'être en vie, les deux hommes sont debout, immobiles face à ce deuxième miracle, le disque solaire émergeant de la ligne d'horizon dans des nuances incroyables de vert, de mauve, d'orangé et de rose qui se diluent en une immense aquarelle céleste.

Enfin, le jour, qui semble naître de ce chaos, fendant les ténèbres qu'ils avaient fini par croire éternelles. L'aube du vingt et unième jour de leur présence ici.

— Pourquoi, même quand je vois une telle splendeur, je n'ai pas la foi ? dit Malte à demi-voix.

— Ça, Dieu seul le sait, sourit douloureusement Desjours en caressant de sa main valide la tête douce et chaude de Lupin.

Le froid a anesthésié son poignet enflé qui se couvre peu à peu d'une teinte violacée.

Des larmes plein les yeux, Malte se contente de sourire, lui aussi.

43

Hôpital de Qaanaaq, février 2017, jour 21

À peine ouverts, les yeux de Luv se referment, éblouis par la blancheur qui règne autour d'elle. Blancheur des murs, des draps, de sa tenue et même des visages éclairés au néon et tournés vers elle dans l'attente qu'elle se réveille. Une pâleur de craie. Son bras droit est entouré d'un bandage serré. De chaque côté du lit, des sièges occupés. Clignant des paupières, aux murmures qui parcourent les lèvres, elle comprend qu'ils l'attendent, à l'affût du premier signe. Il fait une chaleur à crever. Si c'est ça, le paradis… Une étuve. Sans savoir où elle est, elle perçoit peu à peu que les murs qui l'entourent, violent contraste avec l'espace presque infini de l'inlandsis, sont ceux d'une chambre d'hôpital. Une cellule, plutôt, à cause des barreaux aux fenêtres. Elle doit être vivante. *Bon retour à la civilisation, Luv Svendsen…*, se dit-elle.

— Elle s'est réveillée, commente une voix en mauvais anglais.

— Dieu merci ! Content de vous voir, madame Svendsen.

Une autre voix, qui appartient à un deuxième visage penché sur elle avec un sourire bienveillant. Cette fois, on s'adresse à elle en norvégien. Sa vue est encore trouble, toute cette lumière est trop forte pour ses yeux, après la nuit permanente en plein désert glacé. Qui lui parle ? Et que lui veut-on ? Elle voudrait dormir, juste dormir…

— Vous revenez de loin.

Merci, je suis au courant, mais qui êtes-vous bon sang ? soupire-t-elle en silence. Trop de lumière. Où sont la nuit et ses étoiles ? À la place, une main tendue.

— Mindur Iversen, de l'ambassade de Norvège au Danemark. Je représente ici le gouvernement et j'ai la responsabilité des ressortissants norvégiens en situation de rapatriement sanitaire. Je me partage entre Copenhague et Nuuk.

— Si vous me disiez… comment je suis arrivée… là ? articule péniblement Luv.

— Vous avez eu beaucoup de chance et d'excellents sauveteurs. Vous êtes à l'hôpital militaire de Qaanaaq.

À cet instant, en même temps que se révèle sur le mur face à elle un poster encadré d'ours et d'oursons blancs qui s'ébattent sur la banquise, lui reviennent des flashs du sauvetage en pleine nuit sur l'inlandsis. La chaleur de ce corps presque nu contre elle, sous une peau d'ours, les odeurs animales mêlées, ce cœur battant contre le sien. Elle allongée sur un traîneau – pourquoi étaient-ils en traîneau et pas en motoneige –, puis le séisme, la valse du traîneau hors de sa trajectoire, le vent, encore les secousses et plus rien. Elle pense s'être endormie. Ne sait pas comment elle est arrivée jusque-là. Sans doute avec ses deux sauveteurs.

— Ils ne sont pas là ? s'enquiert-elle, une pointe d'inquiétude dans la voix.

Elle ne les reconnaîtrait peut-être pas, mais quelque chose lui dit que ce ne sont pas les deux types présents dans la chambre, aux côtés du représentant de l'ambassade, dont un est en uniforme militaire et trop blond et l'autre trop corpulent.

— Ils sont partis à la recherche de leur chef. Le shérif de Qaanaaq. Porté disparu avec son adjoint. Il avait lancé des recherches sur une zone définie pour retrouver les membres de l'équipe d'Arctica, également portés disparus. Dont vous.

— J'aurais aimé leur dire merci.

— Vous en aurez peut-être l'occasion avant de rentrer chez vous, j'espère.

— Des nouvelles d'autres membres de l'équipe ?

— Non, vous êtes la seule à avoir été retrouvée, puis identifiée. Vous allez justement être interrogée dès que vous serez sur pied. L'interrogatoire est à la charge de l'armée et sera mené par le capitaine Skagen ici présent. Pour ma part, je suis venu pour vous et, à l'appel de ses collègues du *National Geographic*, pour Niels Olsen, signalé disparu lui aussi. Un de vos proches amis, je crois.

Sans un regard pour l'homme que lui présente Iversen, Luv trouve la force de se redresser dans le lit. L'armée ! Elle n'en croit pas ses oreilles.

— Que vient faire l'armée dans le déroulement

d'une expédition scientifique ? demande-t-elle sèchement, éludant l'allusion à Olsen.

— Seulement son travail, madame Svendsen, je vous rassure.

— Son travail ? Je ne comprends pas.

Elle regarde tour à tour Iversen et Skagen. Sa vue gagne en acuité de minute en minute et la lumière l'éblouit un peu moins. Le Norvégien et le Danois pourraient être frères tellement ils se ressemblent. Mais ce n'est peut-être qu'un effet de leur blondeur et de leur teint frais et rosé aux yeux clairs, hésitant entre le bleu et le gris. À les considérer en détail, on s'éloigne à grands pas de cette présumée ressemblance. Le premier a un nez effilé et pincé et des lèvres minces, le deuxième affiche un nez d'aigle et des lèvres pleines aux commissures tirées vers le bas, faisant penser au célèbre clown triste de Buffet. Quant au troisième homme, toujours les fesses sur son siège, il semble plutôt être un gars du cru, la peau tannée comme frappée de grêlons, les yeux légèrement fendus et les cheveux d'un noir charbon, un bon Groenlandais mâtiné d'Inuit. À l'instar d'Iversen, il est en habit civil, pantalon sombre et sweat bleu ciel. Aux pieds, d'épaisses chaussures fourrées. L'homme mystère se cachant derrière une apparente banalité, en conclut Luv après une brève observation.

— Roger Ferguson, le chef de la mission et le sismologue de l'équipe, a disparu comme tous les autres dans des circonstances troubles. Comme vous le connaissiez un peu, vous savez sans doute qu'il travaille pour le ministère danois de l'Environnement, mais ce que vous ignorez probablement, c'est qu'il est également un officier de l'armée de terre. Promu au grade de colonel.

— Il ne s'en est jamais vanté, en effet, dit Luv sur un ton doux-amer.

Une éclaircie se fait peu à peu dans son esprit. Mais elle attend la suite sans rien dire de ce qu'elle sait.

— Or il se trouve que, selon son dernier rapport au ministère, l'un des membres d'Arctica, un glaciologue canadien sélectionné pour sa réputation, aurait déposé sa candidature pour la mission au Groenland à des fins qui n'auraient rien à voir avec les objectifs de cette mission scientifique.

Dick Malte, songe Luv, se remémorant leur dernière conversation dans le laboratoire. L'histoire de ce village inuit rayé de la carte. Ce dont Malte lui avait fait part à ce sujet. Dans ce cas, rien d'étonnant en effet à l'implication soudaine ou peut-être pas si soudaine de l'armée dans la disparition de l'équipe d'Arctica et notamment celle de Ferguson.

— Roger Ferguson en était-il seulement convaincu ou avait-il des preuves ? retourne Luv à son interlocuteur.

Elle a l'impression d'avoir complètement récupéré ses esprits.

— Il ne se serait pas avancé en envoyant un rapport en commençant par « s'il m'arrivait quelque chose ».

— Ce qui ne veut rien dire en soi, objecte Luv.

— Mais avec de telles présomptions sur ce glaciologue canadien, la disparition du colonel Ferguson prend tout son sens, intervient Skagen avec sévérité dans un norvégien bien maîtrisé.

— Sauf que le Canadien a lui aussi disparu, rétorque Luv en le regardant droit dans les yeux. Et c'est lui qui a disparu avant Ferguson. Puisque Roger est revenu nous l'annoncer alors qu'ils étaient tous les deux partis à la recherche de Mathieu Desjours, le jeune étudiant français qui s'était lancé à la poursuite de son chien en pleine tempête.

À ces mots, Skagen lui décoche un regard glacial qui lui donne l'impression d'être encore perdue en pleine nuit sur l'inlandsis.

— Vous me semblez d'attaque pour répondre à nos questions, madame Svendsen, lâche-t-il froidement. En voilà une bonne nouvelle. Ainsi perdrons-nous moins de temps et peut-être retrouverons-nous le colonel Ferguson vivant.

Ça m'étonnerait, est-elle sur le point de répondre, ce qui l'obligerait, bien entendu, à s'expliquer. Tout raconter ; or Luv a la ferme intention d'en dire le moins possible et doit d'ores et déjà commencer à y réfléchir. Quoi leur servir sans avoir à évoquer son passage dans le clan du chaman. Ni la façon dont elle a survécu là-bas. En mangeant la chair d'un des membres de l'expédition. S'ils l'apprenaient, à coup sûr, elle terminerait dans un autre endroit avec des barreaux aux fenêtres, mais ce ne serait pas un hôpital.

— Nous allons laisser Mme Svendsen se reposer encore un peu. Vous l'interrogerez lorsqu'elle sera sortie de l'hôpital, dit Iversen sur un ton déterminé.

— Elle est en état de sortir, riposte Skagen, cinglant. Il s'agit d'une affaire majeure, d'une urgence vitale. La vie d'un officier danois est en jeu.

— Tout comme d'autres vies, répond Iversen. Celles de scientifiques, au service de la planète.

Dressés l'un face à l'autre, les deux hommes paraissent sur le point de déclencher un incident diplomatique.

— De quoi est accusé Dick Malte, au juste ? Haute trahison ? A-t-il mis le doigt sur quelque chose qui dérange ? tranche Luv, adossée à l'énorme oreiller blanc, bras croisés sur le ventre.

Iversen et Skagen tournent tous deux la tête vers elle, interloqués.

— Il s'agit d'une affaire classée secret défense, dit le capitaine, torse bombé.

— Alors je crains de ne pouvoir vous aider, répond Luv du tac au tac. Celle qui nous occupait à la base n'est pas ce genre d'affaire.

— Quel genre d'affaire était-ce ? demande Iversen, curieux.

— Ferguson m'a sollicitée pour les aider dans un domaine bien précis dont je suis l'une des spécialistes. Mais je ne vous en dirai pas plus sans savoir qui était vraiment Dick Malte.

— Sauf si les autorités l'exigent, madame Svendsen, lui rappelle Skagen. N'oubliez pas qu'une saisie du matériel de la base est possible et même probable.

— Dans ce cas, vous l'apprendrez de cette manière, mais pas par moi.

— C'est un refus de collaborer aux intérêts du royaume du Danemark, madame Svendsen.

— Que je sache, le Groenland a son propre gouvernement et dispose de ses terres, capitaine Skager, dit Luv avec un rapide coup d'œil à l'homme mystère.

— Dans certaines limites, vous le savez aussi.

Le troisième homme, vissé à son siège, n'a pas bronché durant l'échange. Mais il ne dort pas, bien au contraire, et semble tout enregistrer. Surtout à l'évocation de l'autonomie groenlandaise.

— Nous vous laissons réfléchir jusqu'à demain, déclare Skagen en s'éloignant vers la porte. Vous signerez votre sortie de l'hôpital. Quelqu'un viendra vous chercher pour vous conduire aux quartiers où vous serez interrogée. En espérant que vous aurez des choses à nous dire cette fois, ajoute-t-il la tête inclinée d'un air entendu. Bon repos d'ici là. Monsieur Iversen ?

— Je reste encore un peu auprès de Mme Svendsen, répond le diplomate tandis que l'homme du cru se lève sans un mot ni un regard pour Luv.

— Nous nous verrons plus tard, alors, dit Skagen en sortant, suivi de l'autre.

Après leur départ, Iversen, resté seul avec Luv, secoue la tête d'un air compatissant. Est-ce un vrai sentiment ou une façade ?

— Ce que vous avez vécu a dû être extrêmement éprouvant, finit-il par dire. Je comprends que ça ait du mal à sortir. Certains ressortissants norvégiens, membres d'expéditions arctiques sauvés *in extremis*, que j'ai pris en charge en vue d'un rapatriement, avaient au fond du regard la même chose que vous. On les appelle les revenants. Cette chose, je sais la reconnaître, madame Svendsen.

Luv ravale sa salive.

— Quelle chose ?

— Une ombre. L'ombre de celui qui a vu la mort de près et qui l'a peut-être souhaitée à un moment, avant d'être sauvé. Et puis quelque chose, comme une sorte de condescendance lorsqu'il revient au monde civilisé, cette expression si singulière voulant dire : « Ce que j'ai vécu, jamais vous ne le vivrez. Ce que j'ai vu, jamais vous ne le verrez. » Ça prendra du temps avant que cette ombre ne se dissipe. Peut-être toute votre vie. Peut-être avant. Ce que je peux vous conseiller, c'est de ne pas culpabiliser, quoi que vous ayez vu ou vécu. La parole libère, mais parfois elle enferme. Faites le tri de ce que vous allez devoir dire. Il y a des choses qui n'appartiennent qu'à vous. Nul n'a un droit particulier sur l'intime. Pour le reste, vous en serez juge. Vos travaux et vos études sont éminents. Il y a matière à leur donner cet os-là à ronger. En attendant, reposez-vous. Je reviens vous voir demain matin avant votre sortie. Et pour le rapatriement…

— Merci, monsieur Iversen, pour tout ce que vous faites, mais pas de rapatriement pour moi. Je rentre par mes propres moyens. J'ai une fille en bas âge qui m'attend à Oslo et j'ai hâte de la retrouver pour la ramener à la maison, sans inquiéter personne avec un rapatriement sanitaire. Je ne sais même pas si je vais dire à mes proches ce qui m'est arrivé ni même leur parler de la disparition des membres d'Arctica.

— Je comprends, mais il y a juste une chose, madame Svendsen, votre disparition figure déjà dans les journaux. Et pour l'instant, officiellement, on ne vous a pas encore retrouvée.

44

ARCTICA, région de Thulé, février 2017. Jour 21

Un peu plus tard dans la nuit, le poignet ouvert de Desjours s'est mis à le lancer violemment en même temps que la fièvre montait, le faisant grelotter et transpirer en claquant des dents bien qu'ils soient à l'abri du froid et du vent, dans la partie encore debout de l'unité. Malte les a installés dans la cuisine, à même le sol, sur des cartons d'emballage, le meilleur isolant. Chacun a fini par s'endormir, recroquevillé sur ses rêves ou ses cauchemars. Jusqu'à ce que Frog commence à gémir de douleur et de fièvre.

Le Canadien, averti par ses plaintes et ses claquements de dents, s'approche de lui. La Grenouille semble très mal en point. Son regard est vitreux, il respire difficilement. Malte braque sa torche sur le visage trempé de sueur, sur lequel ses cheveux sont collés.

— Ça va, la Grenouille?

Mais Mathieu, étendu sur son carton, n'a pas la force de répondre. Lupin s'est approché de son maître et lui donne de petits coups de langue sur les joues.

— Ça ne va pas fort du tout…, constate Malte en lui prenant le pouls.

Trop rapide. Et le poignet, noir, n'est pas beau à voir. Ce qu'il devine est trop rude pour qu'il l'avoue à Desjours. Sans doute une septicémie. Il doit y avoir des antibiotiques dans le stock de médicaments encore accessible. Le Français a une chance sur deux de s'en sortir. Peut-être moins. Les prochaines heures devraient être décisives.

Sur ces mots, Malte sort de la cuisine et se dirige à l'aide de sa torche dans la poussière accumulée et quelques débris vers le labo 1, mais ne trouve aucun antibiotique ni en comprimés ni en injection.

— La poisse, grogne-t-il, se disant qu'ils ont dû être utilisés déjà pour la blessure de Mathieu causée par l'ours.

Revenu à la cuisine, il prend un bidon d'eau et en verse dans un verre qu'il apporte à Desjours. Lupin est couché à terre à côté de son maître, museau posé sur ses pattes croisées.

— Essaie de boire un peu.

Mais le Français secoue faiblement la tête tandis que ses lèvres remuent sur des mots qui peinent à sortir. Malte doit se pencher presque contre lui pour entendre.

— Inutile d'essayer de me maintenir en vie, Malte. Ni de vouloir me ménager. Je sais ce que j'ai. Mon régime alimentaire de ces derniers jours n'a rien arrangé.

— Qu'est-ce que tu veux dire ?

— Qu'avant de crever, je vais te parler de ce qui s'est passé.

À la fin du récit complet de Mathieu Desjours, sonné, au bord de la nausée, Malte s'est assis, le souffle coupé, bras ballants posés sur les genoux. La description précise du jeune Français sur les membres de la communauté du chaman vient de confirmer ses doutes. Des malformations physiques, des tares, de la consanguinité, du cannibalisme, signes d'une vie repliée sur elle-même, en totale autarcie sur l'inlandsis, là où il est presque impossible de survivre à terme… Ce qu'ils ont fait et ce qu'ils font au point de se nourrir de chair humaine, d'aller la chercher jusque dans les lieux habités. Des survivants, c'est ce qu'ils sont et ce depuis bien plus longtemps. Le cerveau de Malte est en ébullition. Des survivants…

— Nom de Dieu…, répète-t-il, c'est forcément ça… le village disparu après l'incident de Thulé… Ce sont eux, ce sont des survivants !

Les paroles de Malte semblent produire leur effet sur Desjours qui se raidit.

— Je… je n'y avais pas pensé…, dit-il. C'est possible qu'ils aient survécu tout ce temps… Mais… toi aussi, Malte, tu es un survivant… Et peut-être, un jour, l'humanité réduite à une poignée d'hommes et de femmes, survivra-t-elle de la même façon…

— Tu veux dire en se nourrissant de chair humaine ? Comment t'as pu faire ça, Froggy ? Whale… si elle avait pu imaginer ce qui l'attendait en quittant son Angleterre…

La voix de Dick Malte s'étrangle dans les sanglots en même temps qu'il se frappe le front du plat de la main. Il en vient à penser que si Mathieu doit mourir, ce sera mieux pour lui, au lieu de vivre avec ça. Et Luv Svendsen, elle aussi en a mangé pour survivre… qu'est-elle devenue ?

Pris d'un soudain besoin de sortir pour respirer un peu et, surtout, ne pas rester dans la même pièce que Desjours, le Canadien se dirige vers la porte de l'unité après s'être couvert la tête d'un bonnet en polaire. Lupin est resté près de son maître, à le veiller.

Devant lui, partout, la nuit est là, implacable, sombre piste aux étoiles. La vue troublée par les larmes et le froid, Malte fait quelques pas, seul, sans même la compagnie d'une cigarette. Lui qui n'est pas fumeur, à cet instant, ne l'aurait pas dédaignée. Tous morts et Luv disparue dans ces ténèbres. Aucune mission scientifique à sa connaissance n'a fini de cette façon. Dans le cas où Desjours survivrait par chance, ça retarderait le retour à Qaanaaq. Pourtant, il ne peut se résoudre à l'abandonner ici. À subir peut-être le même sort que Mouni.

Après quelques minutes à remplir ses poumons d'air frais, nettement moins glacé qu'auparavant lui semble-t-il, le Canadien finit par rentrer. Dans la cuisine, un silence écrasant. Lupin, toujours couché aux côtés de son maître, ignore Malte qui s'approche.

— Tu ne veux vraiment pas d'eau, Froggy ?

Aucune réaction. Malte se penche vers lui et passe la main sous sa nuque pour lui soulever la tête. C'est alors qu'il se rend compte qu'il a cessé de respirer et que son visage est livide.

— Bon sang… Froggy ! Réveille-toi ! Mathieu ! Tu vas t'en sortir ! s'écrie le glaciologue en le secouant.

Un grognement menaçant du chien le coupe dans son geste. Son maître est mort mais il continue de le veiller comme s'il n'était qu'endormi.

— Tiens bon, petit…

Mais Frog est déjà loin, laissant Malte seul avec cet animal mi-chien mi-loup à l'air sournois, qu'il ne connaît pas au fond et qui peut lui sauter à la gorge à tout moment. Intrigué par cette soudaine immobilité, Lupin s'est mis à renifler le corps de son maître qu'il pousse du museau en geignant.

Dans la solitude d'Arctica, Malte sent une angoisse l'envahir, comme si on lui coulait un métal brûlant dans le ventre. Le traîneau est toujours là, mais, libérés durant le séisme, les chiens ont disparu et ce n'est pas Lupin qui va le tirer avec son chargement et à certains moments un homme fatigué dessus. Malte en est quitte pour une nouvelle marche harassante jusqu'à Qaanaaq, avec tous les dangers qu'elle comporte pour quelqu'un dont la condition physique s'est altérée.

Il devrait se reposer, mais il sait qu'il ne trouvera le sommeil qu'aux portes de l'épuisement. Pour un peu, il se mettrait en route tout de suite, et advienne que pourra. Mais demain est un autre jour, dit l'adage, ce qu'il espère pouvoir vérifier. Il a même l'espoir qu'au matin le cauchemar se dissipera, qu'il sortira de sa chambre rejoindre le reste de la compagnie autour du café avant de partir pour un carottage ou de s'enfermer au labo 1 avec la perspective de découvertes palpitantes, qu'il passera ses nerfs sur Ferguson et taquinera Desjours en l'affublant de son sobriquet préféré et qu'il ira jusqu'à se réconcilier avec Murata. Mais tout ça appartient à un temps qui n'existe plus, un temps où ils étaient tous vivants. Et aujourd'hui il est le seul survivant. Survivant. C'est sur ce mot qui lui martèle les méninges que, en chien de fusil sur son tas de cartons en guise de matelas, il finit par sombrer dans un état de somnolence agitée tandis que, à côté de lui, les paupières de Desjours s'ouvrent lentement.

45

Base militaire danoise de Qaanaaq, février 2017, jour 22

L'amnésie. C'est la carte que Luv Svendsen a décidé de jouer pour cet interrogatoire militaire. Retrouvée dans le coma en hypothermie, blessée, les orteils presque gelés et ramenée inconsciente à Qaanaaq par les deux flics inuits, il n'y a rien de surprenant à ce qu'elle souffre d'une amnésie suite à ce traumatisme. Elle a également choisi de plaider le choc à la tête après une attaque subie avec Niels Olsen dont certaines bribes lui reviennent par flashs douloureux.

Comme il l'avait lui-même annoncé, c'est le capitaine Skagen qui mène l'interrogatoire, en présence d'Iversen qui a tenu à être là. L'officier danois a dépêché le matin même, dès sa sortie de l'hôpital, un chauffeur pour conduire Luv jusqu'à son bureau à la base militaire. La lumière du jour ne fait encore que de timides et brèves apparitions sous forme de trouées dans un ciel effiloché aux nuances de bleu nuit et de violet. Aussi, lorsque Luv arrive à la base accompagnée du diplomate norvégien, la nuit est-elle déjà retombée et, avec elle, le froid intense qui fige la petite ville dans une existence ralentie.

Face à Skagen, assis dans un fauteuil en cuir derrière un imposant bureau en bois foncé, Luv n'est pas plus impressionnée que lorsqu'elle lui répondait la veille, depuis son lit d'hôpital. Les trophées qui garnissent les murs de la vaste pièce, des cornes de renne, une tête d'ours blanc, une autre d'ours brun, un renard argenté de Sibérie empaillé, gueule ouverte sur de petits crocs acérés et regard d'un bleu vif, laissent tout de suite deviner le principal loisir de Skagen.

— Je vous informe que cet entretien est enregistré, madame Svendsen, lui dit-il, alors qu'elle vient de s'installer sur un siège plus rudimentaire. Pas d'objection ?

— J'imagine qu'en avoir une n'y changerait rien.

Sans répondre, Skagen, du pouce, enclenche le dictaphone en jetant un regard de défi à Iversen qui veut dire : « Ici, c'est moi qui ai le pouvoir, ressortissante norvégienne sous votre responsabilité ou pas. » Après un bref rappel des motifs de la venue de Luv à la base scientifique, la première question tombe, tranchante.

— Quand avez-vous vu l'équipe au complet pour la dernière fois ?

Mais Luv prend tout son temps pour répondre sans trébucher. Elle sait Skagen à l'affût de la moindre confusion et une once d'hésitation lui assurera un interrogatoire long et pénible avec un retour sur les détails de son histoire pour la mettre face à d'éventuelles contradictions.

— Avant qu'un des membres d'Arctica ne disparaisse en partant à la recherche de son chien qui s'est enfui en pleine tempête. Il s'agit du jeune Français, Mathieu Desjours, venu pour les besoins de sa thèse.

— À quelle date était-ce ? Essayez d'être plus précise, madame Svendsen.

Luv serre perceptiblement les mâchoires et tente de maîtriser son énervement face à toute cette mise en scène militaire. La presser, la tordre et lui faire dire ce qu'il veut entendre est l'unique objectif de Skagen. Mais elle ne lui servira pas cette victoire sur un plateau.

— Je n'ai pas idée de la date exacte, la nuit polaire aplanit toute notion de temps.

— Vous êtes scientifique et censée avoir cette rigueur et cette précision, quels que soient les circonstances et l'environnement.

— Je suis humaine aussi, donc faillible. Je n'ai pas un ordinateur ou une horloge à la place du cerveau.

À cet instant, Iversen se mord la joue pour ne pas sourire. *Ce con d'officier danois va avoir du fil à retordre avec la Norvégienne*, pense-t-il très fort.

— Venons-en aux faits, coupe Skagen, en soulevant une à une les feuilles qui se trouvent sous ses yeux dans une chemise pour se donner contenance.

La liste de questions y est tapée à l'ordinateur.

— C'est précisément ce que je fais, répond Luv, qui garde son calme.

Après ce qu'elle a traversé, qu'est-ce qui pourrait bien la faire sortir de ses gonds ?

— Après la disparition de Mathieu Desjours, que s'est-il passé ?

— Roger Ferguson et Dick Malte sont aussitôt partis à sa recherche.

— Ensemble ? Ou chacun de son côté ? Avec quel moyen de transport ?

— Ferguson a tenu à ce qu'ils partent sur une seule motoneige. D'après ses dires, ils se sont séparés pour que chacun couvre une zone. Malte à pied et Ferguson à motoneige. Lorsqu'il est revenu chercher Malte, celui-ci avait disparu. La nuit n'aidant pas, il ne l'a pas retrouvé malgré ses recherches et il est revenu à la base, nous annonçant la disparition de Dick Malte. La deuxième en à peine quarante-huit heures. Enfin… après la mort d'un membre de l'équipe survenue auparavant. La géologue japonaise, Atsuko Murata.

Pris au dépourvu, Skagen la dévisage d'un air stupéfait tandis qu'Iversen redouble soudain d'attention.

— Comment est-elle morte ?

— *A priori*, elle se serait suicidée. Malte l'a retrouvée dans le sauna, la gorge tranchée, un couteau dans la main. Une conséquence du *cabin fever* dont elle aurait souffert. Mais il n'y a eu aucune enquête, la mauvaise météo ayant empêché le shérif de se déplacer jusqu'à la base pour procéder à l'enlèvement du corps conservé dans le tiroir mortuaire de la chambre froide.

— Qu'avez-vous fait ensuite pour les deux disparus ?

— Nous avons décidé d'organiser les recherches pour retrouver Malte et Desjours et nous sommes partis à quatre sur deux motoneiges.

— Qui ça ?

— Ferguson et Anita Whale la climatologue britannique, le reporter Niels Olsen arrivé entre-temps et moi-même. Le chef cuisinier est resté à la base, chargé de donner l'alerte à la police de Qaanaaq au cas où nous ne reviendrions pas le soir même.

— Vous êtes partis à deux motoneiges, et ensuite ?

D'une traite, Luv lui livre le récit de l'épisode du casque presque arraché des pattes des deux ours joueurs.

— Olsen a tenté de joindre Ferguson, en vain, poursuit-elle. Pensant qu'ils en feraient autant de leur côté, nous avons donc décidé d'essayer de nous diriger vers la base, en espérant les retrouver en chemin. Mais notre motoneige nous a lâchés.

— C'est-à-dire ?

— Une panne, je n'en sais rien, je ne m'y connais pas assez en mécanique. Nous nous sommes alors lancés dans une marche incertaine, sans être absolument sûrs de la direction. En chemin, nous sommes tombés sur des *inuksuits*, sept exactement, alignés et construits avec des blocs de glace. C'était très étrange, ce qui s'en dégageait. Six d'entre eux étaient de grande taille et le septième beaucoup plus petit, comme représentant un animal. J'ai émis l'hypothèse que ces *inuksuits* étaient à l'effigie des membres d'Arctica avant mon arrivée et celle d'Olsen. Ils étaient bien sept, avec le chien du Français.

Luv s'interrompt pour déglutir. Évoquer Desjours encore une fois lui coûte.

— Poursuivez, lui dit implacablement Skagen.

À côté de lui, le dictaphone continue d'enregistrer.

— Nous avons fait une pause et, sur le point de

repartir, nous avons aperçu une lumière dans la nuit. Des phares de motoneige qui se rapprochaient à bonne vitesse. Pensant que c'était enfin Ferguson et Whale qui revenaient, nous avons exulté et attendu en décrivant des cercles avec nos torches pour signaler notre présence. Mais au lieu de s'arrêter, la motoneige a accéléré, fonçant droit sur nous. Je n'ai eu que le temps de me jeter sur le côté. Olsen a été percuté. Tous deux sonnés, nous n'avons pas compris ce qui se passait. Alors que j'ai fait mine de me relever pour aller voir Olsen, j'ai été plaquée au sol et me suis retrouvée les mains et les pieds ligotés puis attachée avec Niels derrière la motoneige. Je croyais pour ma part que c'était Ferguson et qu'il avait perdu la raison. Mais Niels m'assurait que ce n'était ni lui ni Anita Whale. Ce n'était pas possible.

— Pourquoi ?

— Il n'a pas eu le temps de m'expliquer, c'était une intuition. Il n'y avait en effet aucun motif rationnel à cela. La motoneige a démarré, nous traînant derrière elle, attachés par les pieds. J'ai senti que ma tête cognait quelque chose et à partir de là c'est le trou noir. Je n'ai plus aucun souvenir de rien.

— Mais vous avez été retrouvée en état d'hypothermie, à moitié déshydratée et dans le coma, couchée sur une motoneige, en chaussettes. Était-ce cette même motoneige ? Et comment avez-vous pu arriver là seule ? interroge Skagen dont les joues se sont empourprées peu à peu.

— Justement, sans doute pas toute seule et je viens de vous dire que c'est le trou noir.

— Amnésie due à un trauma crânien sans doute, appuie Iversen sortant tout à coup de sa réserve.

— Une amnésie très sélective alors. Mme Svendsen paraissant très bien se souvenir de tout ce qui a précédé.

— C'est la mémoire qui est sélective, capitaine Skagen, rétorque Luv. Je vous ai dit tout ce que je sais.

— Alors vous êtes dotée d'une résistance hors du commun, observe l'officier danois sur un ton aigre. Et Niels Olsen, qu'est-il devenu ?

— Je ne m'en souviens pas davantage. Il fait partie de ce trou noir. Croyez-moi, je voudrais par-dessus tout savoir ce qu'il est advenu de l'équipe. Lui y compris. Il est le dernier que j'ai vu.

Sous les regards encourageants d'Iversen, la biologiste se sent moins seule, même si elle commence à avoir soif et les mollets congestionnés sous l'effet de fortes crampes, l'effet des antalgiques se dissipant.

— Je suis rompu à ce genre d'exercice, madame Svendsen, et, contrairement à ce que vous affirmez, j'ai la ferme conviction que vous ne me dites pas tout, lâche brusquement l'officier danois. Il y a un vide quelque part, une sorte d'intervalle que vous laissez hors du temps. Car quelque chose me dit que dans ce laps de temps vous souhaitez « oublier » ce que vous avez vécu.

— Pensez ce que vous voulez, capitaine Skagen. Ce n'est pas la peine de m'interroger si, au bout du compte, vous ne croyez pas un mot de mon récit et que, finalement, seule votre conviction vous importe.

— Je crois que nous en avons fini, capitaine Skagen, intervient Iversen. Mme Svendsen a été assez éprouvée comme ça. Vous trouverez d'autres réponses sur place, j'en suis certain. Le cuisinier, par exemple, il est bien resté à la base, d'après ce que vous en avez dit, Luv?

— C'est exact.

— Alors il doit toujours s'y trouver et il vous apportera sûrement un éclairage. Peut-être en envoyant une patrouille…

— La piste est coupée dans cette direction, entre Qaanaaq et la base, par la faille ouverte qui la traverse. Les dégâts causés par le séisme sont majeurs dans la région, s'empresse de préciser Skagen. Et j'imagine que la base doit disposer de suffisamment de réserves en nourriture pour un homme seul pendant quelque temps.

Prétexte tout trouvé au manque de réactivité, se dit Iversen, un sourire au coin des lèvres.

— Bien. Puisque la mémoire ne vous revient pas, nous allons en rester là pour le moment, ajoute Skagen, le pouce sur le dictaphone. Le chauffeur va vous reconduire à votre hôtel, mais si, d'ici votre départ, j'ai besoin d'autres éclaircissements, j'enverrai quelqu'un vous chercher.

— Je vais prendre le premier avion, capitaine. Ma fille m'attend. Je l'ai laissée trop longtemps.

— Le premier avion n'est pas avant trois jours. Ce qui laissera peut-être à votre mémoire le temps d'être rafraîchie.

Une poignée de minutes plus tard, Luv a quitté le bureau en compagnie d'Iversen qui ne semble pas vouloir la lâcher jusqu'à son arrivée à l'hôtel La Banquise au centre de Qaanaaq, que le tremblement de terre n'a pas détruit. À peine quelques tableaux se sont-ils décrochés avec les secousses. L'enseigne kitsch ornée d'ampoules nues doit éclairer en permanence dans cette nuit qui dure. Loin d'être un palace, l'hôtel dispose toutefois de chambres propres et de lits assez confortables pour rattraper quelques heures de sommeil. Ce qu'entend bien faire Luv une fois débarrassée du sympathique mais envahissant Iversen et ses airs de saint-bernard. Comme la veille, il lui promet de passer le lendemain voir si tout va bien et si elle a pu prendre son billet d'avion.

Une fois seule dans sa chambre surchauffée, elle se déshabille, éteint la lumière et va s'asseoir nue sur le lit, les genoux ramenés sous son menton. Par la fenêtre de ce deuxième étage, elle peut même voir la lune, aussi fine qu'un ongle coupé. Seul astre qui éclaire les journées ici durant la période hivernale. Elle se sent vidée, mais impossible de dormir ; elle rêve d'une canette de taurine bien fraîche. Elle devra pourtant se contenter d'un Pepsi trop chaud alors que dehors il fait aussi froid que dans un freezer. Se rend compte qu'elle a faim aussi, malgré la brûlure aux pieds. Mais elle s'aperçoit alors avec horreur que la seule chose qui lui fait vraiment envie, ce sont ces morceaux de viande grillée et tendre qu'elle avait fini par manger, là-bas, autour de ce feu macabre. Comment pourra-t-elle revenir à une vie normale ? Revoir sa fille, Dave, comme si rien ne s'était passé ? Combien de temps encore éprouvera-t-elle cela… Sentira-t-elle encore longtemps le goût et l'odeur de cette chair rôtie ? Niels avait raison. Elle n'aurait jamais dû accepter de se nourrir de « ça », même pour survivre. Maintenant c'est elle qui doit continuer à vivre avec ce poids, personne d'autre. De rage contre elle-même, elle se griffe la cuisse au sang. Ses ongles ont bien poussé depuis la dernière fois qu'elle a eu la possibilité de les couper. Sur sa peau, quatre sillons écarlates par lesquels le sang perle à grosses gouttes. Luv se met à lécher les plaies du bout de la langue. Dans sa bouche, un goût métallique et sucré. Elle aime ça. Quelque chose en elle y aspire. Quelque chose en elle a changé. Elle pleure. « Je suis un monstre. »

46

Base scientifique Arctica, Thulé, février 2107, jour 23

À son réveil, Malte distingue à côté de lui une forme allongée et immobile. Allumant cette fois sa frontale qu'il a gardée sur la tête, il voit apparaître dans le cercle de lumière le visage grisâtre de Desjours que la vie a déserté. Ses yeux se sont ouverts dans une rétractation des paupières survenue avec la rigidité cadavérique. La vision, brutale, lui restitue aussitôt la triste réalité. Malte se lève pendant que Lupin, couché aux pieds de son maître, le suit avidement du regard. Un regard qui voudrait presque dire : « Et maintenant qu'est-ce qu'on fait ? » Le Canadien baisse les yeux sur lui. Le chien aplatit les oreilles d'un air méfiant.

— Tu n'as plus que moi, mon gars. Mais je ne sais pas ce que je vais faire de toi. Je ne peux pas te ramener à Postville, même si Tiger rêverait d'un chien. Je ne crois pas que sa mère soit d'accord. Il y a bien quelqu'un à Qaanaaq qui t'adoptera.

Évoquer Tiger et Laura lui coûte désormais. Ses membres sont raides et douloureux, son cœur est déchiré, mais il est toujours en vie. En vie. Deux mots qu'il répète à n'en faire qu'un. Envie. Envie de vivre. C'est pour ça qu'il a survécu. Les survivants ont tous cette étincelle en eux, ce désir de vivre plus fort que la mort, un désir effréné, violent, sans concession. Et Malte est taillé dans ce bois. Peu importent finalement les raisons qui l'accrochent à la vie, ce qui compte c'est qu'il soit vivant, qu'il ait cette chance sur les autres ou cette volonté, et que ce souffle vital, il entende le préserver et en garder assez pour l'aider à regagner Qaanaaq.

Il lui faudra se charger un minimum pour la route. Il n'a ni traîneau, ni chiens, ni motoneige, mais il reste les *pulkas*, précieux moyen de transport du matériel des marcheurs dans les expéditions polaires. Il ne pourra en tracter qu'une seule et ce sera suffisant pour ses besoins. Il en aura pour cinq heures de marche dans les meilleures conditions, le double si le vent se lève. Déchirant une feuille du carnet de Mouni fixé sur l'énorme réfrigérateur, à la lumière de sa frontale, sous le regard observateur de Lupin, Malte se met à lister tout ce qui lui sera nécessaire. Vêtements de rechange, chaussures, trousse de secours, vivres à prendre dans la réserve, conserves de légumineuses et de lait concentré, barres énergétiques, matériel d'expédition sur glacier, corde, pic, piolet, harnais, crampons, sans oublier des lampes torches et un réchaud avec des récipients, à condition qu'il en trouve. Même s'il envisage de suivre la piste, il peut se trouver contraint de prendre une direction dans laquelle il ne sait pas du tout ce qui l'attend. Il connaît assez la glace, trompeuse, et son environnement en constante mutation pour prendre toutes les précautions. Encore plus après le séisme qui a dû perturber le relief. Alors qu'il réfléchit à d'autres choses à emporter, ses yeux se posent sur Lupin, couché à côté de lui, comme en attente de ce que l'homme va décider pour son jeune maître. À cet instant lui vient une idée qui fait fleurir un sourire sur ses lèvres.

— Tu pourrais tirer une deuxième *pulka*, toi…, dit-il au chien qui aussitôt dresse les oreilles. Malte note l'intelligence qui luit dans les prunelles sombres cerclées d'or. Oui, je suis sûr que t'apprendrais vite.

En guise de réponse, Lupin pousse un petit gémissement.

Pendant que Malte commence à regrouper les affaires sur la table de la pièce principale à l'aide de sa petite liste, le chien observe ses moindres gestes. Tout en s'affairant, le Canadien réfléchit à ce qu'il va faire de la dépouille de Desjours dont il devra signaler la mort. En attendant, il ne peut pas la laisser à l'intérieur, ni la mettre dans le tiroir réfrigérant qui ne fonctionne plus. Dehors, le froid la conservera, mais sa présence risque d'attirer des prédateurs. Malte fait alors le choix de l'incinérer, comme il l'a fait des restes de Mouni.

Dehors, le ciel s'est éclairci, mais le jour ne sera vraiment de retour que vers la fin février. Là, se lèvera enfin la nuit polaire pour laisser la place à la lumière et, rapidement, au soleil de minuit. Pour le moment, le paysage baigne dans une sorte de crépuscule mauve où s'émiettent quelques nuages orangés. Les préparatifs terminés, Malte charge le corps de Desjours, par chance plutôt léger vu le mince gabarit de l'étudiant, sur une *pulka* et le traîne hors de l'unité, vers les vestiges du foyer où il a incinéré les restes de Mouni et dispose un gros tas de bois par-dessus. Lupin, montrant des signes de grande nervosité, ne le quitte pas d'une semelle. Et, lorsque, le corps arrosé d'un jerrican d'essence, les premières flammes s'élèvent autour de son maître, le chien-loup, assis devant le brasier, renverse la tête en arrière et pousse un hurlement à fendre l'âme. Les animaux aussi ont leurs émotions, joie, tristesse, chagrin, qu'ils manifestent à leur façon, se dit Malte, le cœur serré face à la peine évidente du fidèle compagnon du Français.

Abandonnant les restes de la Grenouille aux flammes, Malte retourne à l'intérieur en laissant la *pulka* devant la porte afin de la charger rapidement. Il doit profiter de la clarté temporaire pour se mettre en route. À sa montre il est bientôt quatre heures trente. Lors de nouvelles recherches dans les deux laboratoires, il a trouvé un GSM de secours qu'il a aussitôt mis en charge. Il ne reste plus qu'à initier Lupin à la traction de la *pulka*, ce qui ne devrait pas prendre trop de temps. Mais Malte le siffle en vain, pas de chien. Retournant vers le brasier où le corps de Desjours se consume toujours, il ne voit plus Lupin.

— Lupin ! Lupin ! Au pied ! On va partir, tu entends ? appelle-t-il de toutes ses forces.

L'animal est, malgré tout, une compagnie pour l'homme esseulé. Une présence, un confident dont on ne craint pas qu'il trahisse des secrets. Et aussi, Lupin est, d'une certaine façon, un peu de son maître, désormais le seul lien entre Malte et celui qu'il avait pris sous son aile comme un fils.

Mais Lupin est déjà loin. Après que le glaciologue est rentré à l'intérieur, le chien-loup est resté encore quelques instants devant les flammes qui dansaient dans ses yeux, puis, après être allé renifler là où avaient dormi les chiens de Sangilak attachés au bout de leur chaîne, il s'est lancé sur leurs traces. Lorsque Malte est sorti le chercher, il se trouvait déjà à plusieurs kilomètres de la base.

De nouveau accablé de solitude, contraint de renoncer à l'aide de la deuxième *pulka*, le Canadien vérifie une dernière fois les fixations du chargement sur la luge avant de partir. Il est cinq heures passées lorsqu'il se met enfin en route après un regard sur ce qu'il reste d'Arctica. Avec un pincement au cœur, il voit pour la dernière fois l'endroit où tous réunis discutaient sur l'avenir de la planète, un de leurs principaux combats et thème de recherches, jouaient aux cartes, travaillaient ou lisaient. Tous réunis et vivants. VIVANTS. Malte sent sa vue se brouiller de larmes à l'idée d'être l'unique rescapé d'une mission scientifique. Une simple mission scientifique, bordel, et rien d'autre ! Non, il y avait autre chose… Les vraies raisons qui l'ont conduit ici. Le village disparu. Une chose est claire dans son esprit, il ne partira pas du Groenland avant d'avoir éclairci ce mystère.

Bientôt, il n'est plus qu'un point sombre qui avance dans l'immensité bleutée, courbé comme une branche par le vent, traînant sur la neige tout ce qu'il lui reste de son passage à Arctica.

47

Oslo, appartement des Svendsen

Olga Svendsen relève la tête du journal qu'elle est en train de lire. Devant elle, les titres en capitales grasses : « Une équipe de huit scientifiques disparue sur l'inlandsis groenlandais ». Puis les noms : Roger Ferguson, du ministère de l'Environnement danois, chef d'expédition et sismologue, Anita Whale, chef en second, climatologue britannique, Atsuko Murata, responsable de recherches et géologue japonaise, Dick Malte, glaciologue canadien, Luv Svendsen, biologiste norvégienne, Niels Olsen, grand reporter au *National Geographic*, Mathieu Desjours, étudiant français, photographe vidéaste et interprète en inuit de l'expédition, et Akash Mouni, chef de cuisine. Mission Arctica, région de Thulé, Groenland.

Parmi ces identités inconnues, un seul nom se détache en lettres qui lui brûlent les yeux. Aussi porte-t-elle ceux-ci de l'autre côté de la fenêtre, sur la pluie qui crible la vitre. Puis les pose de nouveau sur le journal, espérant que ce nom aura disparu entre-temps. Parce qu'elle n'y croit toujours pas. Une équipe en mission scientifique ne peut disparaître comme ça, entière, avec, de surcroît, sa propre fille. Elle vient déjà d'en perdre une… Pourquoi le sort s'acharne-t-il à ce point ? D'une nature fataliste, Olga lui résiste cette fois et ne veut pas se résigner. Que deviendrait la petite Joy ? Avec sa deuxième petite-fille à élever, le destin lui donnerait-il un substitut de fille ? Seule, elle ne se sent pas la force de tout recommencer. Et ce sera bien seule, cette fois. Dagmar va être condamné plusieurs années, malgré des circonstances atténuantes.

Elle est en colère contre lui. C'est elle qui devrait être à sa place. Et pas Dagmar, dont le cancer ne lui laisse que peu de temps à vivre. Autant dire qu'il mourra en prison. Une tumeur au cerveau. Ni Ava ni Luv ne le savaient. Les IRM successives ont montré que la tumeur est placée dans l'aire de Broca, la zone du cerveau qui régit les pulsions de violence et l'agressivité, selon les explications du neurologue, ce qui risque d'entraîner chez Dagmar des changements d'humeur ainsi que des comportements agressifs.

C'est la raison pour laquelle Olga, après avoir cru qu'elle ne le lui pardonnerait jamais lorsqu'il lui a appris qu'il était à l'origine de l'accident d'Ava et de sa mort, a même décidé de se sacrifier en s'attribuant l'assassinat. Mais à la fin de l'entretien, elle a bien senti que cet inspecteur de la Met, fine mouche, n'était pas complètement convaincu par son histoire. Et Dagmar est venu se livrer… Depuis, elle ne dort plus. Deux heures grappillées à chaque nuit, une dans l'après-midi. Comment s'occuper d'un bébé dans ces conditions… Avec ses choix, Luv ne leur aura laissé guère de répit dans la vie.

La sonnerie stridente du fixe dont elle a augmenté le volume pour Dagmar l'arrache à ses pensées. Dans l'espoir que l'appel puisse avoir un lien avec Luv, elle s'empresse de décrocher.

— Allô ?

— Olga, c'est David. Que se passe-t-il avec Luv? Elle ne répond pas à mes appels.

— Tu n'es pas au courant ?

— Qu'est-ce que je devrais savoir ? dit David d'une voix tendue.

— Je suis désolée, Dave.

— Quoi, Olga ?

— Luv faisait partie d'une mission scientifique au Groenland où elle s'est rendue juste après Londres. Toute l'équipe est portée disparue. Niels Olsen y était aussi.

Le silence qui s'abat d'un seul coup sur la ligne fait craindre à Olga que David ait eu un malaise.

— Dave, tu es là ?

— Je lui ai dit de ne pas accepter. Niels Olsen était avec elle ? Luv ne s'en est pas vantée. Et Joy, comment va-t-elle ?

— Elle est encore chez ma sœur Kirsten. J'ai eu trop de choses à faire avec les obsèques d'Ava.

— Préviens-la que je viens la récupérer.

— David… il y a autre chose que tu dois savoir.

— Je t'écoute.

Ravalant sa salive, Olga lui raconte en détail la suite de l'affaire de l'accident d'Ava, la tumeur de Dagmar et son acte criminel, sans oublier de lui parler de l'implication de celle-ci dans la tentative de meurtre sur Luv.

— L'inspecteur Green m'a dit que c'est Ava qui a tenté d'assassiner sa mère, soupire David. Pour tout le reste, je ne savais pas. Je suis désolé, Olga. Depuis combien de temps Dagmar est-il malade ?

— Bientôt un an. Les médecins lui donnent encore cinq mois. C'est moi qui devais aller en prison à sa place. Je ne veux pas qu'il meure enfermé.

La voix d'Olga s'étrangle dans un sanglot contenu.

— Non, Olga. Ce n'est pas toi. Il était déjà en prison. Dans sa tête. Vu comme elle est située, la tumeur l'enfermait déjà dans son monde. Ce n'est pas le Dagmar que tu as connu et que tu aimes qui a fait ça. C'est un homme que la maladie a transformé.

— Même malade, c'est mon mari, mon compagnon.

— Je comprends, mais il n'y a plus rien que tu puisses faire. Sauf aller le voir et le soutenir jusqu'au bout.

— Je n'arrive pas à croire que Luv ait disparu là-bas, Dave.

— On va peut-être la retrouver. Elle est déjà revenue de loin. Il faut lui faire confiance. Je vais envoyer Mike sur place. Là, je dois m'occuper en priorité de Joy.

— Et ton travail ?

— Il attendra. Je peux aussi travailler à distance en cas d'urgence personnelle.

— Tu viens quand ?

— Je pars par le prochain avion. Tout en te

parlant j'ai fait la réservation. J'arrive demain soir à Oslo. Envoie-moi l'adresse de ta sœur.

— Très bien, j'avertis Kirsten. Merci, Dave.

— Merci de quoi ? C'est moi qui te remercie pour Joy, qui subit encore une fois l'inconséquence de sa mère.

— Ne sois pas si dur avec Luv. Tu ne la reverras peut-être jamais.

— Il vaudrait peut-être mieux pour elle. À plus tard, Olga.

La vieille femme raccroche à son tour, consternée. Son instinct maternel lui dicte de prendre la défense de Luv, pourtant, il lui faut bien reconnaître que sa fille unique s'est toujours préoccupée de sa carrière avant toute chose, non pas par goût de la réussite, mais par passion et engagement. *Pourtant, de quel droit la juger*…, se dit Olga, les yeux sur l'article.

Refermant le journal, elle prend son portable pour appeler Kirsten. La communication ne dure que quelques minutes. Joy va bien, c'est l'essentiel. Et son père est apparemment prêt à la garder, pense Olga Svendsen avec un léger pincement au cœur.

Alors que sa fille a disparu quelque part dans le froid polaire, elle doit s'occuper des préparatifs des obsèques d'Ava. La crémation a été fixée au 6 février. Les organes ont été prélevés avant de la débrancher du monitoring et le corps ensuite confié au légiste. L'affaire résolue, il est mis à la disposition de la famille. Flynn étant occupée toute la journée avec « ses enfants », Olga lui a proposé de préparer la cérémonie qui ne sera que civile. Un petit discours suivi de *Uprising* de Muse, leur hymne à toutes les deux, qu'Ava et Flynn écoutaient en boucle. *They will not force us, They will not control us, We will be victorious…*

— Je ne tiens pas à prendre la parole, a-t-elle dit à Olga.

Maintenant qu'elle commence à écrire son texte pour Ava, Olga Svendsen a l'impression que ses mots et les émotions qu'ils contiennent sont adressés à Luv et que c'est au-delà de ses forces. Olga est issue de cette terre scandinave, cette terre de Norvège, avec ses montagnes, ses fjords, ses rochers… Les coups durs de la vie l'ont à peine érodée, mais après Ava et Dagmar, la disparition de Luv est celui de trop. Le rocher finit par se fissurer.

Une sonnerie retentit de nouveau, cette fois celle de l'appartement. Olga se lève et va ouvrir.

— Inspecteur Green ? dit-elle, surprise de voir le policier, mais à son visage crispé, elle devine aussitôt que ce qu'il a à lui dire lui demande un effort. Entrez…

Son chapeau à la main, Peter Green s'exécute après avoir déposé son parapluie mouillé à l'extérieur contre le mur.

— Asseyez-vous, lui propose-t-elle une fois dans le salon. Vous voulez un thé, un café ?

— Ni l'un ni l'autre, merci. Olga… J'aurais préféré venir pour autre chose, surtout vu les circonstances… J'ai vu les journaux au sujet de la disparition de l'équipe dont faisait partie votre fille. Je suis vraiment désolé. Mais voilà… Dagmar a été retrouvé mort ce matin dans sa cellule. Le premier examen médical conclut à un AVC.

Assise dans le fauteuil en face de lui, Olga, hébétée, ne dit rien. Puis, sous le regard surpris de Green, elle se lève et se dirige vers la porte du salon à petits pas.

— Olga ? Ça ne va pas ?

— Si, si… Je dois juste annoncer la nouvelle à Ava, souffle-t-elle sans se retourner.

Quelques minutes plus tard, Green marche dans la rue sous son parapluie, absorbé et saisi par la scène à laquelle il vient d'assister et qu'il a lui-même provoquée. Il revoit Olga, sa grande silhouette calme, trop calme, fendre l'espace, entend ses derniers mots qui résonneront encore longtemps. « Je dois juste annoncer la nouvelle à Ava. » Perdre la raison pour que le corps continue à vivre. Ou alors, comme un cygne, se laisser mourir de chagrin. Comme Vicky et lui, Olga et Dagmar ressemblent à un couple de cygnes unis pour la vie. Si l'un part, l'autre aussi. De n'importe quelle façon.

48

Sur la piste entre Arctica et Qaanaaq, février 2107, jour 24

Tout s'est bien passé jusqu'à cet endroit. Là où, comme une ombre, une faille large d'une centaine de mètres coupe la piste sur toute sa largeur avant d'aller se perdre dans le terrain chaotique de l'inlandsis. Au bout de dix kilomètres à peine. Là, devant Dick, le vide. Un gouffre d'un noir absolu où va se jeter la lumière de sa frontale, dérisoire face à cette obscurité. Entre découragement et colère contre lui-même de ne pas avoir anticipé les conséquences du séisme sur le sol, Malte laisse filer son regard le plus loin possible dans le jour crépusculaire, cherchant un endroit où traverser. Un rétrécissement assez important pour qu'il puisse jeter ses affaires sur l'autre bord avant de s'élancer.

— C'est ton dernier cadeau, ça, foutue glace ? souffle Malte en tirant la *pulka* derrière lui le long de la faille.

La poisse semble lui coller aux basques cette fois. Il y croit plus qu'aux esprits malfaisants. Après avoir parcouru une centaine de mètres, il lui semble que la largeur de la faille diminue à un endroit précis. Arrivé plus près, il voit, au niveau du rétrécissement, ce qui ressemble à un pont naturel de glace et de neige reliant un bord à l'autre au-dessus du vide. Exactement ce qu'il espérait. Reste à savoir si cette petite passerelle naturelle large d'à peine un mètre est assez solide pour supporter le poids d'un homme. Même avec quelques kilos en moins, à son propre poids il doit ajouter celui de son chargement avec les deux fusils et la *pulka* qu'il tentera de faire passer en même temps que lui. Une chance sur deux. La chute dans ce gouffre insondable lui serait fatale. C'est peut-être là la véritable épreuve, le reste n'ayant été que des préliminaires. Une sorte de test ou de mise en bouche, se dit-il avec un sourire amer. Seul. Ça pourrait être le titre d'un film dont il serait le personnage principal. Principal et unique.

À la lumière de sa frontale et d'une torche puissante, Malte essaie d'évaluer la distance à parcourir au-dessus du gouffre. À peine cinq mètres. Impossible pourtant d'éprouver la résistance de la passerelle de glace avant de marcher dessus. Le Canadien pourrait se sécuriser en plantant un piquet sur le bord, auquel il attacherait les dix mètres de corde reliée à son harnais mais au cas où le pont céderait, retenu par la corde, il risquerait d'aller s'écraser contre la paroi et d'avoir la plus grande peine à remonter ensuite. Surtout s'il se casse quelque chose. C'est une chance finalement que Lupin lui ait faussé compagnie. Le chien aurait-il accepté de traverser? Malte aurait peut-être été contraint de l'abandonner. Respirant profondément pour maîtriser son appréhension, sans plus s'attarder afin qu'elle ne le paralyse pas complètement, après avoir planté dans la glace le piquet entouré de l'extrémité de la corde, fixé l'autre au harnais en soufflant, Malte pose un pied puis le deuxième, tirant doucement la *pulka* à sa suite. Lentement, dans un temps qui lui paraît infini, il franchit les deux premiers mètres éclairés par la frontale sans que la couche glacée montre des signes de faiblesse.

— C'est bien, mon gars, continue comme ça, s'encourage-t-il à voix haute.

Autour de lui la semi-obscurité et un silence sans vent. Il en est à peu près à la moitié du pont de glace lorsqu'un grincement caractéristique le fait frémir. Mais il sait que si la passerelle commence à faiblir sous la pression et qu'elle cède, en s'arrêtant il court le risque d'être rattrapé par l'effondrement et entraîné dans le gouffre.

Oreille dressée, attentif au moindre bruit dans la glace dont il sait interpréter le danger, Malte poursuit sa lente traversée au-dessus de l'enfer. Un deuxième grincement, cette fois plus fort, résonne dans son dos. Ne pas se retourner. Le moindre mouvement de son corps peut briser l'équilibre ténu de la fine couche glaciaire. D'autres craquements se succèdent en même temps que des frissons lui parcourent le dos. *Tiens bon…*, prie-t-il. Plus qu'un mètre. Celui qui lui semblera le plus long. Soudain, un fracas derrière lui, suivi d'un violent à-coup sur la corde tendue entre la *pulka* et sa main. Une seconde lui suffit pour comprendre. Prenant son élan, lâchant la corde de la luge, en un bond, le Canadien franchit le demi-mètre qui le sépare du bord. La longueur de la corde attachée au piquet est suffisante pour qu'il ne soit pas entravé et réussisse à atteindre l'autre bord. Derrière lui, la plaque de glace se disloque dans un fracas terrible dont le gouffre renvoie l'écho lugubre et disparaît dans le trou noir, emportant la luge et tout son chargement.

Le temps de se reprendre et de comprendre qu'il a tout perdu, Malte reste immobile et sans réaction au bord de la faille béante, oscillant entre désespoir et soulagement d'être une fois de plus en vie. Encore reculer pour mieux sauter ? se demande-t-il. Tout a disparu avec la *pulka*. Tout ce qui l'aiderait à survivre au long de sa marche vers Qaanaaq. Il n'a plus de vivres, à part une barre énergétique glissée dans la poche de sa parka avant de partir, et plus de bouteilles d'eau ni de réchaud pour faire fondre de la glace. Il n'a plus que son GSM, sa frontale et le piolet à sa ceinture. Les deux fusils sont partis avec le chargement et la luge… les munitions aussi. Exit les torches. Il n'a plus de quoi manger, plus de quoi se défendre, de quoi se couvrir. Aussi démuni ou presque que lorsqu'il a repris conscience, seul sur l'inlandsis. L'épreuve ultime…

Les yeux dans le gouffre, il sent remonter, du tréfonds de son être, un rire puissant, énorme. Un rire de désespoir, un rire de douleur, un rire qui lui donne des crampes aux mâchoires et à l'estomac. Il rit à se faire mal, il rit sur son infortune, il rit parce que c'est tout ce qu'il lui reste. Vivant mais nu. Rester en vie alors qu'on nous a tout pris, est-ce vraiment une chance ?

De son harnais part la corde attachée au piquet

planté de l'autre côté du gouffre. Tout en la décrochant, une pensée germe. Une corde… assez longue pour faire une boucle en nœud coulant, qu'il se passerait autour du cou. Le plus difficile serait sans doute de sauter dans le vide. Ensuite, la gravité ferait le reste. D'une main, il tord la corde et commence à faire le nœud. Le réussit du premier coup. C'est un signe. Pourquoi ne pas sauter directement ? Sans se pendre… La chute serait trop longue, trop vertigineuse, effrayante. Il veut mourir vite. Ne pas s'écraser en bas et avoir les os broyés. Et si la chute ne le tuait pas sur le coup ? Alors que le nœud coulant ferait son travail de bourreau sans faillir… Il baisse la tête comme un taureau prêt à entrer dans l'arène, lève la boucle au-dessus et s'apprête à la mettre en collier autour de son cou.

— Oncle Dick, non, fais pas ça… Tu es un tigre, pas vrai ?

Malte relève la tête. A-t-il bien entendu ?

— Tiger ?

Il attend mais n'entend rien d'autre que la voix sourde du vent qui s'est levé. Un vent beaucoup moins froid, un vent porteur d'une tiédeur inhabituelle pour la période.

— Tu m'entends, Tiger ? Réponds ! crie-t-il maintenant, les deux mains jointes en porte-voix.

Mais Tiger n'est pas là. Tiger est à Postville et qui sait ce qu'il est en train de faire.

— Je deviens cinglé moi aussi, murmure Malte en se tapotant la tempe de l'index.

Abandonnant les idées noires au gouffre, le glaciologue lui tourne le dos. La piste l'attend. La route vers Qaanaaq est encore longue, dans la nuit qui s'intensifie. Il a perdu du temps avec cet obstacle. Combien l'attendent encore… Quel sera le prochain ? Quel sera le dénouement ? Finir dans la gueule d'un ours ? Mourir de froid et de faim ? Tout ce à quoi il a échappé jusqu'à présent.

Avancer. Quel qu'en soit le prix, quelle qu'en soit l'issue, mais avancer. Au nom des autres, au nom d'Arctica. Tu peux le faire, mon vieux. Oui, tu peux. Cette affirmation est l'une des plus vieilles au monde. Comme la machine qu'il est devenu, il se met en branle, sans pensées, sans émotions. Un pied devant l'autre, c'est tout ce qu'il a à faire. Au-dessus de lui, les nuages s'agglutinent dans le ciel de Thulé, tels des soldats avant le combat.

49

Sur la piste de Qaanaaq, février 2017, jour 25

Une tempête. Les premiers flocons, compacts, lui cinglent le visage telles des mouches affolées dans le faisceau de la frontale. Le vent souffle par rafales si violentes et désordonnées qu'il croit tomber à chaque pas, poussé d'un côté et de l'autre ou par-derrière. Ainsi malmené, il lui devient de plus en plus difficile de progresser. Le crépuscule bleuté a laissé place à un noir d'encre. Mais trébuchant, titubant, parfois tombant à genoux, Malte continue obstinément sa folle marche dans les éléments déchaînés. La neige, le vent et maintenant des éclairs. Le froid n'est plus aussi saisissant qu'en plein inlandsis, les températures semblent avoir sensiblement remonté. Mais on est encore loin de zéro.

Pour éviter la déshydratation, sans prendre le temps de s'arrêter, Malte attrape régulièrement un paquet de neige fraîche ou des cailloux de glace pour la sucer et l'avaler. Ne surtout pas s'arrêter, sous peine de ne plus pouvoir repartir. Il ignore combien de temps il pourra tenir, dans la nuit, sans vivres, sans médicaments et sans fusil. Sa frontale dispose d'une réserve de batterie de six jours. Son seul espoir dans la nuit.

Tel un scaphandrier, il a l'impression de porter aux pieds des semelles de plomb. Le moindre pas lui demande un effort considérable. Chaque mètre altère ses forces en même temps que sa détermination à poursuivre se transforme en une course désespérée contre la mort. Autour de lui, le spectacle est fascinant. Des éclairs blancs fissurent la nuit, multipliant les impacts de foudre. Malte doit traverser un rideau de neige compact qui raye l'espace. Il y voit de moins en moins. Il ne sert plus à rien d'avancer qu'à seulement risquer de se perdre. Mais Malte a tellement peur de s'arrêter que, dos courbé, penché en avant pour lutter contre le vent de plus en plus fort et parce qu'il ne peut plus se redresser, il avance, en dépit de tout. Sous l'effort, ses poumons le brûlent et laissent échapper des sifflements et des râles. S'il continue, il risque un œdème et une hémorragie pulmonaires.

La neige recouvre tout, effaçant les marques de la piste avant d'être balayée par le vent. Des vagues blanches déferlent sur Malte qui les reçoit en pleine face. Haletant, n'arrivant plus à reprendre son souffle, il ne va pas tarder à tomber d'épuisement. Mais au moins, il aura tout fait, lutté jusqu'à la dernière étincelle de vie. Pour lui. « Tu es un tigre, oncle Dick. » Oui, fils, et le tigre va mourir ce soir. Sa dernière pensée sera pour lui. Tiger.

Une écume rosée au coin de ses lèvres fendues qui saignent, Malte tousse et crache à chaque pas. À présent il ne fait que du sur place. Il n'est peut-être qu'à quelques kilomètres de Qaanaaq. À cette pensée il a la rage au ventre. S'écrouler si près de sa destination. Mourir si proche de la lumière. À deux pas du retour. À qui adresser ses prières, lui qui ne croit en rien d'autre qu'en la science. Dieu ne voudrait pas de prières opportunistes. Se mettre tout à coup à lui accorder sa foi en espérant s'en tirer. Ah non, mon gars, t'avais qu'à croire en moi avant. Un rire nerveux mêlé à des sanglots secoue Malte de nouveau. Le seul survivant d'Arctica est bien mal en point. Lui seul sait ce qu'il est advenu des autres. Ils ont servi de nourriture à une tribu de dégénérés. Et lui, sa carcasse, que deviendra-t-elle ? Attirées par l'odeur, des bêtes sauvages s'en donneront à cœur joie.

Encore quelques pas et Malte tombe à genoux, cette fois sans se relever. Le tigre est à terre. Non, ça ne devait pas se terminer comme ça. Où as-tu entendu qu'on choisit sa fin, mon gars ? Sauf si on veut en finir. Pas d'abri en vue. Pas d'autre abri que lui-même. Son corps, son seul refuge. Celui qui est né, qui a grandi et a vieilli avec lui. Son mobile home. Son plus fidèle serviteur et ami. Celui qu'il va devoir abandonner ici, en pleine tempête. Tu n'auras même pas une sépulture décente. Si, une tombe de neige et de glace. Cryogénisation naturelle. Et tu resteras en parfait état de conservation. Un jour, plus tard, si aucun prédateur n'en a fait son festin, quelqu'un, un marcheur, un chasseur, un de ces fous qui arpentent les pôles, tombera sur le cadavre préservé et, à partir de quelques indices, l'expression du regard, la crispation du visage et des mains, des traits cristallisés par le gel, il imaginera son histoire. Le regardera comme un miroir en redoutant de finir comme lui. Lui adressera un salut silencieux et continuera son chemin. Comme ça jusqu'à ce que la glace fonde définitivement et que le soleil achève le processus de décomposition. Ses humeurs se mêleront alors à la terre et s'écouleront avec l'eau ruisselante qui ira rejoindre la mer puis l'océan. Son dernier voyage qui se fera sans lui.

Alors que Malte se traîne sur les genoux et sur les bras, plantant son piolet au hasard, pour gagner encore quelques pauvres mètres avant de se rendre, il se fige soudain. Là, juste sous ses yeux hallucinés, cinq doigts émergent du permafrost nettoyé par le vent. Des doigts humains. À leur aspect, Malte en déduit qu'ils appartiennent à un homme. Après s'être assuré que sa vue et son esprit ne lui jouent pas des tours sous l'effet de l'épuisement, il se met à gratter avec précaution tout autour à l'aide du piolet. Cette découverte singulière donne au scientifique un regain d'élan et de curiosité. Bientôt, dans le cercle orangé de la frontale, apparaît la main, puis le bras vêtu de peau. La glace du sol se dérobe facilement sous les coups répétés du piolet. Le réchauffement la rend par endroits plus tendre, plus friable. Comme un chien excité par l'odeur d'un os dans la terre, Malte continue à gratter, à effriter la couche glacée. Une fois qu'il a cassé assez de glace, il racle les brisures à la main, avant de recommencer l'opération au piolet. Apparaissent le buste et la tête. Un visage aplati, encadré par des cheveux noirs au bol, un nez écrasé, des lèvres minces entrouvertes et des yeux en fente. Et enfin, le corps tout entier dans son écrin de glace. En parfait état de conservation. Celui d'un homme et, à sa tenue traditionnelle en peau de phoque et à son bonnet en fourrure, probablement un Inuit venant d'un village. Mais ce n'est pas tout. Juste à côté de lui, élargissant le périmètre à l'aide de son piolet, Malte exhume cette fois un pied, beaucoup plus petit. Celui d'un enfant. Il lui faut moins de temps pour que le visage soit mis au jour avec deux nattes tombant de chaque côté. Une fillette d'environ cinq ans. Bouleversé, le Canadien redouble d'énergie. Les coups de piolet pleuvent méthodiquement, pour ne rien abîmer. Le petit corps apparaît en entier lui aussi, également en tenue traditionnelle. En revanche, il n'est pas aussi chaudement vêtu que l'adulte. Comme si, au moment de sa mort, elle se trouvait à l'intérieur. Sa bouche est comme tordue par une peur intense, ses yeux sont grands ouverts. *Qu'est-ce qui vous est arrivé, bon sang…*, murmure Malte dans le faisceau de sa frontale. La sueur lui coule de son bonnet sur les tempes. Il rejette sa capuche fourrée en arrière et, à genoux, poursuit les fouilles. L'homme et la fillette ne sont pas seuls. La neige les couvre de paillettes glacées.

Peu à peu se révèle l'incroyable. Ce que Malte n'espérait plus. Ce qui, par manque de preuves matérielles, finissait par relever de la légende. Ils sont là, devant lui, sous ses pieds, par rangées. Il les devine à la forme des corps, ombres naissantes sous la glace dont la fonte inexorable fait remonter les secrets et les trésors enfouis. Ce sont eux, Malte en est persuadé, ceux du village disparu. Hommes, femmes, enfants, adolescents dans un sanctuaire de glace. Comme les bœufs musqués. Mais, contrairement à eux, n'étant pas dans un sol en relief comme une vallée, les corps humains ne se trouvent pas pris dans la même épaisseur de glace.

Il compte, même ceux qu'il n'a pas encore extrait de leur linceul naturel, qu'il parvient à distinguer à travers la couche translucide, une fois celle-ci débarrassée de la pellicule de neige. Une vingtaine de cadavres au moins. Le vent est avec lui, pour déblayer. *Vous êtes là… je vous ai enfin trouvés…*, dit Malte, que l'émotion étreint. Il en éprouve autant que si c'était les membres de sa famille qu'il aurait découverts enterrés. Oubliés. Ils ont visiblement été disposés ici, à peine recouverts. Par qui ? Quelqu'un qui ne devait pas posséder des bons outils pour creuser une fosse commune assez grande et profonde. Ou bien était-ce intentionnel de laisser les corps ainsi, à fleur de glace ? Malte se dit que si, comme il en était convaincu auparavant, les autorités avaient fait un nettoyage après le crash de Thulé, elles n'auraient certainement pas procédé ainsi. Elles les auraient fait disparaître, quitte à les incinérer. Alors que les corps ont été ensevelis sous la neige avec peu de moyens, mais avec amour et respect, constate le glaciologue. Un amour immense, terrassé par la douleur de la perte. Le sentiment et l'œuvre de survivants ? Le Canadien y croit de plus en plus.

Merci, merci…, répète-t-il, sans savoir exactement qui il remercie. Pourtant, il y a une ombre noire au tableau. Où se trouve-t-il exactement ? La tempête, qui semble perdre en vigueur, l'a peut-être détourné de la piste qui relie Arctica à Qaanaaq. Sûrement, même. À moins que, tracée ultérieurement, elle ne passe en plein sur le sanctuaire.

Il en est là de ses réflexions, quand un hurlement terrible, tout proche, lui fait faire volte-face. Trouvant la force de se relever malgré ses jambes qui se mettent à trembler et son cœur qui s'emballe, le piolet à la main, prêt à s'en servir comme arme, il attend, le regard rivé à l'obscurité. Là où le faisceau de sa frontale ne la pénètre pas. Là où sont tapis les monstres de toutes sortes. Il entend un souffle se rapprocher. Celui d'une bête… Son fusil… comme il aimerait le sentir dans sa paume à cet instant. Soudain jaillit dans la lumière, en même temps qu'un autre hurlement, un ours, gueule ouverte et crocs saillants. *Là, je suis foutu*, se dit Malte en levant son piolet pour frapper entre les deux yeux l'animal dressé sur ses antérieurs face à lui. Pourtant, au dernier moment, il retient son geste, atterré. Ce qu'il a devant lui n'est pas un ours, mais un humain. Oui, tout ce qu'il y a de plus humain, deux bras, deux jambes et un visage terrifiant, déformé par une fureur non retenue. Sous la tête d'ours dont la peau forme une cape qui le recouvre, l'homme ressemble à un Inuit et, à en croire les rides qui lui entaillent le front et le tour des yeux, il doit avoir entre soixante et soixante-dix ans.

D'un air menaçant, il brandit, en proférant des mots dans sa langue, une sorte de pieu qui ressemble à une lance au manche en os. Serait-il le gardien du sanctuaire ? se demande le Canadien sans baisser son piolet. L'autre lui lance encore quelques phrases incompréhensibles et pleines de vindicte.

— Je ne comprends pas ce que tu dis, fait Malte

en anglais, sans grand espoir que ce sauvage en capte un mot.

— *My family's here! All my family! My father, my mother, my little sister and brother!* hurle-t-il alors en anglais, à la grande surprise du glaciologue, en pointant sa lance vers les corps exhumés. Ma famille est ici ! Toute ma famille ! Mon père, ma mère, ma petite sœur et mon frère !

— Ce sont eux, là ? Lui, c'est ton père ? demande Malte en désignant l'homme qu'il a découvert avant les autres.

— Oui, c'est lui ! C'est Aningan, fils de la Lune et moi, Nukilik, celui qui est fort ! crie l'Homme-ours en se frappant la poitrine.

Regardant tour à tour le mort et son fils vivant, qui l'a dépassé en âge, Malte comprend. L'homme qu'il a devant lui, sous sa peau d'ours, est un survivant comme lui. Le seul ou l'un des rares survivants du village disparu. C'est alors que l'émotion le submerge et qu'il se met à pleurer comme un enfant.

50

Sur la route de Qaanaaq, février 2017, jour 26

Les mots de la Grenouille lui reviennent en force. Cohérents, indiscutables. L'Homme-ours. Le chef de la tribu cannibale. Qui doit son surnom à la peau de l'animal qui le recouvre. Tout comme celui qui se trouve devant lui pour défendre le sanctuaire familial. Nukilik. Vu l'âge qu'il lui donne, ça se tient. Nukilik est l'un des survivants du village décimé par l'accident nucléaire, dont les membres sont tous là, à leurs pieds, dans ce sanctuaire de glace où il les a disposés de ses propres mains. Face à Malte se trouve peut-être le dernier représentant du village inuit, le seul qui sait ce qui s'est réellement passé. Les a-t-il retrouvés morts ? Sont-ils morts sous ses yeux alors qu'il en réchappait miraculeusement ? Mais il a aussi face à lui un homme qui ne reculera devant rien pour continuer à se nourrir. Se nourrir de ce qui a dû le sauver alors. De la chair humaine. Tous les morts ne seraient donc pas ici… Une partie aurait été sacrifiée pour subvenir aux besoins des survivants. Malte ne peut plus se permettre de se perdre en hypothèses. Il doit savoir. Connaître la vérité avant de mourir. Le plus tard possible, espère-t-il. Car désormais il a une chance de vivre. La tempête s'est calmée en même temps que les esprits des deux hommes.

Établir un lien avec le mangeur d'hommes. C'est tout ce qu'il reste à faire. Ce que Malte doit faire s'il veut assurer sa survie jusqu'à Qaanaaq. Pour cela, s'intéresser à Nukilik et à son histoire est la meilleure chose.

— De quoi sont-ils morts ? demande-t-il, un doigt pointé vers les cadavres.

Tendant le bras vers le ciel, Nukilik laisse échapper quelques mots indistincts. Malte suit du regard la direction désignée. L'espace céleste où scintillent quelques étoiles.

— Quelque chose est arrivé de là-haut ? Tombé du ciel, c'est ça ? Une météorite ?

Mais Nukilik ne semble pas comprendre.

— Une grosse pierre, tombée du ciel ? insiste Malte.

À cet instant, le visage de l'Homme-ours s'illumine d'une subite compréhension. Il secoue la tête.

— Non, pas une pierre. L'onde verte. L'onde qui tue.

L'onde de choc produite par l'explosion nucléaire suite au crash du bombardier, se dit Malte aussitôt.

— Ils sont tous morts, sauf toi… Tu étais où ?

— À la chasse aux bœufs musqués. Avec Aningan, mon père, qui est couché ici. L'onde verte a rempli le ciel. Quand nous sommes arrivés là où était le troupeau pour se nourrir, tous les bœufs étaient morts, à terre.

Les mains de Malte se mettent à trembler malgré lui. Les bœufs qu'ils ont découverts avec Ferguson et les autres. Ce sont forcément les mêmes. Cinquante ans plus tard, pris dans la glace. C'est incroyable, se dit-il. Comme il aurait voulu partager ce moment avec toute l'équipe, avec Luv Svendsen…

— Ce n'était pas normal. Il fallait retourner au village, vite. Là-bas, plus rien ne bougeait. Ils étaient déjà tous morts. Mon père m'a dit de rester à l'extérieur du village pendant qu'il allait voir et de partir tout de suite avec le traîneau et les chiens s'il ne revenait pas. Il n'est jamais revenu. Alors, j'ai fait ce qu'il m'a dit. Seul. Le traîneau allait vite dans la nuit. Tout à coup, il a penché et je suis tombé avec lui. J'ai roulé, les chiens hurlaient. Et puis plus rien. Alors je l'ai vu.

— Qui ?

— L'Homme de pierre. Il m'a montré le chemin.

— Un *inukshuk* ?

— Non. C'est l'Homme de pierre. Il vit sur l'inlandsis avec ses sept loups. Il m'a sauvé la vie en me montrant le chemin. Après avoir repris le traîneau, je suis retourné au village, avec l'espoir que mon père reviendrait. Mais rien n'avait bougé. Ce n'est qu'après que j'ai entendu les pleurs dans la nuit, près de notre maison. J'ai appelé et j'ai fini par les trouver. Une de mes jeunes sœurs et un garçon du village qui avait treize ans. Je leur ai dit qu'il fallait partir, que rester ici était dangereux. Je les ai emmenés voir les bœufs, tout en me disant qu'ils allaient nous aider à survivre. Leur viande était bonne à manger. Mais le pire nous attendait. Même si nous avions eu de quoi la découper, leur chair était noire et sèche. Immangeable. C'était l'hiver, la nuit polaire, on n'avait plus rien. Il restait les chiens. C'était dur pour moi, mais il a fallu que j'en tue un, puis deux et ainsi de suite. Jusqu'au dernier. Mais quand on a eu mangé le dernier chien, au bout de quelques semaines, en se rationnant, il a fallu trouver de la nourriture. Et ils étaient toujours là. Ceux de notre village. Morts. J'ai regardé ma sœur et le garçon et je leur ai dit : c'est ça ou on va mourir nous aussi. Alors, on a transporté sur le traîneau les corps de ma famille jusqu'ici pour les mettre en sécurité. Comme on n'avait plus de chiens, on devait les traîner nous-mêmes. Après on les a recouverts de neige et on est retournés au village. Les autres corps nous ont servi de nourriture. On les faisait cuire sur un feu qu'on faisait avec les planches des maisons. Au début, c'était terrible. Manger ses voisins, ceux avec qui on avait partagé des jeux, la chasse, le quotidien. Mais on a fini par ne plus y penser. C'était bon quand même et ça nous réchauffait. Alors on a remercié leurs âmes. Sinon elles seraient revenues nous chercher.

Nukilik s'interrompt là dans son récit saisissant et reprend son souffle.

— Où as-tu appris l'anglais comme ça ? s'étonne Malte, qui boit chaque mot de l'Inuit.

Malgré un fort accent rendant leur prononciation approximative, ils demeurent clairs et compréhensibles.

— À l'école. J'étais le seul de mes frères et sœurs à y aller et à vouloir faire des études plus tard. Je savais lire et écrire notre langue. Ensuite j'ai appris l'anglais. Mais je ne le parle que s'il faut. Et toi? D'où viens-tu?

Malte doit redoubler de prudence. Il ne compte pas évoquer l'équipe dont il fait partie, de crainte que Nukilik, faisant le lien avec lui, ne se montre hostile.

— De Postville, au Canada. Je suis venu faire la traversée du Groenland à pied. Du sud au nord. La piste pour Qaanaaq était coupée par une énorme faille. J'ai trouvé un endroit où la traverser avec mon chargement que je transportais sur une *pulka*, un étroit pont de glace. Mais, au moment où, relié par une corde, j'allais atteindre l'autre bord, le pont s'est écroulé et a entraîné la *pulka* avec lui. J'ai bien failli suivre. J'ai tout perdu. Nourriture, eau, réchaud, fusil, médicaments. Mais je ne sais pas si je mangerais de la chair humaine pour survivre. Tu ne m'as pas dit ce que sont devenus ta sœur et ce garçon…

À chaque hochement de tête de Nukilik en même temps que celle de l'ours blanc, Malte a l'impression de se trouver devant un ours savant qui hoche et secoue la tête en comprenant tout ce qu'il dit.

— Ils sont morts.

— Ils n'ont pas survécu alors?

— Non, ce n'est pas ça. Ils sont morts quand la terre a tremblé l'autre jour. Avalés par la faille. Comme tout mon clan, dit Nukilik d'une voix lasse.

Une voix de vieillard.

— D'où venait ton clan? Après la mort de ta famille, vous avez fini par trouver un autre village où habiter?

— Non. Le village, c'est nous qui l'avons créé.

Après lui avoir fait deux enfants, des filles, j'ai donné ma sœur au garçon. Ils ont eu des enfants aussi, deux garçons et une fille. C'était bien, pour assurer la descendance. Au fil des années, on s'est multipliés. Mais certains ne sont pas nés normaux. Ils étaient difformes. Étant le plus âgé, j'avais le plus d'expérience et de connaissances, je suis devenu leur chef. Pour mes vingt-cinq ans, l'Homme de pierre m'a initié au chamanisme. Grâce à cette peau d'ours, je peux me rendre invisible et me déplacer sans crainte d'être repéré quand je pars chasser.

— Quel genre de gibier tu chasses ici?

L'Inuit lance alors à Malte un drôle de regard.

— Ça dépend. Ce qui se présente. Tout ce qui se mange.

Le glaciologue sent un frisson se répandre à la base de sa nuque et lui descendre le long du dos.

— L'Homme de pierre, où est-il? Il n'y a personne avec toi, ici, constate Malte en portant son regard autour d'eux.

— Il est partout et nulle part. Seul un chaman peut le voir. Il n'apparaît qu'à celui qui a le don pour devenir chaman.

— Tu dis que ton clan a disparu dans le tremblement de terre. Tu es le seul survivant?

La tête d'ours esquisse un mouvement de haut en bas en guise d'acquiescement.

— Comment ça se fait?

— J'étais parti essayer de retrouver un étranger que nous avions recueilli avec son chien.

La Grenouille et Lupin. Malte frémit.

— L'Homme de pierre m'a rattrapé et m'a dit de

ne pas retourner au campement. Que la terre allait s'ouvrir et l'engloutir. C'est ce qui s'est passé.

— Tu n'as pas retrouvé l'étranger ?

— Je crois qu'il a voulu nous quitter.

— Pour aller où ?

— Là d'où il vient, dit Nukilik d'un air renfrogné.

— Où ça ? Qaanaaq ? Nuuk ? Un autre endroit au Groenland ?

— Non, il parlait notre langue, mais il venait de bien plus loin. Comme toi.

— Où vas-tu aller, maintenant ?

— Là où me porteront encore mes jambes. Si elles veulent bien. Je ne suis plus si jeune.

— Je vais à Qaanaaq. Marchons ensemble.

Faire cette suggestion au mangeur d'hommes demande à Malte un gros effort, mais Nukilik est le dernier acteur de cette vie sauvage, le seul à pouvoir témoigner sur la disparition de tout un village, le sien, lors de la catastrophe nucléaire de Thulé.

— Cette vie n'est pas pour moi, répond l'Homme-ours.

Malte décide alors de jouer cartes sur table.

— Je sais et je comprends. Mais l'onde verte dont tu parles, cette onde meurtrière et toxique, qui a tué ton village et tous ces animaux, elle ne vient pas du ciel. Elle n'est pas naturelle. Il s'agit de bombes nucléaires qui ont explosé lorsque l'avion qui les transportait s'est écrasé.

— Je ne sais pas ce que c'est.

— Des armes de guerre très nocives. Conçues pour exterminer. Les tiens sont morts à cause de la radioactivité. D'une contamination à grande échelle.

Nukilik le fixe d'un regard méfiant.

— Comment tu sais tout ça, homme noir ?

— Je travaille pour une organisation qui s'intéresse aux minorités menacées et exterminées ou en danger d'extinction, lâche Malte. C'est ce qui s'est passé ici avec les Inuits. Comme au Canada. Comme pour les Amérindiens. Le gouvernement a exploité les conséquences de cet accident à son avantage et en a profité pour rogner encore plus sur les terres occupées par les Inuits après avoir utilisé leur main-d'œuvre pour nettoyer la zone radioactive. Beaucoup d'Inuits ont eu des maladies et des cancers et nombreux en sont morts. Tu comprends ?

Malte parle avec conviction, mais son interlocuteur semble dépassé, absent.

— Tu comprends ce que je dis ? répète le Canadien en détachant bien ses mots.

— Ils sont morts. Peu importe ce qui les a tués, dit soudain Nukilik. Je suis fatigué. J'ai dû me battre depuis tout ce temps. Maintenant, c'est à mon tour de partir. C'est assez de vie ici. Poursuis ta route, homme noir. Bats-toi, si tu en as encore la force.

— Nous devons tous nous battre. Sais-tu que l'équilibre de la planète repose sur cette île, sur ce coin du globe et qu'il est de plus en plus fragile ? Toute la région a été contaminée par la catastrophe nucléaire de Thulé, quoi qu'en disent les Américains. Tu serais un témoin précieux. Viens avec moi. Je te garantis que tu auras tout ce dont tu as besoin.

Nukilik l'enveloppe alors d'un regard de profonde pitié.

— Ce que tu n'as pas compris, homme noir, c'est que je n'ai plus besoin de rien. Tu vois cette étoile ? C'est dans sa direction que tu dois aller pour arriver à Qaanaaq. Si tu ne la vois plus, ça voudra dire que tu t'es perdu. Tiens, pour la route.

Des plis de son anorak, le vieil Inuit sort quelques morceaux de viande séchée qu'il tend à Malte avec une poignée de baies ratatinées. Celui-ci les considère avec méfiance sans les prendre.

— C'est du renard, précise Nukilik avec un clin d'œil. Il n'y avait rien d'autre à chasser. Et des myrtilles. Tu devrais manger pour reprendre des forces, sinon, tu ne tiendras pas. La mort est déjà en toi. Il lui suffira de peu de chose pour t'emporter. Fais bonne route.

Le Canadien finit par accepter la viande qu'il met dans sa poche après en avoir détaché un morceau qu'il porte à son nez pour le sentir, puis à sa bouche non sans une certaine appréhension. Et si le vieux lui avait menti ? Si c'était… Il préfère ne pas y penser. Sinon il ne mangera rien et se condamnera tout seul.

— Et toi, où vas-tu ? demande-t-il.

— Mon chemin s'arrête ici. Près de ma famille. Bientôt j'irai les rejoindre. Je te demande une chose, homme noir. Ne parle à personne de notre existence. Ça n'apportera rien. Le mal est déjà fait. L'homme est en route vers sa perte. Ça passe d'abord par d'autres espèces, mais la grande extinction est annoncée.

Malte écoute le vieil homme, abasourdi

d'entendre de tels propos dans la bouche de celui qui s'apparente davantage à un sauvage qu'à un être civilisé. Comment sait-il tout ça ?

— Il est temps que tu partes, lui dit Nukilik. Le calme ne durera pas. Si tu tombes dans une nouvelle tempête, tu n'en sortiras pas vivant.

— Adieu, chaman ! Et merci, lance Malte en s'éloignant le cœur serré, avec un dernier regard pour l'homme, debout sous sa peau d'ours, ultime vestige de ce qui deviendrait une légende pour les uns, resterait un mystère pour les autres et fut un combat pour lui.

Nukilik accompagne le glaciologue du regard jusqu'à ce qu'il disparaisse, se fondant à la nuit, puis s'allonge aux côtés de son père Aningan qui semble endormi.

— Nous voici réunis pour l'éternité sur notre terre, la terre glacée du Groenland, murmure-t-il avant que son cœur fatigué ne ralentisse lentement pour cesser complètement de battre.

51

Hôtel La Banquise, Qaanaaq, février 2017, jour 27

Une fois le Wi-Fi rétabli, Luv a pu se connecter pour trouver un billet d'avion pour Oslo. L'aéroport de Pituffik n'étant toujours pas rouvert aux vols internationaux, elle doit se rendre à Kangerlussuaq où elle a atterri à l'aller.

Malgré l'effort que lui demande de prendre son petit déjeuner dans la salle commune, Luv s'est installée à une table le long des fenêtres qui donnent sur une petite colline d'un blanc sale. Chaque bruit de pas la fait sursauter malgré elle et elle a l'impression d'être l'objet de tous les regards.

Seule devant sa tasse de thé et quelques miettes du toast qu'elle s'est forcée à grignoter, elle pense à son atterrissage dans la nuit polaire, au-dessus de la mer de Baffin, puis à son arrivée à Arctica. Il lui semble que c'était hier et à la fois qu'une éternité s'est écoulée. Une éternité et des morts. Tous, sauf elle. Elle ne peut y croire. Elle pense à Anita Whale, cette femme qui lui a sauvé la vie, au vide que son absence laissera chez elle. Dans l'existence de sa compagne et de son fils dont la climatologue lui avait parlé avec nostalgie… Desjours est mort, d'une certaine façon, pour la société. Ferguson, Murata qu'elle n'a fait qu'entrevoir avant son suicide, Dick Malte dont il n'y avait plus trace et Niels Olsen. Niels… son grand front bronzé où pleuvaient ses mèches dorées et ses yeux, deux fjords où il faisait si bon plonger. Elle ne les reverrait plus jamais la regarder avec tendresse sur l'écran de son ordinateur, lors d'une de leurs nombreuses discussions en visio. Il était sa bouffée d'air, son béguin secret, une relation non consommée qui devait rester telle. Au nom de quoi ? Elle ne faisait l'amour avec Dave qu'une fois tous les deux mois et encore, pas toujours, même lorsqu'il rentrait, prétextant la fatigue du décalage horaire ou trop de pression au travail. Elle n'en avait pas, elle, peut-être… Pourquoi ne pas faire les choses quand on le peut ? Pourquoi s'être privée de ces étreintes avec Niels ? Il lui plaisait tellement… c'était peut-être ça qui péchait. Il ne faisait que lui « plaire », au fond. Pour une femme comme Luv, ce n'est pas assez. Il faut autre chose que seulement lui plaire.

— Tu vas me manquer, Niels Olsen, murmure-t-elle en se léchant la lèvre supérieure mouillée de larmes.

Aux tables voisines, les rares clients, en couple ou seuls, n'osent pas la regarder. Une femme qui pleure seule à une table est sujette à toutes les interprétations. Mais celle que retiennent les témoins silencieux de ce chagrin visible est le plus souvent la rupture amoureuse. À voir cette femme-là, lumineuse, au visage d'ange, personne ne pourrait soupçonner l'épaisseur des ténèbres qui l'habitent.

De retour dans sa chambre, Luv s'allonge sur le lit, les yeux au plafond où court un réseau de fines fissures de l'épaisseur d'un fil. Les effets du tremblement de terre sans doute, se dit Luv. Ou bien des failles, depuis sa construction, comme on en a tous… Soudain une pensée la heurte. Peter Green. Où en est-il dans l'enquête ? Est-il au courant de sa disparition ? Sans doute… Et ses parents ? Comment s'en sortent-ils avec l'absence d'Ava ? Elle n'a pas le courage d'appeler, de peur de tomber sur son père, d'entendre sa voix pleine de reproches déguisés ou retenus, de devoir lui raconter son sauvetage… En revanche, elle veut connaître les suites de l'enquête, s'il y en a. Peut-être Green a-t-il essayé de la joindre.

Elle prend le combiné et demande à la réception d'appeler la Met à Londres. Au bout de quelques minutes, le téléphone de la chambre sonne. Luv décroche, serrant l'appareil dans sa main.

— Allô ?

Luv reconnaît la voix chaude et un peu rauque de Green.

— Luv Svendsen. Bonjour, inspecteur.

Un silence l'accueille au bout du fil.

— Inspecteur Green ?

— Oh… oui… je suis là… C'est que je n'ai pas pour habitude de parler au téléphone avec des revenants, si charmants soient-ils. Bonjour, Luv…

Green prononce ces derniers mots comme s'il n'y croyait pas encore.

— Vous n'êtes pas au courant, à ce que je vois, fait Luv tristement.

— Les nouvelles ne vont pas aussi vite, semble-t-il. J'en suis resté à votre disparition, mais vous me voyez sincèrement soulagé et ravi de vous entendre… si c'est bien vous.

Je me le demande…, pense Luv très fort.

— Oui, c'est bien moi. Je suis la seule à avoir refait surface, grâce à deux hommes exceptionnels, mais c'est une longue histoire. Et surtout très pénible. Parlez-moi des suites de l'enquête.

— Ah… vous n'avez pas eu votre compagnon, on dirait. Ni votre mère…

— Pas encore. Pourquoi ? Il y a du nouveau ?

— Luv… Je me fais le porteur de bien mauvaises nouvelles.

— Allez-y, inspecteur, je crois que je suis armée, dit Svendsen en ravalant sa salive.

— C'est souvent ce qu'on pense… Eh bien, votre fille Ava est l'auteur de la tentative de meurtre sur vous.

Luv a la sensation que le lit se met à tanguer sous elle.

— Que… qu'est-ce que vous dites…

— Ce que je vous dis. Ayant appris que vous étiez enceinte, elle a essayé de vous tuer. Mais ce n'est pas tout.

— Attendez… Vous êtes sûr de ça ? Vous avez des preuves ?

— Luv, je comprends votre incrédulité. Mais je ne vous le dirais pas si je n'avais pas toutes les preuves. Tout était dans son ordinateur. Elle avait méticuleusement préparé son acte. Elle logeait chez un type qu'elle connaissait à Oslo où elle est restée un mois afin de suivre chacun de vos faits et gestes, photos à l'appui. Quand elle a été prête, elle est passée à l'acte. Par chance, elle n'a pas réussi.

— Ava… mais pourquoi…

— Elle vous en voulait. Elle n'a pas supporté votre bonheur avec un deuxième enfant, comme elle, une fille, qui aurait la place qu'elle n'a pas eue. Heureusement ça ne se passe pas chaque fois de la sorte dans ce cas de figure, mais Ava était fragile psychologiquement.

— C'est ma faute. Tout est ma faute. Il aurait été mieux qu'elle réussisse.

— Luv ! Qu'est-ce que vous racontez !

— La vérité, inspecteur. Vous ne vous imaginez pas à quel point je le regrette. Mais vous disiez que ce n'est pas tout.

Green se met à toussoter avant de reprendre. C'est ce qu'il déteste le plus dans ce métier. Annoncer aux familles le pire.

À la fin du récit de Green s'achevant sur la mort de son père, Luv a l'impression d'être prise dans le feu d'une rafale de mitraillette. Elle voudrait crier, hurler, mais rien ne sort. Elle est vidée de toute substance. Carapace de tardigrade désertée.

— Je dois raccrocher, inspecteur. Je dois appeler ma mère.

— Bonne chance pour tout le reste, Luv. Et belles retrouvailles avec votre petite Joy.

Luv repose le combiné comme dans un rêve. Plutôt un cauchemar. Que seront maintenant ces retrouvailles avec sa fille ? Tout ça sonne tellement faux… C'était avant tout et plus que tout le désir d'enfant de Dave venu se greffer sur cette masse gluante de culpabilité qui lui collait au ventre. Enfanter en espérant une rédemption. Se racheter d'une maternité manquée. C'était ça, la vérité. *Je n'ai jamais été faite pour être mère*, se dit Luv. Ce n'est pas seulement parce que c'était trop tôt à seize ans. Et maintenant, c'est trop tard…

Possédant cette faculté de se retirer en elle sous le coup d'un trop-plein d'émotions et renonçant à appeler sa mère pour le moment, Luv ne tarde pas à s'enfoncer dans un sommeil profond, là où elle n'a plus pied, là où elle peut dériver à l'infini. C'est dans cet infini où elle flotte en apesanteur qu'elle entend une sonnerie retentir. D'abord lointaine, puis très proche. Le téléphone à son chevet. Roulant sur elle-même, elle parvient à hauteur du combiné qu'elle décroche dans un grognement. La réceptionniste l'informe que quelqu'un la demande en bas. Le shérif en personne.

Luv glisse hors du lit dans ses chaussures, se remet les cheveux en place d'une main, enfile un sweat et descend. Un de ses sauveteurs, l'Indien, ses longs cheveux noirs ramassés en un chignon, se lève pour venir à sa rencontre. Sa poignée de main est chaleureuse, Luv est sincèrement contente de le revoir.

— Luv ? C'est ça ? dit-il en anglais.

— Vous avez bonne mémoire, oui, sourit-elle.

— Comment pourrait-on vous oublier ? On a retrouvé un autre membre de votre équipe. Il vit encore, mais on l'a transféré à l'hôpital, son état est grave.

En même temps qu'un coup au cœur, Svendsen

sent sa bouche devenir sèche. Desjours ? C'est le seul qui soit susceptible d'être encore en vie. S'il a survécu au tremblement de terre…

— Il s'appelle Malte. Dick Malte.

Cette fois c'est un sourire qui irradie le visage de Luv.

— Malte ! Je peux le voir ?

— Pas encore. Un chasseur l'a retrouvé à un kilomètre de Qaanaaq, dans la neige, déshydraté, presque mort. On ignore s'il va s'en sortir. Les médecins nous en diront plus demain. S'il passe la nuit, c'est bon.

Si elle s'en est tirée, il n'y a pas de raison pour qu'un gars comme Malte ne s'en sorte pas, se réjouit-elle en remontant dans sa chambre après avoir chaleureusement remercié l'Indien. Maintenant elle sait à quoi elle va passer une partie de la nuit. À une chose qu'elle n'a encore jamais faite. Prier pour quelqu'un. Prier pour Dick Malte.

52

Hôtel La Banquise, Qaanaaq, février 2017, jour 30

Ils sont tombés dans les bras l'un de l'autre. Se sont serrés aussi fort qu'ils ont pu, comme pour éprouver la réalité du corps qu'ils étreignaient. Sur pied au bout de trois jours, Malte est arrivé à l'hôtel de Luv où l'a déposé une voiture de l'armée après un interrogatoire dans le bureau de Skagen à qui il a livré en un bloc un récit sans ombres, racontant les choses telles qu'il les a vécues depuis son arrivée, mais passant sous silence sa rencontre avec Nukilik et la découverte du sanctuaire familial. Il réserve ce témoignage précieux à son organisation qu'il contactera dès son retour afin que le siège prévienne l'antenne danoise créée un an auparavant. Leurs actions pour la protection des minorités sont aussi musclées et engagées que Greenpeace et que Sea Shepherd pour la cause marine, du fondateur canadien Paul Watson. Et ils ont les moyens de faire pression. C'est également par Dick Malte que la nouvelle de la mort de Sangilak et d'Iluak est arrivée jusqu'à la petite ville du bord de mer pour se répandre comme une traînée de poudre parmi les quelque six cents autochtones. La nuit polaire rendant risquée toute sortie jusqu'à Camp Century, il fut décidé que les corps ne seraient rapatriés à Qaanaaq qu'avec le retour du jour, fin février ou début mars. Le froid les conserverait jusque-là.

Lorsque Luv, qui avait aussitôt annulé sa réservation sur le vol pour Oslo en prévenant Dave, a voulu aller lui rendre visite à l'hôpital, on lui a répondu qu'il valait mieux attendre Malte à l'hôtel où on le conduirait à sa sortie. Avertie de son arrivée par la réception, Luv est aussitôt descendue de sa chambre l'accueillir. Ni l'un ni l'autre n'a pu prononcer un mot en se voyant. Ils ont tout simplement fondu en larmes en se prenant dans les bras. Puis, toujours sans se parler, ou seulement le strict nécessaire, Luv a accompagné Malte à la porte de sa chambre, sur le même niveau que la sienne pour qu'il prenne une douche et qu'il se rase avant de la retrouver au bar de l'hôtel.

Chacun est pour l'autre un revenant. Chacun croyait l'autre mort, malgré une pointe d'espoir inavoué. Tous deux ont besoin de ce silence dans une sorte de recueillement mutuel, de peur de rompre la magie de ce moment ou encore que la vision ne se dissipe. Finalement convaincus de la réalité de ce qu'ils sont en train de vivre, ils peuvent enfin libérer les mots contenus par trop de pudeur, les mots oubliés ou trop longtemps ignorés.

— C'est inespéré de te revoir, disent-ils presque en même temps, riant de leur synchronicité.

Ils ne se sont pas connus longtemps avant que cette espèce de malédiction ne s'abatte sur Arctica, mais le courant est tout de suite passé et, dans leurs pires moments sur l'inlandsis, tous deux se sont rappelé leur dernière conversation tardive dans le laboratoire ce soir-là à la base, quand Luv travaillait encore sur ses échantillons de bœufs musqués pendant que les autres dormaient. En plus de leurs souvenirs intimes, ils se sont raccrochés à celui-là. Chacun se demandant où est l'autre, s'il est encore en vie et s'ils se reverront un jour. C'est tout ça qu'il y a dans leurs regards échangés.

Malte se lance le premier, répétant à Luv, sur un autre ton, tout ce qu'il a raconté à Skagen. Il déverse tout sur la table, comme s'il faisait ses poches à fond. Y compris ses retrouvailles avec Desjours, la mort de celui-ci, et sa rencontre avec l'Homme-ours sur le cimetière familial. Là où toute cette aventure humaine et désespérée a commencé… une cinquantaine d'années auparavant.

— On dirait bien qu'il s'agit de l'homme auquel j'ai eu affaire, dit Luv qui, à son tour, se lance dans le récit de sa terrible expérience.

Malte est le seul à qui elle peut tout dire. Il est le seul à pouvoir comprendre, même s'il n'a pas vécu la même chose. Lui aussi s'est retrouvé dans une situation de survie. Une fois leurs expériences échangées, vidés, lessivés d'avoir revécu tout ça au travers des mots, ils se regardent en silence, profondément, intensément, boivent cette présence de l'autre, qu'ils n'osaient plus espérer, s'en imprègnent par tous leurs pores. Luv a pris une caïpirinha pour l'occasion, tandis que Malte s'en tient au scotch, n'en revenant toujours pas de pouvoir de nouveau en apprécier le goût puissant. Il veut profiter de ce moment de grâce qui, après ce qu'ils ont vécu, n'en est que plus précieux. Vivre l'instant présent sans penser à ce qui l'attend. Le plus dur, peut-être…

— Tu sais, Malte, à ta place, je crois que je dirais à Laura que Tiger est mon fils, dit Luv. C'est trop important pour passer à côté. Tu l'aimes encore ?

— J'en sais rien…

— Dans certains cas, ça veut dire oui, dans d'autres, non.

— Dans celui-ci ça veut vraiment dire que je ne sais pas. C'est vrai, penser à elle m'a aidé à vivre, à m'accrocher à l'espoir de la revoir. Mais c'était surtout Tiger qui me tenait. Le retrouver, nos jeux, nos fous rires. Et… penser à toi aussi m'a beaucoup aidé. Me dire que tu étais peut-être en vie quelque part.

Luv lui rend son sourire en baissant la tête, les yeux au fond de son verre. Elle se sent toute drôle et ne peut pas se cacher que, même le visage à moitié mangé par sa brûlure, Malte l'attire. À moins que ce ne soit le manque des bras d'un homme, un besoin de tendresse, de réconfort mais aussi de ce côté sensuel, charnel qu'elle n'a pas éprouvé depuis longtemps…

De son côté, malgré sa joie immense de la revoir, Malte balance entre désir et répulsion. La femme attirante assise devant lui a mangé de la chair humaine. Celle de leur coéquipière… Mais il n'insiste pas sur le sujet, se disant que ce doit être déjà bien assez dur comme ça de revenir au monde après une telle expérience.

Quelques verres plus tard, tous deux se retrouvent dans la chambre de Svendsen, équipée d'un lit double alors que celle du Canadien n'a qu'un lit single, en train de se déshabiller en un long et avide baiser avant de tomber nus sur le lit dans un enchevêtrement de bras et de jambes. Roulant d'un bout à l'autre du matelas, dans une mer de coton et de plumes, tour à tour l'un sur l'autre, leurs reins soudés bougeant à l'unisson, les deux corps en fusion, amaigris, meurtris et malmenés tous ces jours, s'abandonnent enfin à leur plaisir. Comme ceux d'un aveugle déchiffrant du braille, les doigts du Canadien caressent chaque centimètre de peau qu'ils rencontrent, cette peau si blanche, si éclatante et satinée, s'attardent sur les seins qu'ils pressent avec douceur comme si c'était de petits fruits, pour s'égarer sous les aisselles puis le long des côtes et des hanches avant de poursuivre leur route plus bas, rejoignant la langue qui s'affole dans le creux de l'aine et gagne peu à peu la blondeur dorée et humide de l'entrejambe.

Les mollets croisés autour des épaules ruisselantes de Malte, agrippée au cadre du lit, Luv sent sa peau se soulever de milliers de frissons. Ce n'est plus le froid, ce n'est plus la faim, juste l'ivresse du désir, la soif de cet autre corps, de son odeur d'une légère âcreté, de ces mains qui la parcourent comme une route, découvrant son intimité offerte pour s'y plonger jusqu'au vertige. Jouissant dans un râle sous la langue de Malte, Luv l'attrape par les cheveux et le tire jusqu'à sa bouche. Elle veut sentir couler sa salive entre ses lèvres, elle veut lécher sa peau, se perdre dans son cou, en même temps qu'il la pénètre en quelques coups de reins. Elle le veut en elle, à en avoir mal. Les ondulations se précisent, s'accélèrent, Malte entre ses jambes halète et souffle comme un cheval de labour, tandis que Luv lui plante ses ongles dans le dos. Ils vont jouir ensemble.

Épilogue

La part du loup

Base ARCTICA, région de Thulé, mars 2018

Comme chaque année au Groenland, à la nuit polaire succèdent les premiers jours de mars avec le soleil et la lumière, en même temps que les températures remontent. Par endroits l'île se dénude pour accueillir l'été, perdant une partie de son revêtement de neige et de glace. Les animaux sortent de leur tanière et de leur hibernation pour reprendre une activité diurne. À l'instar de ce couple de loups suivis de leurs quatre petits, nés à la fin de l'automne, qui caracolent aux abords d'un ensemble de baraques en bois à l'abandon. Un bloc principal, dont l'aile gauche est en partie éventrée et trois autres blocs plus petits. La neige s'est tassée contre la porte et sur le rebord des fenêtres aux vitres mouchetées de salissures et de taches d'humidité, dont certaines sont cassées. La lumière du jour a même du mal à passer au travers. À l'entrée du bloc principal, un panneau penché porte l'inscription ARCTICA Base.

Sous le regard protecteur de leurs parents, les jeunes loups, trois femelles et un mâle, se disputent quelque chose qu'ils ont trouvé et qui capte toute leur attention. Un objet long, d'un blanc sale un peu jauni. Chacun en veut sa part. À regarder de plus près, on reconnaîtrait un os. Plutôt un fémur. Un fémur humain. Le couple, amaigri, les côtes apparentes, hume et gratte la terre nue à la recherche d'autres trésors comestibles. Ils doivent se nourrir pour pouvoir chasser et subvenir aux besoins vitaux de leurs petits. Si le mâle a toutes les caractéristiques et le trot souple du loup, quelque chose en lui laisserait croire qu'il pourrait être croisé avec un chien. Un sillon plus clair part du sommet de son crâne et descend entre ses yeux pour se fondre aux poils très courts d'un museau allongé, mais moins effilé que celui de sa compagne. Sur son dos et ses flancs, les poils s'écartent sur quelques vieilles cicatrices. Des traces de coupures. Ce n'est pas sa première visite sur ce site abandonné. Encore mâle célibataire, il avait coutume de s'y rendre à une heure tardive et de s'asseoir ou de se coucher à côté de ce qui ressemble aux restes d'un brasier. Parfois, tête renversée, il se mettait à hurler à la mort. Se souvient-il ? Des souvenirs lui reviennent-ils d'une courte partie de sa vie passée ici même, en compagnie des humains et plus précisément de son maître ? Revient-il ici pour cette raison ? Dans l'espoir de voir réapparaître celui qui l'a élevé toutes ces années avant qu'il ne retourne à la vie sauvage ou bien parce qu'il sait que les restes de cet homme sont là, épars, sur cette terre noircie par un ancien feu… Sait-il qu'il a eu un nom ? Répondrait-il encore à ce nom si quelqu'un se mettait à l'appeler à cet instant ? Se souvient-il que ce nom était Lupin ?

Un jour, après avoir parcouru des kilomètres, les flancs creusés et les pattes écorchées, il a rencontré celle qui sera sa compagne jusqu'à leur mort. Puis la famille s'est agrandie. Des cinq nouveau-nés, quatre ont survécu. Un mâle, trop petit, trop fragile, est mort la nuit qui a suivi sa naissance. Les deux loups l'ont reniflé en le poussant de leur museau, l'ont veillé avec les autres endormis contre la toison de leur mère. Ils ont à peine eu le temps de découvrir les joies du dehors que la plus longue nuit de la planète s'abattait sur leur territoire. Une cavité dans la roche, assez grande à l'intérieur pour contenir toute la famille leur a servi de tanière durant l'hiver.

Aux premiers rayons du soleil qui ont réchauffé l'entrée de leur refuge, les deux adultes sont sortis tour à tour évaluer les possibilités de trouver de la nourriture. Lupin, désormais chef de famille, se devait d'être à la hauteur de son rôle. Un jour, il a décidé de les emmener là où il avait passé quelques semaines de son ancienne vie, cet endroit autrefois habité et maintenant à l'abandon, devenu la tombe ouverte de son maître.

Surveillant sa progéniture avec attention dans le retour timide du printemps, se souvient-il de ce mi-chien mi-loup qui, un jour de tempête, s'est enfui, rappelé par ses instincts sauvages, la part du loup ? Se souvient-il de ce compagnon que son jeune maître est parti chercher dans la nuit au péril de sa vie… Lui seul pourrait le dire s'il savait parler le langage des hommes. Mais de cela il s'est à jamais coupé, répondant à l'appel des sens, au chant des glaces et de la nature, à cette voix sauvage qui est devenue la sienne.

TOUTE MA RECONNAISSANCE ET MON AFFECTION

Lecteurs, sans vous, les livres ne seraient pas. Leurs créateurs, ces tisseurs d'histoires à ne pas dormir, non plus. Je commence donc par vous, dans cette liste de remerciements. Vous avec qui l'aventure continue. Vous dont le soutien ne faiblit pas au fil de mes romans. Vous que j'ai, à chaque salon et signature, la joie de retrouver ou de rencontrer. Merci.

Parmi vous se trouvent, plus ou moins visibles, plus ou moins actifs, selon le temps dont ils disposent, selon leur humeur aussi, ceux que l'on nomme les blogueurs. Chroniqueurs en herbe, chroniqueurs amateurs ou même professionnels. À tous ceux-là, dont vous êtes peut-être, les décortiqueurs de roman, passionnés et investis, j'adresse ma profonde gratitude, déjà pour l'attention qu'ils portent aux parutions toutes fraîches, toujours à l'affût du «coup de cœur», de la «pépite». Et quand ils aiment, croyez-moi, ils ne sont pas avares de ces mots.

Yvan, Florence, Sandra, Sandrine, Audrey, Valérie, Geneviève, Patricia, Alexcina, Jim, alias mon grand frère, les deux Richard, Norbert, Guillaume, Éric Chouquette, Dup, Kris, Lucas, Jessica, Cécile, Céline, Nadia, Maud, Fabrice… merci et pardon à ceux qui n'apparaissent pas dans ces quelques lignes. Vous êtes dans mes pensées.

Et puis il y a les groupes, dont l'ampleur est parfois surprenante, les Mordus de thriller, les Thriller-Serial lecteurs, les Readers, Plume Libre, les Gones du noir, cette formidable réunion de dévoreurs de livres. Merci à vous de cet appétit insatiable, de cette ferveur presque mystique pour nos histoires.

Mais, dans cette formidable chaîne en or, que serait ce qui précède sans les libraires ? Sans leur professionnalisme, leur dévouement à une cause heureusement pas perdue, qui relève souvent de la vocation. À vous qui réservez à nous autres auteurs le plus bel accueil dans votre librairie ou sur les salons, Delphine, Lydie, Karine, Marion, Frédérique, Alexis, Roxanne, Gérard, Jean-Edgar, Jean-Antoine, Olivier de Saint-Malo, Patrick, merci.

Tout mon soutien également aux librairies menacées de disparition. Trop nombreuses. Même s'il est impossible de les sauver toutes, en agissant pour quelques-unes, ce sont aussi des centaines, des milliers de livres qu'on sauve en plus d'emplois.

Merci aux salons pour leurs invitations, toujours plus nombreuses, et leur accueil qui rend ces moments inoubliables.

Au début de la chaîne, en étroite relation, communion même avec l'auteur, l'éditeur. Le découvreur de talents, le dénicheur de manuscrits un jour publiés. Un vrai travail de limier. Mais pas seulement. Un travail parfois ingrat, à essuyer les caprices, la mauvaise humeur, les doutes, les réclamations et les angoisses de leurs poulains.

Depuis mon box, même si je ne suis ni vraiment capricieuse, ni de trop mauvaise humeur, je remercie donc de tout mon cœur de cheval de labeur mes deux éditrices, Caroline et Béatrice, mes boussoles, pour leur confiance, renouvelée à chaque synopsis et à chaque contrat, leur accompagnement et leurs conseils qui me font toujours prendre la bonne direction sans perdre le nord.

Merci à Cécile, notre GPS, l'âme maternante et maternelle de la maison Denoël, d'être toujours là, de savoir ce qu'il nous faut, quand et comment.

Merci à Dana, Judith, Joséphine, Christine, Benjamin et à toute l'équipe de fourmis qui travaillent hiver comme été à la construction de nos romans.

Merci à une magnifique âme qui, de l'autre côté de l'océan, a accompagné de sa gentillesse et de son affection sans faille l'écriture de ce roman.

Un immense merci à Marina Carrère d'Encausse, une des premières lectrices de ce roman, pour son enthousiasme qui se retrouve en couverture du livre.

Et, enfin, merci à ce chiffre qui a donné une saveur si particulière à ce qui n'en manquait pourtant pas. 27.

DU MÊME AUTEUR

Aux Éditions Gallimard

LE HAMEAU DES PURS, 2019, Folio Policier n° 897.

Aux Éditions Denoël

BORÉAL, 2018, Folio Policier n° 881.

RÉCIDIVE, 2017, Folio Policier n° 853.

QUAND LA NEIGE DANSE, 2016, Folio Policier n° 828.

DUST, 2015, Folio Policier n° 796.

Composition : In folio
Impression Grafica Veneta
à Trebaseleghe, le 10 octobre 2019
Dépôt légal : octobre 2019
1er dépôt légal dans la collection : mars 2019.

ISBN 978-2-07-284063-0 / Imprimé en Italie.

363938